AVANT PROPOS :

Foghar = *Automne (gaélique)*

Les Français connaissent rarement l'existence de la Vieille Alliance, qui allia à de multiples reprises les destins de ces deux pays contre l'ennemi héréditaire, l'Angleterre. Or, cette alliance, qui fit l'objet d'un traité entre les deux pays au 13ème siècle, et donna même lieu à l'octroi de la double nationalité pour les sujets des deux royaumes lors du mariage de Mary Stuart et François II, eut également pour conséquences de fréquents échanges entre les deux peuples. De fait, de nombreux Français ont des ancêtres en Ecosse, et vice-versa. Il existe en France comme en Ecosse, des lieux qui commémorent ces échanges. De même l'Association franco écossaise s'efforce toujours actuellement de perpétuer ces liens d'amitié. Pourtant, même si beaucoup de Français sont ignorants de cet épisode de l'histoire, il existe indiscutablement une sympathie des habitants de l'hexagone pour leurs lointains « cousins » calédoniens, et vice versa. Il suffit de constater le nombre croissant de touristes français en Ecosse ! De même lors de matchs de football, n'est-il pas remarquable, lorsque les Ecossais soient opposés à l'Angleterre, que les Français soient

1

souvent supporters de l'Ecosse, et vice versa lorsque c'est l'équipe anglaise qui joue contre la France ?

Cet épisode historique est la clé de l'intrigue ici présentée, celle-ci se déroulant néanmoins au 20e siècle, en France et en Ecosse. En effet, au travers d'une histoire humaine bien moderne, cette histoire permet de redécouvrir certains aspects de la civilisation gaélique et de ses modes de pensée, encore très présents dans les pays d'origine celte, mais souvent occultés dans les nations baignées par la civilisation latine, comme la France. Elle aborde également des thèmes éternels, comme la notion de libre-arbitre et de destin.

L'histoire se déroule à la fin des années 90. Une jeune femme française, en perte de repères, vient de perdre sa mère à laquelle elle était très attachée. Répondant à la demande de cette dernière, elle fait connaissance, par un énigmatique concours de circonstances, de cousins éloignés vivant en Ecosse, dont elle ignorait jusqu'alors l'existence. Mais elle ne se doute alors pas que cette rencontre et la découverte de ce pays vont l'entrainer dans une aventure existentielle ou passé et présent vont se court-circuiter pour finir par se fondre l'un en l'autre.

"L'Ecosse n'est pas un, pays, c'est un état d'esprit."
Cliff Hanley

2

1

Cette année, Grenoble a longtemps hésité à se défaire de la douceur moirée d'un automne tardif. De superbes journées s'achèvent dans une implosion de lumière dorée, indifférentes à l'hiver impatient qui jette à présent durant ses nuits d'attente une poudre glacée sur les derniers feuillages. Mais peu à peu, il grignote avec succès les massifs alentours, Vercors et Chartreuse émergeant ce matin en version hivernale d'un brouillard opalin. Bientôt, la Bastille capitulera elle aussi, et peut-être toute la ville avec elle. J'éprouve à cette idée un sentiment de jubilation, une pulsion aérienne de renouveau, habituellement symptomatique de l'approche du printemps chez les êtres normalement constitués.

Je me suis extraite de la moiteur de la couette parce que je n'étais pas seule en me réveillant, ce qui m'a un peu agacée. J'ai pris en effet l'habitude épicurienne de m'étaler au beau milieu de mon lit le dimanche matin, sans rien à faire d'autre que d'émerger lentement de mon sommeil solitaire, sans devoir me préoccuper de personne. Dans la cruauté du petit matin, cette présence étrangère dans mon lit me semble aussi amère qu'incohérente.

Pieds nus sur la terrasse, je scrute avidement le ciel, en quête des premiers flocons sur la ville, mais il demeure laconique, figé dans le petit matin. Le voisin du cinquième passe au bout d'une laisse tirée par un labrador impatient, en route pour acheter les croissants du dimanche. Un jour, j'ai entendu à la radio une interview d'un boulanger poète qui disait aimer voir la tête des gens le matin, lorsqu'ils sont encore tout enrobés de sommeil. Le problème est que mon voisin est aussi tout enrobé de mauvaise humeur la plupart du temps, et qu'il trouve toujours toutes sortes de moyens pour ne pas devoir me saluer.

Un filet d'air glacial se glisse entre mes seins et mes orteils commencent à bleuir sur les dalles givrées. Ma bonne humeur relative s'évanouit aussitôt en contemplant la forme allongée dans le lit qui émet de petits grognements annonciateurs d'un réveil difficile. Je me force à quitter la terrasse.

 - Mmm... C'est quelle heure ?

 - Sept heures quarante-neuf. Bonjour !

L'homme remue, se retourne, se redresse sur ses coudes en écarquillant les yeux avec peine.

 - Euh, oui, bonjour, excuse-moi, euh... euh... Iona ! Achève t-il victorieusement, retombant sur le lit, épuisé par un tel effort de mémoire. Désolé, mais quelle drôle d'idée de s'appeler comme ça !

Je souris, à la fois magnanime et désireuse de me débarrasser de lui.

 - Pas de quoi t'excuser. Ce n'est pas ta faute si ma mère m'a affublée d'un prénom ridicule. Bien dormi ?

Il glousse :

 - Pas beaucoup, non ? On pourrait peut-être recommencer, qu'est-ce que tu en penses ?

 - Euh…

Ses lèvres fines s'ouvrent sur un grand rire :

 - Allez... Ne reste pas plantée là, viens ! Regarde, je suis de nouveau en pleine forme!

Il rejette la couette, exhibant avec fierté un sexe en effet tout ragaillardi, me sourit, l'œil à la fois égrillard et timide, comme s'il y avait quelque chose d'extraordinaire dans ce phénomène pourtant si banal de l'érection masculine le matin au réveil. Mais il a un joli torse, pratiquement imberbe, et sur ses avant-bras se lisent encore les traces du soleil d'été.

Je soupire, cherchant à me montrer gentille :

 - Je suis tentée, mais je n'ai pas trop le temps. Ma fille va revenir bientôt de chez sa copine, et je ne voudrais pas qu'elle te trouve ici.

4

Je me garde bien de lui dire que le retour de l'adolescente en question, en week-end chez une camarade de lycée, n'est prévu qu'en soirée. Mais il est beaucoup plus malin qu'il n'y paraît et s'assied sur le lit, me saisissant la main pour m'attirer à lui.

- Et moi, j'ai un T.G.V. dans une heure et demie. Mais si tu veux, je peux même prendre le prochain... Et puis tu ne crois tout de même pas que ta fille va débarquer à une heure si matinale ? Les ados, un dimanche avant midi ...Allez, viens...

Un peu boudeuse, je me laisse pourtant faire, m'asseyant contre lui et le laissant guider ma main sur ce qu'il pense être son meilleur argument, qui palpite, chaud et soyeux, au creux de ma paume, me fourre résolument la langue dans la bouche et caresse méthodiquement mes seins, afin d'accélérer en moi le processus du désir qu'il croit inéluctable. Dans un petit soupir, je décide de ne pas discuter, défais mon peignoir alors qu'il se renverse sur le lit.

- D'accord, j'arrive... Mais d'abord les formalités d'usage, si tu veux bien...

Je lui tends une jolie petite pochette argentée.

- Oh, la barbe, cette saloperie de caoutchouc ! Mais bon, donne.

Peu convaincue au début, je finis malgré tout par prendre un certain plaisir à ce corps à corps hâtif. Mais voilà que peu après mon partenaire se rendort, m'obligeant ainsi à le secouer doucement, après un délai que j'estime civilisé. Il me sourit, m'embrasse furtivement et s'assoit sur le bord du lit.

- C'était vraiment bien, tu es une vraie affaire, tu sais... Dommage... Il va falloir que j'y aille.
- Merci du compliment. Tu n'étais pas mal non plus...

Tandis qu'il enfile son caleçon, je repense aux circonstances de notre rencontre, la veille : Tous ces commerciaux en informatique harnachés, casqués, affichant de grands sourires conquérants, se pressant sur le viaduc tandis que l'un d'eux, un élastique à la patte, faisait le grand saut sous les hourras... Je me suis montrée très professionnelle en les accueillant pour leur journée de stimulation spéciale "forces de vente". Je leur avais vendu la formule "cocktail vitalité", et ils en ont eu pour leur argent, avec parcours V.T.T, saut à l'élastique, course d'orientation, et, en guise de récompense, une soirée raclette, entassés dans un refuge où ils auront fait semblant de dormir sur de mauvaises paillasses. Leur P.D.G. avait bien précisé : " Le confort ne compte pas, l'esprit de compétition doit s'exprimer au contact de la nature et dans la promiscuité." Je l'ai pris au mot.

Mais voilà : L'un d'eux, à savoir ce même spécimen qui remet à présent ses chaussettes devant moi, s'est refusé à sauter, au grand dam du moniteur, de moi-même et surtout du directeur commercial de leur firme, qui, bien sûr, ne faisait comme par hasard que passer, n'avait pas de tenue adéquate et se trouvait donc exempté d'office.

Face au vide donc, le pauvre vendeur, fort héroïquement, a tout simplement refusé de sauter. Plus tard, je l'ai rejoint alors qu'il pleurait presque de dépit, assis sur un coin d'herbe. J'ai tenté, mais sans grande force de conviction, de lui faire valoir le bénéfice qu'il pourrait tirer à vaincre sa peur, à se dépasser. Il m'a fixée avec ses grands yeux verts de rage :

    - Te fatigue pas avec ton jargon préfabriqué. De toute façon j'en ai marre de cette boite de merde. D'ailleurs je donne ma "dem" la semaine prochaine. En un an j'ai dû me farcir à cause de cet enfoiré un raid en chiens de traîneaux par moins vingt degrés en Laponie alors que j'ai horreur des chiens, une plongée en Polynésie dans une cage spéciale immergée dans un bassin infesté de requins, histoire de bien nous faire comprendre comment se comporter face à nos concurrents, et aujourd'hui ton espèce de parcours du combattant à la con. J'ai *horreur* du sport. Ça ne m'empêche pas pour autant d'être un bon commercial. Mon meilleur stimulant, mon adrénaline à moi, c'est les commissions sur ma fiche de paye à la fin du mois et point final.

J'étais pétrifiée devant une logique aussi implacable. A cet instant, c'était lui qui semblait presque avoir pitié de moi. Il a ajouté avec un grand sourire :

- Mais je ne t'en veux pas à toi personnellement. On est dans la même galère, ma belle. Ça t'amuse, toi, de vendre ce genre de conneries ?

- Plus ou moins... Et... que comptez-vous... que comptes-tu faire ?

Son sourire s'est fait tout à coup carrément guilleret :

- J'ai d'abord une question : Tu es réquisitionnée pour suivre le groupe toute la journée ou tu te barres une fois que tu as empoché ton chèque et laissé tous ces abrutis aux mains des G.O. ?

- Je ne suis venue que pour l'accueil et le pot de bienvenue. Après ils n'ont plus besoin de moi.

- Alors si tu veux, je t'invite au restau, et ensuite je rentre direct à Paris.

J'hésitais un peu.

- Allez, juste pour le fun. Tu as un mari et cinq mômes qui t'attendent à la maison ou quoi ?

- Non.

- Eh bien alors t'as aucune raison d'hésiter. Tu me parleras un peu de ton boulot, comment tu as atterri là-dedans, ça m'intrigue, je trouve que tu n'as pas le profil, quand on te voit comme ça. Allez viens, on se tire d'ici.

Pas le profil... Je me suis sentie à la fois vexée et touchée au plus profond de moi-même, sans trop savoir pourquoi. C'est ainsi que nous nous sommes retrouvés devant un plateau de fruits de mer dans une brasserie de Grenoble, et plus tard, dans mon lit.

Il a posé en partant sa carte de visite sur ma table de nuit. Je réalise que je ne lui ai pas même offert un café.

2

L'atmosphère s'est sensiblement rafraîchie. En traversant la place de la gare pour aller rejoindre mon amie Pierrette au restaurant, je remonte jusqu'au menton la fermeture éclair de mon blouson. Mon regard se pose sur le pansement que je porte à la main depuis plusieurs jours. Avec mon adresse et mon sens pratiques habituels, je me suis coupée avec un couteau de cuisine dentelé en voulant m'en servir pour ouvrir un sachet de surgelés. Un ami qui s'étonnait un jour de ma maladresse a suggéré qu'une certaine pulsion d'autodestruction me poussait peut-être à commettre des actes aussi stupides. L'interne du service des urgences de l'hôpital a ri lorsque je lui racontais ma mésaventure tandis qu'il me recousait. Il a fait une remarque singulière :

- C'est bizarre, mais pour une blonde, vous avez un épiderme particulièrement épais. En fait, on dirait un épiderme de noire.
- En somme, j'ai la peau dure, ai-je répliqué, furieuse sans trop savoir pourquoi.

Comme chaque dimanche soir depuis quelque temps, je me sens déprimée au-delà du raisonnable, à l'idée de retourner au bureau le lendemain. Je m'en ouvre à Pierrette :

- Je me sens de plus en plus… démotivée.
- C'est assez gênant pour quelqu'un qui doit organiser des séminaires de motivation.
- Ne te moque pas, espèce de garce. Tu es ma soi-disant meilleure copine, tu devrais me réconforter. Je crois que je me suis fourvoyée. Tu sais, ça me rase de plus en plus d'organiser tous ces trucs. Je finis même par trouver ça d'un ridicule achevé. Sans compter que si certains clients sont plutôt sympas, d'autres sont carrément odieux. Le tourisme, je voyais ça autrement, quand je m'y suis lancée. Je croyais à l'ouverture

des esprits, au rapprochement des peuples…

    - Ma pauvre chérie, tu aurais dû savoir que le tourisme d'affaires est au tourisme en général ce que la diététique est à la gastronomie. Pour ma part, heureusement, j'aime l'ambiance de l'hôtel, et heureusement, depuis que je suis passée "dir. com.", ça paye bien. Tiens, au fait, il faut que tu m'envoies la rooming-list de ton groupe de la semaine prochaine, sinon j'ai bien peur d'être en surbook.

Pierrette manie tous ces termes anglo-saxons avec une délectation évidente.

    - Oh non, la ferme, on ne va pas parler boulot ce soir !

    - Non, non, tu as raison. Passe-moi simplement un fax demain matin. Bon tu sais, en tout cas, il n'est pas encore trop tard pour te recycler. Tu devrais peut-être y penser.

Elle parcourt le menu de son beau regard noir, le détaillant attentivement. Je la contemple avec admiration. Toujours tirée à quatre épingles, parfaitement maquillée, ses vêtements classiques mettant en valeur sa silhouette longiligne, elle semble toujours prête à se rendre à un cocktail, toujours si professionnelle, même dans sa vie privée. Pourtant je sais qu'avec moi, elle se dévoile, elle devient quelqu'un d'autre. Elle me sourit, glissant derrière son oreille une mèche de son savant carré dégradé :

    - Alors, que comptes-tu faire, si tu ne supportes plus ton boulot ? Chercher autre chose ?

    - Peut-être, mais quoi ? Je n'en ai encore aucune idée. Je me sens tellement lasse parfois, inutile, vieille. Nulle.

Le jugement tombe comme un couperet sur nos assiettes :

    - Ma pauvre, c'est la crise de la quarantaine.

Je m'écrie, révoltée :

    - Mais je n'ai que trente-quatre ans !

Elle me tapote la main avec un sourire rassurant :

    - Tu as toujours été précoce, mon petit. Ecoute, je crois qu'en fait, ce qui te manque, c'est un mec. Un vrai. Quelqu'un qui prenne soin de toi tout le temps.

Je m'adosse sur mon siège en m'esclaffant :

- Bon Dieu, sûrement pas ! La dernière chose dont j'aurais envie en ce moment, c'est d'un bonhomme à temps complet. Non, merci.
- Tout de même, à trente-quatre ans, tu ne comptes pas te retirer du monde comme une nonne, ou quoi ?
- Tiens, ça serait une idée. Me faire nonne, ou m'enfermer dans un monastère tibétain. Je devrais y penser.
- Tu débloques. Bon, commandons maintenant, je meurs de faim. Que prends-tu ?
- J'ai une féroce envie de tartiflette.
- OK, je t'imite, alors. Mais demain, on se met au régime, ajoute-t-elle en pointant son index vers moi.
- Tu n'en as pas marre, toi, quelquefois, de cette dictature de la minceur ?
- Mon pauvre chou, tu sais bien qu'à notre époque, l'intérêt que nous portent ces messieurs est inversement proportionnel au nombre de nos kilos ! Bon, un petit Chablis, ça te dit ?

Elle fait signe au serveur qui s'approche, lui décoche un sourire suggestif en demandant à être servies rapidement. A ma différence, Pierrette sait parler aux hommes.
Je décide de changer de sujet :

- Alors, dis-moi un peu, comment est-il, le nouvel homme de ta vie ?

Le regard de Pierrette s'éclaire, ses mains s'animent en faisant cliqueter de petits bracelets dorés :

- Merveilleux. Il s'appelle Gilbert. Quarante-cinq ans, toutes ses dents, un charme...
- Et que fait cette perle rare dans la vie ?
- Directeur commercial dans une boîte d'agroalimentaire.
- Au moins tu es sûre de ne pas mourir de faim si tu l'épouses.
- Je n'en suis pas encore là, même si c'est bien engagé. Eh bien voilà : On a dîné ensemble deux fois, et puis bon... Crac boum.

Elle lève vers le ciel un sourire extasié.

- Enfin, je crois qu'il est vraiment amoureux de moi. Il m'a déjà appelée deux fois, ce week-end. Et au lit... c'est une affaire, increvable !

Elle semble étonnée. Pour ma part, je ne vois rien de miraculeux au fait qu'on tombe amoureux d'une femme comme elle, aussi charmante et accommodante, et qu'on ait envie de lui faire l'amour toute la nuit...

- Et tu le revois quand ?
- Dans la semaine. Mais il faut que je trouve une baby-sitter pour mes chérubins.
- Au pire, tu sais que tu peux faire appel à ta vieille copine célibataire. Avec tes gosses, on boira du chocolat chaud et on ira au café du coin jouer au baby-foot, ils adorent.
- Merci, tu es un ange.

J'ai alors droit à une description en règle de sa nouvelle aventure amoureuse, pimentée de détails alléchants sur les prouesses sexuelles de l'élu de son cœur. Bien sûr, elle veut également en savoir plus sur ma rencontre avec mon fugitif compagnon de lit parisien. Je lui en livre quelques morceaux choisis sans grande conviction. La conversation est interrompue par le serveur qui apporte notre repas.

- Et comment va ta mère, en ce moment ?

Je soupire, n'ayant pas envie d'aborder cet autre sujet douloureux, surtout un dimanche soir. Inexorablement, le cancer fait son œuvre. Lors de ma dernière visite à Lyon, j'ai trouvé ma mère encore amaigrie, son regard se voilant parfois, comme si elle avait fixé la ligne d'horizon au-delà de laquelle la mort l'attendait, patiemment mais sûrement.

- Pas terrible, j'en ai peur. J'y retourne dimanche prochain. Je crains une nouvelle hospitalisation.
- Tu veux que je vienne avec toi, dimanche ? Je peux peut-être m'arranger avec Renaud pour les enfants. Il ne les a pas pris durant trois semaines, le mois dernier, il me doit bien un week-end.

- Non, tu es gentille. De toute façon, Marianne et Bertrand passeront aussi. Heureusement, ils s'occupent régulièrement d'elle. Je me demande si je ne devrais pas la faire venir à Grenoble. Après tout, elle n'est que leur belle-mère.
- Peut-être, mais elle s'est tout de même occupée d'eux longtemps. Elle les a pratiquement élevés.
- Si seulement mon père était encore en vie ! Enfin, chacun ses soucis. Les croyants disent que le bon Dieu ne nous donne pas plus de malheur que nous n'en pouvons supporter. J'aimerais bien les croire, mais quand je vois ma mère grimacer sous la douleur, j'avoue que j'ai du mal.
- Oh… ma pauvre cocotte, le Bon Dieu, c'est comme les hommes politiques, il voit les hommes de trop haut pour en être vraiment proche.

Il n'y a plus qu'une chose à faire, rentrer se coucher et tenter de tout oublier dans le sommeil jusqu'au lendemain. Je rentre à pied, et l'air vif me fait du bien. Arrivée chez moi, je risque un œil dans la chambre de Céline, ma fille. Elle dort, ses cheveux noirs répandus en longs rubans sur l'oreiller comme des algues sur du sable blanc. Je suis soulagée de ne pas avoir à parler. Peut-être aurait-il fallu répondre à quelque réclamation ou exigence nouvelle, et je n'en aurais pas eu l'énergie. Je me couche avec la sensation d'un poids écrasant dans la poitrine. Les draps et l'oreiller ont encore l'odeur de l'homme qui a partagé mon lit la nuit précédente. Je ne l'aime pas, mais cela me donne la sensation dérisoire d'un peu de chaleur humaine. Avant de m'endormir, je me laisse complaisamment bercer dans cet énorme point d'interrogation, à savoir si, désormais, toute ma vie va s'écouler ainsi, grise et sans saveur, et quand cela finira.

3

La piste sablonneuse traverse une épaisse forêt. Pourtant, la chaleur est étouffante. C'est étrange, j'ai commencé ma randonnée quelque part dans le Vercors, dans la fraîcheur de verdoyants alpages, mais à présent je ne reconnais aucun de ces arbres qui se pressent autour de moi de façon toujours plus dense, avec leurs silhouettes tarabiscotées, ni ce sol ocre qui semble prendre feu sous mes pieds. Des bruits émanant d'êtres invisibles m'entourent : Caquètements, grincements, sifflements. Je veux retourner à ma voiture. Je vais prendre un raccourci. Je suis allée trop loin, beaucoup trop loin. On va m'attendre, s'inquiéter. Mais qui au juste ? Impossible de le dire. Pourtant, sous le soleil qui vient brûler mon front, j'ai soudain la certitude d'être attendue quelque part. J'ai la migraine et mes jambes semblent prendre racine à leur tour dans cette terre lourde et chaude. Peut-être devrais-je faire une pause, dormir un peu, là, dans cette clairière ravagée de chaleur par exemple, mais dont les hautes herbes jaunies et déjà foulées constituent un matelas accueillant.

C'est alors qu'un murmure m'attire plus loin encore. Sentant sur ma peau une brise parfumée et bienfaisante, je rampe vers un raidillon taillé entre deux hautes falaises pourpres tapissées de lianes aux feuillages argentés. Le murmure s'amplifie, jusqu'à se personnifier en un torrent impressionnant qui surgit au-dessus de ma tête et vient s'écraser en cascade quelques dizaines de mètres plus bas. Fascinée, je continue de cheminer sur le sentier, et parviens près du torrent devenu rivière, puis fleuve. Des fleurs multicolores, que je ne connais pas, ornent ses rives. Elles sont singulièrement orgueilleuses et chamarrées pour des fleurs de montagne.

Mais devant moi, en contrebas, je réalise que la rivière, après sa course furieuse, finit par s'échouer dans une mer turquoise, dont les flots caressent sereinement les bords d'une plage immense et déserte. Inondé de lumière, le sable, telle une poussière de cristal, me fait cligner des yeux. Au-delà, un lagon d'une clarté inouïe m'invite. Mais je peine à l'atteindre, si proche, mais reculant au fur et à mesure que j'avance vers lui. Le désespoir me leste et je m'enfonce toujours plus. Je gravis pourtant ce que je pressens être la dernière dune avant le rivage.

Parvenue au sommet, j'ai la surprise de tomber sur un groupe de gens presque nus. Accroupis, ils sont occupés à réparer des filets de pêche. Ils sont tous noirs, d'un noir un peu grisé, les muscles de leurs jambes et de leurs épaules brillent sous le soleil et leurs longs doigts habiles passent et repassent entre les mailles du filet. Ils ont de surprenants bracelets multicolores autour des chevilles, les femmes portent d'énormes boucles d'oreille qu'elles prennent plaisir à faire cliqueter en échangeant des propos incompréhensibles ponctués de grands rires. Certains me regardent de leurs yeux immenses en souriant, et le plus surprenant est qu'ils n'ont pas du tout l'air surpris de me voir.

Je me retourne et aperçois, entre plage et forêt, plusieurs masures en terre rouge, aux toits de chaume. D'autres gens, tout aussi sombres de peau, vont et viennent devant ses habitations, des femmes enfants font griller des poissons sur des sortes de braseros. L'odeur est âpre, enivrante. J'aimerais m'asseoir ici, me laisser tomber dans le sable chaud et glisser en toboggan jusqu'à la mer, glisser vers le sommeil, vers la mort, vers une autre vie. Mais je dois partir, retrouver mon chemin. Pourtant, toute notion de temps et de distance m'a quittée à présent. Un peu hésitante et avec la vague impression d'être ridicule, je demande :

- Je dois rentrer chez moi, pouvez-vous m'aider ?

Ils lèvent tous la tête vers moi et éclatent de rire, un des hommes hausse les épaules avec incrédulité, comme si j'essayais de lui faire une blague. Une très jeune femme se lève, observe mon visage avec un rien d'inquiétude, avec un geste gracieux de la main en direction du village.

- Mais tu *es* chez toi.

4

La matinée a commencé sur les chapeaux de roue. Au bureau, une nouvelle stagiaire, Leïla, est arrivée, et, bien qu'elle soit la bienvenue en pleine préparation d'un gros congrès, je ne parviens pas à prendre le temps de la mettre au courant. Harcelée de coups de fils, je finis par brancher le répondeur automatique afin de "briefer" rapidement la nouvelle recrue. Plusieurs messages s'agglutinent rapidement dans la machine. L'un d'eux me fait sursauter. Heureusement, il est en allemand.
"Iona, c'est Thomas. Peux-tu me rappeler ? Pas avant onze heures car j'ai une réunion avec des collègues. Pas après dix-huit heures non plus car je vais au théâtre. Mais je serai en principe au bureau à midi."
Comme d'habitude, ce cher Thomas a des créneaux horaires très stricts à respecter. Il ne faut pas non plus le déranger quand il mange ni quand il travaille chez lui sur un dossier, ni quand il a eu précédemment un coup de fil de sa mère qui a duré une heure, car alors il est tendu et donc inabordable. Il arrive aussi fréquemment que Céline ou moi l'appelions juste au moment où il est pris d'un besoin pressant d'aller aux toilettes. Je ne sais alors comment interpréter ces coliques intempestives.
Je hausse les épaules et me concentre de nouveau sur Leïla, un rien irritée. Heureusement, elle est très réceptive et semble avoir le sens de l'ordre, ainsi qu'une réelle volonté d'apprendre ce métier. Moi aussi, j'ai été comme ça. Mais l'ai-je *vraiment* été, ou ai-je plutôt fait semblant ?
A midi, Leïla part déjeuner. La femme de Jacques, le directeur, arrive.

   - Alors, vous vous en sortez, de ce congrès des dentistes ?
   - Difficilement. En plus Sophie est en arrêt maladie pour une semaine et Benoît a du partir au salon de Montpellier.

- Tu viens déjeuner avec nous ?
- Merci Monique, mais je ne peux pas. Je dois rattraper mon retard. J'irai m'acheter un sandwich à la boulangerie du coin.
- Tant pis. A une autre fois alors.

Jacques passe la tête par la porte de son bureau.

- Alors, ça va, la nouvelle stagiaire ?

Il se rend soudain compte de la présence de sa femme.

- Dis, chérie, tu ne pourrais pas nous donner un coup de main cet après-midi ? On est débordés. Ça y est, j'en ai fini avec la compta pour aujourd'hui. Je peux t'aider aussi, cet après-midi, si tu veux, Iona.
- Ce ne sera pas de refus, il y a tous les badges à préparer.
- Bon, alors, on s'y met tous tout à l'heure. Mais viens déjeuner avec nous, maintenant, ça te fera du bien de sortir un peu.

J'hésite.

- Bon, d'accord. Mais je dois passer un coup de fil avant. Je vous rejoins. Où allez-vous ?
- Chez le Grec, comme d'habitude.
- Alors à plus tard.

Je soupire, rassurée d'avoir du renfort. Bien que nullement salariée dans l'entreprise, Monique vient souvent aider bénévolement à ses heures de loisirs. Au fil des années, je me suis prise d'amitié pour ce couple anachronique de discrétion, d'humilité et d'honnêteté.

Je saisis un bloc-notes et griffonne rapidement quelques points clé à aborder avec Thomas : Vacances de Céline, orientation scolaire, etc. Je prends ensuite une longue inspiration, ainsi que je l'ai vu faire à des footballeurs avant un match de coupe du monde, et je compose le numéro.

Au bout du fil, la voix connue et pourtant étrangère me répond. Comme souvent, Thomas parait stressé.

- Ah, Iona, merci de rappeler aussi vite. Je ne peux pas parler longtemps car je dois passer voir mes parents.
- Ça tombe bien, on m'attend aussi.

- Ah bon, qui ça ?
- Dionysos.
- Pardon ?
- Rien, je plaisante.
- Tu vas bien ? Céline aussi ?
- Tout baigne.
- Pardon ?
- Je veux dire : Tout va bien.
- Parfait. Voilà : Je voulais savoir... Bon, j'aimerais venir skier dans les Alpes pour Noël. J'ai donc pensé que... enfin, je pourrais peut-être venir chez vous, ça t'éviterait de m'envoyer Céline. Et je serais content de te voir, ajoute-t-il furtivement.

Je soupire, sentant la rage monter en moi. Pour ma part, je n'ai pas du tout envie de le revoir. Quand donc comprendra-t-il ? Mais il faut rester calme, comme toujours, ne pas envenimer la situation, temporiser, pour Céline.

- Ecoute, Thomas. Je ne préfère pas. Ma mère ne va pas bien en ce moment, et je vais certainement devoir aller à Lyon durant les fêtes. Je préférerais que Céline te retrouve en Allemagne. Mais si tu tiens vraiment à aller skier, alors va avec elle quelque part dans une station des Alpes. Tu peux passer la chercher ici.

Il accuse le coup.

- Bon, bon, très bien. Je te rappellerai dans ce cas.

Après avoir raccroché, je me rends compte que je n'ai posé aucune des questions préparées. Du reste, je les ai rendues illisibles en gribouillant rageusement par-dessus durant la conversation.

Cela ne changera donc jamais. Depuis dix-sept ans que je connais Thomas, j'ai toujours l'impression de me heurter à un mur. Une belle façade de civilité, de cordialité, de bonnes manières, mais dans laquelle sont emmurées toutes ses émotions, ses pulsions, ses révoltes, bref, une véritable muraille de Chine. Nous avons bien tenté plusieurs fois de détricoter notre histoire pour en explorer les mailles manquantes, mais mes questions se sont empêtrées dans l'embrouillamini de ses réponses, plus difficiles encore à déchiffrer que les prédictions de Nostradamus. Pourquoi m'a-t-il plantée là, après deux ans de vie commune, lorsqu'il a su que j'attendais ce bébé qu'est devenue Céline ? Pourquoi est-il réapparu tout aussi mystérieusement, six ans plus tard, prétextant vouloir faire la connaissance de sa fille, pour repartir à nouveau finalement, après une nouvelle tentative de cohabitation ? Peur de l'engagement, des responsabilités familiales, m'a dit son propre frère. Soit. Mais jamais je n'ai pu entendre les vraies réponses de la part de Thomas lui-même. A la place de cela, j'ai eu droit à toutes sortes de discours aussi fumeux que tortueux, d'où semblait vouloir ressortir un attachement certain pour ma personne, mais aussi une aversion tout aussi certaine pour tout ce qui risque de prendre un tour définitif, et, surtout, une incommensurable incapacité à l'amour, à la prise de risques, bref, au bonheur.

Je me souviens de ce trente et un décembre au soir où j'ai accouché d'une petite fille si brune, à la peau si mate, que personne ne voulait croire que le père était allemand. Cela n'avait pourtant rien d'étonnant, lorsqu'on savait que Thomas avait pour père un émigré turc. Mais tout de même, j'étais foncièrement vexée de voir que l'enfant n'avait presque rien pris de moi, et surtout pas mes cheveux bouclés d'un blond cuivré, ni mes yeux d'ambre aux reflets dorés, bref, tout ce que je pensais légitimement avoir de mieux. En revanche, Céline avait manqué de discernement en copiant mon nez un peu épaté et de mes lèvres trop pulpeuses à mon goût.

Le déjeuner parvient pourtant à me détendre, mais l'après-midi met de nouveau mes nerfs à vif. Le congrès débute le lendemain, et, évidemment, la plupart des participants ont attendu la veille pour s'inscrire, se décommander, ou annoncer leur horaire d'arrivée à l'aéroport ou à la gare. Il est vingt et une heures lorsque j'arrive chez moi. Sur le tableau noir de l'entrée, Céline a écrit à la craie rose :

" Je dors chez Julie. Bonne nuit !"

Julie est à la fois la voisine, la meilleure amie de Céline et sa camarade de classe. Etant donné qu'elle aussi vit seule avec une mère qui travaille beaucoup, il ne se passe pas de semaine sans que l'une ou l'autre n'emprunte l'ascenseur en pyjama.

J'ouvre le congélateur, à la recherche de quelque plat cuisiné, en extirpe un sachet de chili con carne que je mets dans le four à micro-ondes et me dirige vers la douche. Les sonneries du téléphone et du fax du bureau résonnent encore à mes oreilles. Mais tandis que je me sèche, c'est mon propre téléphone qui se manifeste.

- Iona, c'est Marianne.

La voix de ma sœur a une gravité inhabituelle.

- Salut, toi. Comment vas-tu ?

- Ça va. Je voulais seulement savoir si tu venais bien dimanche.

- Bien sûr. Comment va Maman ? Je ne veux pas l'appeler ce soir, c'est un peu tard, mais j'arrive à peine du boulot.

- Je suis passée chez elle en fin d'après-midi avec les enfants. Franchement, je ne l'ai pas trouvée très bien.

Mon cœur se serre.

- Bon, j'appellerai le médecin demain, je crois qu'elle doit le voir en matinée.

- Ça n'est pas la peine. Je suis passée le voir à l'hôpital en sortant de chez elle.

Décidément, Marianne est parfaite, tandis que moi, je rate toujours le coche. Je n'ai pas eu le temps d'appeler ma mère ni le médecin aujourd'hui, et en plus je n'ai pas vu ma fille de la journée et l'ai lamentablement négligée depuis les derniers jours.

- Que dit le professeur Lemaire ?

- Eh bien il recommande une nouvelle hospitalisation. Elle a besoin de soins en permanence, maintenant, et on ne peut plus la laisser seule.

- Je vois. C'est bien ce que je redoutais. Bon, écoute : Je vais essayer d'arriver vendredi après-midi, peut-être pourrai-je voir le professeur Lemaire et discuter avec lui.

- Parfait. Bon, d'ici là, ne t'en fais pas trop.

Surtout, ne pas trop s'en faire, surtout se protéger. Mais comment est-ce possible alors que, déjà si mal construite, je serai bientôt orpheline. Je suis une éternelle prématurée.

Sur mon assiette, la masse informe, semblable à une poche de plasma, a déjà refroidi.

5

Le médecin se cale sur son siège, joignant les mains sous son menton. Il a l'air d'avoir eu une rude journée, mais prend le temps de peser ses mots avant de parler.

- Voilà, Madame. Je suis désolé, mais je crois maintenant que votre mère est entrée en phase terminale. Ses tout derniers examens sont mauvais. Ils révèlent de nouvelles métastases.

Je m'affaisse en entendant ce verdict, tout en réalisant que durant ces dernières semaines, je n'ai pas voulu voir en face ce que je pressentais tout au fond de moi.

Il devance ma question, dans un soupir, croisant et décroisant ses longs doigts blêmes devant son visage, comme atteint d'un sentiment de culpabilité.

- Si vous voulez savoir combien de temps il lui reste, je dirais a priori qu'il s'agit de quelques semaines, trois ou quatre mois tout au plus. Mais on ne peut jamais vraiment savoir. Votre mère est tellement... énergique...

Il a un petit plissement de la bouche, mi grimace, mi sourire.

- Que devons-nous faire ?

- Je recommande de l'hospitaliser dès lundi, si elle est d'accord, bien sûr. Nous la mettrons peut-être sous chimiothérapie, quoique je ne sois pas sûr que ça en vaille la peine. En tout cas, nous lui ferons bénéficier des meilleurs soins, essentiellement d'ordre palliatif. N'ayez crainte. Tout se passera dans les meilleures conditions.

- Je sais, docteur.

Cet homme m'est presque devenu proche, depuis deux ans que dure la maladie de ma mère. Et le centre anticancéreux, bien que vétuste par certains aspects, m'incite à avoir confiance, le personnel y étant compétent et attentionné, comme si la mort omniprésente en ces lieux le faisait devenir plus humain.

- Vous pourrez l'accompagner ?

- Je m'arrangerai pour prendre un ou deux jours de congé. Et si son état s'aggrave très vite, je prendrai carrément des vacances pour rester à Lyon.

- Très bien. Heureusement, vous êtes forte, vous lui serez d'une grande aide.

Je me demande comment cet homme peut me juger ainsi et me classer dans la catégorie des gens "forts". J'ai d'abord envie de hurler, puis je me dis que ce doit être une tactique de sa part. A cet instant précis, j'aimerais que quelqu'un me prenne dans ses bras, me rassure, me soulage du poids de mon chagrin, car je ne me sens ni forte, ni capable de surmonter l'épreuve qui m'attend. Mais le praticien se contente de m'adresser un regard compatissant et de rédiger les papiers nécessaires. Il se lève enfin et me tend la main. Mon cœur sanglote en silence.

- Alors nous nous voyons en principe lundi. Mais confirmez-moi ça dès que vous aurez parlé à votre mère.

En sortant de l'hôpital, je sens la nausée m'envahir. Du reste, j'ai le ventre vide depuis le matin, m'étant dépêchée de finir mon travail pour partir le plus vite possible, me ruer sur l'autoroute, déposer Céline chez Marianne et me rendre à mon rendez-vous. Sur le parking, je croise un vieil homme qui pleure sans retenue, au bras d'un plus jeune. Je voudrais pleurer avec lui. Voilà dans quel état serait mon père aujourd'hui, s'il était à ma place. Pour lui, les choses ont été plus rapides, l'infarctus l'ayant emporté en une seule nuit, six ans plus tôt. Je revois le couple que formaient mes parents, je revois le regard que ma mère posait sur mon père, un regard d'éternelle amoureuse, un regard qui nous laissait croire, à nous, leurs enfants, que la vie de couple était cette chose assez merveilleuse que nous avions tous les jours sous les yeux, cette complicité, cette tendresse parfois imperceptible, mais omniprésente, cette sollicitude patiente. Bertrand et moi avons bien déchanté plus tard, et le sourire conjugal de Marianne est désormais dépourvu d'illusions.

6

Je suis arrivée chez ma mère en tout début de matinée, un sac de croissants à la main. Nous avons pris le petit déjeuner ensemble, Lucie pelotonnée dans un fauteuil sous une couverture, un plateau sur les genoux. Puis je lui ai lavé la tête et fait un semblant de mise en plis avec ce qui lui reste de cheveux. C'était à crier de sentir sous mes doigts ce cuir chevelu presque dégarni, alors que ma mère, autrefois, possédait une superbe toison noire et frisée, contrastant étonnamment avec le bleu de ses yeux et sa peau mate. Je me rappelle que mon père disait d'elle que c'était une "beauté". Que dirait-il à présent, en voyant ce petit être chétif de cinquante-six ans à peine, au teint jaunâtre et à la chevelure clairsemée ?

Bertrand, Marianne, leurs conjoints et les enfants arriveront pour le déjeuner. En attendant, nous profitons d'un petit moment d'intimité, assises face à face dans le salon. La photographie encadrée de mon père nous sourit sur le buffet Empire. Le plus dur reste à faire. Je me suis portée volontaire, peut-être pour compenser ma négligence des derniers jours.

- Maman, j'ai vu le médecin, hier au soir.
-     Je m'en doutais. Et je suppose qu'il t'a transmis une invitation pour moi, n'est-ce pas ?

Même dans ces moments graves, Lucie conserve cette espèce d'humour sarcastique, et je me demande d'où elle le puise, d'où lui vient cette attitude toujours digne et énergique, cette obstination à narguer l'adversité. Même le professeur Lemaire a paru s'en amuser. Son corps et son visage ont beaucoup changé durant ces derniers mois. Mais ses yeux sont restés les mêmes, d'une pureté rare, leur bleu myosotis toujours aussi profond. Ils ont même aujourd'hui une lueur plus intense, semble-t-il. Je trouve injuste de ne pas en avoir hérité.

- C'est à peu près ça, Maman. D'ailleurs il m'a dit t'avoir laissé plusieurs messages sur ton répondeur. Pourquoi ne l'as-tu pas rappelé ?

Elle accuse le coup, mais, voyant ma mine défaite, se ressaisit plus vite que moi-même.

- J'étais… occupée. Allons, ne fais pas cette tête. Je serai ravie de revoir ce charmant professeur. Il est très bel homme. Mais il n'est pas question qu'il m'administre encore ces cochonneries qui me font perdre mes cheveux. Je veux au moins rester présentable quand on me mettra en boîte.

Je tente piteusement de protester.

Il ne faut pas baisser les bras. Essaie encore de te battre, je t'en prie. Tu es trop jeune.

- Tu mens toujours aussi mal, ma chérie. Tu sais très bien qu'il n'y a plus rien à faire. Et je suis mieux placée que toi pour m'en rendre compte. D'ailleurs, je suis fatiguée. J'ai envie de me faire un peu dorloter par les infirmières. Et puis je retrouverai bien quelques copines là-bas. Alors, pour quand dois-je faire mes valises ?

- Le plus tôt sera le mieux. Lundi, si tu veux bien.

Son regard vacille de façon presque imperceptible :

- Parfait. Pourras-tu m'aider ?

- Bien sûr. Je téléphonerai à Jacques pour l'avertir. Je resterai lundi et mardi. Et…je pense prendre un peu de vacances par la suite, pour rester près de toi.

- Ce ne seront pas vraiment des vacances, tu sais…

Elle reste un instant pensive, lève les yeux vers la photographie de mon père avec un petit sourire complice, puis resurgit brutalement du tréfonds de ses pensées :

- Oh, j'y pense ! Il faudra prévenir madame Marty. Il faudra aussi la payer. Iona, pourras-tu préparer le chèque ? Et ajoute deux mois en plus. Je lui dois bien un petit préavis de licenciement.

Madame Marty, une petite boulotte à la cinquantaine énergique, vient chaque jour de la semaine préparer les repas et faire le ménage de l'appartement.

- Maman, je t'en prie...
- Fais ce que je te dis. Ah, et puis s'il te plaît, n'oublie pas de mettre ça dans ma valise.

Elle désigne du menton la photographie.

- Bien sûr.
- Une dernière chose, maintenant, Iona.
- Quoi donc ?
- J'ai un travail pour toi. Un travail important.
- C'est à dire ?
- Je veux que tu fasses ce je n'ai pas eu le temps de faire moi-même. Rechercher nos origines.
- Oh, mais ça n'est vraiment pas le moment.
- Je sais. Je veux dire que j'aimerais que tu le fasses dès que j'aurai passé l'arme à gauche.

Je suis exaspérée de ne pas avoir son courage.

- Ecoute, nous n'en sommes pas là. Et pourquoi cette lubie soudaine ?
- Parce que, comme je te l'ai dit, je n'ai moi-même jamais eu le temps de m'y atteler. Tu comprends, je me suis mariée tellement jeune, je me suis retrouvée avec deux enfants orphelins en bas âge à élever, une maison à tenir, et puis c'est toi qui est née. Bref, j'avais autre chose à faire. Ensuite, lorsque ton père est mort, il a fallu régler tant de choses au sujet de l'entreprise. Et au moment où j'aurais eu

enfin le temps, ce satané cancer m'est tombé dessus. Mais maintenant, j'aimerais que tu le fasses pour moi. Et je crois que ce serait bien pour toi aussi. N'oublie pas que quelque part dans le monde, certainement aux Etats-Unis, tu as peut-être de la famille que tu ne connais pas.

- Maman ! J'ai déjà de la *famille*. Tu oublies Céline, Marianne et Bertrand ?

- Bien sûr que non. Mais l'un n'empêche pas l'autre.

- Ecoute, je ne vois pas trop l'intérêt d'aller rechercher quelques lointains cousins américains. Mais si c'est important pour toi, je te promets que je le ferai. Simplement, ça prendra certainement beaucoup de temps, et je n'en dispose pas en quantité illimitée. Ça sera à peu près comme chercher une aiguille dans une botte de foin.

- Je suis sûre que c'est réalisable, surtout avec les moyens de communication actuels. Ecoute, l'autre jour, au téléphone, tu m'as dit que ton travail t'ennuyait. Alors voilà, j'ai réfléchi à une chose : Lorsque je ne serai plus là, tu hériteras d'un peu d'argent. Bien sûr, tu pourrais acheter un appartement, par exemple, ou monter ta propre agence de voyages. Mais que dirais-tu plutôt de t'offrir une année sabbatique ?

Durant quelques brèves secondes, je me demande si elle n'est pas en train de perdre la raison.

- Une *quoi* ? Ecoute, Maman, je n'ai pas envie de ces discussions morbides. Tu es encore là, après tout, non ? Il sera toujours temps de voir après.

- Ne te mets pas en colère, et ne m'agace pas non plus. J'aimerais justement régler tout ça avant de tirer ma révérence. Ecoute : Mis à part ce projet que je veux que tu mènes à bien pour moi, j'ai beaucoup réfléchi à toi aussi. Tu es en train de gâcher ta vie. Ton travail ne te procure plus de satisfactions, tu t'es échinée à élever ta fille seule, tu as une vie sentimentale désolante. J'aimerais que tu fasses une pause, que tu prennes le temps de réfléchir à tes aspirations, de voyager, de faire de nouvelles connaissances, de te reconvertir, peut-être, pourquoi pas, et, bien sûr, de rechercher nos ancêtres.

Peu à peu, je réalise ce que ma mère est en train de me suggérer : Un immense plongeon dans l'inconnu.

- Mais on ne prend pas une année sabbatique comme ça, aussi facilement ! Et puis je dois m'occuper de Céline, elle a besoin de moi.
- Ça peut sûrement s'arranger si ton patron est compréhensif. Et personne n'est irremplaçable. Quant à Céline, je suis sûre qu'elle serait contente que tu lui lâches un peu les baskets de temps en temps, non ?

Je ne peux m'empêcher de rire.

- Quel langage !
- Je parle comme j'en ai envie. Et promets-moi en tout cas de réfléchir à ce que je t'ai demandé.
- Bon, d'accord, on en reparlera à mon prochain séjour. En attendant, je dois finir de préparer le déjeuner. La tribu va bientôt arriver.
- Sers-nous d'abord un petit remontant, veux-tu ? J'ai un superbe Porto dans le buffet.

7

Sur l'autoroute, je rumine les scènes de mon séjour à Lyon, le cœur lourd de tristesse. Etant donné que ce sont les vacances d'automne, Céline est restée chez Marianne, en compagnie de ses cousins. Je la soupçonne d'être vaguement amoureuse de Daniel, le plus jeune d'entre eux. Egoïstement, je suis plutôt contente d'avoir quelques jours de solitude devant moi.

Lucie a tout réglé jusque dans les moindres détails avant son départ pour l'hôpital, sachant qu'elle quittait sans doute pour toujours cet appartement dans lequel elle a vécu depuis son mariage. Une fois sur place, alors que je n'en menais moi-même pas large, elle a trouvé le moyen de plaisanter avec le professeur Lemaire et le personnel soignant, se permettant même d'émettre une remarque sur la mauvaise mine du praticien lui-même. Et étrangement, ces deux jours passés se sont écoulés dans la bonne humeur.

Mais avec son opiniâtreté habituelle, elle a encore évoqué le projet qui lui tenait à cœur :

- Ecoute, j'ai bien réfléchi. MacLehan ne doit pas être un nom si courant aux Etats-Unis. En tout cas moins que Smith ou MacDonald. Et puis, si tu t'adresses à l'administration des armées américaines, ils doivent bien avoir une trace de l'existence de ton grand-père, puisque celui-ci est mort à la guerre, si du moins mes grands-parents maternels m'ont dit la vérité.

- Oh, mais quelle tête de mule tu fais ! Mais ne t'inquiète pas, puisque je te l'ai promis, je ferai toutes les recherches possibles. Pour l'instant, concentrons-nous sur toi.

- Oui, oui. Mais j'aimerais tout de même que tu ailles chercher tous mes papiers d'état civil à la maison, ainsi que les vieux albums photo de la famille. J'y trouverai peut-être quelque chose qui m'aurait échappé.

Il était inutile de protester, ma mère obtenant toujours ce qu'elle voulait farouchement.

- Bon, d'accord, j'irai ce soir et je t'apporterai tout demain.

Je me suis exécutée, laissant ma mère à sa nouvelle occupation, posant sur sa table de nuit les dossiers et albums demandés.

Je ne peux m'empêcher de sourire en y repensant. J'aurais aimé avoir seulement le tiers de cette volonté de fer que possède Lucie. Mon père en riait souvent, la disant plus obstinée qu'un vieux marin breton. Je l'ai entendu tant de fois relater l'épisode consécutif à ma naissance. Le fonctionnaire alors en poste, n'ayant jamais entendu parler d'un prénom pareil, avait tout bonnement refusé d'enregistrer l'acte. Mais Lucie n'en avait pas démordu. Elle voulait absolument que sa fille porte ce nom de baptême, en souvenir de son propre père, ce dernier lui ayant légué pour tout souvenir un petit cadre contenant une gravure ancienne, assez kitsch, représentant une sorte de sirène s'appuyant sur une croix celtique. En lettres stylisées, on pouvait y lire l'inscription "Iona". Ce legs ayant revêtu une importance symbolique pour Lucie, elle avait alors décidé de doter sa propre fille de ce prénom énigmatique qui évoquait, apparemment, une sirène. Du fait de son entêtement, j'étais donc restée quatre jours sans prénom, jusqu'à ce que l'état civil veuille bien céder aux exigences d'un petit bout de femme de vingt-deux ans. Nul doute que cette dernière serait allée jusqu'au procès, s'il l'avait fallu.

Mon père pardonnait à sa femme toutes ses fantaisies. Grâce à elle il avait retrouvé le goût de vivre après le décès de sa première épouse. Un jour, peu avant sa propre mort, il m'avait même avoué qu'il avait été bien plus amoureux de Lucie que de la mère de Marianne et Bertrand.

-   Ta mère possède un don rare, lui avait il dit. Elle sait embellir la vie. Avec elle, tout est plus gai, plus drôle. Et elle a les plus beaux yeux du monde.

Arrivée à Grenoble, je suis tirée de mes pensées par un automobiliste impatient qui klaxonne, alors que je tarde à démarrer au feu vert. Ces quatre jours passés en compagnie de ma mère m'ont perturbée, et, en même temps, je commence à ressentir une curiosité certaine, à force d'entendre parler de ces ancêtres mystérieux. Une année sabbatique ? Après tout, pourquoi pas ? L'idée est assez séduisante, finalement. Mais je perds aussitôt le sourire en réalisant que je ne pourrai pas en profiter en compagnie de Lucie, et je réalise avec douleur tout ce que je vais perdre quand elle sera partie.

8

L'automne passe comme un T.G.V. dans ma vie, à travers les tâches ménagères, le travail, les conflits et réconciliations avec Céline, ainsi qu'une vague amourette avec un homme rencontré à mon club de remise en forme, aventure qui toutefois au bout d'un mois à peine commence à s'épuiser, plus lentement mais plus sûrement que nos corps sur les appareils de musculation.

Et puis voilà Noël qui arrive. Je me hâte de faire mes dernières courses. Je traverse la Place Grenette sous des bourrasques qui me jettent au visage de minuscules flocons glacés. Les magasins regorgent de monde, une ultime frénésie d'achats s'est emparée de la ville.

Le réveillon aura lieu chez Marianne, qui possède la plus grande habitation de tous. Exceptionnellement, et en bataillant dur comme à son habitude, Lucie a obtenu du professeur Lemaire une permission de sortie pour deux jours. Etrangement, elle semble aller beaucoup mieux depuis son hospitalisation, a déjà absorbé les trois romans que je lui ai offerts, remis de l'ordre dans ses papiers, réclamé à Marianne du cognac et des chocolats. Le professeur Lemaire a fermé les yeux sur le cognac, maladroitement dissimulé sous un sac à tricot dans la table de nuit, tout comme il ferme les yeux sur les cancéreux en phase terminale qui fument dans les couloirs de son hôpital.

Avec la vague impression d'avoir oublié quelque chose, je prends néanmoins la route en direction de Lyon, après avoir acheté une plante verte pour Marianne et des cigares pour Jean-Pierre, mon beau-frère. Sur l'autoroute, la circulation s'avère dense et difficile, en raison de la neige qui tombe de plus en plus dru.

La veille au soir, Thomas est venu chercher Céline. Ils sont partis skier pour les vacances. L'entrevue a été aussi brève que superficielle. J'ai bien senti que Thomas n'aurait rien eu contre le fait de passer la nuit chez moi, peut-être même *avec* moi. Mais je l'en ai rapidement dissuadé, prétextant que j'avais beaucoup à faire.

Lorsqu'ils sont partis, je me suis sentie soulagée. Ces derniers temps, les relations avec Céline sont devenues de plus en plus conflictuelles. A quinze ans, elle prétend vouloir sortir fréquemment, se préoccupe énormément de mode et de garçons et me reproche constamment ma soi-disant sévérité. " T'es pas cool " et " t'es pas marrante ", et, dans les cas extrêmes, le radical " t'es trop chiante ", sont devenues ses expressions favorites. Je me sens de plus en plus lasse de cette guerre quotidienne, où il faut être à la fois le père et la mère alors que j'ai envie parfois qu'on me reconnaisse simplement le droit d'être un être humain.

J'arrive bonne dernière chez Marianne. On sabre le champagne dès que je me suis débarrassée de mon manteau. Je m'efforce d'afficher un sourire convenable, mais, si ce n'était pour Lucie, j'aurais préféré éviter ce réveillon. Noël et son cortège de guirlandes, sa débauche de nourriture et de cadeaux qui m'ennuient et me dépriment chaque année davantage, comme d'ailleurs toutes les fêtes, les mariages et les grandes manifestations de groupes en général. Une de mes copines du club de gym s'est voulue rassurante en m'indiquant qu'il en était de même pour elle, qu'il allait ainsi pour beaucoup de célibataires et de solitaires d'ailleurs, qui se sentent encore plus seuls en de telles occasions. J'ai alors eu l'impression d'appartenir à une communauté d'handicapés.

Lucie est d'une élégance rare. Maquillée, dûment perruquée, elle pourrait presque faire illusion. Marianne l'a installée dans un confortable fauteuil garni de cousins moelleux, enrobée d'un plaid en mohair. Mais tout le monde sait que c'est *le* dernier Noël. Bien sûr, à table, en même temps que la traditionnelle dinde, la traditionnelle question est abordée. Cette fois-ci c'est Bertrand qui la pose :

-    Alors, Iona, pas de petit fiancé en ce moment ?

- Bon sang, c'est tout ce qui t'intéresse ? Est-ce que tous les gens sur cette terre sont obligés d'aller par paire sous peine d'être considérés comme anormaux ?
- Holà, holà ! Excuse-moi ! Ce que tu peux être susceptible, tout de même…
- Je ne le suis pas. J'en ai juste ras le bol, de ces schémas. Et puis, franchement, quand je vois certains couples…
- Qu'est-ce que tu veux dire ?

Ça y est, j'ai lâché la phrase de trop. Brigitte, la seconde femme de Bertrand me toise à présent d'un air furieux, attendant ma réponse à sa question. Elle a en effet des raisons de se sentir concernée. Marianne me donne un léger coup de pied dans le tibia. Aïe aïe aïe, je suis en train de gâcher leur magnifique soirée, ils vont tous m'en vouloir à mort. Et puis j'aurais quand même pu la fermer, ne serait-ce que par égards pour Lucie. J'ai à présent de la peine pour Bertrand qui baisse les yeux d'un air piteux.

- Rien, rien…

Et c'est justement Marianne qui vole à mon secours.

- Iona a raison. Mieux vaut être seul que mal accompagné. Elle me parlait justement encore récemment d'une amie en plein divorce, une vraie catastrophe, n'est-ce pas ?
- Oui, c'est vrai. Enfin… parlons d'autre chose. Désolée, je crois que je travaille trop en ce moment, je suis un peu à cran.
- C'est rien, frangine, allez bois plutôt un coup, dédramatise Bertrand en remplissant mon verre.

Il sort sa guitare et, très vite, Marianne se met à chanter avec lui. Ils ont toujours aimé, tous les deux, se livrer à d'épiques duos qui font hurler de rire le reste de la famille. Bertrand a une belle voix de basse, qui, travaillée, aurait pu devenir professionnelle. Mais ses activités de commercial, le contraignant à passer le plus clair de son temps sur les routes, ne lui en ont guère laissé le loisir. Parfois, une infime lueur de regret traverse son regard lorsqu'il prend sa guitare lors de nos repas familiaux, vite noyée cependant dans une lampée de vin et son sourire d'éternel gamin.

Ce soir là, les yeux de Lucie sont redevenus particulièrement lumineux. Hormis quelques petites grimaces de douleur de temps à autre, son visage et son sourire sont empreints de sérénité. Je ne peux m'empêcher de lui en faire la remarque en aparté, mue par une lueur d'espoir :

- Tu te sens mieux, Maman ? On dirait que…
- Oui, je me sens *beaucoup* mieux. Et je vais mourir bientôt. Et ça n'est pas si grave, finalement. - Elle prend mes mains dans les siennes, me regarde comme si elle hésitait à me communiquer quelque chose. - Iona… La seule chose qui m'attriste encore, c'est de vous laisser, surtout Céline et toi. Mais je suis certaine que tout ira bien pour vous, à présent.
- Comment peux-tu dire ça ? Pour ma part, je ne pourrai pas aller bien si tu n'es plus là.
- Mais si. Fais-moi confiance, je t'en supplie. Accepte les chances qui s'offrent à toi, ouvre-toi, et va au devant des événements. D'ailleurs, d'une certaine façon, je serai encore là.
- Mais tu as toujours dit n'être pas croyante…
- J'ai beaucoup appris, ces derniers temps.
- Appris quoi ? Comment ?

Elle a un petit rire :

- Tu es trop curieuse, et puis j'ai bien le droit d'avoir mes petits secrets.
- Même pour moi ?
- Même pour toi.
- Mais pourquoi ?
- Tu poses trop de questions. Contente-toi de me croire si je te dis que je n'ai plus peur de mourir. D'ailleurs je ne mourrai pas vraiment.

J'explose.

- Tu t'es convertie à l'hindouisme ou quoi ? Tu penses te réincarner en chat ? Dans ce cas dis-le-moi pour que j'aille te chercher à la S.P.A.
- Oh, Iona, fait-elle en riant, du calme, du calme ! Et puis tu m'agaces avec toutes tes questions. Je suis fatiguée à présent, et j'aimerais bien aller me coucher.

Deux jours plus tard, alors que je suis toujours chez Marianne pour quelques jours de vacances, l'hôpital nous appelle au petit matin. Lucie s'est évadée de la vie durant son sommeil. Il neigeait.

9

Les obsèques ont lieu le trente et un décembre. A quinze heures, la neige a cessé de tomber alors que nous pénétrons dans le vaste cimetière, aussi froid, plat et immense qu'un parking d'hypermarché. Le ciel s'est teinté d'un rose sale, déjà crépusculaire, et le froid humide s'insinue sous nos vêtements, nous rendant à la fois glacés et fébriles. Il me semble que je n'ai plus de jambes, que mon cerveau va bientôt se liquéfier, que je vais peut-être me fondre tout entière dans cet environnement qui se resserre autour de moi jusqu'à m'étouffer. Des murmures montent à mes oreilles, des sourires compatissants défilent devant mes yeux, et plus loin je perçois des ombres noires qui déambulent et se congratulent, avançant péniblement sur le sol glissant. Marianne me pousse du coude, comme pour m'inciter à me ressaisir. J'essaie alors de rassembler mes cellules grises à la dérive pour jouer le rôle qu'on semble attendre de moi. Je suis étonnée de constater qu'un nombre impressionnant de personnes s'est déplacé, ainsi que le professeur Lemaire en personne. Lui-même semble malade. A force de vivre auprès de cancéreux, n'a t-il pas lui-même par mimétisme été atteint par leur maladie ?

Plusieurs amis et parents lointains sont venus des quatre coins de France, pourtant ce jour de St Sylvestre ne se prête guère aux enterrements. A cette occasion, je rencontre mon oncle et ma tante, venus d'Italie où ils résident, et de vagues cousins paternels, que je n'ai pas revus depuis une éternité, ainsi que plusieurs amis de mes parents. Il a fallu organiser le repas avec Marianne pour nourrir tous ces gens, leur trouver un hébergement. Lorsque nous nous retrouvons tous chez elle, je dois faire face à de multiples questions : "Ah, vous n'êtes pas mariée ? Que faites-vous dans la vie? Céline est-elle une bonne élève ?" Je réponds à peu près n'importe quoi, sans me départir d'un sourire de convenance.

Céline et Thomas ont fait le voyage, interrompant leurs vacances pour la circonstance. Je constate que Thomas parait réellement touché par la disparition de Lucie. Mais il se sent très mal à l'aise au milieu de tous ces étrangers, puisqu'il n'a pas de raison logique d'être là. J'ai presque de la peine pour lui, et tous trois, nous faisons front inconsciemment, redevenus famille en cette occasion.

Il s'approche, profitant de ce que je me trouve seule durant un bref instant. Il semble sincèrement inquiet, pose une main sur mon épaule. Je me dégage aussitôt.

- Comment vas-tu, Io ?

- Ne t'inquiète pas, ça va aller. Le plus dur est passé, maintenant.

- Je ne crois pas. Elle va beaucoup te manquer. Ecoute, si tu venais quelques jours avec nous faire du ski, ça te ferait du bien. Et puis il faudrait qu'on parle, toi et moi. Et ce soir, c'est l'anniversaire de Céline, quand même...

Je réplique sèchement :

- Merci de me le rappeler. Mais il me semble que j'en ai raté moins que toi, de ses anniversaires !

Il accuse le coup par une légère grimace.

- Tout de même, quelle ironie... Ta mère meurt, et Céline rentre dans une nouvelle année. C'est un peu comme un testament...

Je me radoucis un peu.

- Ecoute, la dernière chose dont j'ai envie, c'est d'aller faire du ski. Et puis, Céline ne veut pas fêter son anniversaire, elle a trop de peine. De quoi veux-tu parler ?

- De moi... de nous. Il y a tant de choses qui sont restées irrésolues entre nous, j'y pense souvent.

- Oh, Thomas. Tu ne vas pas recommencer. On ne va pas continuer encore vingt ans de plus comme ça. Et puis, je préfère vraiment rentrer chez moi. Repartez vite en montagne, Céline et toi, et profitez-en. Et puis ça lui changera les idées. On s'appelle.

Une fois les invités partis, Marianne insiste pour que je reste au moins deux ou trois jours.

- Je te remercie, mais ne t'inquiète pas pour moi. Je préfère être un peu seule, et j'ai envie de me reposer. Je n'ai presque pas dormi, ces derniers jours.

- Tu me téléphones quand tu arrives ?

- Bien sûr.

Je rentre chez moi avec la sensation grandissante de regarder quelqu'un d'autre faire tous ces gestes quotidiens : Garer la voiture, ouvrir l'appartement, prendre une douche. Puis je me sers un verre de vodka, espérant brûler cette boule qui monte dans ma gorge, j'allume la télévision sans la regarder, erre dans l'appartement, me sers un autre verre, puis encore un autre. Vers minuit, j'insère un disque dans la platine laser, tournoyant sur ce blues lancinant qui me vrille le cœur. Face au miroir du couloir, je lève mon verre, une voix sort de moi et ricane :

- Bonne année.

Je débranche le téléphone, avale deux somnifères et sombre dans le vide du sommeil.

10

Trois semaines déjà, ou quatre ?

J'ouvre les yeux pour les refermer aussitôt. Quelque chose ne colle pas. Je devrais être au travail. Mais non, on n'a pas besoin d'un légume neurasthénique au bureau. Du reste, je serais bien incapable d'y aller, je ne pourrais même pas prendre ma voiture et me mettre au volant.

- Iona ?

Il faudrait répondre. Pierrette se tient à mon chevet. Que fait-elle là ? Elle aussi devrait être au travail. Ah, bien sûr. Ça revient maintenant. Elle a pris une journée de congé pour... pourquoi au fait ?

- Iona ? Réveille-toi.

Je garde les yeux prudemment fermés.

- Je suis réveillée.
- Veux-tu manger quelque chose ?
- Quoi ?
- Veux-tu manger quelque chose ?

Manger ? Quelle drôle d'idée.

- Non. Laisse-moi dormir.

Elle s'assoit sur le lit en soupirant, me secoue par l'épaule.

- Ecoute, ça ne peut plus durer comme ça. Depuis trois semaines tu t'enfonces de plus en plus.

C'est exactement ça. Je m'enfonce, mais pas dans un puits noir. C'est au contraire une sorte de sable bien chaud, et si doux.

- Va te faire voir.
- D'accord, mais plus tard. Et puis Céline va rentrer du lycée, elle serait contente de te voir debout. Et tu devrais reprendre le travail la semaine prochaine. Ça te ferait du bien.
- Je m'en fiche. Je hais ce travail.
- Va au moins te laver et t'habiller.

Elle ne me laissera pas tranquille. Il faut obtempérer. Je me lève, lui jetant un regard noir, chancelle en quittant le lit, fourrage dans le placard pour trouver des vêtements. Même chercher des habits à me mettre devient une épreuve insurmontable, le placard béant semblant vouloir m'engloutir tout entière, avec ces vêtements grimaçant comme des silhouettes menaçantes. Pierrette m'aide avec une patience admirable. Depuis deux semaines, elle s'est installée chez moi, confiant ses propres enfants à sa mère. Mais bien sûr ça ne peut pas durer. Je commence à emmerder tout le monde.

- Tu te souviens que tu as rendez-vous chez le psychiatre cet après-midi ?
- Oh non ! Je ne veux pas y aller. Je n'en ai pas besoin.

Elle sort de ses gonds, on dirait presque qu'elle va se mettre à pleurer.

- Quoi ? Tu n'en as pas *besoin* ? Enfin, Iona, tu es en train de faire une dépression. Ton médecin ne peut pas faire grand chose pour toi, à part te bourrer de pilules qui t'abrutissent. Et au cas où tu l'aurais oublié, j'ai pris une journée de congé pour t'accompagner, le moins que tu puisses faire est donc d'aller chez ce psy, mince alors. Il va bien falloir que tu recommences à vivre, tu comprends ?
- Pourquoi faire ?
- Mais pour ta fille, d'abord. Tu ne peux pas te permettre de te laisser aller. Et puis pour toi même, et enfin pour ceux qui tiennent à toi. Ecoute, Thomas aussi est très inquiet. Il a encore téléphoné ce matin.
- Lui, il peut aller se faire foutre. Quelle rigolade. Je ne suis qu'un boulet pour vous tous. Même Céline serait soulagée si je n'étais plus là, je crois. Elle pourrait aller vivre chez son père. Il s'y prendrait peut-être mieux que moi. Je démissionne. J'en ai ras le bol, tu comprends.
- Oh, mon Dieu. Je sais que c'est dur, je sais. Mais tu n'es pas toute seule.
- On est toujours tout seul.

Pierrette se rassoit sur le lit, les larmes aux yeux, m'attire contre elle et me berce. Je me fais l'effet d'un gros bébé empoté et me hais de lui faire de la peine.

- Arrête tes conneries. Je te jure que dans quelques mois, tu regretteras vraiment d'avoir prononcé de telles paroles. Allez, file maintenant. Va t'habiller. Après on va chez ce psy, et ensuite, tu sais quoi ? On s'offrira un café et des gâteaux en ville, on ira voir un bon film, on s'achètera Marie-Claire, on fera tous les tests bidon et on regardera notre horoscope. D'accord ?

- Et si mon horoscope me dit que je ferais mieux de me tirer une balle ?

Pierrette soupire tandis que je m'éloigne excédée vers la salle de bains.

11

Pierrette a garé sa voiture dans un parking souterrain du centre ville. Les soldes battent leur plein et il y a un monde fou en ce vendredi. Il y a bien dix minutes à marcher jusqu'à ce damné psychiatre, une forêt de rues et de boulevards à traverser. Le parcours du combattant. Les voitures agressives qui accélèrent justement lorsque les piétons s'avisent de mettre un pied hors du trottoir. Les klaxons. Les gens qui se bousculent avec de gros sacs. Une fois arrivés à la maison ils se demanderont pourquoi ils ont acheté tout ça.

Elle me regarde avec inquiétude, alors que je me cramponne à son bras en traversant le cours Jean Jaurès avec l'air d'un chrétien rentrant dans la fosse aux lions. Après avoir victorieusement franchi l'avenue, je fais une courte pause sur un banc, mon cœur battant la chamade. Tout cela est vraiment au-dessus de mes forces. Ne pourrait-on me laisser en paix, au fond de mon lit ? J'ai une envie presque jubilatoire de vomir à présent, mais ça ne se fait pas de vomir dans la rue au pied des passants. Je tente de maîtriser ma respiration, comme on me l'a appris lorsque j'allais accoucher. D'ailleurs c'est ça, je vais chez le psychiatre pour accoucher de tous mes démons.

Un homme s'arrête, aborde Pierrette avec un sourire plein de sollicitude.

- Votre amie a-t-elle un malaise ? Je peux faire quelque chose ?

- Euh, non, merci, ça va aller, répond-elle, reconnaissante.

- Je suis médecin, insiste l'homme. Il y a vraiment quelque chose qui cloche, non ?

Je ricane :

- Oh oui, ding dong…ding dong…

- Euh… Où allez-vous ? J'ai ma voiture juste ici. Je peux vous emmener, si vous voulez.

Pierrette regarde le véhicule qu'il désigne du menton, une Twingo caca d'oie garée en pleine interdiction de stationner. Mais bien sûr, avec son caducée au pare-brise, l'homme peut se le permettre.

- Nous allons chez le docteur Marino, soupire-t-elle.

- Ah, je vois. Je le connais.

Son regard se pose sur moi avec commisération, puis de nouveau sur Pierrette.

- Venez, je vous emmène, en voiture ça n'est jamais qu'à deux minutes. Et votre amie n'ira pas plus loin à pied. Elle est apparemment en pleine crise.

De quoi parle ce balourd ? Une crise de quoi ?

Dans la voiture, Pierrette et l'homme discutent rapidement de mon état, comme si je n'étais pas là. Tant mieux. Déjà, on me met à l'écart. C'est exactement ce que je veux. Ils finiront bien par s'apercevoir que je n'existe déjà plus, et alors ils me laisseront tranquille.

Il se gare rapidement contre le trottoir, ses feux de détresse allumés, et tend une petite carte à Pierrette.

- Tenez, on ne sait jamais, si vous avez besoin d'un médecin un de ces jours. Bien que je suppose que vous avez déjà ce qu'il faut. Mais si vous voulez des conseils pour votre amie, n'hésitez pas à m'appeler. Vous savez, je ne veux pas démonter ce que font mes confrères, mais je suis naturopathe et acupuncteur. J'ai aussi étudié la médecine chinoise durant deux ans. C'est passionnant, et vous seriez surprise des résultats. Nous nous croyons supérieurs en Occident, mais savez-vous par exemple que les statistiques de longévité atteignent des taux records en Chine ?

Quel imbécile… Je n'ai aucune envie d'atteindre un taux record de longévité. C'est déjà bien assez dur d'être arrivée à l'âge que j'ai. Je n'ai plus qu'une envie, c'est d'atteindre la fin de la route très vite, si possible en dormant. Et puis je ne suis vraiment pas d'humeur à me laisser piquer les oreilles avec de petites aiguilles à ou à avaler toutes sortes de décoctions immondes.

- Bonne chance, ajoute l'homme.
- Merci, docteur, répond aimablement Pierrette en s'extirpant du véhicule.

Elle me jette un œil réprobateur alors que je reste muette.

- Au revoir, monsieur, renchéris-je comme une enfant de cinq ans.

Quelqu'un nous a fait entrer dans une vaste salle d'attente où personne n'attend. Très vite, un homme ouvre la porte et s'avance sans hésitation vers moi en me priant de le suivre. Pierrette m'adresse un petit clin d'œil encourageant et prend un journal, m'abandonnant lâchement à cet individu qui me guide le long d'un interminable couloir.

Avec son front dégarni, ses yeux éteints et les deux sillons qui séparent ses sourcils, le psychiatre lui-même a l'air aussi déprimé que le papier peint de son bureau. Il a une ressemblance étonnante avec une race de dinosaure dont j'ai oublié le nom. Assise en face de lui, je réponds brièvement aux questions qu'il me pose pour remplir sa fiche. Il m'étudie ensuite un long instant, comme si mon visage pouvait mieux le renseigner que mes paroles, puis dit simplement, croisant ses mains sous son menton :

- Parlez-moi de vous.
- Pardon ?
- Oui, expliquez-moi ce qui vous amène.
- Mon amie.
- Oui, bien sûr, mais encore ? *Qu'est-ce* qui vous amène, *vous* ?

Les yeux de cet individu se fixent sur moi comme des forceps. *Tu crois que je ne t'échapperai pas, mon bonhomme, mais nous verrons qui est le plus malin.* Je tente alors tant mal que bien d'expliquer qu'apparemment, et d'après l'avis général, quelque chose s'est cassé dans ma tête, depuis la mort de ma mère. Ma fille elle-même m'a dit deux jours plus tôt : "Maman, tu déglingues". Et puis je dis que j'en ai marre de devoir faire semblant d'exister, et que pour finir je ne vois pas du tout ce que je fiche ici. J'ai le vague espoir qu'il va me prescrire une cure de sommeil. C'est ça, je veux seulement dormir et me reposer, me nicher dans le néant. Mais il me parle d'un travail de deuil nécessaire, d'une démarche d'introspection que je dois réaliser, pour mieux prendre conscience de mes difficultés, de mes traumatismes, et de mes aspirations profondes. Il me suggère que la mort de ma mère n'est que la goutte qui a fait déborder le vase. Alors, on me demande encore plus *d'efforts, de travail* ? Car ce sont bien les mots qu'il emploie. Comme si ça n'était pas déjà assez difficile d'être en deuil, il faut en plus en faire un travail, une occupation à part entière. Et pourquoi vouloir se regarder le nombril alors qu'il n'y a strictement rien d'intéressant à en dire ?

En guise de conclusion, il m'établit une ordonnance, en expliquant qu'il va me faire bénéficier d'un nouveau traitement, qui a pratiquement fait des miracles, à ceci près que j'ai lu quelques mois plus tôt dans le journal que ce médicament avait eu des effets secondaires surprenants sur certains patients, les poussant par exemple au meurtre ou au suicide. En outre, je devrai revenir toutes les semaines en consultation.

- A partir de maintenant, vous allez vous occuper de vous même, dit le psychiatre en me raccompagnant à la porte, son regard fatigué démentant le sourire engageant qu'il m'adresse.

12

Au début, j'ai l'impression que ces gélules ne me font aucun effet, ou plutôt qu'au contraire de l'effet recherché, elles me poussent à prendre conscience de façon plus lucide encore de la vacuité de mon existence. Je me demande si je vais, comme l'un de ces cas dits rarissimes, me suicider ou tuer quelqu'un, Céline par exemple ? J'écarte rapidement la deuxième hypothèse, mue par un vague résidu de morale, et par la constatation que cela ne changera rien à ma propre incapacité à vivre. Je me mets alors à réfléchir à la première alternative, me heurtant rapidement à un réel problème. L'assurance décès que j'ai contractée à la naissance de Céline comporte une clause de non validité du contrat en cas de suicide. Hors, je ne peux décemment pas laisser ma fille de quinze ans sans ressources, et il serait par ailleurs vexant d'avoir versé tant d'argent durant toutes ces années pour rien. Une solution se fait alors jour dans mon esprit : Ma mort doit simplement passer pour un accident. C'est si facile à réaliser lorsque l'on possède une voiture. Et la saison s'y prête.

Soulagée d'avoir résolu mon problème et de pouvoir ainsi fausser compagnie à ma famille sans faire pour autant preuve d'irresponsabilité, je mets mon plan minutieusement au point, dans une sorte d'euphorie. J'achète deux billets de théâtre pour le mois suivant, prends rendez-vous chez mon esthéticienne et fais un plein de courses au supermarché, toutes choses qui ne peuvent que témoigner formellement de mon intention de rester en vie. Puis je monte dans le Vercors, profitant de ce que les routes sont encore recouvertes d'une fine pellicule de neige fraîche. Je m'engage dans ces fameuses gorges, dont je connais parfaitement la malignité. J'irai jusqu'à ce virage qui glace d'effroi les touristes penchés au-dessus du précipice qu'il surplombe. La rambarde a cédé en partie quelques jours plus tôt, suite à d'importants éboulements. Une immense sensation de soulagement me gagne. Le ciel est d'un bleu pur, l'air vif et exaltant. Et je vais tout simplement m'envoler.

Alors que j'aborde tranquillement les derniers lacets de mon existence, une voiture de pompiers me dépasse, toutes sirènes hurlantes, aussitôt suivie d'une ambulance et d'une voiture de police. *Ils sont vraiment en avance.*

Un peu plus loin, un gendarme me barre la route. Je murmure "merde" entre mes dents.

    - On ne passe pas, Madame, il y a eu un accident.

Mais non, pas encore !

    - Madame, vous entendez ? insiste l'homme en uniforme.

Mais je ne l'entends déjà plus tandis qu'il tente de m'expliquer. On vient de remonter sur un brancard une silhouette recouverte d'une couverture. Une autre civière suit, portant une femme au visage ensanglanté. Je perçois une voix qui dit, près du gendarme :

    - C'est Jean Bertrandin. Il a pris le virage trop vite. J'leur avais bien dit, à la D.D.E., qu'c'était urgent de réparer c'te rambarde !

Je quitte ma voiture et me dirige vers le précipice. Je vomis en apercevant le véhicule broyé sur un rocher. Jean Bernardin était un accompagnateur en montagne jovial et compétent, avec qui j'ai travaillé à maintes occasions. Grâce à lui, j'ai découvert vingt-quatre sortes différentes d'orchidées sauvages et appris à reconnaître sur la boue séchée les traces de cerfs et d'écureuils, et je me souviens soudain avec acuité de ces moments qui m'avaient apporté autant d'émotion que la contemplation du Taj Mahal ou de la Grande Muraille de Chine.

Pierrette monte me chercher dans un café où je me suis mystérieusement retrouvée. Dès lors, je ne songe plus au suicide. Je me rends à l'enterrement. La femme de Jean Bertrandin y assiste dans un fauteuil roulant, son visage partiellement recouvert de pansements.

Au fur et à mesure que je poursuis mon traitement, je me sens anesthésiée, enveloppée d'une confortable carapace qui me laisse insensible aux agressions extérieures, un peu comme un prisonnier condamné à perpétuité..

Même Céline m'en fait la remarque :

- Maman, qu'est-ce qui se passe, tu m'engueules même plus !

Mes visites chez le psychiatre me font l'effet d'une comédie bien rodée, dont ni lui ni moi ne sommes dupes. Je m'invente des frustrations infantiles, des traumatismes pubertaires, afin de justifier le temps que nous nous consacrons mutuellement et les ordonnances qu'il établit. Parfois, lorsque je ne sais plus trop quoi dire, je passe le temps qui reste à compter les carreaux du pantalon écossais que je mets toujours pour venir à la consultation, les motifs de la moquette. D'un mur à l'autre, j'en ai compté cent vingt-sept.

Je reprends le travail, après deux mois d'absence. Au bureau, Jacques, ainsi que mes collègues, sont particulièrement attentionnés et patients. Puis ils reprennent une attitude normale, constatant que j'ai l'air d'aller très bien, c'est à dire que je fais preuve d'ardeur au travail, d'un sens de l'organisation rigoureux et d'une amabilité totalement artificielle mais très efficace au téléphone avec les clients.

Le remède du docteur Marino a vraiment fait des miracles : Il est parvenu à me faire disparaître, laissant la place à un clone faisant parfaitement illusion, la douleur en moins.

13

A la fin du mois de mars, nous nous décidons à répondre enfin à l'appel du notaire, qui nous presse de régler la succession de notre mère, chose que nous avons répugné à faire jusqu'alors.

L'homme ressemble à s'y méprendre à Raimu dans un film de Pagnol, avec un anachronique accent provençal en plein milieu de ce quartier policé du sixième arrondissement lyonnais. Il y a une visible erreur de casting. Mais il est singulièrement ravigotant, avec sa bonhomie souriante, son humour incongru dans de pareilles circonstances.

Après une bonne demi-heure de préalables et de lectures diverses d'articles auxquels je n'entends pas grand chose, je finis tout de même par comprendre que nous héritons d'une somme conséquente, qu'aurait sans doute méprisée le gagnant de la super cagnotte du loto, mais qui nous semble tout à fait respectable. Lucie n'a pas non plus oublié sa fidèle femme de ménage, ni l'Association pour la Recherche sur le Cancer, les Restaurants du Cœur, et, de façon plus surprenante, l'association Greenpeace. Quant à son appartement, nous pouvons en faire ce que bon nous semble.

Je sursaute lorsque le notaire me rappelle à l'ordre alors que je suis en train de rêvasser. Une clause particulière me concerne. Lucie m'a octroyé une somme supplémentaire, à condition toutefois que j'en profite pour prendre une année sabbatique et réfléchir à mon avenir. En revanche, étant donné qu'elle connaissait le peu de goût que je porte aux bijoux, ma mère lègue les siens à Marianne, ainsi qu'à Brigitte. Enfin, elle rappelle l'engagement que j'ai pris à rechercher ses ancêtres maternels. Il ne reste plus qu'à signer les actes que nous tend le notaire. Je m'exécute après un instant d'hésitation, avec l'impression de m'être lancée par là même dans une aventure qui me dépasse.

Un peu plus tard, nous nous retrouvons, Marianne, Bertrand, leurs enfants et moi-même au restaurant :

- Quelle chance, Iona, fait Bertrand. Je trouve que maman a eu une idée extraordinaire. Quand comptes-tu prendre ce congé ?

Le pauvre Bertrand a réellement l'air de m'envier. J'imagine trop bien qu'avec le métier qu'il fait, cela doit pour lui vraiment tenir du rêve que de faire une pause d'une année entière. Je remarque qu'il a l'air stressé et fatigué, malgré son air d'homme heureux de convenance. Après avoir quitté sa femme et leurs deux enfants pour refaire sa vie avec Brigitte, il n'a pas trop le choix. Un élan de tendresse m'attire vers lui, j'aimerais poser ma main sur la sienne, mais je retiens mon geste.

- Il faut d'abord que je le demande à mon patron.

Brigitte, assistante de direction dans une firme internationale, et toujours très affairée, entre son poste à responsabilités, sa maison et ses enfants, parait dubitative en revanche.

- Tout de même, ça n'est pas si évident. Tu ne risques pas de t'ennuyer, de perdre tes repères ?

- Mes repères, comme tu dis, il y a bien longtemps que je les ai déjà perdus. Je devrai m'en chercher d'autres, voilà tout.

- Et tu as réfléchi à ce que tu comptes faire ? questionne Marianne.

A cet instant, le sourire de Lucie quelque temps avant sa mort traverse mon champ de vision. Je réponds sans réfléchir :

- Mais... ce qu'elle m'a demandé.

14

Jacques est éberlué. Il s'enfonce dans son fauteuil, me dévisageant comme s'il me voyait pour la première fois. Par la fenêtre entrouverte du bureau, des gazouillis montent vers nous, provenant du platane situé juste en dessous. Lentement, par petites touches, le printemps s'installe dans la ville. Je souris devant la mine déconfite de mon directeur et ami.

- Tu te rends compte, Iona ? Un an ? Quelle idée... ça va complètement désorganiser le fonctionnement. Et puis, pour toi, ce sera encore bien plus difficile de reprendre, après une interruption aussi longue.

- Je ne suis pas sûre que je reprenne, Jacques. Ce que je veux, c'est justement avoir le temps d'y réfléchir.

- Mais je croyais que tu aimais ce boulot. Je ne te comprends plus.

- Je sais. Mais non, il se trouve que... que j'ai trop souvent l'impression de m'ennuyer maintenant, que ce travail ne m'apporte plus les mêmes satisfactions.

- Mais voyons, c'est de l'utopie de croire qu'on peut faire toute sa vie ce qu'on aime. C'est rare, tu sais, ajoute-t-il comme si c'était la révélation du siècle. Il y a plein de dentistes qui auraient voulu devenir poètes, d'ouvriers qui auraient préféré être stars de cinéma, et de gens comme moi qui n'ont jamais bien su ce qu'ils avaient vraiment envie de faire, mais ne se sont pas non plus posé la question, et vivent très bien quand même...

- Peut-être, mais pas moi. Il se trouve que j'ai justement envie de me la poser, cette question.

Il desserre sa cravate, signe qu'il est à court d'arguments, commence à enrouler méthodiquement ses manches de chemise jusqu'au coude, comme pour aborder un bras de fer. J'en suis

47

presque attendrie. Ses cheveux noirs ont beaucoup blanchi ces derniers mois.

- Tu travailles trop, Jacques, tu es tellement stressé en ce moment…
- Mêle-toi de tes fesses. D'ailleurs, ce que tu me demandes n'est pas fait pour arranger les choses.
- Je sais, et je suis désolée, mais …
- Tu vois, ma grande, poursuit-il, on aurait dû s'associer, toi et moi. Tu te sentirais plus motivée. Ecoute, ça n'est pas encore trop tard, si tu veux. Et puis on pourrait lancer de nouveaux produits, démarcher de nouvelles clientèles. Tiens, tu parlais des Japonais, l'autre jour. Tu pourrais y aller faire une petite étude de marché, par exemple.

Comment lui expliquer que j'ai désormais envie de hurler lorsqu'on prononce à propos de voyages le mot de "produit", comme on le ferait pour des pâtes ou des chaussettes ?

- Jacques, je te remercie beaucoup, j'apprécie vraiment. Mais je ne changerai pas d'avis. J'ai vraiment besoin de cette année. Tu sais, il y a un temps pour tout. Ça fait maintenant dix ans que je travaille pour toi. On a fait du chemin, ça n'était pas facile pourtant. Mais tu vois, j'aimais presque mieux cette époque. Maintenant, les choses sont à la fois plus faciles et plus compliquées, je sens bien que je n'ai plus la même patience avec les clients, le même enthousiasme. Je finirai bientôt par faire du mauvais boulot.
- Ne dis pas n'importe quoi. Bon sang, on l'a montée ensemble, cette boîte. Je me reposais sur toi pour plein de choses.
- Je ne dis que la vérité. Sophie et Benoît, eux, ont encore cet enthousiasme, et plein d'idées nouvelles en tête. Tu pourrais leur donner plus de responsabilités si je pars. Ils sont tout à fait capables de me remplacer. Et puis tu pourrais embaucher Leïla en renfort. Elle n'a toujours pas trouvé de travail, et elle s'est montrée plutôt efficace durant son stage ici.

- Et puis zut, à la fin. Bon, je vais réfléchir. Tiens, tu ne nous ferais pas un petit café, par hasard ? Allez maintenant, dehors. Il faut que je téléphone à l'imprimeur, j'ai complètement oublié !

Le ton grognon de Jacques est plutôt bon signe. Je reviens un peu plus tard, pose la tasse sur le bureau. Alors que je m'apprête à ressortir, il fait un signe de la main pour m'arrêter, met la ligne en attente, après avoir demandé à son interlocuteur de l'excuser pour quelques instants.

- Bon, c'est d'accord, Iona... si c'est vraiment ce que tu veux, je ne pourrai pas te retenir de force et il finira par y avoir une sale ambiance au bureau. Mais attends au moins deux mois. Il me faut bien ça pour m'organiser. Et puis tu as raison, appelle Leïla. C'est vrai qu'elle était très bien, cette gosse. Dis-lui de commencer lundi. En attendant, prépare-moi son contrat, et renseigne-toi sur les réductions de charges sociales auxquelles on peut avoir droit avec elle. Tu me feras aussi un plan complet de réorganisation. Et puis, j'aimerais bien qu'avec Benoît, vous planchiez sur ces foutus Japonais. Je crois que c'est lui que je vais envoyer là-bas. Bon, euh... ne reste pas là à me regarder avec cet air de vache ahurie. Tu as du pain sur la planche.

J'ai envie de lui sauter au cou, mais je m'éclipse rapidement après un clin d'œil. Déjà il a repris sa conversation téléphonique, comme si de rien n'était :

- Ecoutez, Monsieur Marcellin, il me faut ces brochures pour demain midi, vous entendez ? Débrouillez-vous comme vous voulez. Vous avez dépassé les délais depuis cinq jours maintenant. Alors, je compte sur vous. Sinon, on cherchera un autre imprimeur, d'accord ?

15

- Je n'y arriverai jamais. Je vais te dire une chose, Pierrette, j'ai autant de chances de retrouver les traces de ma soi-disant famille américaine que de gagner le gros lot au Loto.

Je repose sur la table basse du salon tout le fatras de papiers que j'étais en train de feuilleter.

Pierrette avale une longue gorgée d'eau minérale avant de compulser à son tour les différents documents étalés sur la table.

- Allons, ne te laisse pas décourager aussi vite. Tu viens à peine de commencer les recherches. Il faut de l'organisation, de la méthode.

- Tout ce que j'ai réussi à obtenir jusqu'à présent, c'est cet extrait de naissance de ma mère. Regarde : Malcolm, mon grand-père, serait né à Londres. Pourquoi Londres ? Nouveau mystère. Je n'ai jamais entendu ma mère parler de Londres, et elle se souvenait parfaitement que son père vivait aux Etats-Unis avant de rencontrer Marguerite et de se marier en France.

- Peut-être que les parents de ce Malcolm voyageaient alors en Angleterre, ou y travaillaient. Peut-être aussi qu'ils y avaient de la famille ? Mais ta mère devait bien avoir quelques souvenirs, je ne sais pas, moi, des conversations entre ses parents, par exemple, ou des histoires que lui aurait racontées son père ?

- Tout est là. Ah si ! Ma mère m'a dit qu'elle se rappelait vaguement avoir entendu son père parler d'Afrique, mais elle ne savait plus très bien dans quel contexte. Les parents de Malcolm y auraient peut-être vécu. Mais elle n'avait pas souvenir de l'avoir entendu parler d'un pays en particulier.

- Eh bien ! L'Afrique maintenant pour couronner le tout... L'Afrique, Londres, les Etats-Unis, la France... Quelle famille de globe-trotters ! Que pouvaient bien faire des américains en

Afrique à cette période ? Chercheurs d'or ?

- Ahaha. Très drôle.

- Attends un peu... Il y a quelque chose qui ne colle pas... Et en même temps...

Pierrette pince soudain sa lèvre entre pouce et index en fronçant les sourcils, signe d'intense concentration.

- Quoi donc ?

- Et si... Si par exemple les parents de Malcolm, ou l'un de ses parents avait été anglais ? Cela pourrait expliquer certaines choses, non ? Londres, l'Afrique... Les Anglais, eux, avaient pas mal de raison d'être sur ce continent, à l'époque, non ?

- Oh là là... Effectivement, c'est loin d'être bête, ce que tu dis....

- Merci.

- ... Mais ça rajoute encore un pays à notre champ de recherches. Et puis, Malcolm était bien américain, puisqu'il est mort en servant dans l'armée américaine.

- Oui, mais quand même... Il ne faudrait peut-être pas négliger cette piste non plus.

- De toute façon, j'ai aussi écrit à Londres, aux services de l'état civil. Il y a déjà un mois de cela, et je n'ai toujours aucune réponse. En fait, le problème est que ma mère n'a presque pas connu son père. Il a été mobilisé par l'armée américaine dès que celle-ci est entrée en guerre, et n'est presque jamais revenu. Donc, ses derniers souvenirs remontaient à ses cinq ans. C'est un peu juste.

- En effet. Et l'administration des armées américaines ?

- J'ai obtenu l'adresse par le consulat et j'ai également écrit. Maintenant, j'attends. J'ai encore fouillé dans tous les vieux papiers de ma mère. Mais il n'y avait vraiment rien qui puisse constituer une piste. Quand mes arrière-grands-parents l'ont recueillie, ils ont pratiquement effacé toute trace de son fameux père. Les seuls indices ou objets que je possède ayant trait à mon grand-père sont donc cet extrait de naissance, et ce petit cadre qui m'a valu ce prénom ridicule.

- Tout de même, ce Malcolm, quel bel homme ! s'exclame Pierrette en s'emparant du petit cliché noir et blanc racorni. Il portait bien l'uniforme, dis donc. C'est ta mère, là, dans ses bras ? Quel adorable bout de chou, et comme ils se ressemblent !
- Oui, en effet. La photo a été prise apparemment lors d'une permission de Malcolm.

Je me penche pour observer avec elle cet inconnu en uniforme, au teint mat et aux yeux clairs, les cheveux noirs coupés très courts dépassant de son béret incliné sur l'oreille. Le visage de la petite fille est auréolé de boucles toutes aussi noires, ses prunelles immenses pétillent de vivacité. Son bras est passé autour du cou de son père.

- Tu sais quoi ? déclare soudain Pierrette en me reprenant soudainement la photo des mains. J'ai comme l'impression que ce type était loin d'être un anglo-saxon pur sang.
- Explique-toi.
- C'est bizarre, il me fait l'effet d'être... un métis. Regarde, ces sourcils, ces cheveux... cette peau presque grise, comme...
- Comme ?
- Un peu comme les... comme les Indiens.
- Tu es folle ou quoi ? Les Indiens ?
- Oui, je veux dire les Indiens d'Inde, pas ceux d'Amérique.
- Oh non, il ne manquait plus que ça ! Tu n'es quand même pas en train de me suggérer un nouveau continent pour mes recherches ? Sinon, à ce rythme là, je n'aurai pas assez de toute une vie...
- Non, non. Mais tout de même, tu n'as jamais trouvé étrange que ta mère soit aussi brune, malgré ses yeux bleus ? Et tu ne peux quand même pas nier que ton superbe grand-père Malcolm avait quand même un physique assez typé, un peu métèque sur les bords. Je regrette bien de n'être pas née à

52

l'époque.... Remarque, à y bien réfléchir, il aurait aussi pu passer pour un de ces émigrés italiens ou mexicains...

Je me bouche les oreilles et me mets à crier.

- Arrête, arrête, par pitié. Tu me rends dingue. Bon, avec tout ça, j'y vois de moins en moins clair. Tu m'as complètement embrouillée.

Pierrette saisit à présent le petit cadre et se met à rire doucement en observant l'image vieillotte.

- Tu sais, cette sirène te ressemble un peu.

- Trop aimable, merci. Mais ça ne m'avance pas à grand chose.

- Tu devrais peut-être te documenter sur les légendes anglo-saxonnes, les histoires de sirènes, de cités disparues... ça te mettrait peut-être sur de nouvelles pistes.

- Ça m'étonnerait.

- Bon, tant pis. En tout cas, en attendant les réponses de Londres et d'Amérique, nous allons commencer plus près d'ici. Puisque tu sais que tes grands-parents ont vécu ensemble à Rennes, tu peux peut-être trouver là-bas quelque chose d'intéressant, ou quelqu'un qui les aurait connus, non ?

- Peut-être.

- Alors il ne reste plus qu'une chose à faire, ma chère. Le week-end de Pâques, mes enfants sont chez Renaud. On pourrait prendre chacune un jour de congé supplémentaire, et à nous la Bretagne !

- Nous ?

- Mais oui, grande bêtasse. Tu crois que je vais te laisser partir toute seule, perdue comme tu es ? Et puis, moi, ces histoires de généalogie, je trouve ça passionnant.

- Et tu ne passes pas le week-end avec ton Gilbert ?

Pierrette fait la moue en soupirant.

- Eh non ! Il doit aller chez ses parents, régler des affaires de famille. Alors, tope là ! conclut-elle en me tendant le plat de sa main.

16

Le dîner se termine dans une atmosphère plus que tendue. Après la discussion qui nous a opposées, Céline et moi, nous ne nous sommes plus adressées l'une à l'autre que par onomatopées. Finalement, j'ai allumé la télévision, feignant de m'intéresser aux informations. Toutefois, alors que j'apporte le dessert, je fais une nouvelle tentative d'armistice.

- Ecoute, Céline, ça n'est pas la peine de faire cette tête. A ton âge, tu devrais comprendre que je ne peux pas te laisser sortir aussi tard, et surtout avec un garçon en moto.

Elle jette rageusement son couteau sur son assiette.

- Mais pourquoi ? J'en ai marre, à la fin, d'être couvée. Je ne suis plus un bébé.

- Peut-être, mais tu n'es pas encore adulte non plus. Et tu dois te consacrer en priorité à tes études.

- Tu n'as que ce mot à la bouche. Figure-toi que je n'ai pas l'intention de faire l'E.N.A. Et j'ai bien le droit de m'amuser un peu, non ?

- S'amuser ne veut pas dire faire n'importe quoi. Tu n'as que quinze ans, après tout.

- Et merde, siffle-t-elle entre ses dents.

- Je te prierais de me parler autrement.

- Mais le problème, c'est qu'avec toi, justement, on ne peut pas *parler*, comme tu dis. Au moins, avec papa, on discute, il comprend mes *problèmes*. Toi, tu ne sais qu'interdire. Soit tu es absente, soit tu m'empêches de vivre. Et maintenant, avec ta fichue année sabbatique, tu vas être sur mon dos tout le temps. Tu sais quoi, tu devrais augmenter ta dose de médicaments, ils ne doivent plus faire d'effet, tu redeviens trop chiante…J'ai hâte d'avoir dix-huit ans, pour me barrer d'ici.

J'accuse le coup avec l'impression d'avoir reçu une balle en pleine poitrine.

-   Parfait. Moi aussi j'ai hâte, vois-tu. J'en ai assez de tes récriminations perpétuelles. Et si c'est tellement génial avec ton père, alors qu'est-ce que tu attends ? Tu n'as qu'à aller habiter chez lui, et bon débarras !
-   Je ne demande pas mieux, hurle Céline.

Je me lève, enfile mon manteau, claque la porte, avec l'intention de me rafraîchir les idées par un petit tour du pâté de maison. J'aimerais parfois être vraiment morte. Au moins, peut-être ma fille m'aimerait-elle à titre posthume. Ces derniers temps, toute discussion avec Céline est devenue impossible. Elle ne supporte pas qu'on lui refuse quoi que ce soit. Et lorsque c'est le cas, alors elle se sert invariablement de son père comme argument. Finalement, lasse d'arpenter le trottoir au beau milieu de tous ces immeubles sans vie, je finis par appeler Pierrette d'une cabine, la retrouvant un peu plus tard chez elle.

-   Mon Dieu, qu'est-ce qui t'arrive ? Tu es dans un de ces états…
-   Il m'arrive que je suis découragée. J'ai l'impression d'avoir tout faux dans la vie.
-   Ouh là là, ça a l'air grave, effectivement. Bon, je vais te faire un bon thé et après tu me racontes.

Elle revient peu de temps après avec une tasse d'Earl Grey fumant à la main.

-   Tiens, ma belle. Bon, raconte-moi, maintenant. C'est encore ta fille, hein ?
-   J'en ai vraiment marre. Je ne comprends pas pourquoi elle est si agressive envers moi. Bien sûr, je ne suis pas parfaite, mais pourtant on était si proches quand elle était petite, et j'ai l'impression d'avoir fait de mon mieux…

Elle prend ma main, la garde entre les siennes.

-   Mais tu as *fait* de ton mieux… Simplement c'est dix fois plus dur quand on est toute seule pour élever un enfant.
-   Tu vois, je sais que je ne devrais pas dire ça, mais parfois, j'en arrive à le regretter d'avoir fait ce choix. J'aurais peut-être mieux fait…

- Ne dis pas ça… Tu aimes ta fille malgré tout, non ?

- Oui, bien sûr, mais je ne savais pas que ça serait aussi dur. Tu vois, les premières années, tout ce travail toute seule, les problèmes d'argent, ça n'était rien, à côté de cette impression d'humiliation que je ressens depuis qu'elle est adolescente. Etre une femme seule avec son enfant, ça signifie n'avoir que le droit de se sacrifier pendant des années, en entendant en plus les gens autour de vous vous donner toutes sortes de leçons plus ou moins bien intentionnées, sur la manière d'éduquer son enfant, et les petites réflexions du style "Cette petite est mal élevée, c'est normal, sans père.." alors qu'eux mêmes ont parfois des rejetons qui sont de vraies têtes à claque.

- Je comprends, acquiesce Pierrette en riant doucement. Moi-même, j'ai souvent l'impression de n'être plus qu'une demi-personne depuis que je suis divorcée. Et je suppose que les mêmes soucis m'attendent, lorsque mes enfants seront adolescents…

- C'est tellement injuste. A côté, on pardonne presque tout aux hommes.

- Mais personne n'a dit non plus que la vie était juste. Alors maintenant, il faut que tu commences à penser un peu à toi, et moins à Céline, et que tu sois capable d'envoyer Thomas balader définitivement.

- Autant dire que je dois reconstruire sur des ruines. C'est difficile d'avoir envie de s'occuper de soi quand on se sent traité comme une serpillière, qu'on a passé quinze ans de sa vie à trimer pour une gamine qui maintenant n'a aucune considération pour vous et qui trouve en revanche son père formidable, celui-là même qui n'a pas voulu d'elle pendant six ans.

- N'exagère pas, Céline t'aime, mais à la façon des adolescents. Simplement, tu es seule pour faire face à sa crise d'adolescence et c'est toi qui prends tout dans la gueule. Quant à Thomas, il est plutôt pathétique. Et que veux-tu, ma chérie, on a beau êtres nées à l'époque de la libération des femmes, on n'arrivera jamais à changer le fait qu'une grosse voix et une stature virile, ça impressionne nos chérubins beaucoup mieux qu'une gentille petite maman. Les miens commencent à faire la même chose, bien qu'ils soient plus jeunes. Avec Renaud, ils sont de vrais agneaux. Moi, ils me font tourner en bourrique. Franchement, Iona, avec une adolescente de cet âge, il te faudrait peut-être vraiment un homme pour t'appuyer, partager tout ça.

Je ricane :

- Tu as raison. Je vais mettre une annonce demain dans le Dauphiné Libéré : " Recherche désespérément gorille sachant faire preuve d'autorité pour aider pauvre femme perdue à maîtriser adolescente hystérique en proie aux affres de l'adolescence, en échange de quelques parties de jambes en l'air, et plus si affinités." Je suis sûre qu'ils vont se bousculer.

- Evidemment, vu comme ça... Mais tu sais bien que c'est aussi d'autre chose dont tu as besoin, tu ne peux pas toujours donner sans recevoir. Toi aussi, tu as besoin de tendresse, de chaleur, de quelqu'un qui prenne soin de toi... Oh, et puis après tout, si tu prenais Céline au mot ?

- C'est à dire ?

- Si tu la laissais partir chez son père ?

- Mais... Je ne suis pas du tout sûre qu'elle le veuille vraiment. Et puis, j'imagine mal Thomas se charger d'elle. Il mène une vraie vie de célibataire, tu vois...

- Et alors ? Après tout, tu as bien assuré toute seule, pendant toutes ces années... Pourquoi pas à lui de prendre le relais, après tout ?

- Ma foi... Il faudrait y réfléchir, en parler. Ça me ferait bizarre, aussi. Et puis je ne veux pas qu'elle ait l'impression que je veux me débarrasser d'elle.

- En tout cas, moi je crois que ça te ferait le plus grand bien. Tu devrais y penser, sérieusement. Bon, en attendant, on se voit jeudi. Je passe te chercher au bureau, et en route. Au fait, j'ai réservé à Rennes dans l'un des hôtels de notre chaîne. On a cinquante pour cent. On va bien s'amuser, tu verras.

S'amuser… à Rennes ? Je reste dubitative.

17

Les deux premiers jours dans la capitale bretonne ont été décevants, du moins en matière de recherche généalogique. A l'adresse en notre possession, nous avons eu la surprise de découvrir que plusieurs immeubles avaient été détruits, pour faire place à un centre commercial. Parmi eux se trouvait évidemment le bâtiment où avaient habité Marguerite et Malcolm. Nous nous sommes ensuite rendues aux bureaux d'un quotidien local, afin de passer un avis de recherche par voie d'annonce. Mais l'espoir de retrouver d'éventuelles personnes ayant connu la petite famille parait bien mince.

Attablées devant des galettes aux fruits de mer et un verre de cidre, nous passons alors en revue les possibilités d'actions encore à notre disposition.

- Demain, nous ferons quand même du porte à porte dans les immeubles qui se trouvent en face du centre commercial. Certains sont anciens. On ne sait jamais. On trouvera peut-être quelqu'un, suggère Pierrette.

- Mouais. D'accord. Mais après, on fait un peu de tourisme, avant de rentrer. Je crois que ça nous apportera plus de satisfactions.

- Je te trouve bien défaitiste, ma belle. ça n'a pas l'air de te motiver beaucoup, toute cette histoire. Pourtant, imagine un peu, si par exemple tu retrouvais une grand-tante ex-vedette de cinéma à Hollywood, ou un richissime cousin californien...

- Tu regardes trop Dallas, ma petite. Je risque aussi bien de tomber sur un vieil oncle édenté vivant en plein cœur du Bronx ou un garagiste du fin fond de l'Alabama qui passe ses dimanches devant la télé en mâchonnant du pop corn, ou peut-être même un connard de partisan de la peine capitale... je ne pourrais jamais le supporter.

- Et alors ? rétorque Pierrette, refusant de se départir de son bel optimisme. Tu fais de l'anti-américanisme primaire, avec tous tes clichés... Dans tous les cas de figure, ça risque d'être intéressant. Et puis, tu as toujours dit que tu avais envie de savoir de qui ta mère tenait ses beaux yeux bleus.

- Le seul problème est qu'il y a des millions d'Américains avec des yeux bleus comme ça. Tiens, à propos d'yeux... - Je poursuis en chuchotant- Ce type, là, à la table sur ma droite. Il n'arrête pas de nous dévisager et on dirait qu'il a écouté toute notre conversation... Je me demande ce qu'il veut. Il a au moins soixante-dix ans. Et en plus, avec sa femme en face de lui...

Pierrette se tourne discrètement, rencontrant le regard de l'homme en question. Il nous adresse alors un petit sourire amusé, se racle la gorge avant d'intervenir :

- Excusez-moi, Mesdames. Je ne voudrais pas être indiscret, mais j'ai un peu entendu votre conversation.

Je me tourne vers lui, me demandant ce qui va suivre. Le vieil homme a une adorable crinière blanche, qui retombe en mèches souples sur un front traversé de profonds sillons. Ses petites lunettes carrées soulignent un regard plein d'intelligence. Après avoir frotté ses longues mains l'une contre l'autre, comme s'il hésitait, il nous tend celle de gauche :

- Mais je me présente, tout d'abord. Sean Lowell, et voici ma femme, Cynthia.

Cette dernière hoche la tête dans notre direction avec un sourire faussement contrit.

- Excusez mon mari. Il est tellement curieux...

- C'est vrai. Mais il se trouve que je peux peut-être vous être utile. Cynthia et moi sommes citoyens de cette glorieuse Amérique que vous avez si bien décrite. Nous vivions à Boston, autrefois.

Pierrette étouffe un petit rire :

- Vous *viviez* ?
- Oui, nous habitons Paris depuis de longues années. Mais si je puis me permettre, vous joindrez-vous à nous pour le café ? Nous pourrions continuer de discuter plus confortablement.

Pierrette s'empresse de répondre :

- Volontiers.

Sean Lowell nous aide alors à installer nos chaises à leur propre table, puis commande les cafés.

Je suis intriguée.

- Et en quoi notre conversation vous intéressait-elle ?
- J'ai cru comprendre que vous étiez à la recherche d'ancêtres américains. Et vous ne semblez pas connaître les Etats Unis. Hors, ma femme et moi-même avons gardé de nombreux amis là-bas, ainsi qu'un peu de famille. Nous y effectuons de fréquents voyages.
- Depuis quand habitez-vous Paris ?
- Depuis vingt et un an. J'étais chercheur. On m'a offert un jour de venir travailler à Paris pour un an, dans le cadre d'un échange. Nous y sommes restés. Cynthia était professeur d'histoire de l'art à l'université, mais elle avait pris un congé pour élever notre fils, à l'époque. Plus tard, elle a trouvé un poste à Paris, dans une école privée. Mais racontez-moi votre histoire, à présent, et nous verrons en quoi nous pouvons vous aider.
- Et pourquoi voudriez-vous m'aider ? Vous ne me connaissez même pas …
- Vous savez, je suis à la retraite maintenant, j'ai donc beaucoup de temps libre. Et je crois que ça me passionnerait assez de mener avec vous cette petite enquête… Alors, si vous voulez bien accepter mon aide…

18

A mon retour de Rennes, les événements se précipitent. Au bureau, l'échéance arrive, sans que j'aie eu le temps de vraiment m'y préparer. Dans un mois, je ferai mes adieux à Jacques et à ses collègues.

- Allons, ne parle pas d'adieu, a objecté ce dernier. Si ça se trouve, dans six mois, tu viendras me supplier de te reprendre, tellement on va te manquer.

Un jour, je reçois au bureau un appel de Thomas.

- Iona, il faut qu'on parle de Céline, annonce-t-il, après les préliminaires d'usage.
- C'est à dire ?
- Savais-tu qu'elle avait en tête de venir éventuellement habiter ici, au moins pour quelques temps ?

Je reçois un coup dans la poitrine. Ainsi, c'est Céline qui m'a prise au mot.

- Euh... On en a parlé, mais ça n'était pas sérieux.
- Eh bien en tout cas dans sa tête, on dirait que cette idée a fait du chemin.
- Je vois. Bon, écoute, ça n'est vraiment pas le moment. J'ai du travail. On pourrait se rappeler quand on sera rentrés, non ?
- Iona, je crois qu'il vaut mieux qu'on se voie. Il faut discuter de tout ça calmement.

Je ne peux m'empêcher de me raidir :

- Il n'y a rien à discuter. Si Céline et toi êtes d'accord entre vous, alors faites ce que bon vous semble.
- Bon, écoute, je te rappelle ce soir. Je suis vraiment désolé. Je ne voudrais pas que tu penses...
- Je ne pense rien. Salut.

Je raccroche en tremblant. Je suis au bord des larmes. Mais un nouvel appel téléphonique ne me laisse pas le temps de m'épancher sur moi-même.

Deux semaines plus tard, Thomas fait un voyage express. En effet, Céline déclare à présent qu'elle a très envie de changer de vie. Elle trouve Grenoble vraiment trop étriquée et trop "bourge", selon sa propre expression. Alors que Cologne, ça, au moins c'est une vraie ville. Et puis, après tout, l'Allemagne est aussi son pays. En cela, ni Thomas ni moi-même ne pouvons la contredire.

Je tente cependant d'argumenter :

- Mais tu vas perdre une année de lycée.
- Tant pis. De toute façon j'ai une année d'avance.
- Ta mère va te manquer, tu ne crois pas ? hasarde Thomas prudemment.
- Peut-être, mais on n'arrête pas de s'engueuler en ce moment. Un an d'éloignement, ça nous fera du bien. Et on peut se voir aux vacances, non ?

Nous décidons alors que Thomas se renseignera sur les possibilités de scolarisation de Céline en Allemagne. Le plus surprenant est que la perspective de partager durant une année sa vie et son appartement avec sa fille ne semble pas trop l'effrayer. Plus tard, lorsque Céline est partie se coucher, il entreprend même de se lancer dans des confidences.

- Tu sais, Iona, moi aussi, j'en ai parfois assez de vivre seul, maintenant. Je deviens un vieux garçon. Tous mes amis ou presque sont mariés, ou vivent en couple.
- Et c'est toi qui dis ça ? Mais tu as la vie que tu as voulue, non ?
- Sans doute. Mais maintenant que j'approche de la quarantaine, je me demande si je ne me suis pas trompé, j'ai parfois un sentiment d'échec.
- Eh bien trouve une femme et marie-toi, qu'est-ce que tu veux que je te dise ?

Il croise ses jambes dans le canapé, passe ses doigts fins dans ses boucles noires en avalant une gorgée de bière, à même le goulot. Il est assez mignon, physiquement parlant, pourtant, à cet instant précis, je me demande ce qui a pu m'attirer chez lui. Sans doute m'a-t-il plu alors en tant qu'antithèse du macho, avec ses airs très doux de grand garçon rêveur.

- Iona, tu sais, tu me manques souvent.
- Oh non, tu ne vas pas recommencer.
- Mais écoute-moi, au moins...
- Ça ne sert à rien, tu le sais très bien.
- Mon Dieu, comme tu es devenue dure.

Je me mets à crier de cette petite voix aiguë que je déteste, mais qu'il a le don de faire sortir de moi.

- Ah oui, et grâce à qui ?
- Ce n'est pas seulement de ma faute. Nous étions tous les deux trop jeunes. Pour moi, c'était trop de responsabilités, trop tôt. Je voulais vivre, tu comprends ?
- Eh bien, c'est ce que tu as fait. De quoi te plains-tu ?
- Mais je ne me plains pas. Je suis seulement en train de te dire que j'ai toujours des sentiments pour toi.

Je suis exaspérée. Thomas s'exprime toujours ainsi, avec des mots tièdes et alambiqués. Jamais, il n'a su dire simplement : "Je t'aime".

- Moi aussi, j'ai plein de "sentiments" pour toi, comme tu dis, mais peut-être pas ceux que tu aimerais.
- Tu sais très bien ce que je veux dire. Ecoute, en discutant, en analysant un peu notre passé, en redéfinissant un certain nombre de choses, on pourrait peut-être...
- Remettre ça, tu veux dire ? Jamais deux sans trois, n'est-ce pas ? Non, mais franchement, tu me prends pour qui ?

Outrée, je me lève et sors de la pièce.

- Bonne nuit. Je vais me coucher.

A présent, les dés sont jetés. Dans peu de temps, Céline partira, et quant à moi, je vais me retrouver sans travail. En quelques mois, ma vie aura radicalement changé. Et après ?

19

Plusieurs semaines après notre rencontre, je pensais ne plus entendre parler de Cynthia et Sean Lowell, mais j'ai eu la surprise d'avoir de leurs nouvelles. Démentant la réputation de superficialité que les Français prêtent aux Américains, le vieil homme s'est réellement intéressé à l'histoire que je lui ai relatée dans la crêperie bretonne. C'est ainsi qu'il m'a rappelée deux fois, s'informant de l'état d'avancement de mes recherches.

- De mon côté, j'ai également lancé certaines investigations. Je vous tiendrai au courant dès que j'aurai du nouveau.

A Rennes, Pierrette et moi sommes retournées dans la fameuse rue du centre commercial, et avons passé au peigne fin les quelques vieux immeubles qui se trouvaient à proximité, ce qui relevait de la prouesse en raison du grand nombre de digicodes ou interphones qui en limitaient l'accès. Un seul espoir très mince subsiste à présent : Un homme nous a dit avoir pour voisine une vieille dame qui habitait là depuis sa jeunesse. Mais cette dernière étant en voyage au moment de notre passage, je me suis contentée de laisser à l'homme une carte de visite, en espérant qu'il voudra bien la lui transmettre et lui expliquer la raison de ma visite. Enfin, Pierrette a entrepris de laisser dans les boites à lettres environnantes des petites annonces photocopiées, expliquant l'objet de nos recherches et mentionnant mes coordonnées. J'ai même fait passer une petite annonce dans un quotidien breton, erreur que j'ai vite regrettée.

En effet ceci m'a valu un long défilé téléphonique et épistolaire d'offres d'aides diverses : Voyantes et apprentis généalogistes, magnétiseurs et désenvoûteurs proposant avec beaucoup d'enthousiasme leurs services, un étudiant offrant même d'effectuer les recherches à ma place, moyennant finances évidemment; deux détectives privés ont d'ailleurs fait de même, mais pour environ dix fois plus cher. Bien entendu, le tout était agrémenté d'un certain nombre d'appels obscènes en tout genre.

En ce mois de mai, les soirées commencent à s'étirer agréablement. Sur la terrasse, je suis occupée à remplir soigneusement le formulaire adressé par l'armée américaine, document que je dois impérativement renvoyer rempli avec toutes sortes de pièces justificatives, avant de pouvoir prétendre à bénéficier de quelque information que ce soit. Dans dix jours, j'arrêterai mon travail. Et après ?

Le soleil couchant me fait lever la tête vers le Vercors et ses cimes rougissant sous les promesses de nuits éphémères et de parterres de fleurs. Plus loin, vers l'Oisans, les pics plus élevés se cachent encore sous leur housse immaculée. Je réalise que je n'ai encore fait aucun projet pour l'été. Cette année, je passerai pour la première fois mes vacances sans Céline. Celle-ci doit commencer dès maintenant ses démarches avec son père pour puis s'installer en Allemagne. Alors, pourquoi pas les Etats-Unis ? Autant être cohérente... Mais par où débuter ? Si seulement, d'ici là, je pouvais obtenir quelques pistes... Qui sait ?

Après demain, je partirai deux jours à Paris pour participer à un ultime salon pour le compte de l'agence. Une brusque impulsion me traverse et je saisis mon agenda, cherchant le numéro de téléphone des Lowell.

- Sean Lowell à l'appareil.
- Sean ? Ici Iona Parrel.

A l'autre bout de la ligne, je perçois une joyeuse exclamation.

- Iona ! Comment allez-vous ?
- Très bien, merci.
- Avez-vous du nouveau ?
- Pas beaucoup, non. Mais voilà ce qui m'amène. Je viens à Paris lundi pour mon travail et je reste deux jours. Si vous êtes là, nous pourrions peut-être nous rencontrer, dîner au restaurant tous les trois par exemple.

- Au restaurant ? Vraiment ?

A distance, je l'imagine en train de hausser le sourcil avec cette expression circonspecte qu'il arbore lorsqu'il réfléchit.

- Attendez, Iona, juste un instant. Je dois en parler à mon « gouverneur ».
- Faites, je vous en prie. Je reste en ligne.

J'entends appeler : " Cynthia ! Cynthia ! ", puis un bref dialogue en anglais.

Moins d'une minute plus tard, il reprend la conversation.

- Nous avons une meilleure idée. Venez dîner à la maison. Où logez-vous ?
- Je ne sais pas encore. Je vais m'occuper demain de réserver un hôtel.
- Pas la peine. Venez dormir ici. Nous avons une chambre d'amis.
- Mais Sean, je ne veux pas...
- ... déranger. Je sais. Donc, c'est d'accord ?
- Vous êtes sûr ?
- Assez discuté. Rappelez-nous pour nous dire votre heure d'arrivée, et à lundi, alors, bye bye !

20

Quelque temps plus tard, je reçois des nouvelles de Rennes. Mais la vieille dame qui a pris la peine de me rappeler, à son retour d'Espagne, est à moitié sourde, aussi la conversation s'avère-t-elle laborieuse. Et je ne suis pas vraiment sûre non plus de la bonne santé mentale de mon interlocutrice. Toutefois, comme j'ai eu entre temps également deux autres messages plus ou moins crédibles d'habitants de la ville, je me décide à tenter un deuxième voyage, dès que j'aurai fini de travailler.

L'armée américaine, quant à elle, reste toujours muette. De même, Londres ne donne pas non plus de nouvelles, ni les amis de Sean Lowell.

- Tu sais, ça ne fait jamais que deux petits mois que tu as entrepris ces recherches, il ne faudrait pas être trop pressée, objecte Pierrette, alors qu'une nouvelle fois, je me sens un peu découragée par l'ampleur de la tâche.

Les deux soirées passées chez le couple américain ont été en revanche un enchantement, et j'ai éprouvé un réel plaisir à découvrir le cadre de vie de mes nouveaux amis. Comme deux vieux intellectuels qu'ils sont, Cynthia et Sean conservent une extraordinaire ouverture sur le monde, collectionnant revues et livres de toutes sortes. Pour Cynthia, Paris semble être une immense caverne d'Ali Baba, dont elle ne cesse de vanter les trésors culturels et artistiques. C'est à regret que je les ai quittés, les invitant à venir me rendre visite en été.

J'ai eu relativement peu de contacts avec Pierrette ces derniers temps, celle-ci étant très occupée par ses amours. Et je me suis bien gardée de lui dire que je trouvais bizarre que l'objet de ses pensées ne lui ait donné qu'un numéro de téléphone portable, et ne l'ait pas encore invitée chez lui.

Et puis arrive le dernier jour de bureau. En fin d'après-midi, j'ai offert un pot d'adieu à mes collègues. Benoît et Sophie ne me manqueront pas vraiment. En revanche, au moment de quitter

Jacques, j'ai le cœur un rien serré. Un peu déroutés l'un comme l'autre, nous décidons de finir la soirée ensemble au restaurant, accompagnés de Monique. Nous passons un agréable moment. Enfin il me raccompagne, et, après quelques encouragements et promesses de se revoir "un de ces jours", tout est fini. Je me retrouve seule, en une sorte de "no man's land", entre un passé méconnu et un avenir incertain.

21

Voici trois mois que j'ai entrepris ce minutieux jeu de piste que m'a imposé Lucie, et je suis toujours aussi perplexe. Je me sens découragée et de plus en plus sceptique, même si je sais qu'il serait illusoire d'avoir des résultats concrets après si peu de temps. Et puis je dois reconnaître mon manque flagrant de motivation. Lors d'un deuxième voyage à Rennes, j'ai bien rencontré un couple dont la femme avait connu mes grands-parents alors qu'elle n'était encore elle-même qu'une enfant. Marguerite et Malcolm ayant sympathisé avec ses parents, aujourd'hui décédés, elle s'est souvenue de leurs visites, de dîners en commun. Mais malheureusement, elle n'en sait pas plus, sinon que Malcolm était connu dans tout le quartier comme "l'Américain", et que sa mère le trouvait très séduisant. Ensuite, le couple et la petite fille auraient quitté la France pour les Etats-Unis. Déçue, mais malgré tout contente d'avoir rencontré quelqu'un qui ait connu mes grands-parents, j'ai remercié et suis partie vers les deux autres pistes qui se sont avérées infructueuses, un très vieil homme qui a confondu les noms avec ceux d'une autre famille, et une gardienne d'immeubles alcoolique dont les renseignements ont été aussi vagues que son regard posé sur moi.

Lorsque je pousse la porte de mon appartement ce soir-là, je suis éreintée. Le retour a été long et fastidieux, si bien que j'ai dû faire une halte sur l'autoroute, pour somnoler un court instant dans ma voiture sur l'aire de repos. Ce début juillet pluvieux à souhait ne laissant pas de répit à l'automobiliste fatigué, j'ai bien failli m'endormir au volant, hypnotisée par le ballet incessant des essuie-glaces. Lorsque je me suis réveillée, mon sentiment de vide et d'ennui s'était encore accentué.

Jetant ma valise dans un coin de l'entrée, je pose le paquet de courrier sur la table du salon, sans même le parcourir des yeux, me précipite immédiatement dans la salle de bains pour me laver de ma fatigue sous la douche. Durant un court instant, il me semble entendre le téléphone sonner à l'autre bout de l'appartement, mais je le laisse faire, ne pouvant me résoudre à m'arracher au massage bienfaisant de l'eau chaude sur mes épaules. Il s'agit certainement de Marianne, Bertrand ou Pierrette qui cherchent à s'assurer de mon retour.

Le réfrigérateur, habité d'une tranche de jambon racornie et d'une bouteille de Coca-Cola presque vide, m'arrache une grimace. Je le dédaigne finalement pour me verser un Martini que je sirote en grignotant quelques chips, allume la télévision et m'affale sur le canapé. Bon sang, quelle idée d'avoir pris cette fichue année sabbatique ! Je sens déjà que je vais m'ennuyer à mort, et pour un peu j'irais dès le lendemain supplier Jacques de me reprendre au bureau. Même si je n'aimais plus vraiment ce travail, au moins avais-je l'impression d'appartenir à quelque chose, à une entité où j'avais ma place, un rôle précis à jouer. Mais à présent, je n'appartiens plus à rien, perdue au beau milieu, ou plutôt en marge de ce monde qui continue sans problèmes de tourner sans moi. Oh, Lucie, si tu savais le cadeau empoisonné que tu m'as fait !

Alors que le présentateur du journal télévisé annonce d'un air contrit les dernières catastrophes de la semaine, je remarque que le répondeur clignote. Peu motivée, je le laisse pourtant délivrer une kyrielle de messages, tout en commençant à trier mon linge sale, ma valise à mes pieds, un œil rivé sur la télévision. Céline m'appelle de Royan pour m'annoncer qu'elle partira bien comme prévu (tiens, c'était prévu ?) au mois d'août en séjour linguistique à Londres et qu'il lui faudrait donc mille cinq cents francs pour ses frais, c'est à dire cinquante pour cent de la somme due par les parents. Thomas en revanche m'annonce que Céline est définitivement inscrite pour la rentrée au lycée français de Düsseldorf, et que pour le séjour en Angleterre, je n'ai pas de souci à me faire, il a déjà tout payé et il ne souhaite pas que je le rembourse. Jacques me demande de passer au bureau pour élucider le cas d'un client qui avait traité avec moi, mais qui maintenant conteste le montant de sa facture (Evidemment, c'est pratique.) Pierrette veut savoir si je suis bien rentrée et me demande de la rappeler, Marianne m'invite à déjeuner le week-end prochain et attend la réponse, enfin la M.J.C. est désolée, mais le professeur de danse jazz est souffrante et ne pourra donc pas assurer le cours de ce soir. Tant mieux.

Mais surtout, tous ces messages alternent avec trois appels de Sean Lowell :

- Iona, ici Sean Lowell (guilleret), nous sommes lundi, dix-neuf heures, j'ai pas mal de neuf pour vous, rappelez-moi, même tard, je suis chez moi. Vous allez être contente.

- Ce mardi à neuf heures quarante-cinq. C'est toujours moi, Sean (apparemment très excité); dommage que je n'arrive pas à vous joindre, j'espère que vous allez bien. Rappelez-moi.

- Iona, c'est encore Sean (légèrement agacé), rappelez-moi le plus vite possible si vous entendez ce message. Où êtes-vous donc passée ?

Je remarque que j'ai également reçu quatre autres appels sans messages, seulement une sorte de souffle très léger, un petit soupir de plus en plus exaspéré à chaque appel, puis le "clic" du combiné raccroché. Un maniaque ?

Délaissant la télévision et mon linge sale, je compose immédiatement le numéro parisien.

- Sean Lowell à l'appareil, bonsoir.

- C'est Iona, je viens de rentrer. J'étais à Rennes...

- Je ne savais pas que vous étiez là-bas, dommage (il a presque un ton de reproche), vous auriez pu passer par chez nous. Ecoutez, Iona, j'ai enfin trouvé quelque chose, ou plutôt... quelqu'un.

- Oh, mon Dieu ! Qui ça, dites vite !

- Si je vous disais que vous descendez apparemment en droite ligne d'une famille de Highlanders, ça vous plairait ?

- Euh... - Je pouffe de rire. Allons, ne me faites pas marcher.

- Je ne plaisante pas, réplique-t-il sèchement.

- De Highlanders ? Mais comment ça ? Des *Highlanders écossais ? Des vrais ?*

Il a un petit gloussement.

- Oui, enfin, avec quelques petits chromosomes exotiques. Et, apparemment, de drôles de phénomènes.

- Attendez, il faut que je m'assoie, je ne comprends plus rien... J'étais prête à partir en Amérique, en Afrique, et je ne sais trop où encore, et...

- Toutes ces pistes étaient justes aussi. Mais elles vous auraient pris beaucoup, beaucoup plus de temps. Moi, j'ai pris un raccourci, et je suis arrivé, par une chance extraordinaire, à remonter directement à la source, enfin... passez-moi l'expression ! Iona, ça va ? Vous êtes encore là ?

- Euh... Oui. Je n'arrive pas à en croire mes oreilles... Dites-moi que ça n'est vraiment pas une farce…

- Allons, Iona, vous croyez vraiment que je pourrais vous faire ce type de plaisanterie ? Ecoutez, ce que je vais vous apprendre va dépasser toutes vos espérances. Mais c'est une très, très longue histoire. Et j'ai un bon paquet de documents à vous montrer. Il vaudrait mieux que vous veniez. Pouvez-vous être ici demain ? Ce serait parfait, car nous fêtons après-demain l'anniversaire de Cynthia, et nous serions ravis de pouvoir compter sur votre présence à cette occasion.

- A Paris, demain ? C'est que... je suis vannée. Mais bien sûr. Je me renseigne sur les horaires de T.G.V. et je vous rappelle demain matin. Vous ne voulez vraiment pas m'en dire plus maintenant ? Mais comment avez-vous eu ces documents ? Comment avez-vous fait ? Si vite ...

- Internet.
- Pardon ?
- Oui, Internet, Iona... Il fallait y penser !
- Mais qu'avez vous à voir avec Internet ? Je n'y comprends rien.
- Je vous expliquerai tout demain, préparez vite votre valise. Bonne nuit.

Il a tout simplement raccroché, sans même me laisser le temps de le remercier. Je n'ai pas encore bien saisi ce qui m'arrive, et cette histoire d'Internet me parait pour le moins bizarre. Si c'était une erreur ? Et j'imagine très mal ce cher vieux Sean "surfer sur le Web". J'hésite un instant à le rappeler, mais je sais qu'il ne m'en dira pas plus. Je ferais mieux d'aller me coucher. Mais comment vais-je arriver à dormir, même avec un somnifère ?

Avant de me diriger vers ma chambre, je me résigne à jeter un œil sur mon courrier. Parmi factures et cartes postales d'amis en vacances, je découvre une enveloppe en provenance des Etats-Unis. Un certain capitaine Starks, signataire de la lettre, m'annonce que le soldat Malcolm MacLehan, citoyen britannique naturalisé américain en 1931, fils de William MacLehan et Mary Gordon, est né à Londres le 16 février 1904 et décédé à Omaha Beach le 6 juin 1944. Il est également précisé que Malcolm a habité à Indianapolis avec sa première épouse, qu'il travaillait pour un cabinet d'avocats, avant de s'installer en France, à Rennes précisément, où il s'est marié en 1935. Le capitaine Starks termine sa missive en me souhaitant bonne chance. A la lettre sont joints une photocopie du livret militaire de Malcolm, ainsi qu'un plan de la ville d'Indianapolis mentionnant les adresses de son domicile et de son ancien lieu de travail.

Je m'assois, la lettre entre les mains, le cœur battant la chamade. Je suis revenue ici découragée, certaine de devoir encore consacrer, sans conviction, de longues années à ma recherche, et voilà que tout arrive en même temps. Tandis que la nuit tombe sur la ville, en moi monte une bouffée d'espoir, un sentiment d'excitation qui me rappelle un peu mon enfance, quand je croyais encore que l'avenir était plein de surprises exaltantes.

Debout le lendemain à cinq heures, je me sens un peu déphasée mais stimulée par une fébrilité particulière, l'esprit tout chamboulé par les étranges paroles de Sean Lowell. A huit heures, je suis sur le pied de guerre. Me préparant tout en me posant mille questions, j'ai vaporisé sur mes aisselles du gel pour les cheveux, cherché durant une bonne demi-heure mes clés qui étaient dans son sac, mis dans ma valise trois soutiens-gorge mais pas une seule culotte, et laissé refroidir mon café. A sept heures, j'ai réveillé Sean en l'appelant pour signaler mon arrivée. Et tandis que je viens juste de refermer ma porte, j'entends la sonnerie du téléphone qui retentit dans mon appartement.

22

Paris. Je me retrouve happée par le métro, portée par la marée humaine. Ce qui m'y frappe toujours, c'est l'air fatigué ou découragé d'un grand nombre de ces passagers anonymes. Certains résistent cependant vaillamment, des écouteurs dans les oreilles ou un roman à la main. J'admire leur stoïcisme, au milieu de la promiscuité, du bruit, des odeurs, de la chaleur. Les touristes offrent un singulier contraste, levant le nez en l'air, riant, parlant fort, semblant trouver cette aventure plaisante et s'excusant lorsqu'on les bouscule ou qu'on leur marche sur les pieds. Mais eux-mêmes doivent avoir la même attitude que ces Parisiens fourbus, lorsqu'ils empruntent leur métro new-yorkais ou londonien pour aller au travail. Comme quoi, tout est question d'angle de vue.

Cynthia et Sean sont des "Parisiens" privilégiés. Ils ont pu s'offrir un appartement dans un immeuble bourgeois non loin de St

Germain des Prés, dans une rue calme. Leur repaire est bourré de livres, de plantes vertes, jalonné d'œuvres énigmatiques de peintres contemporains. L'ensemble est quelque peu chaotique mais chaleureux, me faisant penser à l'une des maximes favorites de mon père : *"Un aimable désordre est un effet de l'art"*. Soit dit en passant, c'est assez drôle de constater que lorsque je pense à mon père, c'est souvent au travers de ces petites phrases qu'il lançait fréquemment et qui faisaient hausser les épaules de ma mère : *"Souvent femme varie, bien fol est qui s'y fie"*, *"l'homme propose, la femme dispose"*.

Ce n'est pas un hasard si je pense à mon père en arrivant chez Sean et Cynthia. J'ai un peu l'impression d'être chez moi ici, et ils pourraient être mes parents. Cynthia a d'ailleurs cette façon maternelle de m'appeler *"dear"* quand elle me prend par le bras pour m'entraîner au salon.

- Bon, je vous laisse, je vais préparer le déjeuner, fait-elle en s'éclipsant.

Sean se dirige vers moi pour m'accueillir, me tapote le dos en signe de sympathie et m'invite à prendre place dans le fauteuil en face du sien. Je souris en contemplant les deux tables avec leurs chaises dos à dos, qui leur servent de bureaux. Celui de Cynthia est couvert de livres et revues d'art, celui de Sean de piles de papiers, de dossiers, de dictionnaires et de journaux scientifiques. D'un petit placard encastré dans le mur, Sean extrait une carafe.

- Un sherry ?

Il ne propose jamais "Désirez-vous un apéritif ? Martini, Porto, Whisky ?" Le sherry est une sorte de rite. J'acquiesce en souriant.

Il me tend un joli petit verre à liqueur, s'empare d'un dossier en carton sur son bureau avant de s'installer en face de moi. Alors que je le crois sur le point de parler, il boit une gorgée, repose son verre, place le dossier sur ses genoux, le caresse longuement du plat de ses longues mains, me regarde avec de petits yeux amusés et pensifs, prenant tout son temps tandis que moi, je bous d'impatience.

- Alors, Sean ?

- Eh bien, c'est une longue histoire...

Il prend un plaisir évident à ménager un certain suspens. Cette affaire l'a apparemment beaucoup amusé, et, en même temps, il a l'air étrangement ému.

- Vous me mettez au supplice.

- Bon, bon, voilà : Tout d'abord, je veux vous rassurer tout de suite. Les informations en ma possession sont entièrement fiables. Vous pensez bien que j'ai pris mes précautions avant de vous appeler. Je ne voulais pas vous occasionner de déception. Donc, je vous confirme que la famille de votre mère est originaire des Highlands, du Wester Ross exactement, dans le Nord-Ouest de l'Ecosse.

Je vois s'évanouir d'exaltantes images de buildings manhattaniens et de plages californiennes, laissant place à l'évocation peu avenante de landes arides fouettées par le vent.

- Je ne sais pas quoi dire. je n'y comprends plus rien. Expliquez-moi.

- D'accord, d'accord, mais c'est vraiment une assez longue histoire. - Il prend une profonde inspiration, comme s'il ne savait pas par quel bout commencer.- Bon. Il y a quelque temps, Daisy, une amie de Cynthia est venue ici. Elle est écossaise. Nous en sommes venus, je ne sais trop comment, à parler de vous, de vos recherches. C'est alors qu'elle nous a fait cette remarque : "En tous cas, votre jeune amie devrait aussi rechercher du côté de l'Ecosse. MacLehan est un nom écossais, voyez-vous ?". Il est vrai que nous Américains sommes tellement habitués à côtoyer du MacDonald ou O'Neil que nous en avons oublié que ceux-ci étaient les descendants d'émigrés écossais ou irlandais... Or, ce que nous a dit Daisy était une évidence ! Après tout, les Américains sont pour une grande majorité des émigrés du Vieux Monde...

- Peut-être, mais il restait à savoir à quelle génération remontait l'immigration des MacLehan en Amérique !

- Attendez ! Daisy, à tout hasard, nous a donné les coordonnées d'une de ses compatriotes, une certaine madame

McBryde. Cette madame McBryde, une vieille dame très guindée, mais remarquablement efficace, fait partie de l'Association Franco-Ecossaise, qui perpétue les traditions et les échanges de la Vieille Alliance.

- La *quoi* ?

- La Vieille Alliance, ou *Auld Alliance*, en écossais. Vous n'êtes pas au courant ? Ça ne m'étonne pas. Cette chère madame McBryde nous a fait remarquer de son air pincé lorsque nous lui avons posé la même question : "Les Français sont assez *ignorants* en matière d'histoire, hormis bien sûr, nos amis de l'Association. Mais nous autres Ecossais apprenons cela à l'école !"

Je ne peux m'empêcher de rire en l'écoutant imiter le ton et l'accent de la fameuse madame McBryde.

- Bref, poursuit-il, il s'agit d'un traité, conclu entre la France et l'Ecosse en 1295, par lequel les deux pays s'engageaient à se fournir aide et assistance mutuelle. Ce traité s'est traduit, en gros, par une coalition contre l'ennemi commun, l'Angleterre. De nombreux rois français ont eu leur garde écossaise, et Jeanne d'Arc avait également à ses côtés dans son armée des soldats écossais, par exemple. Bref, si le sujet vous intéresse, vos trouverez quelques renseignements là-dedans, conclut-il en me désignant le dossier toujours fermé sur ses genoux. Toujours est-il que cette fameuse "Vieille Alliance" a occasionné par la suite toutes sortes d'échanges, avec la création d'un Collège des Ecossais à Paris par exemple. Et bien sûr, les échanges amoureux n'ont pas été en reste, ce qui a donné lieu à un certain nombre de naissances, bien évidemment. Quant à l'Association Franco-Ecossaise, il s'avère que c'est une association très dynamique, qui organise de nombreux échanges culturels.

Je décroise et recroise mes jambes avec impatience.

- Bon, je suis ravie d'être un peu moins ignorante, mais venez-en au fait, je vous en prie...

- J'y arrive, j'y arrive. Donc, j'expose l'objet de ma recherche à Olivia McBryde. Celle-ci me donne alors les coordonnées d'une organisation d'Edimbourg où les Français peuvent se rendre pour rechercher d'éventuels descendants écossais. Je me mets alors en relation avec cette organisation. Tout d'abord, ceux-ci, que je contacte par téléphone, sont réticents à m'aider, étant donné que je prétends effectuer ces recherches pour une tierce personne. Ils m'assurent cependant de leur collaboration, si vous décidiez de les contacter vous-même. J'ai bien sûr noté leurs coordonnées et leurs recommandations, afin de vous les transmettre. Mais je crois que vous n'en aurez pas besoin.

Cynthia passe la tête dans l'entrebâillement de la porte.

- Le déjeuner sera prêt dans vingt minutes, ça va ?
- Oui, oui, fait Sean distraitement.
- Bon, mais alors je ne comprends pas comment vous avez pu aller plus loin dans votre enquête.
- Eh bien voilà. Un dimanche où nous déjeunions chez notre fils Robert, notre petit fils, passionné par les nouvelles technologies de communication, me fait cette remarque lorsque j'en viens à parler de ce qui nous occupe : "Mais, grand-père, si tu essayais Internet ?" Vous imaginez mon air perplexe.
- Euh...
- Alors, David - C'est le prénom de mon petit fils, qui a quatorze ans- m'explique que, par Internet, on peut à peu près tout trouver. Comme je suis toujours sceptique, il me propose de me faire une démonstration, et, à l'heure du café, nous disparaissons dans sa chambre, nous installons devant son ordinateur flambant neuf. Et là, je découvre un David impressionnant de sens pédagogique, captivé par ce nouvel univers.
- Et alors ?
- Nous y sommes presque. Tout d'abord, avec David, nous visitons le site Web de l'Association Franco-Ecossaise, très

riche en informations sur l'Ecosse et sur la Vieille Alliance. - Il ouvre le dossier, en sort quelques feuillets qu'il me tend. - Tenez, j'ai imprimé ceci, vous pourrez vous rendre compte par vous-même. Puis David me suggère d'aller chercher des sites écossais spécialisés en petites annonces. Et, hop ! En un simple tour de "clic", et grâce à un puissant moteur de recherches, nous en trouvons plusieurs. A partir de là, tout va très vite. Nous passons un avis de recherche sur chacun de ces sites, et voilà, le tour est joué, il n'y a plus qu'à attendre les réponses. Nous avions également cherché des MacLehan dans les annuaires d'adresses électroniques, mais sans succès.

- Mon Dieu, Sean, vous vous êtes vraiment mis au "cyber-langage" ! Web, moteur de recherche,... Bon mais venez en vite au résultat, maintenant, avant que je me jette sur vous pour vous arracher ce dossier !

- Je ne serais pas désolé que vous vous jetiez sur moi !

- Vous êtes une vieille canaille.

- Bon, voici la suite : Environ huit jours plus tard, David m'appelle. Il a reçu un e-mail d'un Douglas Robertson, ingénieur en informatique dans le "Silicon Glen", la "Silicon Valley" écossaise, et résidant à Inverness, capitale des Highlands. Ce Robertson affirme être marié à une certaine Karen, qui, en premières noces, était la femme d'un Ewan MacLehan, dont elle a divorcé. Dans son mail, il précise aussi avoir entendu parler par sa femme d'un certain oncle Malcolm MacLehan qui aurait vécu en France. Lui-même a eu connaissance de notre annonce par un de ses collègues célibataires, qui "surfait" là un peu par hasard, à la recherche d'annonces de rencontres. Vous imaginez ma surprise d'avoir si vite mis dans le mille !

- Oui, mais ensuite ?

- Je me suis bien sûr immédiatement mis en relation avec ce Robertson par téléphone, qui m'a passé sa femme, une personne tout à fait charmante. Là, il ne pouvait plus y avoir de doutes : Karen Robertson, ex Karen MacLehan, m'a confirmé les dires de son mari. Bien sûr, elle était un peu méfiante, et moi aussi, mais en confrontant les éléments d'information en ma possession avec les siens, nous avons compris qu'aucun de nous ne bluffait. Karen MacLehan était bien l'ex-épouse d'Ewan MacLehan, lui-même neveu de Malcolm MacLehan, votre grand-père, et cousin germain de votre mère.

- Oh, Sean, je n'en crois pas mes oreilles... Je ne rêve pas ? Et alors, que fait cet Ewan MacLehan ? Où vit-il ? Sait-il que j'existe ?

- Remettez-vous, ma chère Iona. Je n'ai pas fini. Voilà que dès le lendemain, je reçois un coup de fil de... devinez qui ?

- Ewan MacLehan ?

- Gagné. Iona, je suis heureux de vous confirmer que vous avez bien un cousin, qui vit dans les Highlands de l'Ouest. Il a quarante-cinq ans, exerce la profession d'instituteur, et vit à l'endroit même où votre grand-père et son propre père sont nés. Mais il a vécu dans sa jeunesse en Afrique du Sud, où il a eu une fille, avec une femme de là-bas, avant de revenir au pays et d'épouser Karen, dont il a eu un fils. Vous avez aussi une cousine, sa sœur cadette, prénommée Winnifred, à peine plus âgée que vous. Winnifred et Ewan sont en fait irlando écossais. Leur mère, irlandaise, est repartie vivre dans son pays d'origine après le décès accidentel de son mari.

- Comment est-il mort ?

- Bizarrement. En fait, votre grand-oncle, en somme, était alcoolique. Ewan n'y a pas fait allusion, mais c'est Karen qui me l'a expliqué au téléphone. Bref, il était parti pêcher en barque avec un compère, aurait perdu l'équilibre et se serait noyé. L'autre, qui n'était guère plus vaillant, n'a rien pu faire.

Sean fouille de nouveau dans le dossier, me tend une photographie.

-   Les voilà tous les deux, Ewan et Winnifred. J'ai reçu ceci hier, avec d'autres papiers qu'Ewan a envoyés et que je vous donnerai.

Ma main tremblante saisit le cliché. Une femme et un homme se tiennent debout dans un jardin, totalement dissemblables malgré un certain air de famille.

-   Quelle drôle d'allure !
-   Vous voulez parler de Winnifred ? Eh bien, ça a l'air d'être effectivement un sacré numéro. Elle est chanteuse dans un groupe de rock celtique, n'a pas de domicile fixe, circule avec son groupe dans une sorte de vieux bus, allant de ville et ville et de festival en festival. Mais d'après Karen, il paraît que leur formation commence à connaître un certain succès. Ils auraient même participé l'année dernière au festival inter-celtique de Lorient.
-   Mais c'est dingue ! Mon frère y est allé avec sa femme, lors de leurs vacances en Bretagne ! J'ai même failli y aller avec eux. Si ça se trouve, ils l'ont vue !

J'observe de plus près la photo. La fille porte un caleçon en faux tartan rouge et noir, orné à mi-cuisse d'un porte-jarretelles en dentelle, et sur lequel tombe un long tee-shirt. On peut très nettement distinguer sur le tee-shirt une caricature de Margaret Thatcher, faisant face à un débonnaire monstre du Loch Ness. Mine dégoûtée et mains levées au ciel, la Dame de Fer s'écrie "I hate Scots". Un blouson de cuir trop court, orné de fausses décorations militaires et une paire de vieilles Rangers noires complètent le tout. Mais surtout, c'est l'air bravache de la fille, la malice de ses yeux noirs, et sa coiffure, style sorcière échevelée, qui me laissent désorientée et, en même temps, provoquent en moi un inexplicable sentiment d'empathie. Son teint très blanc, de larges cernes sous les yeux laissent deviner une vie effectivement mouvementée. L'homme qui se tient près d'elle, une main sur son épaule, la dépasse d'une bonne tête et semble en revanche respirer la santé. Son habillement, sportif et simple, est des plus banals, en regard de celui de sa sœur. Mais ses cheveux ne sont guère plus disciplinés, bien que portés courts. Cet homme est fait de contrastes, la relative grossièreté de ses traits adoucie par un sourire éblouissant. Et surtout, au milieu de ce visage hâlé, mangé de vent et de barbe naissante, sous des sourcils noirs et broussailleux, je suis frappée de trouver ce beau regard bleu myosotis, du même bleu que les yeux de Lucie...

- Eh bien... quel couple ! Elle... elle a une de ces allures… et lui, il a tout de l'homme des bois.
- En effet. Mais il ne faut pas trop se fier aux apparences. Il a l'air d'avoir une personnalité très intéressante. Il semble très attaché à sa terre et à ses traditions, et même à sa langue. Il revendique fortement son identité écossaise. Comme je vous l'ai dit, il est instituteur. Et ce qui va vous surprendre, c'est qu'il parle parfaitement le français. Il a même séjourné quelque temps à Paris dans sa jeunesse, pour y apprendre cette langue.
- A Paris ?
- Mais oui. Par ailleurs, il a entrepris, il y a trois ans, des recherches pour rechercher sa famille française. Mais sans succès jusqu'à présent.
- Il y a trois ans ? Et moi, grâce à vous, je le retrouve en trois *mois* ? Comment et-ce possible ?
- Et bien… disons que nous avons eu de la chance… Bon, euh… Il veut absolument vous rencontrer au plus vite. Il voulait avoir votre numéro de téléphone. Mais pour l'instant, je ne lui ai pas donné, j'attendais de vous voir pour vous donner le sien.
- Connaît-il mon nom ?
- Mais oui, je lui ai juste donné votre nom.
- Vous lui avez dit que j'habitais à Grenoble ?
- Euh... oui.
- Alors je suis sûre que c'est lui qui a appelé. Je ne suis pas sur liste rouge, vous savez. Quelqu'un a appelé chez moi plusieurs fois sans laisser de messages.

- Oh, je suis désolé !
- Ça n'a aucune importance. Mais tel que vous me le décrivez, je ne sais pas trop s'il me sera sympathique. Le genre nationaliste conservateur n'est pas trop mon genre, vous savez... Il doit être terriblement ennuyeux. Et d'ici qu'il soit le genre à porter le kilt le dimanche et tout le bataclan... La fille m'intéresse plus, elle a l'air sympathique sous ses airs délurés.

Devant ma moue sceptique, Sean part d'un grand rire.
- Attendez seulement de faire leur connaissance.

Je contemple de nouveau la photo avec une petite grimace :
- Ouais...
- Ah, au fait, Ewan m'a également livré le secret de votre prénom.
- Mais comment savait-il...
- C'est très simple. Lorsque je lui ai dit comment vous vous appeliez, il a éclaté de rire.
- Ça ne m'étonne pas.
- Et puis tout de suite après, il m'a expliqué que votre mère, sans le savoir, vous avait donné pour prénom le nom d'une des îles Hébrides, l'île d'Iona, au Nord-Ouest de l'Ecosse, qui fut le point de départ de l'évangélisation écossaise et demeure un lieu sacré pour beaucoup d'Ecossais.

Cette fois, je suis atterrée. *Je porte le nom d'une île paumée du nord de l'Ecosse...* Quelque chose aussi m'intrigue, voire me dérange dans toute cette affaire, la façon dont les choses s'accélèrent soudain. Et puis je me sens vaguement coincée.
- Oh, Sean. Je me retrouve en un rien de temps dotée pour cousins d'un nationaliste highlander aux allures d'ours et d'une walkyrie celtique S.D.F. Et pour couronner le tout, j'apprends que je porte le nom d'une île soi-disant sacrée, moi qui suis parfaitement païenne... Mais tout ça ne m'explique quand même pas ce que viennent faire l'Afrique et les Etats-Unis là-dedans.

- Ça, c'est l'histoire de la vie de Malcolm MacLehan. Je vais y venir. Là, aussi, c'est une longue histoire... et vous allez avoir de grosses surprises. Mais je crois que le mieux serait qu'Ewan vous les révèle directement.
- Je redoute le pire. Ecoutez, je crois qu'il me faut un remontant avant toute chose.
- Ça tombe bien. Le déjeuner doit être prêt. Je vous raconterai la suite pendant le repas. Et ce soir, que diriez-vous d'appeler Ewan ?

23

Faucheur de paysages et d'émotions, le T.G.V. glisse à travers la campagne bourguignonne. La vitesse m'agace, m'empêche de m'abandonner à ma léthargie méditative. Comme si cela ne suffisait pas, juste en face de moi, une femme d'affaires indispensable me fait profiter des passionnantes recommandations qu'elle dispense par le truchement d'un minuscule téléphone portable. Sa progéniture semble être abandonnée aux mains d'une grand-mère étonnamment idiote, du genre à laisser les enfants sortir sous la pluie sans imperméable ou à oublier qu'ils ont besoin de manger de temps en temps.
J'étends mes jambes tout près des siennes, prenant sciemment trop de place. Elle a de belles jambes fines avec le genre d'escarpins qui ont toujours l'air d'avoir été achetés le jour même, l'ombre du Nylon noir modèle parfaitement le creux de son genou et sa cheville. Je me demande si elle porte un collant ou des bas et des porte-jarretelles. Moi j'ai mis mes vieux mocassins, parce qu'ils sont les seules chaussures que je peux porter sur le bitume parisien sans trop avoir l'impression de m'éloigner de la terre mère. Et le bas de mon jeans s'effiloche doucement. Je ne

serai jamais une de ces créatures parfaites de netteté à force d'abnégation.

La conversation terminée, elle finit par se diriger vers la voiture bar, le visage soudain adouci, s'excusant de déranger au passage, presque pathétique de la culpabilité qu'elle semble ressentir de ne pouvoir être à deux endroits à la fois. J'échange alors un regard mi consterné, mi amusé avec mon autre voisine, une jeune allemande qui lit du Camus.

Le contrôleur passe avec un grand sourire commercial alors qu'il n'a rien à vendre, mais c'est la nouvelle politique de la maison. Tout dans le sourire et l'accroche. La S.N.C.F. a dû payer des sommes faramineuses pour une campagne de publicité qui explique que tout le monde a droit à des réductions, quitte à former un couple, le temps d'un voyage, avec n'importe quel touriste japonais rencontré au guichet, ou à condition de savoir dire qu'on a moins de vingt-cinq ans ou plus de soixante. Je me pose encore des questions sur la rentabilité d'une telle campagne. Si l'on avait annoncé au journal de vingt heures que le prix des billets baissait pour tout le monde de vingt pour cent, y compris pour les misanthropes et les amnésiques, l'impact aurait sans doute été le même, la publicité aurait été gratuite et la cote du gouvernement aurait remonté de deux points au moins. Mais il est vrai que je ne suis *plus* une professionnelle du tourisme. Voilà d'ailleurs que j'ai oublié de composter mon billet. Mais là non plus, l'heure n'est plus aux réprimandes et aux annotations punitives. Le jeune contrôleur me sourit gentiment en me priant d'être plus attentive à l'avenir. J'ai envie de l'embrasser, mais je dois arrêter d'être aussi sentimentale.

Par bribes, ma première conversation téléphonique avec Ewan me revient en mémoire. Cet homme manie le français avec une dextérité hallucinante, si bien que j'ai presque eu honte de ma propre élocution. Je m'étais attendue à des propos laborieux et hachés, nous nous sommes tacitement glissés dans le plaisir d'un échange lumineux de complicité. Ses questions étaient d'une délicate indiscrétion, ses réponses empreintes de poésie. J'avais imaginé des intonations rocailleuses, je suis tombée dans les profondeurs d'une voix parée de douceur et de gravité, dénuée des accents guindés des britanniques, les "r" s'y roulant avec tendresse, enrobés de "o", mi ouverts, mi fermés comme ceux des chants sacrés. Ses paroles, soigneusement choisies, un rien désuètes, sont venus fondre en moi, avec la suavité du caramel. Après avoir raconté l'accessoire et tu l'essentiel, nous nous étions pourtant tout dit. Nous nous sommes séparés sur la pointe des mots, soucieux de ne pas réveiller la réalité de notre éloignement.

Pourtant, je n'arrive pas vraiment à imaginer que je partage un peu du même sang que cet être encore abstrait. Derrière lui s'égrène toute une lignée de fantômes, dans un pays inconnu, une tribu de bergers ombrageux, de fermiers ivrognes, de soldats exsangues, de landes et d'embruns qui me rappellent de mon exil involontaire. Mais, peu à peu, les fils se nouent, un peu trop vite à mon goût.

Un mélange de joie sauvage et de mélancolie, et surtout l'exaltante sensation de n'être plus moi-même, toute une gamme de sensations se bousculent en moi, y provoquant un véritable raz de marée. Bien sûr, je ne peux empêcher la valse des "si" de rythmer hardiment la course folle de mes pensées : Si seulement Lucie était encore là, si j'avais fait plus tôt la connaissance de Sean, si Internet n'existait pas... si... si...

A présent, ce fameux Malcolm MacLehan, qui tenait davantage de la légende dans mon esprit d'enfant, fait partie intégrante de ma personnalité, de mon histoire. J'entends encore avec stupéfaction les mots de Sean : *"Malcolm MacLehan... grand-mère sud-africaine... Erwin, votre arrière-arrière grand père... Ewan a marché sur ses traces... Malcolm brouillé avec son père... parti en Amérique... voulait connaître ses origines... la guerre... la France... n'est plus jamais revenu... aurait aimé... Ewan a dit... Il savait par son père... Un jour..."*

Bientôt, le train est aspiré entre les pentes abruptes de la Chartreuse et du Vercors, habillées de neuf en ce début d'été. Bien calé entre ses deux massifs, il aborde les faubourgs de la ville avec gratitude, sous un ciel enfin bleu. A la gare, Pierrette agite la main et je pousse un grand "ouf" en sautant sur le quai, enlaçant du cœur ma ville enfin retrouvée, heureuse de me raccrocher à quelque chose de familier. Hormis lors des instants protégés passés dans l'appartement de Karen et Sean, Paris me vide de mon énergie, me brouille le cerveau. A Grenoble, les montagnes forment un rempart contre les agressions du stress moderne, une toile de verdure qui rend sympathique la laideur des banlieues. Hormis lors des grandes transhumances vers les stations de ski, embouteillages restent bénins, et le tramway coule presque sans bruit à ciel ouvert, sonnant de temps à temps les cloches aux étudiants nonchalants.

Pierrette m'attend sur le quai. Nous décidons de profiter de la douceur de cette fin d'après-midi pour flâner en ville, remontant lentement l'avenue Alsace-Lorraine, avec ses immeubles bourgeois, ses boutiques un peu surannées. Nous nous attardons sur les places où le festival de théâtre de rue bat son plein, nous asseyons à même le pavé pour admirer une mise en scène moderne d'un Don Quichotte intemporel. La nature tout entière s'engouffre dans la ville, la lumière ruisselle des montagnes, irisée de pollens et de chants d'oiseaux. Pieds nus, la danseuse jette des rubans d'or sur le chevalier égaré, tandis qu'une contrebasse hystérique se gausse de leurs démêlés.

Le soir venu, nous nous attablons à la terrasse de notre restaurant indien préféré. Le patron nous apporte comme d'habitude un assortiment de ses spécialités, savoureux mélanges de viandes épicées et de légumes fondants. En guise de bienvenue et pour accompagner l'apéritif offert par la maison, il nous fourre dans la bouche un morceau de pain Nan enrobé de sauce verte, que nous gobons comme deux oisillons, à sa plus grande joie. La première lampée de vin descendue, Pierrette ne peut se contenir :

- Alors, raconte-moi tout !

Je m'efforce de faire un compte-rendu exhaustif de mon escapade parisienne et de mes récentes découvertes. Enfin, après avoir ménagé mes effets, je sors de mon sac la photo que Sean m'a remise, ainsi que la photocopie de la carte routière, où le village de mes ancêtres a été marqué par Ewan au surligneur.

- Plutôt beau mec, le cousin, mais bizarre la cousine ! Et tu dis qu'il n'est pas *marié* ?

- Il ne l'est plus.

- Incroyable. Alors à ta place, je bondirais dans le premier avion.

J'éclate de rire.

- Je n'en doute pas. Mais tu n'es *pas* à ma place. Arrête d'imaginer des romans. Si ça se trouve, je vais le trouver, *les* trouver insupportables, lui et sa sœur.

- Alors, quand pars-tu ?

- Tu veux déjà te débarrasser de moi ?

- Bien sûr que non, au contraire, si je pouvais, je te demanderais de m'emmener...

- Bonne idée ! Et chiche alors ?

L'idée me séduit. Il me semble que la présence de Pierrette adoucirait la transition entre ces deux mondes qui font partie de moi.

- Hum, avec mes chérubins, ça semble difficile... Mais si tu t'établis là-bas, je pourrai venir te voir en vacances.

- Tu es tombée sur la tête ou quoi ou quoi ?

- Hé, on ne sait jamais. Tes racines retrouvées pourraient bien t'accrocher définitivement à la lande écossaise...

- Je te signale que mes racines, comme tu dis, sont avant tout françaises, selon la loi des chromosomes, et que j'ai même, comme Ewan, quelques petites gouttes de sang africain.

- C'est vrai... C'est incroyable, toute cette histoire. ça explique pourquoi ta mère était si brune, avec une arrière grand-mère noire ! D'ailleurs ton cousin est un peu basané, lui aussi. Mais c'est vrai qu'à bien te regarder... Ces lèvres charnues, ce nez...

Elle éclate soudain de rire en m'observant, manque de me cracher son vin dessus en s'étranglant, et attire l'attention sur nous. Son fou rire semble intarissable. Pour lui permettre de se remettre, je file aux toilettes. Lorsque je réapparais, elle s'est calmée.

- Excuse-moi. Je ne voulais pas me moquer de toi.
- Ça n'est rien. Il va falloir que je m'y fasse. Mon frère et mon beau-frère n'ont pas fini de me traiter de zoulou blanche.
- Bon alors, à quand le départ ?
- Je ne sais pas. Il faut que j'organise, que je budgète, que je me documente.
- Ça, c'est de la déformation professionnelle, ma chérie. Tu ne pars quand même pas en Patagonie.

Nous nous séparons devant le restaurant, et je rentre chez moi à grandes enjambées sous une nuit violacée. Demain, j'achèterai quelques guides touristiques pour commencer à me conditionner. Le téléphone sonne alors que je viens de me coucher. C'est Marianne :

- Où étais-tu passée tous ces jours ?
- J'avais rendez-vous avec des fantômes.
- Intéressant. Ecoute, tu nous raconteras ça dimanche. J'ai aussi invité Bertrand et Brigitte. Victoria et René devraient venir aussi. Ils sont venus d'Italie pour quelques jours, voir leurs enfants.
- Grande réunion de famille en somme ! Qu'est-ce qu'on fête ?
- Rien, l'été, si tu veux. On fera des grillades dans le jardin. O.K. ?

J'éteins la lumière et m'étire avec délices dans mon lit. Je m'en veux d'avoir été un peu trop sèche avec Marianne. Je la rappellerai demain.

Nouvelle sonnerie. Je décroche, un peu agacée.

- Oui ?
- … Iona ?
- Oh ! Ewan ? Excusez-moi...

- Je dérange peut-être ? Désolé d'appeler si tard. J'ai déjà essayé tout à l'heure. Je voulais savoir si vous étiez bien rentrée.
- Merci. Mais vous savez, le T.G.V. est très rarement attaqué par les Indiens.
- Iona, vous savez, je suis très heureux d'avoir de la famille française. J'aime votre pays.

Je trouve attendrissante la manière qu'il a de débiter tout cela, un peu comme un candidat lors d'un entretien d'embauche. Mais en même temps, tout cela va beaucoup trop vite, une sorte de peur d'être *envahie* par ces gens me fait rester sur mes gardes. J'espère que ce "cousin" tombé du ciel ne va pas se mettre à me harceler par téléphone s'il s'ennuie trop au fin fond de sa lande. Il y a un quelque chose d'un peu trop romanesque dans toute cette histoire qui me dérange un peu. Pourtant je prends ma voix la plus aimable. Je dois démentir la déplorable réputation de grossièreté que les Français ont auprès des Britanniques

- Si vous voulez, vous êtes aussi le bienvenu ici, ainsi que Winnifred. Pourquoi pas vous d'abord ? Je pourrais venir une autre fois.
- Non, vous *devez* venir voir ce qui est aussi *votre* pays. Mais je viendrai peut-être après. Et puis, il faut aussi que vous fassiez la connaissance de Winnie. J'ai réussi à la joindre. Elle est très excitée par toute cette histoire, elle espère vous rencontrer très vite. Je vais vous envoyer un de ses disques.

Ce surnom dont il affuble sa sœur est d'un ridicule achevé. Non, décidément, je ne crois pas avoir grand-chose en commun avec ces gens.

- Iona... pouvez-vous m'envoyer une photo de vous, s'il vous plaît ?
- Je veux bien, mais je vous préviens, vous allez être déçu.
- Mais non. Le mieux serait encore que vous veniez vite. Je suis très curieux. Nous avons trois générations d'histoire familiale à rattraper ensemble.

- Je ne suis pas du tout sûre d'en être capable... ni même d'en avoir vraiment envie.
- Bon, alors on se contentera de boire du whisky en discutant de cinéma. Bon, dites-moi où vous êtes en ce moment.
- Chez moi.
- Ça, je le sais, merci. Mais décrivez-moi un peu votre environnement.
- Vous tenez vraiment à le savoir ? Je suis dans mon lit, dans une chambre minuscule, en désordre, et je porte un pyjama assez moche. Voilà le tableau.

Il marque un temps d'arrêt, puis :

- Oh, je suis désolé... Vous... n'êtes vous pas seule ?

Je le rassure en riant :

- Si, si, ne vous inquiétez pas.

Il n'y a bien qu'un Britannique pour imaginer qu'une femme pourrait recevoir son amant dans un vieux pyjama.

Il me semble l'entendre réfléchir à l'autre bout de la ligne, et son souffle léger, comme s'il s'apprêtait à dire quelque chose d'important, suspend entre nous une infime note érotique.

- Ewan ?

La voix reprend, un rien frissonnante et rauque :

- Bonne nuit, Iona.

Il a posé le dernier mot délicatement, sur un coussin de silence. Je lui souhaite la pareille, encore décontenancée par je ne sais trop quoi. Ce type est un peu bizarre, tout de même.

24

Je me suis assise dans le Jardin de Ville, près du Musée Stendhal, sur mon banc préféré. La floraison des roses est à son apogée, leurs effluves m'apportant le parfum de l'été. Je lève la tête pour observer les bulles du téléphérique qui s'élèvent tranquillement vers la Bastille, transportant leurs contingents de touristes hétéroclites.

Je sors de mon sac la lettre d'Ewan. L'enveloppe et la lettre sont en papier recyclé. Il a joint une photo du Loch Maree, non loin duquel il m'a dit habiter. Le cliché a été pris en septembre, les landes parsemées de bruyère se fondant dans le capiton rosâtre du ciel et les eaux striées d'argent. Le ton est solennel, le style un peu démodé :

Bonjour Iona.

Il y a devant la maison, à l'instant où j'écris, un de ces groupes de mouettes indiscrètes qui y tiennent régulièrement leur assemblée générale. Si j'étais comme elles, je pourrais me transporter rapidement auprès de vous pour tout vous raconter de vice voix. Par quoi commencer ?

Mourir à la guerre, et de préférence en France, semble être chez nous une tradition qui tient à cœur. Comme vous devez sûrement le savoir, les Écossais, pourtant prompts à se rebeller contre l'Angleterre, ont fourni de considérables contingents de cadavres aux troupes de sa Majesté la Reine. En tout cas, j'espère bien que pour ma part, j'ai eu la chance d'échapper aux Malouines ! Mais mon grand-oncle, Duncan MacLehan, a été tué dans le Nord de la France durant la première guerre mondiale, en 1917 exactement. Comme vous le savez, votre grand-père, lui, est mort durant le débarquement allié en Normandie du 6 juin 1944...

La suite me réserve de dures surprises. Pourtant rédigées avec beaucoup de pudeur et d'humour, dans un français impeccable, les révélations d'Ewan me laissent hébétée. La lettre terminée, tout me semble ici différent, le ciel soudain menaçant, et le parfum des fleurs a des relents de mort. Je dois avoir l'air perturbé, car la vieille dame sur le banc d'en face me dévisage avec curiosité et m'adresse un petit sourire de sympathie. Peut-être pense-t-elle qu'il s'agit d'une lettre de rupture écrite par mon amoureux. Je ne sais pas très bien combien de temps je suis restée ici, à lire et relire les mêmes mots. Je replie les feuillets et les range dans mon sac, m'éloignant avec une étrange sensation d'anachronisme et de tristesse mélangées. Toute l'histoire d'une famille est là, avec toutes ces vies gâchées, ces espoirs avortés. Je suis un peu comme une amnésique qui recouvre la mémoire et doit refaire connaissance avec elle-même. Et pourtant tout cela n'est pas moi, tout cela n'est pas mon histoire…

Durant toute la soirée, je ne peux me dépêtrer d'une sourde mélancolie. Ni la télévision, ni mon livre ne parviennent à me distraire de mes pensées morbides. Je me sens plus impuissante que jamais, doublement orpheline. J'ai hâte à présent d'être au lendemain, et même notre tribu exubérante et mal assortie me semble plus souhaitable que ma solitude présente.

Je décide d'aller me coucher. Alors que je viens juste d'éteindre la lumière, je me ravise soudain et m'asseyant sur le lit, compose le numéro de téléphone d'Ewan. Je reconnais la double tonalité bien typique des téléphones britanniques. Durant un instant, je pense que mon "cousin" ne doit pas être là, car on tarde à décrocher. Mais soudain, la voix si caractéristique me répond.

- Oh, Iona, quelle bonne surprise !
- J'ai reçu votre lettre.

Son ton se fait plus grave.

- Ah...
- Je ne vous dérange pas ?
- Non. Je suis seul. Mon fils est là pour le week-end, mais il est sorti. Vous savez ce que c'est, n'est-ce pas ? ajoute-t-il en riant. Ces adolescents sont de vrais courants d'air... enfin, quand ils ne se transforment pas carrément en tornades ! Alors, comment allez-vous ?
- Moyennement pour tout dire.

- Je comprends. - Il se racle brièvement la gorge- Il y a autre chose que vous voudriez savoir ?

Je réalise que je ne sais même pas pourquoi je l'ai appelé.

- Non... non.
- Vous avez quand même bien fait de me téléphoner. Ecoutez, j'espère que ça n'était pas trop dur pour vous d'apprendre tout cela. Enfin si, j'imagine que ça l'a été.
- Ça n'est pas votre faute.
- Quand venez-vous ? Y avez-vous repensé ?
- Bientôt. D'ici un mois, ça irait ?
- Parfaitement. Je serai en vacances. Je pourrai vous faire visiter le pays, et nous aurons plus de temps pour parler. Dès que vous en saurez plus sur la date,
- j'avertirai Winnifred.

25

Ce dimanche torride nous trouve tous réunis dans le jardin de Marianne. Ma sœur va et vient, de la cuisine à la terrasse, transportant de lourds plateaux chargés de nourriture, tandis que son mari s'affaire au barbecue. C'est un spectacle rassurant et agréable. Dans sa robe toute simple de cotonnade à carreaux qui danse sur ses hanches et dont le corsage moule sa poitrine généreuse, Marianne représente la femme et la mère de famille dans le plein épanouissement de la quarantaine. Il paraît qu'elle tient de sa mère ce visage aux pommettes hautes et au petit nez volontaire. Sa peau, dépourvue de maquillage, a l'avantage de rosir naturellement sur les joues et d'arborer des nuances nacrées sur les paupières. Je déplore cependant qu'elle persiste à retenir ses abondants cheveux auburn dans cet éternel chignon torsadé à la va-vite.

Mes quatre neveux sont en train de patauger joyeusement dans la piscine. J'aimerais bien en faire autant. Bertrand s'étire paresseusement dans son fauteuil de jardin en sirotant un Martini.

- Alors, ma sœur, quoi de neuf ? Tu étais partie en voyage ?
- Oui, mais pas bien loin, à Rennes et à Paris.

J'explique brièvement l'objet de ces déplacements. Bertrand se redresse, intrigué.

- Et alors ? Des résultats ?
- Oui, oui. Vous allez être surpris. Mais attendons d'être à table, je vous raconterai ça à tous en même temps.

Je me tourne vers mon oncle et ma tante. Il y a longtemps que je ne les ai pas vus, cela remonte à l'enterrement de Lucie.

- Alors, vous deux, comment ça va ?
- On se maintient, affirme Victoria dans un sourire.

Victoria est ce genre de femme qui ne s'avoue jamais malade ou fatiguée. En cela, elle s'entendait particulièrement bien avec ma mère, les deux femmes se moquant souvent de leurs frères de maris qui se plaignaient volontiers à la moindre petite douleur.

- Et toi, René ?

Mon oncle fait une petite moue, reposant son verre de pastis sur la table de jardin.

- Bof, toujours pareil, avec mon arthrose, je n'arrive même plus à jouer au tennis. Et puis j'ai souffert de mes allergies pendant tout ce printemps. Mais bon, il ne faut pas trop se plaindre, ton pauvre père n'a pas eu la chance de vivre aussi longtemps, lui...
- C'est vrai, mon petit vieux, alors arrête un peu de geindre, tu embêtes la jeunesse, intervient Victoria, coupant court à ce bref dialogue.
- Et voilà, c'est bien mon malheur d'avoir épousé un dragon, italien de surcroit, elle n'a aucune pitié pour moi, soupire René en prenant Bertrand à témoin.

Je ne peux retenir un sourire. René ressemble énormément à son frère cadet, mais avec des traits moins fins, le visage plus rond que ceux de mon père. Par ailleurs, il est devenu prématurément chauve, ce qui ajoute encore un peu à son air poupin. Victoria darde sur lui son œil noir et rétorque avec son petit accent :

- Mais mon *chéri*, il est encore temps de divorcer, même à nos âges, tu sais ? Tiens, j'ai même une excellente idée. On pourrait même fêter notre divorce. On ferait une grande réception pour l'occasion.
- Voyons, une bonne italienne ne divorce pas, ce serait indigne. Et puis, je t'ai bien supportée pendant quarante ans, alors...
- Bien sûr, et moi je rentre demain au couvent. Victoria, tu as l'air en pleine forme, en tout cas.

Malgré son âge, Victoria a su en effet rester coquette. Grâce aux talents de son coiffeur, ses cheveux ont conservé leur belle teinte sombre aux reflets roux, s'harmonisant avec son teint mat d'italienne. Mais en fait il semble que chez ce peuple l'élégance, a classe soient des qualités innées.

- A table, tout le monde ! s'écrie Marianne en faisant irruption, portant un grand saladier bleu. Les enfants, séchez-vous vite.

Marianne a eu la judicieuse idée de dresser une petite table à part réservée à la bruyante marmaille. Brigitte se lève précipitamment.

- Je vais les chercher, sinon, ils ne sortiront jamais.

Un paquet de serviettes de bain sous le bras, ma belle-sœur traverse la pelouse, toujours impeccable elle aussi, dans son tailleur d'été en lin crème, le port altier sous un brushing irréprochable. Je me demande comment elle réussit ce tour de force. Sur moi, ces vêtements auraient l'air chiffonné en moins de dix minutes et le coiffeur a depuis longtemps renoncé à faire de ma tête quelque chose de structuré.

- Un petit rosé corse, ça vous dit ? demande Jean-Pierre. Les côtelettes seront bientôt prêtes.

Jean-Pierre est un homme que l'on qualifierait de simple, bien qu'il soit loin d'être idiot. Il fait au contraire preuve d'une grande curiosité pour le monde qui l'entoure, d'un enthousiasme contagieux, et d'une sensibilité bien cachée, mais pourtant réelle. Professeur de mécanique dans un lycée d'enseignement professionnel, il a décidé, une fois pour toutes, qu'il était inutile de se compliquer la vie à plaisir, lorsqu'on avait la chance d'être en bonne santé et de pouvoir profiter de bons moments comme aujourd'hui. Chaleureux, il ne manque jamais une occasion de me prouver qu'il m'aime bien, même si je dois lui sembler parfois étrange et ne corresponds pas vraiment à son idéal féminin et s'il fait parfois des bourdes qui me font hurler de rire et lever au ciel les yeux de Brigitte.

- Alors, ça va, toi ?
- Ça va, merci.
- Raconte-nous un peu tes aventures. Cette recherche, ça avance ?

J'entreprends de rapporter les événements des jours derniers.

- Incroyable, s'exclame Bertrand en mâchonnant sa salade niçoise. Et alors, tu dis que cet Ewan t'a déjà téléphoné ?
- Oui, trois fois. Et il m'a écrit aussi.
- Et tu es sûre qu'il s'agit bien de tes cousins ? questionne Brigitte, circonspecte.
- Tout à fait. D'ailleurs, tout ce qu'il m'a dit dans sa lettre, il n'a pas pu l'inventer. Il en sait plus que moi-même sur mes grands-parents.

Victoria repose son verre en demandant :

- Comment ça ?
- C'est une longue histoire. William, qui était le grand-père de Lucie et celui d'Ewan, est né sur le sol sud-africain de mère noire. Son propre père, Erwin, était né où vit mon cousin actuellement, mais il est parti peu après son mariage, en 1875, pour la région du Cap, qui était alors colonie britannique, et où il s'est établi pour ne jamais revenir. Toujours est-il que là-bas, il a eu une brève aventure avec une femme sud-africaine. La femme, se trouvant enceinte, a abandonné le bébé dès sa naissance devant la porte même de William et de son épouse, Mary. Celle-ci, qui connaissait les frasques de son mari, a, aussi étrange que cela puisse paraître, accepté d'adopter l'enfant. il faut dire qu'elle même n'en avait jamais eu.
- Bon, Dieu, tu es en train de nous dire, si je te suis bien, que tu as, par ton arrière grand père, du sang africain dans les veines ? s'exclame Bertrand.

Il me lance un regard incrédule et éclate de rire.

- Eh oui, quelques gouttes en tout cas.
- Ça expliquerait pourquoi Lucie, et même toi, avez la peau si mates ! ajoute Marianne en écarquillant les yeux. C'est vraiment dingue, cette histoire.
- En effet. Bon, je n'en ai pas encore fini, loin de là. La suite vous intéresse ?
- Bien sûr ! Mais attends que je revienne pour continuer, je vais chercher la viande, dit Jean-Pierre en se levant.

Durant sa brève absence, les commentaires fusent de toute part, les questions s'ajoutent les unes aux autres. J'ai cinq paires d'yeux rivées sur moi. Je laisse mon beau-frère déposer la viande moelleuse à souhait sur nos assiettes avant de poursuivre.

- Un an plus tard et contre toute attente, un fils légitime, Duncan, est né du mariage de Mary et Erwin. Le jour des vingt-cinq ans de William, Erwin est mort d'une crise de paludisme. Mary et William sont revenus à leur tour en Ecosse. Duncan, lui, était parti entre temps étudier à Edimbourg. Il a malheureusement été tué durant la première guerre mondiale. Etrangement, et d'après ce que m'a écrit Ewan, William et Mary étaient très liés, il croit bien que William était reconnaissant à Mary de lui avoir permis d'échapper à la pauvreté et la ségrégation. Mais les parents de Mary ont vu d'un très mauvais œil l'arrivée d'un petit-fils métis qui n'était même pas leur vrai petit-fils. Alors, Mary s'est établie où vit actuellement Ewan, chez ses beaux parents. Avec William, elle a repris en main l'exploitation agricole et l'élevage de moutons de la famille MacLehan.
- Et alors ?
- Quelques années plus tard, William s'est marié avec une ouvrière d'Aberdeen, qui est venue vivre avec lui. De leur mariage sont nés deux fils, Malcolm, mon grand-père, et James, le père d'Ewan, ainsi qu'entre les deux, une petite fille, Fiona, malheureusement morte peu après sa naissance. Ewan n'a pas connu Malcolm, car ce dernier était de douze ans

l'aîné de son frère. Mais il a entendu dire qu'il était très différent de James. Ce dernier aimait la vie simple, la ferme, sa terre, et l'histoire africaine de la famille ne l'intéressait pas trop.

Je fais une courte pause pour prendre le temps de déguster quelques bouchées de côtelette.

- Bon, alors, continue ton histoire, on est tous impatients d'entendre la suite, dit Bertrand avant d'avaler une lampée de rosé.

- Laisse-là d'abord manger un peu, s'insurge Marianne en le poussant du coude. C'est vraiment incroyable, cette histoire, un vrai roman.

- Tu as raison, et même, je dirais une saga. Bon, je continue. Lorsque Malcolm a découvert qu'il n'était pas le petit fils de Mary, il n'a eu de cesse, à la différence de son frère, de retrouver ses origines africaines. Il s'est violemment disputé avec son père à ce sujet. A sa majorité, Malcolm a décidé de partir travailler en Afrique du Sud. Il a cherché, bien sûr sans succès, les traces de sa véritable grand-mère. Finalement, il a émigré aux Etats-Unis, s'est marié une première fois là-bas, s'y est établi comme avocat d'affaires, et a obtenu la nationalité américaine. Son mariage n'a pas tenu. Peu après son divorce, il a fait en France un voyage pour le compte de son cabinet, a connu ma grand-mère et ce fut le coup de foudre.

- Haha, l'amour, toujours l'amour, chantonne René en portant son verre à ses lèvres.

- Ewan a été mis au courant par son père, qui avait toujours continué de correspondre avec Malcolm. Mais c'est une histoire bien triste. Je crois que Lucie aurait souffert de savoir la vérité.

- Ah bon ?

- Oui. - Je sens ma gorge se serrer tandis que je poursuis - Marguerite et Malcolm ont vécu quelques temps ensemble en France, puis sont repartis pour les Etats-Unis, peu après la naissance de Lucie et peu avant le début des hostilités avec l'Allemagne. Mais lorsque les Etats-Unis sont à leur tour entrés en guerre, Malcolm a été mobilisé, et il est mort lors du débarquement de Normandie. Marguerite est revenue en France avec sa fille à la Libération. Après avoir appris la mort de son frère, le père d'Ewan a pris contact avec Marguerite, qui se trouvait alors en grande difficulté, isolée, sans ressources. Il l'a aidée de son mieux, lui a envoyé de l'argent, lui a rendu visite plusieurs fois et l'a persuadée de retourner chez ses parents, à Paris. C'est un peu plus tard qu'elle est morte. Mais ses grands-parents ont laissé croire à Lucie que Marguerite était morte de maladie. C'était faux.

- Comment ça ? s'écrie Bertrand.
- Marguerite, après la perte de son mari, a fait ce qu'on appellerait de nos jours une dépression nerveuse, mais à l'époque elle a été internée dans une sorte de maison de repos. Un jour, elle a écrit au père d'Ewan, elle se disait plus désespérée que jamais. Il y a vu une sorte d'appel au secours, et il est venu en France avec l'intention de lui rendre visite. Mais c'était trop tard. On l'avait enterrée deux jours plus tôt. Elle s'était jetée par une fenêtre. Le pauvre homme a été complètement traumatisé.

Je m'aperçois soudain que je n'ai plus faim. La graisse refroidie de la viande se solidifie dans mon assiette. Ecœurée, je la repousse.

- C'est si triste… Pauvre Lucie…
- En tout cas, le père d'Ewan, lui, a gardé toute sa vie ce souvenir en mémoire, ajouté à la perte de son frère. De là lui est venu peut-être un certain penchant pour la boisson, ce traumatisme s'ajoutant aux horreurs de la guerre.
- Il a également participé aux combats ?
- Oui, le plus incroyable est qu'il a aussi participé à ce même débarquement allié en Normandie. Lui en a réchappé. L'ironie de l'histoire est que les deux frères n'ont pas combattu sous la même bannière. Tandis que Malcolm débarquait avec l'armée américaine, le père d'Ewan, lui, faisait partie du régiment des

Gordon Highlanders, et marchait vers l'ennemi au son de la cornemuse...

Etrangement, Bertrand se lève, va et vient d'un pas hésitant entre les meubles de jardin, déniche un paquet de cigarettes caché dans l'ombre d'un compotier, en allume une. En temps normal, il nous aurait demandé la permission de fumer à table, mais à présent je vois ses doigts trembler légèrement sur la cigarette. Avant de se rasseoir il me tapote doucement l'épaule sans mot dire. Je poursuis mon récit, tandis que le silence semble être soudain tombé sur le jardin. Les enfants nous observent de leur table, l'air intrigué, muets.

- Eh oui, elle n'a jamais rien su. Apparemment, ses grands-parents maternels, qui l'ont donc élevée, ne lui ont donné que peu de renseignements sur son père. D'après James MacLehan, ils n'avaient guère apprécié le mariage de leur fille, encore jeune, avec cet Américain divorcé et beaucoup plus âgé. Il paraît qu'ils ont renvoyé toutes les lettres et cadeaux que James adressait à l'intention de sa nièce. Puis il a appris qu'ils avaient déménagé à Toulouse, avec leur petite fille, et il a perdu toute trace à partir de là. Et puis, entre-temps, il s'était marié, et il a fini par se dire qu'il valait mieux essayer d'oublier tout ça. Adulte, Ewan, intrigué par toute cette histoire, a cherché à retrouver ma mère, mais en vain. Il a même passé des annonces dans de grands quotidiens français. Regardez, voici les coupures de journaux qu'il a envoyées à Sean...

- En effet, on ne peut guère douter de sa bonne foi, remarque Victoria en examinant les petits morceaux de papier jauni. Tu as eu plus de chance que lui. C'est quand même quelque chose de prodigieux, cet Internet ! Quel dommage que ça n'ait pas existé à notre époque...

René hausse les épaules en bougonnant :

- On s'en est très bien passés. Tout de même, une lettre d'amour sur un joli papier, c'est autre chose que ces messages sans queue ni tête que s'envoient les jeunes maintenant...

- Tu as raison, le rassure Marianne en lui tapotant le bras.

Elle échange un bref regard avec Bertrand qui détourne les yeux, soudain gêné. Quelque chose 'échappe, mais Brigitte ne me laisse pas le temps d'y penser plus avant.

- Bon, mais que comptes-tu faire maintenant ?
- Eh bien je vais certainement me rendre sur place, faire la connaissance de mes cousins, et voilà, ce sera tout.
- Mais dis donc, avec les preuves que tu détiens, tu es aussi cohéritière de ton grand-père. Ça ne les inquiète pas ?
- Il n'y a pas que le fric dans la vie, coupe Jean-Pierre, agacé.

Je ne peux m'empêcher de rire.

- Bien sûr que non. D'ailleurs, je ne crois pas qu'ils aient beaucoup de fortune, tout au plus quelques champs, et la maison... Mais ça ne m'intéresse pas. D'ailleurs, Ewan est instituteur, il n'a rien d'un gentleman farmer. Quant à sa sœur elle tire le diable par la queue en chantant dans un groupe de rock qui cherche à grand peine à se faire un nom.
- Tu as des photos ? demande Marianne, songeuse.
- Oui, voilà.

Je lui tends le cliché que m'a remis Sean, ainsi que la photo du lac envoyée par Ewan.

- Ce doit être une très belle région, mais un peu isolée, tout de même.
- En effet.
- Dis donc, il a l'air plutôt sympa, le cousin de Maman. D'ailleurs la fille aussi ne serait pas mal, si elle n'était pas si bizarrement accoutrée. Ces Anglais, quand même...
- Ils ne sont pas anglais, ils sont écossais.
- Oui, oui. En tout cas, cet Ewan m'a pas mal, qu'en penses-tu, Brigitte ?

Marianne fait passer la photographie a notre belle-sœur qui l'observe d'un œil connaisseur.

- Oui, mais il gagnerait à être mieux habillé et coiffé. Je suppose qu'il doit plaire aux femmes, du moins à celles qui aiment le style viril mal dégrossi.
- En tout cas, il faudra que tu nous dises, quand tu iras là-bas, ce que les Ecossais portent quelque chose sous leur kilt. Je me suis toujours posé la question, demande Bertrand en pouffant.
- D'après Sean, lorsqu'on leur pose la question, les Ecossais répondent « l'avenir de l'Ecosse »

Tout le monde rit, mais durant une très brève seconde, je sens soudain converger vers moi les regards à la fois inquiets et intrigués de Bertrand et Marianne, comme si j'étais devenue une autre, moi, le vilain petit canard qu'ils ont si gentiment couvé.

26

Les échanges épistolaires et téléphoniques avec Ewan sont devenus très fréquents et familiers. J'avoue que je commence à attendre ses lettres, toujours porteuses de surprises et de découvertes. Il y mélange humour et gentillesse, me décrivant par petites touches son pays et son environnement. Pourtant, ça et là, une petite phrase apparemment anodine laisse deviner un esprit volontiers sarcastique ou même un rien de désespoir. Ce soir, je l'appellerai pour convenir avec lui de ma date d'arrivée. La fièvre du voyage commence à me gagner.

Tandis que je commence à établir une de ces petites listes pense-bête que j'affectionne, le téléphone m'interrompt. Au bout du fil, de gros reniflements et une pauvre petite voix sanglotante me font tressaillir.

- Io... Io... Iona ?
- Pierrette ? Mon Dieu, qu'est-ce qui t'arrive ?

Des soupirs rauques me répondent et la panique me gagne.

- Mais parle, parle, bon sang.

- C'est Gilbert, oh, Iona...
- Qu'est-ce qu'il a ? Il est mort ?
- Non, non, c'est pire que ça. Il est marié.
- Quoi ?
- Je… je peux venir ?
- Où es-tu ?
- Au bureau.
- Non, ne bouge pas, je viens te chercher.

Quelques instants plus tard, je la serre contre moi avant de démarrer. Elle est méconnaissable, son maquillage dilué par les pleurs, son visage bouffi de tristesse.

- Alors, qu'est-ce qui se passe ?
- Comme je te l'ai dit, il est marié. Je l'ai appris hier, par hasard, à cause d'une employée de l'hôtel qui fréquente le même club de gym que lui, et qui connaît aussi sa femme.
- Bon Dieu, le salaud. Et qu'est-ce que tu as fait ?
- Impossible de le joindre hier au soir. De toute façon, il m'a toujours dit qu'il n'avait qu'un portable, j'aurais dû me douter que c'était bizarre. Et puis, je m'étonnais bien un peu qu'avec tout l'argent qu'il gagne, il habite ce minuscule studio meublé. En fait, cet appartement avait déjà dû abriter aussi ses aventures précédentes... J'ai réussi à l'avoir au téléphone ce matin, et il a bien été obligé de tout avouer. J'ai essayé de t'appeler plusieurs fois, mais tu n'étais pas chez toi. J'ai cru que le ciel me tombait sur la tête. Tu te rends compte ? On parlait même de partir en vacances ensemble fin août ! J'avais déjà réservé un bungalow... Bien sûr, au téléphone, il m'a servi le discours habituel, qu'il n'aimait plus sa femme, etc. C'était tordant.

Elle éclate en sanglots.

- Il a des enfants ?
- Oui, un petit garçon. Cinq ans.

A ces mots, les sanglots redoublent, frisant l'hystérie.

- Je ne sais pas quoi te dire. Je suis folle de rage. Ecoute, tu sais ce qu'on va faire ? Puisque tes enfants sont chez leur père pour les vacances, tu vas rester ici ce soir. Et demain matin, j'appellerai ton patron pour dire que tu es malade, et on ira se promener toutes les deux, ou faire les boutiques, comme tu veux. Pour quelle date avais-tu réservé ton bungalow sur la Côte ?

- Pour le vingt.
- Alors si tu veux bien, on partira ensemble là-bas, avec toi et tes enfants.
- Mais tu devais partir en Ecosse, non ?
- Ne parlons plus de ça pour l'instant. Il est hors de question que je te laisse tant que tu n'es pas remise d'aplomb. Rien ne presse, j'irai après, en automne.

Bien sûr, Pierrette se répand en protestations, mais je coupe court.

- Bon, moi j'ai faim. Je vais appeler S.O.S. Pizzas pour Femmes en Détresse. Et j'ai une bonne bouteille en réserve. ça te dit ?
- Bof.
- Ecoute, à défaut de vivre d'amour et d'eau fraîche, on va se gaver de sauce tomate et de parmesan. Tu es toute maigrichonne d'ailleurs en ce moment.

Une fois le livreur de pizza parti, nous nous attablons au salon.

- Il y a un Hitchcock à la télé, on le regarde ?
- D'accord.

Je me lève pour chercher la télécommande, introuvable comme d'habitude.

- Oh non, merde, encore ce fichu téléphone !

Décrochant sans enthousiasme, je reconnais avec stupéfaction la voix très posée, presque dédaigneuse de Gilbert.

- Bonsoir Iona, est-ce que Pierrette est chez vous, par hasard ?

Couvrant le récepteur de ma main, je chuchote à l'adresse de Pierrette :

- Sa Majesté en personne. Tu le prends ?

Elle s'approche de l'appareil. S'ensuit une longue conversation houleuse qui se termine avec de nouveaux sanglots. Finalement, elle raccroche brutalement, trouvant le courage de lui lancer une insulte juste avant.

- Que voulait-il encore ?
- S'excuser, rabâcher les mêmes choses, demander si on pouvait se voir, bref rien d'intéressant.
- Tu as bien fait de l'envoyer au diable.

Nouvelle sonnerie intempestive.

- Non, mais je rêve, en plus Monsieur a sûrement été vexé que tu lui raccroches au nez. Ne bouge pas, je m'en occupe.

Je bondis sur le téléphone, en proie à la fureur :

- Ecoute-moi bien, espèce de sale connard. Si tu ne laisses pas ma copine tranquille, je viendrai te faire bouffer ta cravate.

Raccrochant immédiatement, je branche le répondeur pour ne plus risquer de devoir lui parler de nouveau.

- Non, mais !
- Tu es toute rouge. Je crois que cette fois il ne se risquera plus à me relancer. Oh, Iona, tu es unique. Si je ne t'avais pas, je crois que je me serais jetée dans l'Isère.
- Ne dis pas d'imbécillités.

Mais le téléphone revient à la charge. Nous faisons mine de rester de glace, les yeux rivés sur le générique du film, mais dans le haut-parleur du répondeur, nous entendons soudain une voix inattendue, un peu hésitante :

- Bonsoir, Iona. C'est Ewan. Vous êtes plus redoutable qu'une Ecossaise quand vous êtes en colère. J'en suis encore tout retourné. Mais en ce qui me concerne, je ne pense pas avoir fait quoi que ce soit à votre copine. S'il vous plaît, rappelez-moi.

Après avoir averti Ewan, je diffère donc mon départ pour l'Ecosse, le remettant à l'automne.

Les vacances à Ste Maxime sont une étrange parenthèse, plutôt agréable dans l'ensemble. Il y avait si longtemps que je n'avais pas pris le temps de paresser sur une plage, de flâner sur les petits marchés provençaux. Ignorant les mises en garde de Marianne contre les cancers cutanés, je me gorge littéralement de soleil. Ma peau a pris cette belle couleur cuivrée qui me fait me sentir en meilleure forme.

A deux reprises, je me fais aborder par des hommes sur la plage. Avec l'un d'entre eux, je me risque même à prendre un verre. Il me dit :

- Savez-vous qu'avec votre bronzage, vos yeux, vos cheveux et votre peau ont presque la même couleur ? C'est rare, pour une blonde, de bronzer autant. Vous me plaisez.

C'est un homme raffiné, cultivé, un rien snob. Je n'ai pas très bien compris ce qu'il faisait dans la vie, seulement qu'il appartenait à une certaine faune d'intellectuels parisiens, hantant les boîtes de nuit, les expositions et les bars branchés. Je suis fascinée par ses longues mains fines et gracieuses, son regard sombre de prédateur, son profil aquilin. Nous nous retrouvons au lit, dans son hôtel, en plein après-midi. C'est un amant hors pair, raffiné. En étouffant un rire, je me dis que jamais on ne m'avait fait l'amour d'une façon aussi stylée. Mais il a beau s'acharner, cette fois-ci rien ne vient. Afin de m'en débarrasser plus vite, je feins le plaisir. Satisfait, il me demande en se rhabillant :

- On se revoit demain en fin d'après-midi, au bar de l'hôtel, ça te va ?

Je réponds simplement :

- Non merci.

Cette brève rencontre me laisse déprimée, en proie à une vague sensation de dégoût. Pierrette s'en inquiète au dîner. Rassurante, je me contente de prétexter que j'ai mal digéré, que j'ai trop pris le soleil. Une fois tout mon petit monde couché, je pars à la recherche d'une cabine téléphonique.

- Allo, Ewan ?

En réalisant soudain qu'il est onze heures du soir, je bredouille misérablement, ne comprenant plus ce qui m'arrive. Je ne me suis pas même confiée à ma meilleure amie, et j'appelle à une heure incongrue ce vague cousin encore inconnu.

- Oh, Iona ? Non, ne vous excusez pas. Je ne dormais pas. Vous n'avez pas l'air bien.
- Je ne sais pas trop, c'est idiot. Je n'aurais pas du vous appeler. Je suis désolée.
- Pas moi.
- ...
- Iona, vous êtes toujours là ?
- Euh... Oui.
- Vous ne voulez vraiment rien me dire ? Je peux tout entendre, vous savez...
- Je vous raconterai peut-être, une autre fois, quand nous nous verrons. Je vais raccrocher maintenant. Que faites-vous de vos vacances ?
- Euh... pas grand-chose, à vrai dire. Enfin, je me repose, je lis beaucoup, je vais à la pêche avec des amis. Et puis Winnifred et sa bande arrivent demain. J'aurais tellement aimé que vous soyez là... On aurait fait tant de choses ! Mais ça n'est que partie remise. Comment va Pierrette ?
- Mieux. Merci.
- Alors vous n'aurez bientôt plus d'excuse pour ne pas venir. Quand puis-je vous rappeler ?
- Je rentre d'ici cinq ou six jours. Nous n'avons pas le téléphone, ici.

Au cours des jours suivants, je découvre que je m'entends bien avec les enfants de Pierrette, que j'avais plutôt perçus dans le passé comme des empêcheurs de tourner en rond capricieux et trop gâtés. Bénédicte, en grandissant, est devenue plus posée sous ses abords de chipie, son petit frère étant encore une sorte de gros bébé de huit ans plutôt attachant.

Peu à peu, Pierrette est revenue à la vie. Comme toujours lors d'un chagrin d'amour, elle s'est lancée à corps perdu dans une grande débauche de fanfreluches, dévalisant les marchands de maillots de bains et paréos. Un soir, nous embauchons une baby-sitter pour pouvoir aller danser. Pierrette ne rentre pas avec moi, mais seulement le lendemain à l'aube. Un bel et jeune Hollandais l'a retenue un peu plus longtemps que de raison, et ses yeux brillent à son retour. Heureuse et soulagée de la voir définitivement ressuscitée grâce à une nuit d'amour, je repars le lendemain, décidant de me remettre à penser à mon propre avenir.

28

En ce début d'octobre, les étudiants sont revenus, croisant les hirondelles qui, elles s'en sont allées vers des cieux plus cléments. La ville est sortie définitivement de son coma estival. Partout dans mon quartier, de grands travaux ont été entrepris : Nouvelles lignes de tramway, nouveaux immeubles, nouveaux "espaces" verts, en vérité de pathétiques taches de gazon aseptisé et d'arbres anémiques, encerclés de béton. Je me sens moi-même bien caduque au milieu de tout ce renouveau. Dans ma propre résidence, de nombreux visages ont changé, une vieille dame que je rencontrais parfois dans l'ascenseur a eu le mauvais goût de mourir en plein mois d'août, alors que ses enfants étaient partis en vacances. Des étudiants californiens à roulettes ont repris l'appartement. A la voix de Charles Trénet et Gilbert Bécaud ont succédé, à travers la fenêtre ouverte, des rythmes de musique New Age ou techno.

Les feuilles mortes tombent comme des mouches autour de moi, et l'automne, d'habitude chaleureux, fait carrément la gueule cette année, avec sa pluie têtue qui voile les sommets. Je me suis dit que tout cela était le signe manifeste que je devais partir. Grenoble, déjà, me rejette, tandis qu'Edimbourg m'appelle de toute sa lumière granitique, et au-delà se profilent comme des arcs-en-ciel les promesses sans concessions des Hautes Terres calédoniennes. Ewan m'a appelée hier. Nous avons bavardé un moment avec le plaisir absurde de ceux qui n'ont plus rien à se dire au téléphone, sachant qu'ils se verront bientôt.

Au mois de septembre, j'ai suivi un stage accéléré de russe de quatre semaines, qui me sera d'une utilité toute relative au fin fond des Highlands, mais qui m'a procuré de grandes satisfactions esthétiques et l'envie de recommencer à apprendre, à étudier, à m'ouvrir sur le monde. J'ai aussi postulé, sans grande conviction, pour un poste de directrice d'office de tourisme dans une station de ski des environs. Les membres du conseil d'administration qui m'ont convoquée pour un entretien ont semblé attendre de ma part toutes sortes de merveilles, peut-être même que je fasse tomber la neige en temps voulu, alors que celle-ci s'était bien moquée d'eux durant les trois années précédentes. Je suis repartie furieuse et déprimée en me disant qu'ils devraient trouver un autre imbécile trilingue avec bac plus cinq pour gagner huit mille francs, travailler cinquante heures et être viré aux prochaines municipales. Le problème était cependant que chaque matin, le miroir de la salle de bains refusait de me dire que j'étais la meilleure et la plus belle, et s'enfermait dans un mutisme de glace face à ma perplexité, mes petites rides et mes premiers cheveux blancs.

J'ai alors décidé qu'un Bilan de Compétences pourrait peut-être m'être salutaire, idée que m'avait suggérée la conseillère de l'Apec[*]. Lorsque cette dernière m'en a parlé pour la première fois, j'ai trouvé l'appellation un peu menaçante, m'imaginant assise sur l'un des plateaux d'une énorme balance, tandis qu'une sorte de juge qui ressemblerait à St Pierre poserait avec circonspection sur l'autre les poids de tous mes échecs et de mes lacunes. Que me ferait-on, si, à

---

[*] *Agence pour l'Emploi des Cadres*

l'issue de cette évaluation, on découvrait que justement, je ne faisais pas le poids, et que j'étais foncièrement incompétente ? Lorsque j'ai posé la question à la conseillère, celle-ci a levé vers moi ses grands yeux enrhumés, avec un air dubitatif quant à ma santé mentale. Toutefois elle a rédigé avec stoïcisme une sorte d'ordonnance à l'attention d'un cabinet conseil spécialisé, comme si elle m'avait prescrit du Prozac ou du Viagra, et m'a souhaité d'être courageuse.

Pour me livrer à cet examen de conscience, j'ai choisi l'organisme le plus éloigné possible de tout ce qui pouvait ressembler aux sociétés de chasseurs de têtes que j'avais en horreur, pour avoir fait faire du saut à l'élastique à certaines de leurs victimes, avec une forte envie de couper l'élastique lorsque ceux-ci se vantaient de valoir quatre cents "KF" annuels. Le consultant chargé d'élucider mon cas avait un air très rassurant, avec ses cheveux blancs et son air de rescapé de la planète Travail ayant accompli son Karma.

Lors des deux premières séances, l'homme a semblé s'ennuyer profondément tandis que je résumais ce parcours du combattant qu'il appelait ma carrière. J'ai dû me soumettre à des tests dont la pertinence et la profondeur m'échappèrent, devant par exemple répondre par "Vrai" ou "Faux" dans un questionnaire aux affirmations suivantes :

a) Vous avez parfois l'impression que les autres disent du mal de vous.

b) Vous pensez que la majorité des gens sont médisants.

c) Vous avez l'impression que certaines personnes veulent vous poignarder dans le dos.

Je me suis prudemment abstenue de répondre "Vrai" aux trois, consciente que je devais faire bonne impression et qu'il était peut-être déplacé de vouloir apparaître comme une paranoïaque notoire, à moins de vouloir embrasser une carrière d'agent secret ou d'agent de sécurité en hypermarché.

A la troisième séance et durant les suivantes, le consultant s'est contenté de bavarder aimablement avec moi de la pluie et du beau temps, de phénomènes de société et d'écologie. Bouillant intérieurement, j'ai alors eu envie de claquer la porte, me disant que je ne faisais pas vingt kilomètres tous les jours pour tenir des conversations de salon avec un inconnu, tout en buvant du thé synthétique dans des gobelets en plastique. Mais le petit œil incisif du bonhomme m'a convaincue de n'en rien faire. De deux choses l'une : Ou bien il jugeait vraiment qu'il ne pouvait rien faire pour moi et tentait de faire passer le temps pendant la durée obligatoire des séances, ou bien il cherchait à me faire sortir de ses gonds pour me pousser à cracher ce que j'avais dans le ventre. Mais je ne tomberais pas si facilement dans le panneau.

Durant nos conversations téléphoniques, toujours régulières, Ewan m'a patiemment écoutée, mais j'ai bien perçu son sourire amusé lorsque je lui racontais mes pérégrinations. Un jour, il est pourtant intervenu :

- Arrêtez, Iona. Tout ça ne sert à rien. Venez.
- Euh... oui, mais....
- Mais rien du tout. Venez.

Je me suis alors soumise à un ravalement de façade chez l'esthéticienne, une séance de coiffure et un check-up médical, afin d'éviter tout risque de me voir mettre en quarantaine une fois le pied mis sur le sol britannique. Enfin, j'ai offert également à ma voiture un bilan de santé complet, entreprise beaucoup plus fructueuse et rapide que toutes celles que j'avais menées pour moi-même. Après avoir fait l'emplette d'un imperméable digne de confiance et d'une solide paire de bottes, je me suis aperçue que plus rien, que je le veuille ou non, ne s'opposait à mon départ. Il ne restait plus qu'à prendre congé des gens qui risquaient par ignorance de lancer un avis de recherche en mon absence.

Pierrette m'a invitée à dîner pour fêter mon départ. Elle sort à présent avec un Camerounais tout à fait charmant et semble s'en porter fort bien, mais paraît beaucoup plus détachée que par le passé, moins euphorique face à l'amour. Le repas avait une ambiance un peu nostalgique, et c'est les larmes aux yeux que nous nous sommes séparées. J'ai dit que c'était ridicule, que j'allais revenir très vite, elle a incliné la tête sur le côté, avec un petit air mystérieux, comme si elle avait lu dans la boule de cristal de mon avenir. *Sait-on jamais*, a-t-elle simplement répondu.

Me voilà donc, mes bagages à mes pieds, trop excitée pour dormir, trop fatiguée pour veiller, trop bouleversée pour penser. Ewan vient d'appeler pour me souhaiter bon voyage, me faire ses dernières recommandations, sa voix avait un peu changé, plus proche et plus grave à la fois.

Voilà, Lucie, j'ai tenu parole. Demain, je pars pour ton pays.

29

A cinq heures, le matin me réveille de promesses. Insolite, l'appartement est comme déjà vide de ma présence, exempt de désordre et de bruit. Je me garde bien de l'éveiller, fais rapidement ma toilette, boucle mes bagages, avale mon café. De vagues ombres rosées se faufilent sur les crêtes du Vercors. Seule une autre fenêtre éclairée, dans l'immeuble d'en face, atteste d'une présence humaine.

J'accomplis chaque étape de ce départ presque religieusement, pour, plus tard, n'en oublier aucun moment. De minuscules détails prennent une importance rituelle, telle la tasse que je rince et pose sur l'évier en me demandant dans quel état d'esprit je serai lorsque je m'en servirai de nouveau et quand cela sera. Tacitement, Ewan et moi-même n'avons parlé d'aucun délai, d'aucune durée, même si j'ai pour ma part évoqué une visite de "quelques jours".

Je quitte la ville par l'autoroute presque déserte, tandis que la lumière s'empare peu à peu des montagnes. Les nouvelles du matin à la radio n'annoncent pas de catastrophe notable. Selon les sondages, les courbes de popularité du premier ministre et du président de la République sont en baisse pour le premier, en hausse pour le second, inversement à la semaine précédente et sans doute à la semaine prochaine. Il y aura dans les prochains jours une nouvelle grève à la S.N.C.F., et la météo s'annonce maussade, bref, rien que de très normal pour un mois d'octobre. Coupant cours à la chronique gastronomique qui va suivre, je lui substitue une cassette de musique. La funèbre symphonie N°3 de Gorecki m'accompagne dans la traversée brumeuse des "terres froides", entre Grenoble et Lyon. Au creux des collines grises et des champs cotonneux, les fermes massives du Bas Dauphiné s'ébrouent sous les premières gelées.

Mon itinéraire est soigneusement préparé, mais j'ai décidé de laisser un peu de place au hasard. Je passerai le week-end avec Céline et Thomas en Allemagne, prendrai à Zeebrugge le ferry de nuit pour le nord de l'Angleterre. J'ai souhaité ce long voyage d'approche pour remonter un peu le cours de ma propre histoire, pour appréhender lentement ce pays encore inconnu. Peu après Edimbourg, l'absence d'autoroute me laissera toute latitude pour m'arrêter au gré de mes intuitions, durant les quatre jours qui me resteront avant la destination finale.

Je déjeune rapidement près de Beaune, marque un arrêt dans une exploitation viticole qui m'a été recommandée par Bertrand, y faisant l'acquisition d'une caisse de vin de Bourgogne à l'attention d'Ewan. J'ai déjà dans ma voiture un plein sac de cadeaux pour mes cousins inconnus : Friandises du Dauphiné à base de noix, tomme de Savoie, lavande de la Drôme, foulard en soie, livres d'art... En faisant mes bagages, j'ai souri de moi-même, tant ces cadeaux faisaient de moi une vraie chargée de promotion du tourisme français. Le propriétaire du domaine parait curieux :

- Et où elle va, comme ça, cette petite dame, toute seule ? Voyage d'affaires ?
- Non, la petite dame va rendre visite à de la famille.

Il semble ébahi lorsque je lui précise que je me rends au nord de l'Ecosse et que j'ai encore environ deux mille kilomètres à faire. Sans doute ne peut-il imaginer qu'une femme de mon âge puisse se complaire dans cette aventure de nomade solitaire, à la merci d'un pneu crevé en terre étrangère ou de quelque hooligan en rut. Il me relate avec délectation une récente histoire de viol sur l'autoroute et me recommande de ne pas prendre d'auto-stoppeur, porte la caisse à la voiture, puis me dit au revoir avec la satisfaction visible du devoir accompli. Je le vois déjà en train de relater devant des caméras de télévision, tandis qu'on emporterait sur un brancard mon corps inanimé entièrement dissimulé sous un drap : *Je lui ai pourtant dit, à cette dame, que c'était pas prudent, pas plus tard que ce matin...*

Mais c'est pourtant indemne que j'arrive à Cologne en fin d'après-midi. La soirée avec Thomas et Céline se déroule agréablement. A présent, les rôles sont inversés, et ce n'est pas pour me déplaire : A Thomas de faire preuve d'autorité, à lui d'assurer le quotidien. Moi, je peux enfin me payer le luxe d'être la visiteuse, celle qui apporte le changement et l'indulgence. Céline est du reste charmante. Mais j'ai un petit pincement au cœur lorsqu'elle me fait visiter sa chambre.

- Au fait ton cousin écossais a téléphoné juste avant que tu n'arrives, annonce Thomas.

Alors que je m'apprête à rappeler Ewan, le téléphone sonne de nouveau.

- Encore *lui*, signale Thomas, un rien pincé, en me tendant le récepteur.
- Bonsoir, Ewan, ça va ?
- Oui, très bien. Tout s'est bien passé ?
- A merveille.
- Comment vous sentez-vous ce soir ?
- Fatiguée.
- Ça, je l'imagine. Mais autrement ? Attendez, on va jouer au jeu des questions réponses, comme ça votre petite famille n'entendra rien. Je commence : Avez-vous été contente de revoir Céline ?
- Très.
- L'ambiance est-elle bonne ?
- Tout à fait.
- Mais ça vous a fait bizarre de les voir vivre ensemble à présent, sans vous.

114

Ce type est la preuve vivante que l'intuition n'est pas un attribut exclusivement féminin. Il éclate de rire tout à coup.

- Bon, je vais arrêter de vous torturer pour ce soir. On se voit très bientôt. N'oubliez pas de me rappeler quand vous serez sur le sol britannique, je tiens à vous suivre à la trace. Je vous embrasse.

- Merci, Ewan, je vous embrasse aussi. A bientôt.

- Attendez…

- Oui ?

- Il faudra qu'on se tutoie quand on se verra, d'accord ?

- Euh… oui, pourquoi pas…

- Très bien. Alors je *vous* souhaite une bonne soirée, Iona.

Céline me détaille d'un air intrigué tandis que je raccroche. Thomas a fait un excellent dîner. Il est un cuisinier hors pair, et je sais bien que tout l'amour qu'il est incapable d'exprimer, il l'accommode dans ses marmites, au gré de sauces improvisées.

Couchée dans le canapé-lit du salon, j'éprouve avant de m'endormir des sentiments contradictoires. Que je le veuille ou non, Thomas, Céline et moi-même formerons toujours une famille. Pourtant, confusément, je sens que désormais, ma propre voie prend un tournant différent de la leur.

La journée du lendemain s'écoule agréablement. Nous faisons une longue balade en forêt, parlons de Céline, de son nouveau lycée. Elle semble très intriguée par mon aventure écossaise et me questionne longuement. La soirée est consacrée à une sortie au restaurant turc. Un nouvel appel d'Ewan, bref mais chaleureux, me redonne tout mon courage pour reprendre la route.

- Iona, j'espère que je ne me suis pas mêlé de ce qui ne me regardait pas, mais j'ai pensé que cela vous faciliterait les choses. Pour après-demain, je vous ai réservé une chambre chez des amis à moi, à Edimbourg, pour deux nuits. Comme ça vous aurez le temps de visiter la ville et de vous reposer un peu avant de reprendre la route.

Je le remercie, note les coordonnées qu'il m'épelle patiemment. C'est agréable de se laisser prendre en charge ainsi, agréable qu'on s'occupe de moi, et, en même temps, j'ai la sensation confuse de ne plus maîtriser tout à fait mon destin.

30

Ecosse, octobre 1996

Le lendemain, nous partons ensemble pour la Belgique. Thomas et Céline ont décidé de m'accompagner et de rentrer ensuite par le train. Après une visite de Bruges la nostalgique et un monstrueux goûter de gaufres dégoulinantes, nous nous faisons nos adieux. Nous sommes tous les trois émus, comme si nous n'allions pas nous revoir avant longtemps.

Enfin, je m'embarque à bord du grand ferry aux allures de navire de croisière, avec son piano-bar, ses restaurants, son casino, ses boutiques. Thomas et Céline sont sur le quai. Volontairement théâtral, Thomas agite un grand mouchoir, affectant de pleurer en glapissant : "Adieu... adieu !"

Je me contente d'un rapide sandwich au "pub" du ferry, avant de me risquer sur le pont pratiquement désert pour y faire quelques pas. Et là, au milieu de cette mer du nord glaciale et agitée, j'ai alors la sensation d'être réellement partie, d'avoir dans tous les sens du terme largué les amarres et de me retrouver seule face à l'inconnu. C'est un sentiment à la fois douloureux et bienfaisant, comme si le vent du soir et ses embruns, porteurs d'avenir, venaient me laver de mes derniers regrets.

Le lendemain matin, munie de l'adresse des amis d'Ewan en poche, et après m'être peu à peu habituée à la conduite à gauche, je prends la route d'Edimbourg. En début d'après-midi, je franchis la "frontière". Une pierre gravée m'indique, comme un défi, que je suis désormais en Ecosse. Une bouffée d'émotion me traverse, en même temps que l'image du sourire de ma mère.

Des collines tranquilles succèdent à de gracieuses vallées verdoyantes, bien éloignées des grandioses paysages des Highlands décrits par Ewan. Ici, l'Ecosse est policée, empreinte de suavité, voire d'inertie. Je longe la Tweed, m'amuse des premiers moutons à tête noire que je découvre, salue avec respect une imposante abbaye à demi dissimulée derrière son rempart de peupliers.

A l'entrée d'Edimbourg, je m'égare, tourne trois fois autour du même rond point en fulminant, et finis par me garer pour chercher mon chemin sur un plan. La panique me gagne, tandis que je me débats avec le document. Je ne suis pas de taille, je suis folle d'avoir entrepris ce voyage toute seule. C'est alors qu'on frappe à la vitre. Deux Iroquois de sexes opposés, vêtus de jeans et blousons de cuir, me font signe d'ouvrir. Croyant déjà devoir verser rançon, je m'exécute bravement.

Le garçon me fixe d'un œil patibulaire et dit d'une grosse voix, tandis que la fille éclate de rire.

- Are you lost ? [1]

Son accent rocailleux me laisse perplexe.

- Euh... Yes.

Il ouvre la portière, saisit le plan et l'adresse que je tiens en main, me tape sur l'épaule avec un grand sourire.

- Much too difficult for you. Just relax. We'll drive you there. O.K ? [2]

Après avoir lancé ses clés de moto à la fille, il me fait signe de me décaler sur le siège du passager, puis démarre sans plus d'explications. Avec une dextérité étonnante étant donné la place du volant, il s'insinue en plein centre ville, à l'heure où semble-t-il tout Edimbourg s'est donné rendez-vous, zigzague dans des ruelles qui escaladent une colline. La fille suit sur la moto. Enfin, il s'arrête :

- Here we are. [3]

---

[1] Perdue ?
[2] Beaucoup trop difficile pour vous. On vous conduit. O.K. ?

117

Complètement hébétée, je ne sais trop comment le remercier. Toutefois, l'impérieuse nécessité de ne pas paraître complètement stupide finit par me faire dire :

- Oh, thank you very much !

Le garçon sourit simplement, soudain devenu humain :

- You're welcome.[4]

Mue par une brusque impulsion, je me propose de leur offrir à boire au pub le plus proche, mais ils déclinent l'invitation, étant attendus ailleurs.

Je les regarde s'éloigner sur la moto. Avant de disparaître de l'autre côté de la colline, la fille se retourne et me fait un signe d'adieu de la main.

31

A présent, me voilà face à un alignement de maisons grises aux petits jardins soignés, dans une rue calme. Beaucoup arborent un panonceau "chambres à louer". Dans l'une d'elles, une jeune femme brune qui déclare se prénommer Helen me prie d'entrer et me conduit à ma chambre, au premier étage. Le décor est d'un kitsch pathétique, mais le lit spacieux et apparemment confortable. Une bouilloire électrique, ainsi que l'habituel nécessaire à thé et café sont disposés sur une petite table sous la fenêtre. Une légère odeur de citronnelle flotte dans la pièce.

- Avez-vous fait bon voyage ?
- Très bon, merci.
- Oh, Ewan a demandé que vous le rappeliez dès que vous arrivez. Vous pouvez utiliser notre téléphone, si vous voulez.

---

[3] Nous y voici.
[4] Pas de quoi

Je la remercie. Elle a l'air d'avoir envie d'engager la conversation, se demandant sans doute qui je suis au juste.

- Vous connaissez bien Ewan ?
- Bien sûr. C'est un ami à nous. Il a fait une partie de ses études avec mon mari, Angus. Et il vient une ou deux fois par an à Edimbourg. Il dort toujours chez nous quand il vient, dans cette chambre, quand elle est libre.

Elle a eu un petit geste du menton pour désigner le lit. J'ai dû rougir bêtement. J'ai beaucoup de mal à imaginer Ewan au milieu de tous ces coussins roses et blancs à volants vaporeux, voisinant avec la poupée de porcelaine posée sur l'étagère.

- Et vous ? Il m'a dit que vous étiez une sorte de cousine, mais que vous n'étiez jamais venue en Ecosse.
- Ewan et moi ne nous sommes jamais rencontrés. En fait, il y a quatre mois, je ne savais même pas qu'il existait.

Elle rit d'un air horrifié comme si j'avais prononcé une insanité :

- Mon Dieu ! Mais *heureusement* qu'il existe !

Mon regard consterné devant cette ferveur aussi démesurée qu'inattendue ne lui échappe pas.

- Bon... Bien entendu, vous dînez avec nous ? Mon mari revient à six heures du travail. Nous dînons tôt.

J'accepte, un peu gênée. Elle a de petits yeux moqueurs qui m'observent avec curiosité, sous des sourcils fins, très arqués. Je sens qu'elle a très envie de m'en dire plus, de profiter de l'avantage qu'elle a sur moi en connaissant déjà Ewan.

- Comment est-il ? Enfin, je veux dire...
- Ewan ? Il est adorable.
- Vraiment ?

Elle a l'air étonné de me voir étonnée. Mais d'après l'impression que j'ai de mon cousin, le qualificatif de *"lovely"* ne me semble pas vraiment approprié.

- Oui, il aime beaucoup faire des blagues, rire, enfin s'amuser. Et nos enfants l'aiment beaucoup. Parfois, c'est nous qui allons en vacances quelques jours chez lui. La région est magnifique, vous verrez. Nous avons connu Karen aussi, avant que... Mais après... après que… enfin elle ne nous a plus donné de nouvelles. - Son regard se fait pensif, et elle ajoute dans un petit soupir : Je n'ai pas compris pourquoi elle... Enfin, je veux dire, c'est dommage... Vous voyez ?

Elle lève vers moi un œil interrogateur, comme si je devais fournir une réponse précise.

- Oui, oui, bien sûr.

Elle hausse les épaules d'un air perplexe.

- Bon, je vous laisse vous installer. Mais j'oubliais... Vous voulez bien venir téléphoner ?

Elle a l'air d'y tenir beaucoup, mettant sans doute un point d'honneur à montrer à Ewan qu'elle a bien transmis son message. J'aurais préféré être d'abord un peu seule, me remettre de mes émotions, prendre une aspirine et une bonne douche. Je l'accompagne néanmoins au rez-de-chaussée, compose le numéro que je connais par cœur à présent.

- Ewan ?
- Bienvenue en Ecosse.

Je lui décris mes premières impressions, le remercie encore. Il me demande quels sont mes projets pour le lendemain, me fait quelques suggestions.

- Ça tient toujours pour vendredi ?
- Euh… Oui, bien sûr.

L'espace d'un court instant, j'ai eu envie de demander à repousser notre rendez-vous, prétextant que je voulais peut-être faire un peu de tourisme auparavant... Je tente pourtant de me raisonner, de chasser cette crainte diffuse qui revient par moments me nouer la gorge. Après tout, il ne s'agit que d'une simple invitation. Si Ewan et sa sœur m'ennuient, si nous n'avons rien à nous dire, eh bien je trouverai facilement un prétexte pour m'éclipser…

Remontée à l'étage, j'écarte le rideau pour contempler l'environnement extérieur. De ma chambre, j'aperçois la silhouette éclairée du château, perché sur sa colline volcanique. J'ai encore vu peu de choses de la ville, mais ce peu m'a donné une impression d'austérité majestueuse, façades sobres et monuments se laissant courtiser par une verdure omniprésente, tandis que collines et jardins viennent doucement mourir au pied des avenues.

Durant le dîner, nous évitons les sujets trop personnels. Angus est un petit homme bedonnant et presque chauve, plus serein et silencieux que sa femme, qui semble en perpétuelle ébullition. Les enfants, une fillette de cinq ans particulièrement bavarde et un jeune garçon aux confins de l'adolescence, me posent quelques questions sur la France. Ils paraissent déçus lorsque je dis que je n'habite pas Paris. Eux-mêmes rêvent d'y aller, et surtout de visiter Eurodisney. Ils me demandent si j'y suis déjà allée et comment je l'ai trouvé. Je mens avec méchanceté, me souvenant m'être alors plutôt amusée :

- C'est très kitsch.

Ils me décochent alors un regard mêlé d'incrédulité et d'indignation puis s'enfuient chercher dans la cuisine un démenti auprès de leur mère.

Après le dessert, et une fois les enfants couchés, nous prenons place dans le salon. L'aménagement de cette pièce me fait songer à quel point le mot *"cosy"* est vraiment intraduisible. Seuls les Britanniques savent combiner à ce point confort et ambiance surannée. Angus allume sa pipe et m'observe un court instant en silence.

- Vous allez rester longtemps chez Ewan ? demande-t-il comme s'il menait une enquête.

- Euh… non, seulement quelques jours. Je ne veux pas le déranger.

Il se lève pour aller chercher dans un buffet une carafe de whisky. En passant devant mon fauteuil, il marque une halte, s'incline en s'appuyant légèrement sur l'accoudoir, sa voix prenant une intonation confidentielle :

- Vous ne le *dérangerez* sûrement pas.

- Comment pouvez-vous le savoir ?

Il s'installe dans l'autre fauteuil, croise ses jambes en semblant réfléchir.

- Là-bas, c'est tellement sauvage, tellement isolé... Lorsque sa femme... Lorsque Karen est partie, nous avons conseillé à Ewan de ne pas rester là-bas tout seul, de revenir vivre à Edimbourg. Il aurait pu obtenir un poste ici sans problèmes. Il a plusieurs amis en ville. Mais il n'a jamais voulu, il a préféré rester là-bas. Oh, quelquefois, Winnifred est là aussi, avec toute sa bande, mais pas souvent.
- Et elle, vous la connaissez ?
- Pas très bien, non. Elle est très différente de son frère, vous savez. Ils n'ont pas du tout le même style de vie. Ewan a beaucoup voyagé, mais il est très attaché à son pays, à sa maison, à certaines traditions.
- Je sais, on me l'a déjà dit.

Il enregistre mon ton un rien agacé d'un bref haussement de sourcil.

- Elle, au contraire, ne vit jamais au même endroit, elle rejette tout ce qui est trop établi. Et elle est tout le temps en train de se révolter contre la société et le monde en général. Elle exprime d'ailleurs cette révolte dans ses chansons. Ou plutôt elle la *crie*, ajoute-t-il avec une petite grimace éloquente. Mon fils adore, évidemment.

Helen fait irruption dans la pièce.

- Angus, je crois que Iona doit être fatiguée par le voyage. Tu dois l'ennuyer avec tout ça. Elle se fera sa propre opinion par elle-même.

Je m'apprête à protester, car j'aimerais en savoir plus. Mais un regard échangé entre Angus et Helen m'en dissuade, tant que je sache vraiment pourquoi.

32

Je suis repartie tôt en ce sixième jour de mon périple. Hier, à ma grande surprise, Helen a tenu à être ma guide pour la visite de la ville.

Edimbourg, ville double et mystérieuse, comme Docteur Jekyll et Mister Hyde, a dit Ewan au téléphone avant d'éclater de rire. Il est vrai que le dédale de ses rues et venelles m'a étonnée, et je me sens encore toute imprégnée de son austérité romantique. Deux jeunes punks riaient bruyamment et vidaient des pintes de bière devant l'ancienne maison de John Knox. Dans le quartier du château, j'ai eu la nette impression de déambuler au cœur d'un décor de théâtre, à tel point que je me suis sentie encore plus étrangère à moi-même. En fin d'après-midi, un ciel parcheminé, d'un gris moucheté de rose, est venu planer au-dessus des toits de la ville, donnant aux façades du Royal Mile des nuances ambrées.

Ce matin, lorsque j'ai voulu régler le prix de mon séjour, Helen m'a arrêtée d'un simple signe de la main.

- Vous êtes notre invitée, tout est arrangé avec Ewan, ne vous inquiétez pas.

J'ai vainement tenté de protester, un peu irritée qu'Ewan ait imposé ainsi une "invitée" à des gens que je n'avais encore jamais vus de ma vie.

Au sortir de la ville, j'hésite un peu sur la destination à prendre, puis, finalement décide de réserver à mon voyage de retour la visite de Glasgow, pour m'enfoncer directement dans les opiniâtres collines des Trossachs. Un calme prodigieux tombe sur moi, au fil de ces petites routes silencieuses. Je m'offre une journée bucolique, errant de loch en loch, de forêts en promontoires. Au cœur des aventures de Rob Roy, je me sens d'humeur vagabonde. Le soir venu, mon envie de solitude m'amène à choisir l'anonymat relatif d'une chambre d'hôtel, délaissant - ou redoutant- les adresses de chambres d'hôtes recommandées par Ewan. L'établissement, de petite taille, est idéalement situé entre lac et forêt. Ma promenade au grand air, un peu plus tôt, m'a ouvert l'appétit, me faisant apprécier le solide dîner de pommes de terre et de viande d'agneau. Sur les murs de la salle à manger, gravures anciennes et extraits d'ouvrages littéraires avertissent le visiteur qu'il se trouve ici au pays des elfes et des fées. Je demande quelques explications à l'aubergiste, qui me certifie d'un air compassé et respectueux que le révérend Kirk, habitant des lieux au dix-septième siècle, a longtemps vécu avec ces créatures, consignant ses observations dans les extraits que je peux voir ici. Au regard et au ton particulièrement sérieux de mon interlocuteur, je comprends qu'il semblerait bien sûr déplacé d'émettre des doutes sur ces récits.

De fait, l'endroit invite à la rêverie et aux visions surnaturelles. Une dernière promenade au bord du lac Katrine me fait comprendre combien il est facile ici de basculer dans *l'autre monde*. Tout est silence, et pourtant, dans la nuit bleutée et légèrement brumeuse, la forêt et les eaux du lac semblent s'animer d'une vie secrète. Le bruissement des feuilles, le clapotis des flots deviennent soudain lourds de sens.

Avant de me coucher, je sacrifie au rite de l'appel téléphonique. Seule en cette terre encore étrangère, j'ai besoin de me raccrocher à la voix amie qui m'attend chaque soir. Ewan me raconte sa journée, me fait rire avec quelques anecdotes ou paroles de ses élèves, puis tout à coup :

- C'est bizarre de penser qu'après-demain, plus rien ne sera comme avant, non ?

Je ne trouve rien à répondre. Je peux bien jouer les touristes, choisir les plus beaux détours, rien n'y fera. Dans deux jours, je serai une autre.

33

Glen Coe... Je me suis arrêtée au creux de la vallée, presque honteuse d'y pénétrer en voiture. Je marche un instant sur le sentier qui s'élève au-dessus d'une minuscule bergerie. Le mutisme obstiné des montagnes me tenaille le cœur, me laissant démunie, empêtrée dans mon admiration inutile. Désolée, la lande n'a rien d'autre à offrir que sa nudité brunâtre et des visions de sang et de feu[*]. La nature tout entière, irréversiblement bafouée dans son hospitalité, me toise avec défiance et sévérité, dissuadant toute manifestation de commisération. Le ciel lui-même, pourtant clair au matin, a soudain pris le deuil, et l'absence en cette période de tout autre touriste accentue l'intemporalité du paysage, me renvoyant à ma solitude flagrante.

Reprenant la route, je m'aventure dans la vallée glaciaire du Glen Etive, plus étroite encore, débouchant sur un loch marin enchâssé au creux de pentes orangées, ourlées de conifères récalcitrants et de roseaux diaphanes. Je gravis à pied l'une des collines, alors que déjà l'air se fait plus frais. Soulagée par la vision de la haute mer, au loin, qui offre l'échappatoire, je me glisse sur l'herbe rousse, expulsant le soupir douloureux que j'ai retenu plus tôt. Sans m'en rendre vraiment compte, j'ai laissé toute une partie de moi en franchissant une frontière invisible. Je réalise que je n'ai pas regardé ma montre une seule fois en cette journée, tente alors de deviner l'heure en observant la position du soleil. Mais lui-même s'est dérobé, ou plutôt dilué, en un vaste silence pailleté de mystères. Je suis vraiment *ailleurs*.

A Fort William, je m'offre une récréation, mâchonnant un beignet rassis tout en observant le soleil se coucher sur le Loch Linnhe, m'émerveillant une nouvelle fois de pouvoir en même temps contempler mer et montagne qui communient si naturellement

---

[*] *La vallée de Glen Coe fut le cadre du massacre du Clan Mac Donald par les troupes anglaises.*

dans ce pays. Un peu déçue néanmoins par la bonhomie disgracieuse du Ben Nevis, je me mets en quête d'une chambre pour la nuit. Un cafetier m'adresse à l'une de ses cousines. Sur place, je suis accueillie par une vieille dame apparemment fragile, mais dont le regard pétillant et la coiffure de petit garçon laissent penser qu'elle est en vérité à l'épreuve du temps. Heureuse à la perspective d'un peu de compagnie et d'une rentrée d'argent inattendue en cette saison, elle m'invite à partager avec elle le *high tea* qu'elle s'apprêtait à prendre. Ravigotée de thé chaud, rassasiée de galettes d'avoine et de poisson fumé, je sens avec autant d'appréhension que d'exaltation le terme de mon voyage approcher. Demain, Ewan ne sera plus seulement cette voix chargée de mystères et de promesses, mais un être humain qu'il faudra appréhender dans toute sa réalité.

Après le repas, je fais quelques pas sur la grève, m'emplissant les poumons d'un puissant parfum marin. La nostalgie des jours passés m'a soudain envahie, et je me prends à regretter ces journées d'errance et de contemplation, où ma solitude expectative me tenait lieu de fil conducteur et de garde-fou. Je voudrais encore appeler Ewan pour tenter de reculer un peu l'échéance, ne serait ce que d'un jour, mais je sais presque aussitôt que cela ne servirait à rien, que le présent appartient déjà au passé. Presque malgré moi, je m'engouffre dans la cabine, compose le numéro. Mon cœur bat plus fort.

- Iona ? J'attendais votre appel. Dites donc, demain c'est le grand jour !
- Eh bien…
- Où êtes-vous ?
- A Fort William. C'est drôle, ici. Il y a un peu de tout ici, un mélange intéressant : La mer, le Ben Nevis, des marins, des alpinistes, des remonte-pentes...
- Avez-vous vu Glen Coe ?
- Oui...
- Vous savez quoi ? Je suis un peu ému quand je pense que nous allons nous voir demain.

- Euh… moi aussi. C'est ridicule.

Un petit rire stupide, mon propre rire, résonne à mes oreilles.

- Non, c'est normal, réplique-t-il, un rien pincé. C'est un moment important. Quand comptez-vous arriver ?
- Je vais partir vers huit heures, mais je m'arrêterai certainement plusieurs fois en route. Je devrais être là vers quatorze ou quinze heures.
- Comptez plutôt seize ou dix-sept heures !
- Il n'y a que deux cents kilomètres !
- Oui, mais des kilomètres écossais.
- C'est à dire ?
- Vous verrez. Roulez prudemment en tout cas. Il fait nuit très tôt ici en automne.

Etendue entre des draps rose bonbon, je me tourne et me retourne. Grenoble est à des années-lumière, ainsi que mon ancien travail, Jacques, Marianne, Pierrette, et pour finir moi-même. Je finis par m'assoupir, m'enlisant dans la nuit fiévreuse et éprouvante, malgré le confort du lit et le silence de la maison. Emergeant d'un demi-sommeil hérissé de songes ambigus, j'ouvre les yeux à plusieurs reprises pour interroger les chiffres lumineux de mon réveil de voyage. Enfin je sombre, l'esprit fourbu et le corps plombé, me débattant dans des limbes troubles vers un but lumineux que je peine à atteindre. Tandis que je tournoie sans fin, la voix d'Ewan répète en riant :" Demain, demain."

34

Je suis repartie péniblement à neuf heures, avec la sensation de n'avoir pas dormi de la nuit. Négligeant Inverness et les rives du Loch Ness, je me suis ménagée une ultime et longue pause pique-nique au bord d'une rivière, tentant encore de freiner le cours du temps qui me pousse sans indulgence vers mon rendez-vous anachronique. Mais après une vallée large et facile, constellée de lacs et cascades, je suis aspirée dans cette petite route à une voie qui mène à ma destination finale. La chaussée se rétrécit toujours davantage. Et soudain, *le* village apparaît, précédé d'un écriteau.

Incrédule, je marque un arrêt, fixant la double inscription, en gaélique et en anglais. Veillé par une énorme montagne de grès rouge et de quartzite, environné de forêts de pins, il a d'insolites allures de station de montagne, à quelques kilomètres seulement de la côte.

Mon cœur bat la chamade alors que selon les indications d'Ewan, je me gare devant une enfilade de bâtiments blanchis à la chaux, coiffés de toits d'ardoises et apparemment dépourvus de toute présence humaine. La plupart des volets sont fermés. Pourtant un écriteau de bois peint indique que je suis bien arrivée à destination. Autour de moi, les collines murmurent leurs secrets, toutes frissonnantes sous la caresse d'un vent léger et néanmoins mystérieux. Même le silence est ici différent, et jusqu'à l'air que je respire, un mélange déconcertant d'atmosphère marine et de parfums alpins.

Je me risque hors du véhicule, m'avançant prudemment vers la maison, lorsque arrive à ma rencontre un âne encore jeune, heureux d'avoir un peu de compagnie. Peu farouche, il s'approche, à la recherche de quelque friandise. Mais je n'ai que ma main à offrir, qu'il renifle avec circonspection. Je me sens soudain accablée de solitude, heureuse de pouvoir parler à un être vivant.

- Salut, toi ! Tu pourrais peut-être me dire où se trouve ce fichu cousin ?

L'animal hoche la tête évasivement.

- Je suis très mauvais élève. Je ne réponds jamais aux questions.

Je sursaute alors que, précédées par un éclat de rire, deux grandes mains se posent sur mes épaules. Je me retourne brusquement pour me retrouver le nez contre un gros pull de laine beige et rêche, tombant sur un jeans délavé. Levant la tête vers l'étage supérieur je rencontre ce visage, tellement contemplé sur les photos, qui me sourit à présent. Le choc me fait frissonner, sous la pression des doigts qui pressent mes bras, comme pour me rassurer.

- Hey… Tout va bien ?

Le bleu du regard fixé sur moi n'a rien d'éthéré, me saisit au contraire par sa sauvagerie et sa profondeur. Au milieu des traits tannés qui racontent une foule d'histoires, le sourire est une insulte aux bonnes manières. Le personnage tout entier déborde de vie et de malice, jusqu'à cette forêt sombre et drue, vaguement striée de quelques rares fils blancs, et qui s'épanouit dans tous les sens hors de sa tête, révoltée d'avoir subi l'assaut des ciseaux. Une mèche, poussée par le vent, retombe sur les sourcils épais. J'aimerais la rejeter vers l'arrière d'un geste de la main, j'aimerais toucher ce visage pour m'assurer de sa réalité. Soudain, il n'est plus question de vingtième siècle. Je pourrais aussi bien avoir à faire à l'un de ces guerriers Pictes qui ont repoussé les armées romaines en dévalant de leurs montagnes, leur tombant dessus en hordes. L'être qui se tient là, bien campé dans sa terre, est criant... de *celtitude*. Je me dis que je n'aurais pas aimé le rencontrer au coin d'un bois sans connaître son identité. Je ne m'étais pas attendue à cette stature intimidante, ni à ce regard qui m'a percée à jour avant même que j'aie eu le temps de me protéger, ni à tout ce que les photographies n'ont su me dire et qui m'intimide tellement à présent. La question n'est plus d'être déçue ou agréablement surprise, mais plutôt de savoir ce que nous pouvons bien avoir de commun.

Loin d'être gêné, il ne semble pas non plus pressé, maintenant qu'il m'a clouée là de surprise. Pourtant, il recule un peu et je saisis la main forte et chaude, un peu calleuse, qu'il me tend. Il doit y avoir erreur. Ce n'est pas la main d'un homme vivant au milieu des cahiers, des livres et des enfants, plutôt celle d'un artisan ou d'un paysan, un homme en prise avec la matière, les éléments naturels. Elle s'est refermée sur la mienne, oubliant de se rouvrir aussitôt.

- Bienvenue à Deonlewe !
- Ewan ? C'est *vous* ? D'où sortez-vous ?

Je me sens terriblement niaise, alors qu'il rit de nouveau, de ce grand rire qui semble monter du plus profond de lui. Je suis ébahie devant tant de force naturelle, de vitalité brute. Avec soulagement, je remarque qu'il a des dents très blanches et soignées.

- Bien sûr que c'est moi. Ewan MacLehan. Et à ce que je sache, je n'ai pas encore de doublure. Et je croyais aussi qu'on avait décidé de se tutoyer... Tu ...croyais voir un fantôme ? Je voulais seulement te faire une surprise. Ça fait un petit moment que je t'observe. De là-bas. Je t'ai vue arriver de loin.

Il désigne du menton la vieille Land Rover boueuse que j'ai aperçue en arrivant, garée sur le bas côté de la route.

- Dans la voiture ? Mais pourquoi ? C'est stupide !
- Peut-être...

Je sens qu'il fouille dans mes pensées. Je n'ai aucune échappatoire.

- Finalement, tu as bien fait de venir en automne.
- Euh, oui... C'est magnifique, en effet.

Je reconnais maintenant les intonations familières de nos conversations téléphoniques. Mais la voix est un peu différente, plus chaude, légèrement rauque, honteusement sensuelle. Les fréquences analogiques des télécommunications n'ont apparemment pas su en saisir toutes les subtilités.

- C'est beaucoup plus que ça. Tu verras. Bonjour, Iona.

Ainsi que lors nos conversations téléphoniques, il a prononcé « Aïona », ce qui m'a d'ailleurs un peu réconciliée avec ce prénom.

Il me donne une légère accolade. Sa joue est rugueuse, ombrée de barbe naissante, et je constate qu'il ignore l'usage de l'après-rasage, mais je perçois l'odeur saine des gens qui vivent au grand air, mêlée à un parfum un peu acide de savon et de laine vierge. Son visage passe à une vitesse incroyable du sourire le plus éclatant à l'expression d'une gravité profonde, mais toujours avec cette même acuité dans le regard extraordinairement chatoyant, presque phosphorescent, lorsque le soleil vient l'éclairer.

   - On bouge ?

Il m'invite à monter dans sa propre voiture.

   - Où ça ?

   - Chez moi, bien sûr... et aussi chez toi !

Je ris en haussant les épaules. Une inexplicable impression d'irréversibilité me fait hésiter, ma gorge se nouant d'une sorte de crainte mêlée de fascination. Je fais un pas vers lui, son bras me téléguide vers le véhicule.

   - Non, c'est vrai. Iona, tu es chez toi ici.

   - Mais je croyais que c'était ici, chez vous... chez toi !

   - Non, ici je travaille seulement. C'est notre école. Elle accueille les enfants des trois villages du loch. J'habite à une dizaine de kilomètres.

   - Alors pourquoi ne pas m'avoir donné directement rendez-vous à la maison ?

Il me toise, presque offusqué.

-   Mais parce que je ne pouvais pas te laisser découvrir notre vallée tout seule. Je devais être avec toi à ce moment là. C'est un grand jour pour toi aujourd'hui, non ? Et puis, tu aurais sûrement pris la route principale, et ça n'est pas le meilleur point de vue qu'on puisse avoir sur le loch et la maison pour une première fois. Nous allons prendre l'autre, elle est beaucoup plus jolie. Tu peux laisser ta voiture ici, nous reviendrons la chercher demain.

Il prend un air assuré, mais pour la première fois je sens qu'il est aussi ému que moi, son accent s'est fait plus fort. Il a une manière insolite et bien à lui de faire bondir sa voix de syllabe en syllabe et de mot en mot, marquant le dernier d'une note plus grave après un infime temps d'arrêt, et son accent n'a rien de commun avec toutes les intonations étrangères que j'ai pu connaître jusqu'alors. Nous transférons mes bagages dans la Land-Rover.

- C'est gentil, fait-il en déchargeant la caisse de vin et le carton de spécialités, mais tu n'avais pas besoin d'apporter tout ce bazar. Tu sais, on a à manger et à boire, ici.

Il marque un temps d'arrêt avant d'ouvrir la portière de la Land Rover, me dévisageant d'un œil énigmatique.

- Qu'y a t-il ?
- Rien… tout. Enfin…

Sans finir sa phrase, il se contente de m'adresser un petit sourire grave tout en démarrant. Je jette un regard de regret vers ma voiture, mon dernier lien avec l'Autre Monde. Je l'observe à la dérobée, tandis qu'il conduit avec entrain sur la route minuscule. Il émane de lui une virilité redoutable, bien qu'étrangement subtile. Il a une façon presque féline de se mouvoir, de plisser les yeux, de sourire, contrastant de façon déconcertante avec sa silhouette imposante et ses traits plutôt grossiers. Toute sa façon d'être est déroutante et semble faire de lui un être imprévisible, ignorant des conventions en vigueur dans nos sociétés contemporaines. Aux commandes d'un moyen de transport moderne, il devient cependant plus humain, plus réel. La simplicité, voire le négligé de sa tenue semblent en fait destinés à faire oublier qu'il porte des vêtements, donnant toute liberté à ses gestes empreints de puissance et de sensualité. Même sa manière de poser sa main sur le volant a un quelque chose d'érotique. Je me demande ce que Marianne et Pierrette penseraient de lui. On ne peut le qualifier de beau au sens classique du terme, pourtant je suis à peu près sûr que Pierrette le qualifierait de "complètement craquant" et que Marianne serait rapidement envoûtée. Quant à Brigitte, elle l'enverrait d'abord se raser avant de l'embrasser. Je n'arrive cependant pas encore à démêler mes sentiments, me sentant à la fois glacée et fascinée, et surtout j'ai beaucoup de mal à imaginer que nous puissions avoir ne serait-ce que de minuscules gènes en commun.

A présent rectiligne, la route plonge dans un vallon tapissé de mousse brune pour remonter rapidement à flanc de coteau vers un paysage encore invisible. Des moutons dégustent tranquillement les collines mélancoliques. Ewan arrête la voiture lorsque la route débouche soudain sur le lac, le surplombant avant de plonger vers lui, jusqu'à l'autre rive.

-    Regarde, Iona. Voici le Loch Maree en personne.

Ebranlée, je descends et m'avance pour mieux voir. Le paysage a pris possession de moi sans prévenir. D'une rudesse sans concessions, les montagnes et collines se dressent en gardiennes austères d'une vaste étendue d'eau pourtant paisible. Mais le gris blanchâtre de leur quartz vient rendre les armes sur le velours roux des rivages. Prudente, la lande s'échappe à travers de larges trouées désertiques. Trois îles, incongrues de délicatesse, habitées de pins aux branchages aériens, semblent avoir des velléités de jardins japonais, dans le léger clapotis des vagues qui donne toute sa dimension au silence du soir tombant. Une vision furtive traverse mon esprit, celle d'un jeune homme un peu perdu qui se serait tenu là, à ma place, un siècle plus tôt.

Je sais gré à Ewan de n'avoir pas fait de commentaires touristiques. M'ayant rejointe, il esquisse un geste vers moi, mais se ravise, croisant ses mains derrière son dos. Je devrais le remercier de sa présence, d'avoir partagé mon émotion, et je parviens seulement à lui adresser un sourire pitoyable. Nous remontons en voiture silencieusement, mais il ne redémarre pas tout de suite, semble réfléchir vers le loch, pousse un léger soupir. Il se tourne vers moi, pose son bras sur le dossier de mon siège.

-    Iona ?

-    Oui ?

-    Tu sais ce que j'aimerais ?

-    Euh... non.

133

-   J'aimerais que tu arrêtes de me vouvoyer. Et j'aimerais que tu me dises bonjour correctement, à la française. Avec une bise. Une vraie grosse bise. Là.

Il pointe son index sur sa joue, son regard redevenu malicieux. Je ne peux m'empêcher de sourire.

-   Euh... D'accord. Salut.

Je le gratifie près de l'oreille d'un baiser rapide, accompagné d'un petit rire nerveux.

Il a un hochement de tête ironique, me retient par le bras :

-   Bonjour Iona, je suis content que tu sois là.

Il redémarre en souriant.

-   Tu sais, tu es exactement comme je l'imaginais. Un peu plus petite, peut-être, et plus timide aussi. Mais tu n'en as pas besoin. On a déjà un peu appris à se connaître, non ?

Je tente encore de me dérober :

-   Si l'on veut. Ce n'étaient que des lettres, des conversations téléphoniques...

-   Oui, mais pas n'importe lesquelles. Et nous sommes de la même famille, n'est-ce pas ? La semaine prochaine, je t'emmènerai visiter ton île, enfin, celle qui porte ton nom.

-   C'est plutôt l'inverse.

-   Oui, mais j'aime imaginer le contraire.

-   De toute façon, je ne serai plus là, la semaine prochaine.

-   Je crois que si.

-   Et pourquoi ça ?

-   Parce que si je t'ai invitée, ça n'est pas pour te laisser partir au bout de deux ou trois jours. C'était une invitation à durée indéterminée, si tu veux. Et puis je dois m'occuper de toi. C'est ce que Lucie aurait voulu.

-   Qu'en sais-tu ?

-   Je... je l'imagine, c'est tout.

-   A mon âge, je n'ai pas besoin d'être adoptée. Je suis une grande fille.

-   Peut-être...

- Qu'est-ce que tu insinues ?
- Je crois que tu comprends très bien.

Je réfléchis, ou plutôt j'essaie de me maîtriser environ deux secondes, mais, comme souvent ces derniers temps, c'est la colère qui prend le dessus.

- Ecoute, ce que moi je crois, c'est que tu fais une déformation professionnelle, je ne suis pas un de tes élèves. Je ne sais pas pour qui tu te prends, pour disposer de moi comme ça.

Il crispe ses mains sur le volant :

- Pour ton fichu cousin, et ton ami. Et ça peut te paraître idiot, mais je me sens une certaine obligation envers ta mère.
- N'importe quoi ! Désolée de t'avoir infligé cette charge !

Il éclate de rire alors que je fulmine.

- Allons, calme-toi, ne prends pas tout de travers. Quel caractère ! En tout cas, je pense vraiment que tu devrais t'occuper un peu plus de toi-même, et ça serait une bonne chose que tu commences ici. Et puis... je me suis beaucoup réjoui à l'idée de ta visite. Alors ne commence pas à tout gâcher, *s'il te plait.*

35

Nous contournons le lac et, après avoir traversé un hameau où voisinent les symboles de tout bon village écossais que sont le pub, le presbytère et la Bank of Scotland, nous nous engageons dans un chemin de terre menant à un bosquet de mélèzes. Il n'est que dix-sept heures lorsque nous arrivons, mais la nuit est presque tombée. Derrière le profil argenté des mélèzes je devine, puis découvre la maison, une grande bâtisse de granit sombre à deux niveaux, percée de fenêtres à guillotine. Il s'agit en fait d'une assez vaste demeure de style géorgien, construite en L autour d'une cour et d'un jardin un peu sauvage. La façade est en partie recouverte de lierre flamboyant. Au-dessus du porche, on a laissé la lumière allumée. Son aspect austère mais paisible me laisse un instant perplexe. Je commençais à imaginer Ewan vivant dans une ferme décrépie, mal entretenue. Le jardin se fond peu à peu, sans cérémonie, en une prairie qui descend en pente douce vers le lac.

- Mais c'est immense !
- Oui, beaucoup trop en vérité. On pourrait dire que c'est du gaspillage, autant de mètres carrés pour une personne seule, ou presque. Mais ma foi, c'est ma maison... Et il m'arrive de louer quelques chambres à des touristes, en été, quand mon banquier commence à faire la gueule, ou quand j'ai envie de voir des têtes nouvelles. En tout cas, tu vois, tu auras toute la place que tu voudras, sans risquer de te cogner contre moi à tous les coins de couloir. J'ai choisi une chambre que j'ai préparée pour toi, mais tu pourras en avoir une autre, si elle ne te plaît pas. Il suffit de demander, chère Madame...

Il affiche un air obséquieux de portier d'hôtel et s'incline ironiquement après avoir ouvert la porte d'entrée devant moi.

Il n'est pas difficile de comprendre quelles pièces sont réellement habitées : Un salon à l'ameublement hétéroclite, mélange de style victorien, de décorations africaines et d'aquarelles bucoliques, possède d'agréables bow-windows qui donnent sur le lac. Face à l'une d'elles un vieux fauteuil d'apparence confortable invite à s'installer, à se laisser aller à la méditation devant la mélancolie du paysage. J'imagine Ewan en train d'y lire ou d'y rêvasser.

- Winnifred n'est pas là ?
- Non. Mais elle viendra, bientôt.
- Quand ça ? Et si je suis déjà repartie ?
- Allons, ne recommence pas. Tu parles de repartir alors que tu n'as encore même pas posé ta valise. C'est très vexant, tu sais.
- Excuse-moi.

Je découvre ensuite une vaste cuisine aux murs jaunis de fumée, au centre de laquelle trône une énorme table de ferme, puis un petit bureau vert émeraude, avec de hautes bibliothèques de chênes, le sol jonché de piles de livres, de journaux et de dossiers.

Toutes les autres portes sont fermées. Nous montons à l'étage, parcourons un couloir étroit ponctué de portes tout aussi muettes, et nous arrêtons enfin devant l'une d'elles.

- Si tu veux bien te donner la peine...

Je le soupçonne immédiatement de m'avoir donné la plus belle chambre. Tout semble y avoir été préparé pour mon confort : Du peignoir posé sur le lit au gros plaid sur un fauteuil, en passant par la coupe de fruits sur une table et les fleurs, exclusivement blanches, un peu partout. La pièce, vaste mais de plafond bas, est particulièrement accueillante, malgré sa tapisserie d'un jaune un peu passé et son tapis élimé. Le plancher s'affaisse très légèrement en direction de la fenêtre. Mais surtout, la chambre jouit d'une vue sur le lac à couper le souffle.

- Eh bien tu m'as gâtée... Je n'ai pas l'habitude d'autant de luxe... Tu traites toujours tes touristes de passage comme ça ? Ma propre chambre, en France, c'est une vraie boîte à sardines à côté.

Il prend un air offensé, un peu comme si j'avais blasphémé :

- Oh non ! Celle-ci je ne la loue jamais. Mais j'ai décidé de la rouvrir pour toi, parce que tu es de la famille. La dernière personne qui l'a occupée était ma grand-mère maternelle, lorsqu'elle est venue habiter avec nous à la fin de sa vie. Moi, je me suis installé dans celle de mes parents, à présent. Mais tu seras en bonne compagnie, ici. Granny était une vieille dame un peu chipie parfois, mais je l'aimais bien.

- Tu veux dire que je vais partager ma chambre avec un fantôme ?

Je regarde le lit en frissonnant. Il éclate de rire :

- Ne t'inquiète pas, elle n'est pas morte dans ce lit, mais à l'hôpital. Mais en tout cas, et ne t'en déplaise, elle a imprégné cette pièce de sa présence. Attends, je vais allumer le feu. Bon, je dois te dire qu'il n'y a pas de chauffage central dans cette vieille baraque. J'ai allumé le radiateur électrique, mais il n'y a rien de tel qu'un bon feu de cheminée. Tu vois, quand tu en auras marre de me voir, tu pourras te réfugier tranquillement ici.

De fait, l'atmosphère de la chambre est amicale, sereine, étrangement *vivante* pour avoir été inoccupée de longue date. Je regarde Ewan aller et venir, médusée par l'accueil hors pair qu'il m'a réservé. Il s'accroupit avec souplesse devant le foyer et je devine sous le pantalon les muscles de ses longues jambes. Il a des gestes rapides et précis, j'observe une nouvelle fois ses mains, puissantes, nerveuses, et me surprends à penser qu'il serait agréable d'être caressée par elles. A l'inverse, je me sens gauche et inhibée. Il a vers moi un sourire d'enfant réjoui en faisant craquer l'allumette.

-   Voilà. Tout y est, cette fois. La salle de bains est derrière cette porte. Je vais descendre finir de préparer le dîner, installe-toi, et appelle-moi si tu as besoin de quelque chose.

Il s'approche de moi, semble hésiter comme s'il voulait encore dire quelque chose, mais se ravise et recule. Son regard blessé est un reproche muet. Il n'a sans doute rien d'une sombre brute ni d'un de ces arrogants machos pour lequel j'ai voulu le faire passer. Tout au plus est-il un peu étrange. Je pressens aussi qu'il est aussi déconcerté que moi, en proie au "trac", maintenant que nous voici face à face dans ce huis clos saugrenu. Je l'intercepte en posant ma main sur son bras, alors qu'il s'apprête à sortir.

-   Merci.

Il me pince simplement le menton et esquisse un clin d'œil en guise de réponse, puis disparaît.

138

36

Un peu plus tard, en descendant l'escalier, j'entends Ewan chantonner doucement dans la cuisine tout en s'affairant. Lorsque j'apparais dans la pièce, je constate qu'il s'est changé, lui aussi. Il porte à présent une chemise de lainage à gros carreaux, des jeans clairs, fraîchement lavés, et des mocassins souples. Il semble aussi qu'il ait tenté, sans grand succès, de discipliner ses cheveux. Il se retourne et me sourit de ce sourire un peu ironique qui m'agace déjà :

- Tu n'avais pas besoin de mettre une robe. On ne s'habille pas ici pour dîner. Mais elle te va très bien.

Son regard m'a brièvement parcourue, pourtant j'ai l'impression désagréable d'avoir été déshabillée en un éclair. Je m'éclaircis la voix avant de parler :

- Cette cuisine est vraiment impressionnante.

Un assortiment hétéroclite de paniers et de casseroles pendent du plafond à poutres. Une énorme cuisinière ancienne à double four trône entre l'évier de pierre et une rangée d'étagères taillées dans le mur.

- Elle a été conçue pour de grandes familles, remarque-t-il en riant. Quant à cette cuisinière, elle est polyvalente. Elle est en service toute la journée, car elle alimente aussi les radiateurs du salon et le chauffe-eau. On en trouve encore beaucoup comme ça dans les vieilles maisons du coin. Tu as envie de visiter le reste ?

Je ne suis pas sûre de vraiment le vouloir mais je réponds :

- Volontiers.
- Alors viens.

Il me prend par le bras d'un geste presque brusque et m'entraîne dans le couloir, ouvrant successivement les portes d'une salle en manger toute en longueur, parfaitement en ordre mais totalement inanimée, un autre salon plus vaste au décor quelque peu rigide, une buanderie ou sèchent plusieurs chemises et sous-vêtements d'homme.

    - Voici la chambre de Kevin, déclare-t-il en ouvrant la porte tout au fond du couloir. En fait, c'était ma chambre de jeune homme autrefois. J'ai toujours aimé être un peu à l'écart du reste de la maisonnée, la nuit. D'autant plus que je sortais souvent tard, le soir. J'en ai fait, des kilomètres et des kilomètres en vélo... Parfois, je trouvais mon père qui m'attendait, lorsque j'avais un peu trop tardé... et alors...

Il agite la main pour exprimer les réprimandes auxquelles il a dû faire face. A travers son regard, j'imagine des escapades nocturnes, des rencontres furtives avec des filles du coin. La pièce, entièrement blanche, est d'un classicisme étonnant pour être le repaire d'un adolescent. Le couvre-lit en tartan vert est assorti aux rideaux. Sur les étagères, de sages rangées de livres alternent avec des photographies d'inconnus. Un sac à dos, une raquette de tennis et une vieille veste en cuir sont accrochés le long du mur.

Nous remontons à l'étage. Là, je découvre une succession de chambres plus ou moins bien rangées. Mais aucune n'est aussi jolie que celle qu'il m'a attribuée. Dans l'une d'elles règne un désordre qu'on pourrait qualifier d'artistique. Quelques vêtements de femme bariolés pendent simplement sur des portants et d'immenses posters de concerts et manifestations diverses recouvrent presque entièrement les murs. Une multitude de coussins sont posés à même le sol, et sur un canapé des piles de disques voisinent avec des partitions et des revues. Une légère odeur de moisi, mêlée à d'autres relents plus douceâtres flotte dans la pièce. Des bâtons d'encens à moitié consumés gisent sur une assiette ébréchée, et des couvertures ont été maladroitement clouées contre la fenêtre.

    - Winnifred ?

Il éclate de rire :

    - Comment as-tu deviné ?

Enfin, il ouvre la porte de la pièce du fond, contiguë à ma chambre.

- Et voilà ma chambre actuelle.

Face à la fenêtre trône un immense lit très haut, recouvert de patchwork à l'ancienne et comportant une tête en bois sculpté de style néogothique. Les murs sont tendus d'un joli tissu bleu pervenche qui semble avoir été posé récemment. Ici aussi, une multitude de livres et de revues s'empilent sur la table de nuit, sur la commode, sur la petite table proche de la cheminée, et jusque sur le plancher.

- C'est assez bien rangé pour une chambre d'homme qui vit seul.
- Détrompe-toi. J'ai fait un effort parce que tu venais. Je voulais montrer ma maison sous mon meilleur jour. Mais je fais rarement mon lit, et souvent la vaisselle reste entassée un ou deux jours dans l'évier.

Je reconnais sur un vieux fauteuil de cuir les vêtements qu'il portait un peu plus tôt. Je m'approche de la cheminée. Sur son rebord sont alignés divers fragments de la vie d'Ewan, dans plusieurs cadres de toutes tailles et couleurs : Ewan jeune homme, torse nu sur une plage, portant contre sa poitrine un minuscule bébé noir, l'un des petits pieds venant se nicher dans le creux de sa main; Ewan tenant par les épaules un couple de personnes plus âgées qui l'entourent, une superbe créature africaine adossée conte un mur et drapée dans une étoffe multicolore. Enfin, mes yeux s'attardent sur un jeune garçon assis dans un fauteuil, le visage levé au-dessus d'une bande dessinée, avec, derrière lui, deux femmes qui rient. En l'une, je reconnais immédiatement Winnifred. L'autre, avec des cheveux auburn sagement retenus en queue de cheval et de grands yeux bruns et rieurs au milieu d'un visage parsemé de taches de rousseur, doit être la mère de Kevin. Mon regard revient sur la photographie de la femme africaine, et je m'étonne qu'Ewan ait pu aimer deux femmes aussi dissemblables. Je ne peux m'empêcher de lui en faire la remarque.

- C'est vrai, elles sont un peu comme le jour et la nuit. Mais je les ai aimées autant. Différemment, mais autant. Katinka était vraiment une femme splendide, j'ai été ébloui, fou amoureux, mais pas heureux très longtemps. Avec Karen, c'était plus doux, plus tranquille, mais il y avait beaucoup, beaucoup de tendresse. Mais voilà, c'était tellement tranquille qu'on a fini par s'endormir à force de ronronner.

Pénétrer dans l'univers intime de cet homme me déconcerte. Il y a aussi un vieux téléphone sur la table de nuit. Ce doit être le genre d'appareil à la sonnerie grêle, comme on les faisait chez nous vingt ans plus tôt. Il suit mon regard et son sourire se fait ironique.

- Oui, Iona.
- Pardon ?
- Oui, je t'ai souvent appelée d'ici. J'ai bien aimé nos conversations téléphoniques. Après, j'imaginais plein de choses, ce que tu faisais, comment tu vivais. Je savais aussi quand tu souriais, et même quand tu rougissais, je l'entendais dans ta voix. Tu te souviens de ce soir où je t'ai lu ce poème de Robert Burns ?
- Oui, très bien.

Je me souviens que c'est le moyen qu'il avait trouvé pour me réconforter, après que je lui aie relaté une dispute téléphonique avec Thomas. J'avais mal compris le choix de ce poème s'intitulant *"Mon cœur est dans les Highlands"* et qui n'avait donc aucun rapport avec ma situation d'alors.

    - J'étais là.

Il va vers la table de nuit, en sort un petit livre qu'il feuillette rapidement.

    - Voilà, c'est là. C'est cette page.

Il prend mes mains, y dépose le livre ouvert, guide ma paume qui glisse au creux de la page. Si je me souviens...

- Lis. Lis le à ton tour…
- Euh…

142

Je racle ma gorge et m'exécute, essayant de prendre mon meilleur accent, sans trop buter sur les mots en vieil anglais. J'ai l'impression de passer un examen, alors qu'Ewan se tient à mes côtés, une main sur mon épaule, l'autre soutenant ma main avec le livre ouvert.

- Tu l'a lu magnifiquement. Tu comprends, maintenant ?

Je n'ose pas lui demander ce qu'il y a à comprendre, et je commence même à me demander s'il n'est pas un peu perturbé mentalement.

Au rez-de-chaussée, il m'entraîne vers le petit salon.

- J'ai pensé qu'on pourrait dîner ici. Ce sera plus sympa qu'à la cuisine, qu'est-ce que tu en penses ?

J'acquiesce d'un simple sourire.

- Alors installe-toi confortablement, j'apporte tout ce qu'il faut.
- Mais non, je vais t'aider.
- Il n'en est pas question. De toute façon c'est déjà prêt.

Je prends sagement place dans l'un des fauteuils, tout proche de la cheminée et de la table basse. Il ressort pour apporter un peu plus tard une nappe blanche dont il couvre la table, puis trois bougies dans des chandeliers d'étain. A mon grand regret, il éteint alors toutes les lampes, créant ainsi une ambiance digne des célèbres clairs-obscurs de Rembrandt. Dans cette lumière intimiste, les reliefs contrastés de son visage s'accentuent encore.

- Tu n'as pas froid ?
- Je suis juste à côté du feu.

Je soupire et regarde autour de moi, un peu gênée et vaguement mal à l'aise.

- Hou…Quel silence !
- Oui. Un vrai silence d'automne… - Il se penche derrière moi, termine sa phrase dans mon oreille en murmurant : … très bruyant en fait, si tu écoutes bien.

Je pensais que sur ma remarque, il me proposerait une quelconque musique d'ambiance. Mais non. Il se contente de se planter face à moi et de soupirer d'aise en fermant les yeux. D'ailleurs, je remarque qu'il n'y a ni chaîne stéréo ni télévision dans la pièce. Depuis que je suis arrivée dans cette vallée, le silence m'est comme tombé dessus, le silence est une présence à lui tout seul, qui glisse sur nos peaux et enrobe nos paroles. Au fur et à mesure de mon voyage, quelque chose s'est *refermé* peu à peu sur moi, sans que j'y aie pris garde. Je regrette un peu de me trouver seule avec Ewan, j'aurais préféré un vrai comité d'accueil, la présence de Winnifred, par exemple. Ce tête à tête me semble incongru et dangereux, pourtant je sens qu'il a été voulu et même mis en scène, depuis mon arrivée.

Il disparaît de nouveau et rapporte deux flûtes à champagne et un seau contenant une bouteille, puis dispose sur la nappe de la vaisselle ancienne. Enfin, il revient avec un énorme plateau sur lequel sont disposées toutes sortes de victuailles. J'ai un cri de surprise, tente de protester.

- Ne dis pas de bêtises. Il fallait vraiment fêter l'événement. La petite fille de Malcolm MacLehan revient au pays. Bon Dieu, tu as mis un bon siècle pour arriver enfin ici. Les autres n'ont pas eu la patience d'attendre. Alors tu devras te contenter de moi.

Il sert le champagne et me tend une flûte, s'assoit dans l'autre fauteuil face à moi pour trinquer.

- Alors *fàilte* !, Iona, et à nous !
- Tu peux traduire ?
- Ça veut dire "Bienvenue", en gaélique.
- Tu parles couramment cette langue ?
- A peu près, oui.
- Elle est encore parlée en Ecosse ?
- Seulement ici, dans les Highlands de l'Ouest, ainsi que dans les îles, et bien sûr aussi en Irlande.
- Raconte-moi quelque chose en gaélique
- Oh là là, tu ne sais pas à quoi tu t'exposes… mais d'accord.

Il prend une inspiration et déclame lentement, en chantant presque et en fixant le feu de cheminée avec mélancolie :

Cha b'e sneachda's an reorhadh bho thuath
Cha b'e an crannadh geyr, fuar bhon ear,
Cha b'e an t-uisge's a ghailleann bhon iar,
Ach an galar a bhlian bhon deas
Blàth, duilleach, stoc agus freumh
Càanain mo threibh's mo luaidh.

"Thoir a-nuas dhuinn na cinnleirean dir
S annt' càaraibh na coinnlean geal'ceir,
Lasaibh suas iad an seomar a bhrdin,
Taigh-aire e seann chàanain a' Ghàidheil"
'S e siud bho chionn fhada thuirt an nàahm'
Ach fhathast tha bed Cànan nan Gaidheal.

Je suis médusée. Il y a dans cette langue des accents archaïques qui m'aspirent littéralement hors du temps. Même Ewan devient différent. Une sorte de fièvre l'anime, faisant briller son regard encore davantage, ses lèvres s'ouvrant sur des mystères ancestraux. Il reste ensuite un instant muet, fixant toujours le feu. Je secoue la tête en tentant de revenir à la réalité, au temps présent.

- C'est une langue vraiment très étrange, sans rien de commun avec tout ce que j'ai pu entendre jusqu'à présent, mais en même temps je trouve ça très beau. Tu peux traduire ?
- Bien sûr.

Son regard s'évade à nouveau vers le feu, mais il cherche à peine ses mots pour transcrire le poème :

- Ce n'étaient ni la neige, ni la gelée du nord,
Ni les rafales glaciales de l'est,
Ni la pluie, ni le vent de l'ouest,
Mais le fléau du sud

145

Qui avait flétri la fleur, la feuille, la tige et la racine
De la chère langue de mon peuple.

"Descendez nous les chandeliers en or
Et placez-y les bougies de cire blanche,
Allumez-les dans la chambre de douleur,
Ceci est une veillée pour la langue ancienne des Gaëls."
Ainsi parlait l'ennemi d'antan.
Mais la langue des Gaëls vit toujours malgré tout.

Quelque chose dans ces vers me donne envie de pleurer, comme si je partageais le désespoir évoqué ici. Un frisson court sur ma nuque. Je voudrais me lever, allumer la lumière, mais je reste clouée là.

- De qui est-ce ?
- De Murdo MacFarlane, un poète de l'île de Lewis. Il y a en fait plusieurs branches de la langue gaélique : Les Ecossais et les Irlandais parlent la langue la plus ancienne, celle que tu viens d'entendre. Le gaélique de Cornouailles ou du Pays de Galles s'apparente en revanche davantage au Breton.

Le repas est très correct et je tente de me détendre, même si je redoute vaguement l'issue de la soirée. Il y a bien quelqu'un assis dans ce fauteuil, et ce quelqu'un est censé être *moi*. Pourtant je n'arrive pas encore à me glisser dans la peau de cette femme qu'Ewan regarde avec insistance, dans un mélange de bienveillance et de sévérité. J'éprouve une vague angoisse, l'intuition que quelque chose m'échappe, mêlée d'une impression d'irréversibilité. J'ai hâte de voir le jour se lever. Ewan sourit :

- Pour demain, j'ai pensé que tu n'aurais pas trop envie de faire encore de la route. Alors, j'ai imaginé une journée en plein air, quand tu te seras bien reposée, bien sûr. On pourrait faire une randonnée le long de la côte, je te montrerai les petits villages et les ports des alentours. Ça te dit ?
- C'est parfait. Mais s'il pleut ?
- Il pleuvra sûrement.

Nous mangeons un instant sans plus rien dire, puis il pose soudain ses couverts sur son assiette.

- Iona ?

Il a une façon singulière de prononcer mon prénom, lui conférant une sorte de dignité poétique parfaitement inédite.

- Oui ?

- Je veux que tu te sentes vraiment bien ici, tu sais. Alors si quelque chose te tracasse, dis-le-moi.

- Pourquoi ? J'ai fait quelque chose qui a pu te laisser penser que...

- Je ne sais pas trop, mais j'ai l'impression que tu te méfies. - Il attrape mes mains par-dessus la table et les enferme dans les siennes - Tu n'en as vraiment pas besoin. Je te le redis, je suis très content que tu sois venue. Bien sûr, maintenant que tu es là, en chair et en os... c'est beaucoup plus difficile qu'au téléphone, parce qu'on ne peut pas tout simplement raccrocher quand on n'a plus rien à dire, et aussi parce que tu es une femme et moi un homme, et qu'à partir de là on ne peut jamais répondre de rien. - Il émet un soupir suivi d'un vague sifflement - On peut dire que nos parents nous ont laissé un drôle d'héritage. Mais il va bien falloir nous en débrouiller, tu ne crois pas ?

Je soupire, soulagée. Nous terminons la soirée paisiblement, en parlant de nos vies respectives. Le vin fait son effet, et je me sens peu à peu agréablement engourdie.

- Bon sang, tu tombes de sommeil, petite nature. Viens, je t'accompagne.

Il me prend par le bras pour monter l'escalier, puis, devant la porte de sa chambre, me gratifie d'une légère accolade avant de disparaître. Un peu déroutée de n'avoir même pas eu le temps de lui dire bonne nuit, je fais une toilette rapide, prends un somnifère et passe un pyjama que je me félicite d'avoir emporté étant donné la température. Je me glisse dans le lit au matelas un peu trop mou à mon goût et demeure un instant méditative, un livre encore fermé à la main.

On frappe à la porte.

- Je venais te souhaiter une bonne nuit.

Il s'assoit sur le lit.

- Tout va bien ?
- Mais oui.
- Alors allonge-toi. Détends-toi. Tu es mignonne en pyjama, même s'il est à mourir de rire.

Je m'exécute avec une certaine inquiétude. Il me prend le livre des mains, le pose sur la table de nuit, remonte la couette sur mes épaules, sourit avec une tendresse presque paternelle. Son index caresse ma joue.

- Tu en as fait un long chemin, toute seule, petite bonne femme française dans ta petite voiture.
- J'ai l'habitude. J'aime bien conduire.

Il sourit :

- Hmm. Mais tu sais, j'aurais aussi bien pu aller te chercher à l'aéroport de Glasgow ou d'Edimbourg.
- Je préfère avoir ma voiture, je me sens plus indépendante.

Je commence à m'agiter un peu dans le lit, en me demandant quand il va se décider à me laisser. Il rit.

- Bien sûr, bien sûr. Et comme ça tu pourras t'enfuir plus vite, si ça ne te plaît pas ici, n'est-ce pas ?
- Mais non, je...

Il pose son doigt sur mes lèvres, se tourne vers la fenêtre.

- Chut... Ne t'inquiète pas. Oh, la lune est très claire ce soir, qui sait, peut-être aurons nous un peu de beau temps finalement...

Pourtant son regard est presque triste lorsqu'il dit cela.

- Il n'y a ni volets ni rideaux dans les chambres de la maison ?

Tous les lits de la maison sont orientés face à la fenêtre.

- Non. Nous n'avons pas de vis-à-vis. Et puis c'est bien plus agréable de s'endormir en regardant le ciel. Tu verras. Et quand le soleil se lève, ça veut dire qu'il est temps de se réveiller.
- Voilà une logique implacable. Et les grasses matinées, alors ?

- Je n'aime pas faire la grasse matinée, les meilleures heures sont souvent celles du matin. Mais toi, si tu veux, tu pourras dormir demain matin autant que tu veux. Tu as fait une longue route et tu as besoin de te reposer. Et de toute façon, en cette saison, le soleil se lève très tard, il te laissera donc tranquille. Alors bonne nuit.

Il se penche et m'embrasse sur le front avant de sortir. Je m'endors presque aussitôt, avec, dans mon esprit embrumé, de vagues questions auxquelles je n'ai pas envie de répondre.

37

A peine éveillée, je suis attirée comme par un aimant vers la fenêtre et me précipite pour l'ouvrir. On ne peut pas encore prédire l'humeur du temps. Le vent est tombé, et, sous un ciel en désordre, le lac prend des couleurs équivoques. De mon lit, j'ai cru entendre des ricanements de vieilles femmes et me suis demandée si Ewan avait de la visite. Mais, en contemplant le paysage, je viens de découvrir, près du ponton d'embarcation, une bande de mouettes qui se gaussent d'un gros choucas un peu pataud.

Quelques coups brefs frappés à la porte et la voix d'Ewan me tirent de ma contemplation. Il passe la tête dans l'entrebâillement, puis décide d'entrer, constatant que je suis dans une tenue décente.

- Bonjour, la France. Bien dormi ?

Il inspecte mon visage d'un air critique.

- Tu es bien pâlichonne. Il faut que tu prennes l'air un peu plus. Tu vas voir, tu vas te refaire une santé ici. Et pour commencer je nous ai concocté un vrai petit déjeuner écossais. Tu viens ?
- Dès que j'ai fini de me préparer. Je fais vite.

- Mais non, prends tout ton temps. - Il passe son bras autour de mes épaules et contemple le lac. - Ce sont ces mouettes qui t'ont réveillée ? Leurs cris sont vraiment spéciaux n'est-ce pas ?
- Oui, pratiquement humains.
- Mais elles communiquent vraiment entre elles. Tu sais, il y a une multitude d'oiseaux ici. Il y a une réserve naturelle tout près d'ici. On aura l'occasion d'en voir durant notre promenade. Ces mouettes vont bientôt partir plus bas, vers le Sud, mais elles hésitent encore. Elles se réunissent ici tous les matins pour tenir conseil et faire les derniers préparatifs. Tu vois, cette grosse, là, au milieu du groupe, je crois que c'est leur "monsieur météo".

Nous restons un moment sans parler, contemplant simplement la lumière qui danse sur l'eau et le va et vient des oiseaux.

Il me semble différent, aujourd'hui, plus gai, plus *réel. Je dois me méfier davantage de ces soirées à la fois envoûtantes et mélancoliques dans ces contrées si reculées.*

Un peu plus tard, je le trouve dans la cuisine en train de préparer des œufs brouillés, auxquels il ajoute de fines lamelles de champignons. Un plat rempli de petits pains encore fumants attend sur la table. Il verse les œufs sur les assiettes.

- Si tu veux, un de ces soirs je pourrai te faire la cuisine à mon tour.
- Volontiers. - Il s'assoit, croise ses mains sous son menton et sourit. Une multitude de petites rides étoilent le pourtour de ses yeux.- C'est vraiment chouette que tu sois là. J'espère que tu vas rester ici le plus longtemps possible.

J'éclate de rire.

- Je te trouve bien imprudent. Tu ne sais pas à quel point je peux être insupportable.

Il claque des mains.

- Ça tombe bien. Moi aussi. On va avoir des disputes formidables, je m'en réjouis d'avance. Par quel sujet on commence ?

- Ouvre les hostilités si tu veux.

- O.K. Mais attention, on établit d'abord les règles : Liberté, égalité, sincérité. D'accord ? Et pas de coups bas, ni de provocations inutiles, mais aucun tabou non plus.

- D'accord.

Face à son expression de défi, je regrette aussitôt de m'être engagée à la légère. Il réfléchit en fronçant les sourcils, puis pointe brutalement le doigt vers moi, en débitant d'un seul trait :

- Tu te demandes dans quelle sorte de traquenard tu es tombée en venant ici. Tu te dis : *"Ce type mène une vie de célibataire isolé, il est sûrement en manque et risque de me sauter dessus à la première occasion, comme il doit sauter sur n'importe quel jupon qui passe."* Hier au soir, quand je suis venu dans ta chambre, tu avais une trouille bleue que je veuille coucher avec toi. Et ce matin, c'était pareil. Tu ressembles à une de ces clôtures électrifiées, et j'ai peur de provoquer des étincelles si j'ai le malheur de trop m'approcher.

Je m'insurge immédiatement.

- Merci pour la comparaison. Et puis tu te trompes complètement…

Il prend un air sévère et tape sur la table du plat de la main.

- Iona… On a dit : Pas de mensonges. Ose me dire les yeux dans les yeux que tu n'as jamais pensé ça.

- Bon, d'accord, c'est vrai, je l'ai pensé.

- Un partout. A moi d'être sincère maintenant. Tu as à moitié raison, et donc à moitié tort aussi. C'est vrai que je me sens souvent seul, que j'ai besoin de chaleur, de tendresse. Et j'adore faire l'amour, je rate rarement une occasion de le faire. J'aime les femmes, je les trouve pour la plupart captivantes. En ce qui te concerne, tu me plais plutôt bien. Je crois que j'ai été séduit déjà au téléphone. Tu avais une jolie voix, c'était… assez troublant, je dois bien le dire. Et ne viens pas me dire que de ton côté, cette sorte de flirt à distance était totalement innocent.

- Tu te trompes.

151

- Encore un mensonge. Moins un point pour toi. Bon sang, pourquoi est-ce que tu as si peur ?
- Ecoute, ça n'est pas ton problème. Laisse-moi tranquille avec ça.
- Dérobade. Encore un point en moins. Tu es dangereusement à découvert.
- Tu m'énerves, arrête.
- Je sais. Mais je ne te lâcherai pas comme ça.
- Mais qu'est-ce que tu veux ? On ne pourrait pas changer de sujet ?
- Non. C'est notre première dispute. Ne la gâche pas.
- Tu t'es expliqué, c'est parfait. Alors fiche-moi la paix, maintenant.

Il secoue la tête.

- Attends, tu ne m'as pas bien compris. Tu ne vas pas très bien, malgré ce que tu dis.
- Qu'en sais-tu ? Je ne sais pas ce que tu t'es mis en tête, mais je n'ai besoin ni de psy, j'ai déjà donné, merci, ni de guide spirituel, et encore moins d'un nouveau père.
- Oh… Iona… tu as déjà oublié tout ce que tu m'as dit au téléphone ? Je voudrais te faire du bien, je voudrais que tu t'ouvres à moi, que tu me dises tout ce qui te passe par la tête, que tu te laisses aller. Pourquoi es-tu si distante depuis que tu es arrivée ici ?

Acculée, je finis par cacher mon visage de ma main, déglutissant péniblement.

- Je ne sais pas. Ewan… Je t'en prie… Ça n'a rien à voir avec toi. Enfin… Oh, zut… c'est ridicule. Tu vois le résultat...

Il se lève et s'approche de moi, pose sa main sur mon épaule.

- Mais non, c'est *très bien* que tu pleures. Tu en as besoin.
- C'est tout ce que tu trouves à dire ?
- Que voudrais-tu que je te dise ? Que je suis désolé ? Je ne le suis pas. Viens, on va pleurer confortablement, au moins.

Il me prend la main, m'emmène jusqu'au canapé du salon et me berce doucement dans ses bras. Cette fois, j'éclate carrément en sanglots, entrecoupés de rires hystériques. Il caresse ma tête en répétant de petits mots de réconfort.

- Ça va aller mieux, maintenant. Tu vois, tu as déjà regagné tes deux points.

Il sort de sa poche un mouchoir en papier, m'essuie consciencieusement la figure et le nez, comme si j'étais un petit enfant.

- Ah là là, quel ravage. Tu as les yeux tout rouges, tout gonflés. Bon, ça va mieux ? Allez, monte chercher tes affaires, on va la faire, cette balade, maintenant, si tu veux bien.

38

Cette première journée est baignée d'intemporalité, et, tout en marchant le long d'un minuscule sentier côtier, je ne sais plus très bien ce qui a de l'importance ou ce qui n'en a pas. Il me semble vaguement me souvenir que j'ai une attitude à tenir, des objectifs à atteindre, mais tout cela s'évanouit dès que je tente de m'en saisir, comme ces nuages vagabonds au-dessus de nos têtes.

Nous avons traversé l'étroit bras de terre séparant le Loch Maree du Loch Ewe, qui lui-même se jette à flots perdus dans l'Atlantique. Le paysage se joue de nos sens, en un subtil ballet de lumières tour à tour crues et diffuses, sur fond de lande et de mer entremêlées. Puis la forêt nous accueille dans sa fraîcheur automnale, nous offrant de somptueuses aquarelles. Avant même d'avoir eu le temps de l'entendre, nous avons senti la présence de la cascade qui s'est soudain révélée, dans un voile de gouttelettes perlant entre les feuillages diffus.

Nous nous asseyons un instant sur un rocher, respectant le silence magique de l'endroit, puis reprenons la marche, délaissant la forêt pour nous élever jusqu'au sommet d'une austère colline ponctuée de cairns, célébrée par un savant ballet d'oiseaux marins. Là, nous avons rendez-vous avec l'immensité océane, ses vents impitoyables et ses processions d'îlots anonymes. Ewan me guide vers un abri de fortune, trois pauvres fragments de murs d'une ancienne bergerie, un observatoire idéal pour se repaître à loisir du paysage sans se laisser emporter par le vent.

- Je viens souvent ici, pour observer les bateaux et les oiseaux, ou simplement rêvasser
- Je crois que je ferais la même chose, si j'habitais ici.
- Viens, asseyons-nous.

Tandis qu'il fixe l'horizon, j'observe son profil caressé de soleil. Sous les mèches batailleuses, le regard semble chercher la réponse à ses questions dans le va et vient des mouettes qui se laissent planer face au vent avant de plonger subitement dans les flots. Mon regard se pose sur sa bouche, les lèvres épaisses. Je me demande quelle sensation ce serait de les embrasser. Les épais cils noirs battent rapidement tout à coup. Il se racle la gorge.

- A quoi penses-tu ?
- A rien de particulier. Je t'observais.

Tout en continuant de fixer la mer, il déclare soudain :

- Je sais que beaucoup de choses doivent te sembler bizarres ici, à commencer par moi-même.
- En effet.

Il se lève soudain et se met à marcher, allant et venant près du bord de la falaise, puis revient à grandes enjambées, me tend la main, me faisant lever avec une brusquerie soudaine.

- Je ne sais pas comment le dire, mais si tu ne te sens pas bien ici, si tu veux repartir, il est encore temps. Mais fais-le tout de suite, alors.

Il a un petit rire devant mon air ahuri, puis semble tout à coup paniqué.

- Non, non, oublie ça. Je ne veux pas que tu repartes.
- Ecoute je ne comprends vraiment rien.
- Il n'y a rien à comprendre. Allez, viens vite, on va redescendre, et puis on s'arrêtera en route prendre le thé. Il commence à faire frais ici, et il ne va pas tarder à faire nuit.

154

Plus tard, j'ai l'occasion de noter qu'il est de nature chaleureuse avec ses semblables en général. Nous sommes rentrés par le village, et avons trouvé sur le chemin plusieurs voisins ou connaissances. Ewan a tenu à me présenter à chacun d'entre eux, donnant de grandes claques amicales à de jeunes garçons, ébouriffant les cheveux des enfants, prenant par l'épaule ceux ou celles qu'il qualifie de ses amis, c'est à dire à peu près tout le monde. La plupart de ces longs palabres se déroulent en gaélique, du moins avec les personnes plus âgées. Ewan traduit au fur et à mesure en français. Pourtant, je m'aperçois que ces gens me comprennent très bien lorsque je m'adresse à eux en anglais. Simplement, ils ne *veulent* pas parler cette langue.

Beaucoup se sont montrés captivés par le fait que je sois la descendante d'un des leurs. Mais lorsqu'ils ont entendu mon prénom, l'expression sur les visages est allée de la consternation à l'hilarité la plus flagrante, en passant par l'incrédulité et la pitié. Un vieil homme à l'œil larmoyant mais vif, la pipe en travers de la bouche, m'a toisée bizarrement

- Alors, vous êtes vraiment venue… William avait raison...

J'interroge Ewan, tandis que celui-ci m'entraîne rapidement plus loin.

- Qu'est-ce qu'il raconte ?
- Rien, il a perdu la tête, il confond toutes les époques, et les gens.
- Mais il a vraiment connu mon arrière grand-père ?
- Oui, enfin, comme tous les anciens ici.

Le soir, nous reprenons tacitement place dans le petit salon pour le dîner que nous préparons ensemble, dans une bonne humeur un peu mise en scène. Ewan me raconte toutes sortes d'anecdotes sur les gens que nous avons rencontrés.

Plus tard, tandis qu'il achève de ranger la vaisselle, je promène mon regard sur les aquarelles et lithographies qui ornent les murs du salon. Sur un petit guéridon, deux jeunes gens sourient à l'objectif d'un appareil photo. La fille a un visage de vierge noire, d'un beau brun cuivré, une masse de cheveux crépus retenue par un serre-tête multicolore. Elle se tient légèrement en avant du garçon qui ne peut nier être le fils d'Ewan, bien que ses traits soient plus éthérés, son visage plus allongé que celui de son père. Ewan s'est approché par-derrière, pose ses mains sur mes épaules. Son visage effleure brièvement le mien, tandis qu'il se penche pour observer aussi la photographie. Surtout ne pas flancher, ne pas s'emballer, ne pas céder à l'envie qui me prend de me jeter à son cou et de sentir ses bras se refermer sur moi. Tout cela serait d'une logique trop évidente qui ne laisse rien présager de bon. J'ai de plus en plus l'impression d'être tombée dans un guet-apens. Je me retourne en reculant d'un pas.

- Tes enfants sont très réussis. Parviens-tu à les voir souvent ensemble ?

- Très rarement. En vérité je ne vois Lucinda qu'une fois par an au mieux, alors que Kevin vient ici au moins une fois par mois. Mais il se pourrait que ma fille fasse bientôt ses études à Londres, grâce à une bourse spéciale. Et toi ? Céline ne te manque pas trop ?

- En fait non. Les premiers temps ont été très durs, nous avions vécu seules si longtemps ensemble. J'étais furieuse, comme je te l'ai écrit, blessée, je me suis sentie complètement trahie et bafouée. Puis, les choses se sont tassées. A présent, je commence à voir des avantages à cette situation. Je profite de ma liberté. Bref, j'ai coupé le cordon en quelque sorte.

Il a un regard dubitatif, me prend le cadre des mains, le repose sur le meuble.

- Viens, asseyons-nous.

Je me pelotonne dans le fauteuil avec un bref frisson tandis que lui-même s'étire de tout son long en un mouvement léonin.

- Tu as froid ?

- Non, pas vraiment. Je crois que c'est la fatigue. Le grand air et le Bordeaux du dîner m'ont un peu soûlée.

- Bientôt, je te montrerai des photos de notre famille. Je t'expliquerai toute son histoire, la petite et la grande. - Il me fixe soudain d'un air grave - Tu sais, Iona, j'ai beaucoup de

156

choses à te dire... mais comme c'est assez compliqué et que tu en as déjà assez entendu cet après-midi, je te laisse tranquille avec ça ce soir.

Le silence revient nous envelopper, troublé seulement par le crépitement du feu de cheminée, et les rafales de vent qui par moments viennent balayer les feuilles mortes autour de la maison. Ewan rapproche son fauteuil du mien, jusqu'à ce que nos genoux se touchent, se penche vers moi en me prenant les mains. Mais il ne dit rien, restant simplement à scruter mon visage avec un sourire bienveillant. Un peu mal à l'aise, je finis par baisser les yeux.

- Ferme-les, si tu veux.
- Pardon ?
- Oui, ferme les yeux. Détends-toi.
- Je ne peux pas, si tu me regardes comme ça.
- Pourquoi ?
- Je ne sais pas, ça me gêne.
- Il ne faut pas. Tu sais, tu n'es pas tombée dans un piège, et je ne vais pas te séquestrer, alors tu peux dormir tranquille.

J'ai obéi et fermé les yeux tandis qu'il me parle maintenant de son pays, de ce que nous verrons ensemble. Son accent, plus ou moins prononcé selon le degré d'émotivité contenu dans ses phrases, berce les mots dans une sorte d'incantation poétique. A présent, il masse doucement mes mains, mes poignets. Je me sens mieux, me laisse envahir par une torpeur agréable.

- Demain, je te ferai un peu visiter les environs, si tu as envie. On ira vers le Nord. Là, tu vas découvrir la vraie Ecosse sauvage !

J'ouvre les yeux en riant.

- Parce que tu trouves que ça ne l'est pas encore, ici ?
- Non, ici, c'est encore très civilisé. Vers le Nord, il y a de moins en moins d'arbres, et de plus en plus de vent, des falaises de plus en plus hautes, bref c'est le vrai corps à corps avec les éléments.
- Bon, je crois que j'aimerais bien aller dormir, maintenant.

- Bien, comme tu voudras. Moi je vais rester encore un peu ici, bouquiner un moment. Bonne nuit, petite marmotte -conclut-il en m'embrassant sur le front.

Une fois seule, je cours pourtant sans succès après le sommeil. Cette journée a été trop riche, trop intense. Je n'ai pas voulu prendre de somnifère, afin de ne pas sombrer trop vite dans la nuit anonyme et opaque, afin de garder encore en moi un peu de la douceur de cette soirée. Mais la vérité est qu'Ewan m'obsède, m'habite déjà, avec ses paroles, son rire, la chaleur de ses bras, sa façon de plisser le nez et de froncer les sourcils lorsqu'il se fait moqueur, la douceur de ses baisers, de sa voix. Un peu plus tard, je l'entends monter. A travers la cloison, je sens sa présence brûlante d'homme fait pour l'amour. Je me demande s'il dort nu.

Je dois me forcer à mettre de l'ordre dans ma tête qui explose, pourtant je n'en ai pas envie. Finalement je me relève pour prendre deux cachets, j'ouvre un peu la fenêtre, l'air frais me fait du bien, le loch n'est plus qu'un trait de lumière dans une immensité noire. Je me recouche, je suis en sécurité, je sais que le toit de cet homme me protège et me veut du bien. Je vais m'endormir à la frontière du désir et de la peur, et demain recommencera, identique, dans ce délicieux statu quo hors duquel je ne veux pas basculer. Mais dans la chambre voisine, j'entends Ewan qui se lève, se rend aux toilettes, descend à la cuisine, remonte enfin l'escalier alors que sous l'effet des somnifères, je commence juste à m'assoupir. Mon cœur me donne de grands coups dans la poitrine lorsque ma propre porte s'ouvre. Je cache mon visage sous le drap et m'efforce de prendre une respiration régulière.

Il se rapproche du lit, et je sais qu'il m'observe, penché sur moi, mais je garde les paupières obstinément closes. Je sens dans mon dos le matelas qui s'affaisse sous le poids de son corps. Il repousse mes cheveux, chuchote dans mon oreille :

- Je sais que tu ne dors pas. Mais ça ne fait rien. Continue de faire semblant si tu veux.

Avant que j'aie le temps de réagir, il est déjà parti.

39

Le lendemain matin, je retrouve Ewan dans la cuisine. Je me sens encore fourbue, assommée par les somnifères pris trop tard dans la nuit. Lui même a l'air de sortir du lit, les cheveux plus ébouriffés que jamais, les paupières alourdies. Pieds nus sur le carrelage, en jeans et tee-shirt, il a une allure presque juvénile, un peu pataude, dans les premiers gestes du matin. Attendrie, je souris et m'approche de lui pour lui donner un baiser sur la joue. Un petit sillon s'est creusé entre ses sourcils.

- Salut.
- Salut, marmotte.

Il me fixe un court instant, avec une interrogation muette dans les yeux, puis me rend mon baiser. Je devrais m'expliquer. Mais je préfère dire n'importe quoi :

- Ewan, tes cheveux... dis-moi : Ils sont toujours comme ça, aussi indisciplinés ? Ou est-ce que tu le fais exprès ?

Instinctivement, il lisse ses mèches rebelles de la main en bougonnant.

- Drôle de question. Je les aplatis tous les matins avec une brosse mouillée, mais ils ne se laissent pas longtemps faire. Et puis, je crois qu'ils sont très mal coupés. Je le fais moi-même. Pourquoi ?
- Simple curiosité. Tes élèves te prennent au sérieux, malgré tes allures de grand gamin ?
- Mais oui. La seule fois où ils se sont payé ma tête, c'est justement quand ils m'ont vu en costume et cravate lors d'une visite de l'inspecteur. Et j'avais vidé un demi-pot de gel pour me coiffer convenablement.
- Si tu veux, je te couperai les cheveux un de ces jours. Je ne suis pas une professionnelle, mais je me débrouille plutôt bien,

je le fais souvent pour une copine qui ne s'en trouve pas trop mal.

Cette perspective a l'air de le réjouir et de le déconcerter en même temps.

- C'est vrai ? Tu ferais ça ? Toi ?
- Pourquoi pas ?
- Je ne sais pas. C'est quelque chose de très personnel, d'intime.
- A vrai dire, je ne voyais pas vraiment les choses sous cet angle…

Il s'approche de moi et prend mes mains dans les siennes.

- Oh, je le sais bien, dit-il dans un petit rire. Sinon, tu ne te serais pas risquée à me proposer ça.
- Mais écoute... Je ne veux pas bouleverser tes habitudes, ton intimité. Et puis je dois réfléchir à mon avenir, prendre des dispositions... enfin des tas de choses...
  - Iona, tu peux très bien réfléchir à ton avenir ici. Peut-être même que je peux t'y aider. Et *bien sûr* que tu bouleverses ma vie et mes habitudes. Et c'est tant mieux. Alors faisons un pacte. Disons que tu restes quinze jours dans un premier temps. A ce moment là, on fera le point et on verra, d'accord ?
  - Quinze jours ! C'est très tentant, mais...
  - Quel est le problème ? Tu as laissé le gaz ouvert ? Ta boîte à lettres risque de déborder ?
  - Non.
  - Alors quoi ?
  - Oh, Ewan. Tu me désarçonnes constamment. Habituellement, les Anglo-saxons sont toujours très pudiques dans leur façon de s'exprimer et d'aborder les autres. Tu échappes complètement à cette règle.
  - Ah non ! Je ne suis ni anglais, ni saxon. Je suis écossais, et aussi à moitié irlandais. Un Gaël, si tu préfères. Au moins depuis dix générations. Et c'est vrai, je ne pratique pas la langue de bois. Pour ça on se ressemble assez, les Français et les Ecossais !

Il s'accoude sur la table, le menton dans sa main, et m'observe comme s'il étudiait un phénomène qui l'intrigue. Je finis par rire.

- Alors Iona, d'accord pour quinze jours, avec possibilité de jouer les prolongations ?
- D'accord.

Je serre sa main tendue par-dessus la table.

- Bon, alors organisons-nous : Aujourd'hui, petite excursion touristique. Demain, je reprends l'école, alors il faudra que tu t'occupes un peu toute seule. Mardi, nous avons un match de foot contre l'équipe d'une autre école. Tu pourras venir nous voir si tu veux, j'aimerais bien t'avoir pour supporter. Mercredi après-midi, je dois aller à Inverness faire des courses. J'ai pensé que tu pourrais venir avec moi, on pourrait même se faire une soirée au restaurant là-bas. Jeudi et vendredi, nous allons avec ma classe à Glasgow pour deux jours, car nous avons organisé une sortie scolaire, notamment pour visiter le musée des Beaux Arts. Nous dormirons en auberge de jeunesse. Je suis désolé, mais cette sortie est prévue de longue date, je n'ai pas pu l'annuler. Ça te dirait de nous accompagner ? Tu pourrais visiter la ville. Et, bonne nouvelle, à partir de samedi, je suis en vacances pour une semaine. Une semaine rien que pour nous deux. On pourrait organiser un petit voyage dans les îles, si tu veux. Ça n'est pas la période idéale évidemment, mais ça peut être très romantique aussi, tu sais.

Je suis malgré moi heureuse à cette perspective, et il prend aussitôt mon sourire comme un signe d'acquiescement.

- Bon, alors tout est parfait. Procédons par ordre. Tu es prête pour notre balade ?

Le téléphone sonne soudain. Il se lève pour décrocher le combiné fixé au mur de la cuisine, et je l'entends alors mêler allègrement gaélique et anglais, rire et soupirer, s'esclaffer. La conversation dure assez longtemps.

- Désolé, fait-il en s'asseyant sur la table, tout près de moi. C'était Winnie.
- Oh ! Et comment va-t-elle ?

161

- C'est toujours difficile à dire. Elle te salue en tout cas.
- Et quand vient-elle ici ?
- Eh bien, à vrai dire, elle voulait venir dès ce soir. Elle est à Glasgow avec son groupe.
- Et alors ?
- Je lui ai dit que je préférais qu'elle ne vienne pas tout de suite.

Je réagis comme un otage qui réalise que personne ne viendra à son secours :

- Mais elle a dû être furieuse ! Et elle doit m'en vouloir. Elle est ici chez elle, quand même. Et j'aurais aimé la voir, *elle aussi.* Tu aurais pu me demander mon avis !

- Mais non, elle n'est pas furieuse. On voit bien que tu ne la connais pas encore. Je lui ai expliqué pourquoi, et elle a très bien compris. Tu sais, on se dit pratiquement tout, elle et moi. Ecoute, je crois qu'il vaut mieux procéder par étapes. Rien ne presse. Ne t'inquiète pas, tu feras la connaissance de Winnie très bientôt. Pour l'instant, concentrons-nous sur nous. Nous avons... J'ai beaucoup de choses à te dire. Il nous faut du calme. Ça n'est pas le moment de voir débarquer toute la troupe. Tu sais, quand ils sont là, tout est sens dessus dessous, et sans compter le bruit !

Tandis qu'un peu plus tard, je prépare mes affaires dans la chambre, il frappe à la porte.

- Oui, entre.
- Thon ou poulet ?
- Pardon ?
- Pour les sandwiches de midi. Qu'est-ce que tu préfères ?
- N'importe. J'aime les deux.
- Alors tu auras les deux.

Soudain il fronce les sourcils en observant les affaires, posées sur le lit, que je m'apprête à enfourner dans un petit sac à dos. Il s'avance et saisit mes affaires de maquillage, rangées dans une petite trousse en plastique transparent, secoue la tête en signe de désapprobation.

- Ttt... Tu n'as pas besoin de toute cette peinture, surtout pour faire une simple excursion dans la campagne.
- Mais...

Je tente de lui reprendre la trousse des mains, mais il lève le bras de telle façon que je ne puisse pas l'atteindre.

- Mon maquillage risque de couler, et je ne serai plus présentable.
- Nous avons déjà été *présentés*.
- Mais...
- Pas de mais.

Je ne sais plus si je dois rire ou me fâcher, tandis qu'il fourre la trousse dans le tiroir de la table de nuit. Je crois que j'aurais déjà flanqué une gifle à un autre homme qui agirait envers moi de façon aussi autoritaire.

- Tu es un sale type, un tyran.
- Sans doute. Et toi une pleurnicheuse névrosée. Au moins reconnais que nous formons un couple exceptionnel.

Il s'approche et m'entoure de ses bras. Son sourire ferait fondre une banquise, tandis que son regard plonge dans le mien. Je reste un instant muette d'émerveillement, hypnotisée par l'éclat de ses yeux. Ses mains descendent vers mes poignets qu'il joint derrière mon dos, comme pour me passer des menottes. J'ai l'impression, durant un très bref instant, qu'il va me renverser sur le lit.

- Oho ! Mais je crois que nous avons oublié quelque chose.

Il lève ma main vers lui, observe ma montre un instant.

- Bel objet. Mais il te sera aussi inutile ici.

Il défait le bracelet qui va rejoindre la trousse. Ce type est vraiment dingue.

- Tu ne mets jamais de montre ?
- Non. La pendule de la cuisine m'indique quand c'est l'heure de partir le matin, et à l'école, il y a une sonnerie qui nous rappelle les heures de récréation et la fin des cours. Et puis le soleil aussi es une bonne indication. Je n'aime pas être l'esclave de ces petites aiguilles qui n'arrêtent pas de nous rappeler que la vie est courte. J'aime prendre le temps de faire

163

les choses aussi bien que possible, à mon rythme, et tant pis si j'en fais moins. Franchement, tu devrais essayer aussi, tu verrais comme on se sent mieux.

Il n'en a pas encore fini avec moi. D'un geste très doux, il défait le ruban élastique avec lequel j'ai noué mes cheveux sur la nuque en une courte queue de cheval, soupèse puis caresse longuement quelques mèches en les faisant glisser entre ses doigts, prend ma tête entre ses mains pour poser un léger baiser sur ma tempe.

- Ils sont magnifiques, laisse-les vivre un peu.

Je m'extrais difficilement de l'enchantement qui me fige lorsqu'il me touche ainsi.

- Bon, ce sera tout ? J'ai au moins le droit de garder mes vêtements ?
- Pour l'instant, oui. Mais au mois d'août, il faudra voir...

J'éclate de rire.

- Je ne serai plus là au mois d'août.

Il pointe l'index sur mon front.

- Ça, c'est ce que tu crois.

40

Tandis que nous roulons vers le Nord, le ciel se pare d'un bleu profond, méditerranéen. La route muette laisse se dérouler nos pensées qui s'entrecroisent. Les maisons, toutes cousines avec leurs murs blancs et leurs toits d'ardoise, se raréfient pour faire place à de vastes prairies habitées d'innombrables moutons. Un point de vue sur une baie m'arrache une exclamation. Ewan gare la voiture, attrape sur le siège arrière nos affaires de pique-nique.

- Il fait vraiment trop beau pour rester enfermés dans cette bagnole. Viens, je t'emmène à la plage.

Emmitouflée dans ma parka, je frémis à l'idée de me retrouver à demi nue sous ce vent glacé, même sur la plus belle plage qui soit.

Le petit sentier plonge vers la mer. Tout autour de nous, de rustiques moutons se gavent d'herbe grasse, imperturbables dans le vent qui fouette les visages et fait plier les fougères. De temps en temps, Ewan tourne vers moi son visage souriant, ses cheveux dressés sur la tête le faisant ressembler à ces diables montés sur ressort surgissant d'une boîte à malices. L'un de ces sourires, plus enjôleur, me fait glisser sur une plaque de boue. Mais son bras me rattrape, avant que je ne m'étale à terre, je noue mes mains autour de son cou, c'est bon et dangereux, c'est bon parce que c'est dangereux. Je pédale dans le vide, cherchant du pied un coin de terre bien sèche, et nous éclatons de rire, comme deux équilibristes de la vie, rivés l'un à l'autre dans l'attente d'un avenir douteux.

Une question muette s'affiche sur son visage, alors que je ne suis pas vraiment pressée de quitter ses bras. Il faut dire que le soleil, son meilleur complice, s'amuse à faire scintiller son regard. Il cueille alors lui-même d'un baiser la réponse sur ma bouche. Je me dégage doucement. Mais une fois de plus, nous avons eu le temps de goûter au danger délicieux qu'il y aurait à aller plus loin. Enfin, la prairie meurt, mangée par un sable fin si blanc qu'une illusion d'optique le transforme en manteau neigeux. Une anse d'une beauté saisissante nous accueille, une lumière de platine jouant sur les rochers coiffés de mouettes, baignés par les flots calmes. Le flux et le reflux des vagues est un bienfait inattendu. Nous marchons un peu, à la lisière des vagues, inspirant l'air marin à pleins poumons, clignant des yeux dans la lumière pour observer le lointain.

- Viens, on va s'abriter du vent pour pique-niquer.

Il me tend la main, me conduisant vers une minuscule crique au creux de laquelle nous nous nichons, assis sur le plaid. Il a pris un des sandwiches et mord dedans avec avidité, soupire en fermant les yeux dans un rayon de soleil. Il a un tout petit peu de mayonnaise sur le coin de la lèvre, et j'ai envie de la lécher. Je me contente de l'essuyer du bout de l'index, puis de sucer mon propre doigt. Il me regarde en souriant, je sais qu'il a en cet instant les mêmes pensées érotiques que moi.

J'ai un petit rire gêné, qu'il ignore en s'allongeant et en posant sa tête sur mes jambes, comme si c'était la chose la plus naturelle au monde.

- Tu sais, en été, on se baigne ici. Il peut même faire très chaud. Et le Gulf Stream ne passe pas très loin. L'eau est raisonnablement froide. Un jour on viendra ensemble faire trempette dans cette baie.

L'été... Grenoble me semble irréelle tout à coup. Les hasards de la vie ont pourtant fait en sorte que je vive là-bas, tandis qu'Ewan, lui, appartient à ce coin de terre baigné d'eau, suspendu au-delà du temps. Il sourit, pose sa main juste sous ma taille, y appuie brièvement son visage.

- Tu as un petit ventre, là, un vrai ventre de femme, c'est doux, et très mignon.

Je gémis, tentant à grand peine de maîtriser mes frissons.

- Tu me désespères. J'ai fait tellement d'efforts à la gym pour essayer de m'en débarrasser...

Je ris en effleurant du doigt sa joue, son front. Même la mer semble à présent retenir ses flots. Vus de loin, on pourrait nous prendre pour un couple qui partage une intimité de longue date.

- Tu es une énigme.
- Oh ! Rien que ça ? Pourtant je n'ai rien de très mystérieux.
- Je me demande ce qu'un homme comme toi fait ici, tout seul, sans femme. Comment tu en es venu à mener cette vie, pourquoi tu l'as choisie.
- Je suis plus ou moins heureux de vivre seul, encore que j'y trouve beaucoup d'avantages. Et je ne m'en sors pas trop mal. Et puis, j'ai vraiment *choisi* de vivre ici, et ça, peu de gens peuvent se permettre ce luxe.
- Mais ça n'a pas toujours été comme ça. Raconte-moi.
- Tu vois, comme beaucoup d'Ecossais, je me suis fâché à un certain moment avec ce pays et son putain de climat, qui n'arrête pas de vous envoyer à la gueule des paquets de vent et

de pluie, qui vous gèle parfois jusqu'à l'os. Sans parler des habitants du coin qui ne sont pas toujours des marrants, comme tu as pu le constater. Alors, comme beaucoup de jeunes, j'ai été attiré par l'exotisme, la France d'abord, puis l'Afrique. J'ai voulu marcher sur les traces de William, joué les Stevenson, en me gavant de ces paysages exotiques, en faisant une vraie orgie de soleil. J'avais trouvé aussi une femme, très belle, que j'aimais, ou du moins que je croyais aimer.

- Parle-moi d'elle.

Il a baissé les yeux, cherchant ses mots, et son émotion passe en moi, à travers ce vague mouvement de l'épaule qui s'est imprimé dans ma cuisse.

- Elle était chaude et dansante comme son pays. Elle m'a réchauffé, câliné, ébloui. Pourtant ça n'était pas facile, il y a vingt ans, entre un blanc et une noire, je peux te dire. On en a pas mal bavé. Les mariages mixtes étaient interdits. Avec elle, faire l'amour, c'était mieux qu'un feu d'artifice. Mais voilà, en le faisant, j'avais enfreint la fameuse loi d'immoralité. J'aurais pu être arrêté. Et patatrac, elle est tombée enceinte. Au début, quand Lucinda est née, on était plutôt contents, même s'il fallait se cacher. Et puis on a commencé à se disputer, d'abord à cause de sa famille qui nous voyait d'un sale œil et menaçait de nous dénoncer. Moi, j'étais un jeune con, idéaliste et irresponsable, je pensais que ça suffisait d'avoir de l'amour à revendre pour les protéger. Mais notre relation était une erreur, car on ne nous donnait aucune chance dans ce pays. Elle a commencé à me rejeter, puisque j'étais la source de ses problèmes, le salaud blanc par qui le mal arrive. Au moment des événements de Soweto, j'ai pleuré de rage, parce que je n'y étais pour rien, que je haïssais ceux qui avaient perpétré ce massacre, mais elle, elle m'identifiait à eux. Lorsque les autorités ont voulu savoir qui était le père de cet enfant un peu trop clair, elle a prétendu, poussée par son père, avoir été violée par un blanc, sans toutefois donner mon nom. Elle ne pouvait faire autrement sans se mettre en danger.

167

Sa voix s'est étranglée en disant cela.

- Tu n'es pas obligé d'en dire plus.

Il me prend la main et la serre jusqu'à me faire mal, les yeux fermés. Lorsqu'il les rouvre, ils sont embués de larmes contenues.

- Mais si. J'ai besoin de *te* le dire. Finalement, j'ai moi-même fini par prendre son pays en grippe, à cause de toute cette violence qui me dépassait très largement et qui me culpabilisait en même temps. J'ai travaillé quelque temps comme assistant dans une école pour Noirs. J'ai appris l'afrikaans. Bien sûr les professeurs étaient blancs, puisque censés inculquer aux Noirs leur mode de vie. Je me suis révolté contre les méthodes méprisantes et paternalistes, et j'ai été viré. Mais les élèves noirs me méprisaient aussi. Alors, peu à peu, je me suis rendu compte que je n'avais pas vraiment ma place là-bas, et je n'arrêtais pas de penser à mon pays, mon *vrai* pays. Je me promenais sur une plage africaine, et je voyais celle où nous sommes maintenant. A Johannesburg, la nostalgie d'Edimbourg m'envahissait. Je finissais presque par ne plus supporter toute cette chaleur, cette débauche de couleurs, de soleil, de cris et cette chaleur... J'avais envie de landes brumeuses, de bruyère, de lochs glacés, de froid, de pluie, de silence, de silence, bon Dieu...

- Quand as-tu décidé de revenir ?

- Lucinda avait un an. Sa mère avait connu quelqu'un d'autre dans l'intervalle, un Africain. Il a fait pression sur elle, et sa famille aussi. Et je dois dire que j'ai presque été soulagé. J'ai été plutôt lâche. J'ai laissé ma fille. Pourtant je l'adorais. Ça a été une révélation, lorsque je l'ai tenue pour la première fois dans mes bras, mais en même temps je ne savais pas trop quoi en faire, et je ne me sentais pas vraiment son père. Elle appartenait d'abord à ce pays, à ce pays qui m'avait tout pris et qui commençait à me vider de ma propre substance... Oh mon Dieu, c'est tellement compliqué à expliquer… Après, j'ai regretté. J'ai cherché à revoir Lucinda, et il a fallu que je bataille énormément pour ça. Avec le temps, heureusement, ça s'est un peu arrangé

- Et quelles relations as-tu avec elle ?
- Petite, elle m'en voulait d'être blanc, elle me haïssait de lui avoir donné cette couleur de peau qui ne ressemblait à rien, selon elle. Et le pire, c'est que j'ai souvent pensé qu'elle avait raison. Je ne lui avais pas rendu service en la mettant au monde, car elle n'était acceptée ni par les Blancs, ni par les Noirs. Puis, petit à petit, on a appris à se connaître un peu mieux. .. Et puis, bien sûr, avec la fin de l'apartheid, son pays a beaucoup évolué. Mais c'est encore un pays dur, cruel, et tellement grand…J'ai réussi à la convaincre de faire des études, enfin j'ai donné de l'argent, parce que je n'avais pas grand-chose d'autre à donner de concret. En tous cas, ça lui a permis de partir en pension et elle a travaillé dur, et moi, ça m'a un peu déculpabilisé... Maintenant, elle se destine elle-même à l'enseignement. Il se peut même qu'elle décide de vivre en Grande-Bretagne, à l'issue de ses études. Voilà.

Nous restons un instant silencieux. Je voudrais le consoler, lui dire des paroles de tendresse. Je me contente de lui demander pourquoi il a choisi de revenir ici, au lieu d'aller vivre en ville, à Edimbourg, par exemple.

- Je n'ai pas vraiment choisi. Je suis revenu, après avoir terminé mes études, simplement, comme on fait quelque chose qui vous semble évident. J'étais heureux de retrouver ma terre, ma maison, les gens que je connaissais, ma langue, et même la pluie, le brouillard, de *vraie*s saisons. C'est là que j'ai compris ce que ça veut dire que d'avoir des racines. Je sais que c'est terriblement ringard, mais c'est comme ça.
- Et comment as-tu connu Karen ?
- Lorsque je suis revenu, j'étais assez mal dans ma peau. A Edimbourg, durant la dernière année d'études qu'il me restait à accomplir, je n'ai connu qu'une seule aventure, très brève, avec une femme beaucoup plus âgée que moi. Je me suis mis à boire, je passais mes soirées au pub, je ne foutais plus rien et

j'ai failli très mal tourner. Heureusement que des copains comme Helen et Angus, que tu connais, m'ont remis sur les rails… Et puis, en revenant ici, je me suis senti mieux, j'avais retrouvé mon refuge, mon cocon. J'ai développé une envie dingue d'avoir une famille, un autre enfant, bien à moi, de m'enraciner définitivement. Alors j'ai trouvé Karen tout bêtement à une fête chez des amis et je l'ai épousée très vite. Elle était très gaie, très douce. C'est elle qui a aménagé le jardin tel qu'il est actuellement. Elle avait la main verte, et elle parvenait à faire pousser toutes sortes de plantes rares. Depuis qu'elle est partie, beaucoup de ces plantes ont crevé, d'ailleurs. Elle était aussi une excellente maîtresse de maison, avec elle notre intérieur était toujours superbe, une vraie maison modèle avec des bouquets, des napperons dans tous les coins sur des meubles parfaitement astiqués. Et elle s'entendait bien avec mes parents. Et puis Kevin est arrivé. Entre temps, j'avais pu obtenir mon poste actuel, dans cette école. Fin de l'épisode.

J'aimerais en savoir plus encore, mais je sens qu'il a besoin de faire une pause. Il s'assied brusquement, revenant dans le présent, pivotant sur lui-même pour me faire face. Il a enlevé ses chaussures et ses chaussettes, s'amuse à fouiller le sable de ses orteils et de ses mains, peut-être avec sur la peau le souvenir du sable chaud d'Afrique. Il a ramassé une petite feuille de fougère morte, l'a plantée derrière son oreille. Le soleil caresse son visage sur lequel le sourire est revenu. J'ai une sorte de révélation lorsqu'il plonge son regard dans le mien. *Cet homme est lumineux.*

41

Alors que nous poursuivons notre petit périple, et, comme Ewan l'avait annoncé, le paysage s'est fait plus austère, presque redoutable, la lumière a changé, le ciel s'assombrissant peu à peu. Des pics isolés, étrangement découpés, émergent çà et là de prairies toujours plus rases. Mais l'eau demeure omniprésente, à chaque détour de virage, lochs d'eau douce ou de mer cheminant les uns vers les autres à travers l'immensité des collines, rivières et cascades devisant avec les colonies d'oiseaux. Nous suivons une route particulièrement déserte, le long d'un loch turquoise encerclé de montagnes de miel sombre.

- Voici le loch Assynt, et le château d'Ardvreck, annonce Ewan en désignant une forteresse en ruine. Il appartenait au clan MacLeod. Ce clan est d'origine viking, et il contrôlait une grande partie des terres du Nord Ouest, en particulier les îles. Si nous allons sur l'île de Skye, la semaine prochaine, tu pourras visiter l'un de leurs plus beaux châteaux, Dunvegan Castle. La famille MacLeod y vit encore.

Nous descendons de voiture pour faire quelques pas. L'imposant bâtiment, avec sa pierre moussue, se fond dans la rocaille et les tons cuivrés des prairies, se laissant absorber peu à peu par cette terre avide et belliqueuse.

- Sean m'a dit que ta famille était apparentée au clan Mackenzie. Connais-tu des descendants de ce clan ?
- *Notre* famille. Oui, c'est exact. Ce clan est avec le clan MacLeod le plus important des Highlands de l'Ouest. Il contrôlait notamment une grande partie des terres où je vis aujourd'hui, et de celles que nous avons traversées tout à l'heure. Il était réputé pour son expansionnisme. D'ailleurs, il a lui-même fondé son pouvoir sur les ruines du clan Donald, dont ses membres étaient les vassaux. Il y a pas mal de Mackenzie ici, dans les environs, mais aucun ne fait partie de mes amis proches. A l'école, deux enfants portent ce nom.

Notre propre famille, elle, n'a jamais été qu'une famille de fermiers et de soldats et n'a jamais possédé de château. Mais Mary, l'épouse d'Erwin MacLehan, était une Mackenzie. Ce mariage a apporté une certaine prospérité à la famille. C'est à cette époque qu'a été bâtie notre maison actuelle. L'ancienne ferme a été louée. Je te la montrerai. Plus tard, à la mort de mon père, et au départ de ma mère, j'ai également mis le reste des terres en affermage, pour ne garder que le jardin et les champs de la colline derrière la maison. Ça me permet de payer la pension alimentaire de mes gosses.

- Et à présent, tu fais toujours partie d'un clan ? Et d'abord, qu'est-ce que c'est au juste ?
- C'est un concept purement celtique. En gaélique, "clann" veut dire "enfants". C'est une sorte de notion très élargie de la famille, si tu veux, c'est à dire englobant des groupes de dynasties, apparentées les unes aux autres. En fait, appartenait au clan celui qui reconnaissait l'autorité du chef. En échange, ce dernier se devait d'apporter aide et protection à tous les membres de la communauté.
- Une sorte de mafia, en quelque sorte.
- Tu peux voir ça comme ça.

Tout en parlant, il a pris doucement ma main pour me guider vers un petit banc de pierre, m'invite à m'asseoir près de lui.

- Et à quand remonte ce type d'organisation ?
- L'origine des clans se situe lors des premières invasions de Scots, guerriers venus d'Irlande, qui ont reconstitué ici leur propre système tribal. Au cours de l'histoire, tous ces clans se sont fréquemment combattus les uns les autres, souvent avec une rare cruauté. Leurs chefs étaient parfois de vrais petits monarques, d'où la difficulté d'asseoir une véritable royauté à la tête de l'Ecosse, reconnue par tous. William Wallace et Robert Bruce en ont fait les frais, surtout le premier. Quant à moi, je suis bien loin de tout ça, à présent. Pourtant j'ai l'impression d'appartenir à une communauté. Je sais que c'est complètement démodé, mais en même temps j'en ai besoin.

- C'est bizarre comme tout paraît immuable ici. J'imagine qu'il y a des siècles, ce paysage ressemblait déjà exactement à ce que j'ai devant les yeux aujourd'hui…
- Alors là, tu n'y es pas du tout. Il est vrai que les Highlands aujourd'hui ressemblent à un gigantesque pâturage à moutons. Pourtant, l'introduction des ovins est relativement récente et remonte seulement au 18e siècle. Auparavant, ces terres étaient cultivées. Mais au lendemain de la défaite de Culloden contre les Anglais, les grands propriétaires terriens, qui étaient pour la plupart des Lowlanders ou des Anglais, on décidé de rentabiliser leurs immenses domaines en les consacrant à l'élevage de mouton. Engagée dans sa politique de conquêtes coloniales, la Grande-Bretagne avait, en effet, grand besoin d'assurer son indépendance alimentaire. Mais la présence des fermiers locataires entravait souvent le projet des lords, qui s'employèrent donc à les expulser, manu militari. Les crofts, ces fermes traditionnelles, ont alors été brûlées ou rasées et leurs occupants ont pris le chemin de l'exil. C'est ce qu'on a appelé les "Highland Clearances". Cette politique s'est poursuivie encore en plein 19e siècle. Aujourd'hui seulement 200 000 habitants vivent encore sur ce territoire pourtant plus grand que la Belgique et le Luxembourg réunis ! Tu comprends maintenant pourquoi nous tenons tant à notre terre et pourquoi nous nous sommes battus pour la garder ?

Au moment même où il dit cela, il tremble d'indignation, comme s'il portait sur ses seules épaules les malheurs de son pays. Il y a en lui un quelque chose d'anachronique et de très nouveau en même temps, que j'ai encore du mal à définir. Je pose ma main sur son épaule en un geste qui se veut apaisant.

- Mais comment avez vous fait, dans votre famille, pour ne pas vous laisser déposséder ?
- Nos ancêtres ont été chassés, comme les autres. Mais ils se sont défendus. Ils se sont réfugiés dans les villages de la côte. Certains sont devenus pêcheurs ou ouvriers dans les filatures.

D'autres ont émigré, en Irlande, et même en Amérique. Mais ceux qui sont restés en Ecosse se sont vengés en revenant régulièrement, la nuit, brûler la terre, la rendant impropre au pâturage. A la fin, celle-ci fut considérée comme maudite et donc abandonnée, d'autant plus que l'on avait retrouvé le propriétaire pendu à un chêne devant sa maison. L'un d'entre eux, le père d'Erwin, donc mon arrière arrière-grand-père, a alors pu la racheter pour une bouchée de pain. Il a ensuite fait revenir une grande partie de la tribu. Mais ce n'est pas tout : Les éleveurs et les maîtres de forges ont beaucoup contribué à la transformation du paysage en pratiquant un déboisement massif. Autrefois, même si cela semble aujourd'hui difficilement concevable, des forêts de chênes, de pins et de bouleaux recouvraient les Highlands. Et l'ironie du sort veut qu'aujourd'hui, les Highlands ont pris leur revanche avec le tourisme, car c'est justement l'aspect désertique du pays, ses paysages arides et sauvages, et ses moutons qui font le succès de nos contrées. Et d'ailleurs c'est le père d'Erwin, lorsqu'il est revenu, qui n'a rien trouvé de mieux à faire que de se lancer à son tour dans l'élevage, s'il voulait survivre.

- Tu sembles vraiment féru en histoire locale.
- Certainement pas. Mais William MacLehan, notre aïeul commun, lui, l'était. Il était d'ailleurs le *"sgilachdan"* de notre village, le conteur, si tu veux. C'est à travers ses récits qu'on a pu conserver la trace de nos ancêtres et de nos voisins. C'est grâce à lui aussi que j'ai pu reconstituer notre arbre généalogique.
- Tu as fait ça, toi ?
- Oui, ça peut te paraître ridicule, d'ailleurs je le pensais aussi, mais je me suis pris au jeu. Oh, et puis ça occupe bien son homme durant les longues soirées d'hiver…En ce qui concerne William, je pense qu'il compensait énormément par là le fait de n'avoir pas de racines du côté maternel. Erwin, puis Mary, sa mère adoptive, l'ont abreuvé de légendes et traditions des Highlands, alors il s'est jeté dedans à corps

perdu. Quand j'étais petit, je notais tout ce qu'il racontait dans de grands cahiers. J'étais fasciné. Après, j'ornais tout ça de petits dessins, ou d'images que je découpais.

- Tu me les montreras ?
- Bien sûr.
- Marchons, s'il te plaît, je n'ai pas très chaud.

Il se lève avec une petite moue de reproche.

- Comme tu voudras.
- Quelle sorte de type était William par ailleurs ? Comment était mon arrière grand-père ?
- Eh bien en fait, il n'était pas très sympa, mis à part lorsqu'il racontait toutes ses histoires. Mais je l'ai compris beaucoup plus tard. Peut-être était-il aigri d'être un métis, et frustré du fait que la famille MacKenzie l'ait rejeté. Quand j'étais petit, je l'idéalisais. Et, bizarrement, j'étais l'une des rares personnes dans cette famille qu'il aimait, j'étais son petit chouchou. Il me passait mes pires bêtises, alors que devant lui, même mon père tremblait comme un petit garçon. Malheureusement, il paraît que je lui ressemble beaucoup physiquement.
- Je ne dirais pas que c'est malheureux.
- Bref, en tout cas, il était colérique et violent. Ceci est d'ailleurs la raison pour laquelle ton grand-père est né à Londres. William battait sa femme, Anny. Un jour, celle-ci, enceinte, s'est enfuie pour aller se réfugier chez sa sœur, qui était mariée avec un Londonien. Malcolm est né là-bas. En fait, William était persuadé que sa femme le trompait, à tort d'après tout ce que j'ai pu entendre de la part d'autres personnes. Mais il avait une forte tendance paranoïaque, aggravée par un net penchant pour la boisson. Des années plus tard, ils ont eu un autre bébé, et Anny n'a plus jamais quitté son mari. Ce bébé était mon père. William a pris son premier fils en grippe, certain que Malcolm n'était pas de lui, alors que toutes les photos montrent une ressemblance flagrante. Malcolm a fini par claquer la porte, et c'est comme ça qu'il est parti en Amérique. Ils s'étaient aussi brouillés

parce que William voulait que Malcolm travaille à la ferme. Et ce dernier ne rêvait que d'une chose, devenir avocat, il avait horreur des moutons. Et puis, il voulait à tout prix essayer de retrouver sa grand-mère africaine. Il a d'ailleurs entrepris plusieurs recherches là-bas, mais sans succès, tout comme moi.

- As-tu vécu longtemps avec tes grands-parents paternels ?
- William est mort lorsque j'avais quatorze ans, peu après une attaque, Anny deux ans plus tard, dans son sommeil. Elle s'entendait bien avec ma grand-mère maternelle.
- Eh bien, quelle famille...
- Et tu n'as encore rien vu... Du côté de ma mère, j'ai bien sûr des cousins irlandais. Mais je les vois rarement

Sur le chemin du retour, nous effectuons une dernière halte pour contempler de puissantes chutes d'eau qui surgissent d'une haute crevasse boisée. Le voile lisse de leurs eaux se dévide dans une luxuriance de feuillages multicolores, vaporisant la lumière dorée de la forêt.

- Voici les chutes de Measach. Elles s'offrent toute l'année durant un beau plongeon d'une cinquantaine de mètres.

Nous marchons un peu sur le pont qui enjambe le précipice, afin de mieux les observer.

- Un jour, Kevin m'a fait ici une peur bleue. Il avait quatre ans. J'avais tourné le dos un court instant, et il s'est penché par-dessus la rambarde. Karen, qui arrivait à ce moment sur le pont, s'est mise à hurler. Effrayé, Kevin a été déséquilibré et j'ai bien cru qu'il allait basculer. Je l'ai empoigné pour le rattraper. Karen est arrivée en courant, complètement hystérique, et m'a fichu une bonne claque. Kevin s'en souvient encore.

42

Nous arrivons aux abords du village sous une pluie battante, mais, à peine Ewan a-t-il garé la voiture devant la maison qu'elle se calme déjà. Un double arc en ciel nous gratifie de ses couleurs métalliques alors que nous passons le seuil de la maison.

Tandis qu'il sert le thé, j'observe Ewan tout en tentant de l'imaginer dans son métier, avec les enfants.

- Ewan, je voudrais te demander quelque chose. Ne te gêne pas pour refuser si ça te pose un problème.
- D'accord. Alors quoi ?
- Eh bien, ça me ferait plaisir de t'observer avec tes élèves un petit moment, de me mettre dans un coin de votre classe pour te regarder travailler. Tu crois que ce serait possible que je vienne avec toi demain à l'école ? Je ne resterais pas longtemps.
- C'est vrai ? Tu as vraiment envie de ça ? Tu sais, je n'ai rien de captivant quand je fais mon travail. Mais pourquoi ça ?
- Parce que je m'intéresse à toi, que j'ai envie de mieux te connaître, c'est tout. Je me demande comment tu t'y prends, ça m'intrigue.

Il met ses mains sur les hanches, me regarde avec son sourire frondeur, la tête penchée sur le côté.

- Tu es vraiment *bizarre*, Iona. Tu me demandes bien les deux seules choses qu'aucune femme ne m'ait jamais demandées : Me couper les cheveux et me regarder travailler. Bon, je vais y réfléchir. Je te donnerai ma réponse demain matin, d'accord ?

Le téléphone sonne. Cette fois-ci, la conversation est plus brève que celle du matin avec Winnifred. Ewan a un autre ton, un mélange de gentillesse, de douceur et de gêne. Lorsque je comprends qu'il parle à une femme et que leur degré d'intimité ne fait aucun doute, je me lève pour quitter la pièce. Un peu plus tard, il me rejoint dans la cuisine :

- C'était... c'était une amie.

- Je ne voulais pas déranger. J'espère que tu n'as pas écourté la conversation à cause de moi.

- Mais non, voyons. On n'avait rien de spécial à se dire. Elle... elle voulait juste avoir de mes nouvelles.

- Tu ne me dois pas d'explications. Ecoute, je me doute bien que tu as une petite amie, que tu ne vis pas comme un moine durant toute l'année. Et je ne voudrais pas que le fait que je sois là t'empêche de la voir quand tu le veux. A moins, bien sûr, qu'elle ne tienne pas à faire ma connaissance...

- C'est un peu plus compliqué que ça, Iona. C'est vrai, on se voit assez régulièrement, enfin... on est amants. Mais...

Je ne peux m'empêcher d'éprouver un petit pincement au cœur.

- Et bien il n'y a rien là que de très normal, et tu n'as pas besoin d'être gêné à cause de moi.

- Je ne le suis pas.

- Alors c'est parfait.

Il hoche la tête.

- Viens, retournons au salon.

Après le dîner, je m'installe dans ce qui est devenu mon fauteuil préféré, tout en feuilletant avec perplexité un album de photos qu'Ewan m'a mis dans les mains un peu plus tôt. L'album est censé présenter les différents membres de sa "parenté", comme il dit, parenté qui s'annonce conséquente, vu le nombre de pages.

Il vient s'asseoir sur le canapé, me décrit un peu le petit voyage qu'il aimerait faire avec moi la semaine suivante, m'en montre le tracé sur une carte routière. Soudain, il m'observe en clignant légèrement des yeux, comme s'il n'arrivait pas à résoudre un quelconque problème, et me reprend l'album photo.

- Iona, viens près de moi. Assieds-toi ici, s'il te plaît.

Il tapote l'assise du divan, à côté de lui. J'hésite.

- Bon sang, n'aie pas peur. J'aimerais regarder ces photos avec toi, t'expliquer des choses à leur sujet, et être près de toi, c'est tout.

Je m'exécute, ménageant entre nous un espace confortable. Il rit à gorge déployée.

- Allons, viens plus près.

Il m'attire fermement contre lui et place l'album sur nos genoux, laissant son bras autour de mon épaule, puis commence à tourner les pages de son autre main. Peu à peu, je me laisse captiver par les anecdotes qu'il raconte avec ardeur, jonglant avec toutes sortes de noms étranges, entre cousins, tantes par alliance, amis d'amis, ex fiancés, nouveaux veufs.

A présent, l'album a livré tous ses secrets. Il le pose à terre, et nous restons assis l'un contre l'autre. Je sens sa respiration régulière, la chaleur de sa poitrine. Ma joue doit être brûlante. Ewan s'affaisse un peu plus dans le canapé, étirant devant lui ses longues jambes croisées gainées de jeans, pieds nus, semblant réfléchir.

- On est bien, comme ça, non ?
- Euh...oui.
- Dis-moi que tu n'aimerais pas t'éloigner et te réfugier dans le fauteuil ?
- Non. Bien sûr que non.
- Ma petite bonne femme française. C'est bon que tu sois là. Attends...

Cette fois, il me soulève et m'installe carrément sur ses genoux.

- Comment dit-on, déjà, chez vous ? Un gros câlin, c'est ça, non ? Puis il se met à chantonner doucement : C'est si bon...

J'ai un petit rire étouffé, le souffle presque coupé, le corps et le cœur bouleversé.

- Tu es vraiment fou.
- Et alors ?

Il me serre à présent avec force, enfouissant sa tête dans mon cou, ses lèvres à la jointure de mon épaule.

- Oh Iona, prends-moi dans tes bras, ouvre-moi tes bras. Je t'en prie.

Je crois n'avoir encore jamais eu autant envie d'un homme, et, en nouant mes bras autour de lui, je retrouve en moi, mais cette fois décuplée, cette sensation de désir, cette flamme au cœur de mon ventre et de ma poitrine, que je croyais éteinte pour de bon.

- Ewan, attends…
- Quoi ?
- C'est trop tôt. Nous...
- Mais il n'est jamais trop tôt pour bien faire. Viens.
- Non… Ecoute…Entre nous, ce serait… dommage. Tu es presque comme mon frère maintenant.
- Mais je ne veux pas être ton frère. Et puis tu en as déjà un. Viens, on a mieux à faire que ça…

Il parcourt mon cou de ses lèvres. Sa main caresse à présent l'intérieur de ma cuisse, me mettant au supplice. Je le repousse doucement.

- Ne dis pas de bêtises. Je t'en prie, arrête.

Il a un petit rire de dépit mais se ressaisit presque aussitôt.

- Bon, bon, OK. Mais ne t'échappe pas. Là, tout va bien. On reste encore un peu comme ça, si tu veux bien. C'est si bon, de se sentir tout près l'un de l'autre. Et puis, quand on sera fatigués, on montera se coucher, chacun de notre côté. D'accord ?
- D'accord.
- Tu te sens bien dans mes bras ?
- Oui.
- Tu n'as pas froid ?
- Non.
- Pas trop chaud non plus ?
- Non, mais tais-toi un peu, diable d'Ecossais

Il fait silence un instant, puis :

- Tu as compris toutes les histoires de famille que je t'ai racontées tout à l'heure ?
- Pas tout, non.
- Ça ne fait rien, on recommencera. On a tout le temps. Tout le temps.

43

Nous sommes en retard. Le bus du ramassage scolaire est déjà reparti et les enfants semblent ravis d'être livrés à eux-mêmes. Alors que l'institutrice du cours des plus petits sort pour imposer l'ordre, nous franchissons la barrière de la cour. Ewan s'excuse auprès de sa collègue, me présente, puis fait rentrer ses élèves en leur intimant l'ordre de se taire, d'une voix tonitruante qui n'a pas trop l'air de les impressionner.

Les commentaires et les regards vers moi expriment une curiosité non dissimulée. Ewan explique rapidement que sa cousine française vient en observatrice et qu'ils ont intérêt à bien se tenir s'ils ne veulent pas que la France entière sache que les écoliers écossais sont les pires cancres qui soient. Partagés entre l'incrédulité et la conscience d'un certain devoir, je les vois soudain se retourner vers Ewan et se redresser sur leur siège comme autant de petits moineaux dans l'attente d'une nourriture spirituelle. Vêtus du même uniforme, jupe ou bermuda gris, veste en lainage et pull-over bordeaux, ils sont de tailles et de genre assez différents, certains avec de vraies allures de petits gentlemen, d'autres avec des airs de gros poupons mal réveillés. Pour la circonstance, Ewan a lui-même passé un blazer par-dessus une chemise blanche et un gilet tricoté, chaussé de gros mocassins noirs démodés mais bien cirés. Son pantalon anthracite est agrémenté d'un pli. Et je dois reconnaître que cette tenue vieillotte lui va remarquablement mal.

Les bâtiments de l'école sont anciens, mais bien équipés, avec du mobilier moderne et fonctionnel, et plusieurs ordinateurs. Sur un ordre bref d'Ewan, la moitié de la classe ouvre son livre en même temps, chaque enfant devant lire tout haut quelques phrases d'un texte littéraire. Parallèlement, l'autre moitié doit faire un exercice de mathématiques dont il a écrit l'énoncé au tableau. Il navigue d'un groupe à l'autre, surveillant, distribuant les instructions, corrigeant la diction hasardeuse de l'un, claquant des doigts vers le suivant pour qu'il prenne son tour. Il se déplace sans arrêt dans la classe, redressant d'une petite tape un dos avachi, fronçant des sourcils au moindre bavardage. Pudique, il évite de regarder vers le fond de la classe, sachant que je le suis des yeux.

Une sorte de tension règne dans la classe, qui ne semble pourtant pas peser aux enfants. Au contraire, on dirait qu'ils se prêtent volontiers au jeu de l'autorité, comme s'ils étaient conscients de devoir jouer un rôle. Devenu professeur, Ewan fait preuve d'un sérieux, d'une rigueur incroyables, alors que je l'aurais imaginé complice de ses élèves, volontiers joueur et mutin. Je découvre même une lueur de crainte, un vague sursaut dans l'attitude d'un garçon d'une dizaine d'années qu'il vient de surprendre en train de rêvasser. Mais là aussi, Ewan s'avère imprévisible. Alors que j'éprouve moi-même de l'appréhension en le voyant s'approcher du garçon à grandes enjambées, une règle derrière son dos, l'œil menaçant, je le vois soudain se pencher simplement sur lui, essuyant un hypothétique voile de buée devant le visage de l'enfant, en un geste qui a l'effet de provoquer l'hilarité des autres. Et je réalise qu'il adore son métier et ces enfants.

A la pause, je décide de m'en aller pour ne pas gêner davantage. Mais j'ai envie de le complimenter auparavant :

- Tu es super en instituteur.
- Tu rigoles, j'étais minable, j'étais trop impressionné à l'idée que tu m'observais. J'avais l'impression que c'était l'inspecteur, ou pire. - Il m'observe un court instant, l'air à la fois énigmatique et amusé, puis me donne une petite tape sur le derrière - Allez, dégage maintenant, laisse-moi faire mon travail.

44

Ewan ne revient l'après-midi que pour m'entraîner très vite au-dehors.

- Où allons-nous ?

- Faire un petit tour. C'est une surprise. Prends ces bottes et ce ciré. Dépêchons nous, il fera nuit d'ici deux heures.

Il s'équipe également, prend une couverture, un petit sac à dos, m'entraîne vers le lac. Sur le ponton, il détache la barque qui s'y trouve amarrée.

- Je t'emmène en bateau.

Il rame avec vigueur et rapidité jusqu'à ce nous soyons éloignés suffisamment du rivage, puis pose les rames pour m'expliquer le paysage.

- Le loch fait plus de vingt kilomètres de long. Inutile de te dire que nous n'irons pas jusqu'au bout aujourd'hui ! Regarde, là-bas, on voit presque le sommet du Ben Slioch. C'est rare, il est presque toujours embrumé. Ces forêts de pins, sur les rives et les îles, sont les vestiges de la forêt primitive calédonienne qui recouvrait pratiquement tout le pays. Il faut imaginer qu'à la préhistoire, elle s'étendait sur toutes ces collines autour de nous. Nous irons jusqu'à la petite île Maree. Nous accosterons là-bas. Tu sais, autrefois, on disait que les eaux du loch avaient des vertus curatives, grâce à une source qui jaillissait de l'île. On y plongeait les malades, pieds et poings liés. S'ils survivaient, ils étaient guéris.

- Ça avait au moins le mérite d'être radical.

- Je te ferai peut-être la même chose si je n'arrive pas à te guérir autrement. Fais attention.

- Me guérir de quoi ?

- De tes peurs.

- Ne dis pas de bêtises.

- Ne mens pas. Ne recommence pas à me mentir... ou je te jette par-dessus bord.

- D'accord. C'est vrai que je n'ai pas tourné très rond ces derniers temps. Mais ça va mieux, maintenant. Et d'être ici me fait du bien.

- Tant mieux, mais ça n'est pas encore assez. Tu continues à te poser trop de questions, à te torturer.

- Je suis prudente. C'est tout. Je ne veux pas recommencer les erreurs faites autrefois.

Il ne peut retenir un petit soupir excédé, pose les rames un court instant.

- Iona, je t'ai reçue cinq sur cinq. Mais à force d'avoir trop peur, on peut passer à côté de certaines choses, non ? Tu sais, notre meilleur allié est l'intuition. Pour leur malheur, les hommes ont oublié cela. Si l'on se fiait plus souvent à ses intuitions, on ferait moins d'erreurs. J'ai appris pour ma part que les erreurs d'aiguillage que j'ai commises dans ma vie étaient dues à ce refus que j'avais fait alors d'écouter ces voix intérieures, que j'avais eu tort de les faire taire pour agir uniquement d'après ce que je croyais être la raison, ou simplement parce que j'avais très envie de quelque chose, même si je pressentais qu'elle me serait néfaste. Tu n'as jamais eu cette impression ?

- Peut-être que si, je ne sais pas. De toute façon ce qui est fait est fait.

- Justement. Le temps est peut-être venu de voir les choses autrement, de *t'écouter* davantage, non ?

- Je ne sais pas trop. Et puis on ne peut pas seulement agir selon son propre instinct. Il faut bien tenir compte de celui des autres, de leurs besoins à eux, de leur propre façon de voir les choses, non ?

- Justement. Tu vois, je me souviens du jour où j'ai rencontré Katinka, par exemple. Avec le recul, je me rends compte de tout ce que je n'ai pas voulu savoir alors.

- C'est à dire ?

- Eh bien, je suis tombé fou amoureux, c'était une femme magnifique, je ne rêvais que de pouvoir lui faire l'amour le plus tôt possible. Pourtant, je me souviens très bien de son regard ce jour là. Malgré son sourire, quelque chose dans ce regard aurait dû m'avertir, quelque chose qui voulait dire finalement : "Toi le Blanc, je ferai de toi ce que je voudrai " et je me rappelle encore cette sorte de sonnette d'alarme qui s'est alors déclenchée dans mon cerveau, qui me disait qu'elle me rendrait malheureux. Mais bien sûr je n'ai pas voulu l'entendre Tu veux savoir ce qu'il en est pour notre rencontre, à toi et à moi ?

- Tu me l'as déjà dit l'autre matin, et c'est vrai que tu peux être très clairvoyant.
- Oui, mais l'autre matin, je t'ai parlé de toi. Pour ce qui me concerne, mon cœur n'a fait qu'un tour, mais surtout c'était quelque chose de très profond, venu de très, très loin. En fait je n'ai jamais été aussi ému de toute ma vie.
- Tu donnais bien le change.
- Je pouvais difficilement te dire, alors que tu venais à peine d'arriver : *"Je sais que tu vas bouleverser ma vie"*.
- C'est vraiment ce que tu penses ?

Il s'approche de moi, prend mes mains dans les siennes :

- Plus que jamais. Je ne sais pas comment les choses vont tourner entre nous, peut-être très bien, ou très mal, mais en tout cas je sais que ce sera quelque chose de crucial. Et de toute façon nous n'y pouvons déjà plus rien.
- C'est de la folie.
- C'est le nom qu'on donne aux choses qui vous dépassent ou vous dérangent.

Je préfère changer de sujet.

- Tu penses beaucoup à ton père quand tu viens ici ?
- Bien sûr. Mais je ne suis pas triste. Tu sais, c'était plutôt un marrant, dans son genre... Il s'est même débrouillé pour mourir gaiement.
- Comment ça ?
- Oui, il est mort de rire.
- Explique.

- Il était parti à la pêche donc, avec un de ses compères. Ils se racontaient toutes sortes de blagues. Il paraît qu'à un moment, il n'arrivait plus à s'arrêter de rire, ça lui aurait provoqué un arrêt cardiaque, et, l'alcool aidant, il a perdu l'équilibre et est tombé de sa barque. Il a coulé à pic. C'était par là-bas.

Il montre un point invisible non loin de la rive.
- En tout cas, tu dois tenir de lui.
- Pourquoi, je bois trop ?
- Idiot. Dis-moi, à part ton père évidemment, où sont enterrés les autres membres de ta famille ?
- De *notre* famille, tu veux dire ?

Il pointe le pouce vers le bas, en direction de l'eau.
- Pardon ?
- Oui, lorsque l'on meurt dans notre famille, il est d'usage de se faire incinérer, puis les autres membres de la famille jettent les cendres dans le lac. C'est rapide, hygiénique et économique. Mon père, lui, a même voulu nous épargner cette peine apparemment.

Il répond de lui-même à ma question informulée :
- On n'a jamais retrouvé le corps. On a cherché des jours et des jours, mais… rien.

Je scrute l'étendue d'eau sombre avec perplexité et un rien d'aversion, en songeant à tous ces cadavres brûlés et éparpillés dans les flots glacés. En l'espace d'une demi-seconde, un éclair traverse mon esprit : *"C'est ici aussi que je finirai"*.

Ewan doit ramer longtemps car le lac est large à cet endroit. De temps à temps, il fait de petites pauses pour me montrer certains points de vue. En me retournant, je peux voir la maison adossée à la colline. Nous accostons enfin, pour marcher un peu sur l'île dont on fait très vite le tour. Il déplie la couverture et l'étale par terre.
- Viens, assieds-toi à côté de moi. Nous avons un petit moment devant nous.

Quelques rayons d'un soleil déjà déclinant filtrent à travers les feuilles d'un saule. Sous une lumière différente, le cadre du lac

186

prend un nouvel aspect, sa surface devenant métallique.

Ewan finit par s'allonger, étire ses bras en soupirant d'aise.

- Tout de même, deux minutes et demie de soleil, ça fait du bien.

Je me couche à mon tour sur la couverture, me tournant vers lui, le coude plié sous ma tête.

- Parle-moi un peu de ta famille.
- Eh bien, comme tu sais, ma mère est repartie vivre en Irlande, après le décès de mon père il y a dix ans. C'est étrange, avant que cela n'arrive, nous vivions tous ensemble, mes parents, ma grand-mère, Karen, Kevin, Winnifred et moi. C'était une grande famille, plutôt correcte, même s'il y avait quelques scènes, rien que de très normal lorsqu'on met autant d'Ecossais et d'Irlandais ensemble dans un espace clos.
- J'imagine.
- Et puis mon père est mort. On ne s'en était pas rendu compte quant il était là, parce qu'il ne payait pas de mine et que c'était plutôt ma mère qui commandait, mais pourtant il était le noyau central, et alors cette belle cellule familiale s'est désagrégée. Grand-mère est morte aussi, six mois plus tard, je crois qu'elle était déprimée par la disparition de son gendre qui la faisait rire tous les jours et avec qui elle aimait bien boire un petit coup. Alors ma mère a décidé de repartir en Irlande, où elle a quatre sœurs et deux frères. D'ailleurs j'ai plein de cousins irlandais. Ensuite, Winnifred a rencontré le grand amour de sa vie, Tom, et a fondé avec lui son groupe de musique. Puis c'est Kevin qui a dû partir en pension lorsqu'il a quitté l'école primaire. Et alors là, avec Karen, on s'est retrouvé tous les deux. C'était une drôle d'impression, de voir toutes ces portes de chambres se refermer les unes après les autres pour ne plus se rouvrir que très rarement. Nous avions l'impression que la maison rétrécissait autour de nous, jusqu'à finir par nous étouffer. Et nous avons compris en même temps que nous n'avions plus grand chose en commun. Les autres étaient notre ciment. Nous n'en avons

jamais parlé, bien sûr... Comme elle ne travaillait pas à l'extérieur, je crois que Karen a sombré dans l'ennui et la déprime. Elle aurait sans doute aimé déménagé, aller habiter en ville, mais elle savait que je n'aurais pas voulu en attendre parler. Alors, elle n'a rien dit et je n'ai rien voulu voir non plus, on parlait de choses et d'autres, du jardin, des courses, de la famille royale, de la dernière visite de Kevin...

- Et alors ?

Il ferme les yeux avec un petit soupir douloureux avant de reprendre :

- Un jour, un homme est arrivé chez nous, un ingénieur des Lowlands qui venait en vacances pour pêcher le saumon et jouer au golf, et à qui nous avons loué une chambre. Le problème, c'est qu'il n'y avait pas que la région qu'il trouvait à son goût. Et un jour, quand je suis revenu de l'école, il n'y avait plus qu'une seule assiette sur la table de cuisine, avec un petit mot d'adieu posé dessus. Voilà tout.

Je préfère ne pas lui demander ce que sa fameuse intuition lui avait soufflé au sujet de Karen.

- Et Winnifred ? Tu la vois souvent ?

- Oui, heureusement. - Ses yeux s'éclairent- Elle passe deux ou trois mois pas an ici. Elle travaille toujours avec Tom, mais ils ne sont plus en couple, enfin, ça n'est pas toujours très clair. J'ai bien peur qu'elle n'ait "essayé" un peu tous les garçons du groupe, mais qu'aucun ne lui convienne vraiment. En revanche, leur ciment à eux, c'est la musique. Ils mènent une vie de nomade, vont de locations meublées en hôtels, ou viennent ici quand ils ont besoin de se refaire une santé. Ça me fait un peu d'animation.

- Tu te sens seul, parfois ?

Il se tourne sur le côté, me décochant un sourire ravageur.

- Bien sûr. Mais je l'ai cherché aussi, et en même temps ça ne me déplaît pas forcément.

- Alors j'espère que tu me diras quant tu auras envie que je fiche le camp.

- Je croyais qu'on avait déjà réglé la question. Viens là, approche.

Il s'empare de ma main et nous restons un moment étendus ainsi face à face, nos regards emmêlés en un dialogue muet, qu'Ewan conclut finalement par un de ces petits baisers faussement pudiques dont il a le secret. Nous rentrons lentement, tandis que le lac replie sur nous ses brumes vespérales. La température tombe vite. Après avoir à mon tour ramé quelques instants, je m'emmitoufle dans la couverture. De longs silences alternent avec des conversations trompeusement anodines, ponctuées de rires et empreintes d'un nouveau degré de complicité.

La soirée s'écoule sereinement, dans la douceur exquise de non-dits criants de vérité.

45

Le match de foot se déroule sur un terrain aux allures de piscine, et peu avant la fin, je me réfugie sous l'auvent de la salle de sport. Les enfants sont ravis, et ils ne sont pas les seuls. Les professeurs de chaque classe adverse sont gardiens de but, et l'un des pères fait office d'arbitre. Ewan se jette sur la balle dans des envolées d'une drôlerie incroyable, tandis que plusieurs parents se pressent, s'interpellant autour du terrain, encourageant bruyamment leur équipe. A part moi, la pluie ne semble gêner personne. Je peux ainsi admirer le stoïcisme légendaire des peuples gaéliques sous les éléments déchaînés.

La classe d'Ewan est malheureusement battue deux minutes avant la fin du match. Il fait alors mine de fondre en larmes, sanglotant bruyamment, à genoux dans la boue, la tête dans ses mains. La toute petite sœur d'un de ses élèves, l'air terriblement navré, s'approche de lui pour le consoler. Le voyant aussi désespéré, elle a bien failli se mettre elle-même à pleurer, mais il se relève juste à temps avec un grand sourire, l'empoignant et la portant à sa mère, puis vient me rejoindre sous mon abri.

- Tu ferais un comédien hors pair. Encore une qui n'aura plus jamais confiance dans les hommes.

- Salut, espèce de sale lâcheuse. Si tu n'avais pas pris la fuite, et si tu étais restée pour nous encourager, je suis sûr qu'on aurait gagné.

Tous les joueurs sont maculés de boue jusqu'aux oreilles. Malgré cela, nous prenons le temps de nous réunir dans la salle pour trinquer et féliciter les gagnants. Les parents ont apporté des sodas, des thermos de thé, des gâteaux, frictionné les têtes des joueurs, distribué des tee-shirts propres et des mouchoirs. Puis chacun rentre chez soi.

Ewan monte prendre une douche, tandis que je lui prépare une sorte de grog avec ce que trouve dans les placards. Lorsqu'il réapparaît sur le seuil de la cuisine, torse nu, moulé dans son jeans, une serviette autour du cou, il est étourdissant de sex-appeal. Mais je surprends une petite lueur presque revancharde dans ses yeux alors que je lui tends la tasse et je me demande s'il n'a pas fait exprès d'apparaître dans cette tenue. Il brandit une paire de ciseaux près de sa tête, les ouvrant et les refermant d'un air lubrique.

- Chose promise, chose due, non ? Tu m'as fait une proposition l'autre jour.

- Exact. Mais il me faudrait quelques ustensiles supplémentaires : Un bon peigne, un peu d'eau de Cologne si tu en as, une serviette et un sèche-cheveux.

- Tu es très exigeante. Mais bon, je vais essayer de trouver tout ça.

Il rapporte l'attirail et s'installe face au grand miroir du salon.

- Assieds-toi. Très courts ou pas trop ?

- Comme tu veux. Je m'en remets à toi. Simplement, si c'est raté, tu es virée.

- Bon, alors allons-y.

Je prends la serviette et lui frictionne le cuir chevelu après y avoir versé quelques gouttes d'eau de Cologne.

- Ça commence bien. Je vais sentir la cocotte.
- Tais-toi ou je te mets la boule à zéro.
- Sois gentille ou je te viole.

J'entreprends de le peigner.

- Mon Dieu, je n'en reviens pas d'une tignasse pareille ! Beaucoup de femmes te l'envieraient.
- Je ne sais pas si tu as remarqué sur les photos, mais celle de ton grand-père n'était pas mal non plus.
- Exact. Vous êtes une vraie famille d'aborigènes. Y compris ta sœur, d'ailleurs.
- Aïe, aïe, aïe, tu fais mal !
- C'est tout emmêlé. Il faut souffrir pour être beau, mon vieux. Attention, cette fois on passe aux choses sérieuses.

Je prends les ciseaux et l'observe dans le miroir pour mieux étudier la coupe que je vais lui faire. Il m'envoie un baiser par miroir interposé.

- Arrête, tu me troubles.
- J'espère bien.

Je coupe la première mèche avec la vague impression de commettre un sacrilège. Mais il sourit toujours. Je plonge mes doigts dans la masse pour saisir les cheveux destinés à être sacrifiés. Il ferme les yeux, son épaule tressaille lorsque ma main effleure sa nuque. Je comprends trop bien ce qu'il voulait dire l'autre jour, et je me dis que je suis en train de jouer à un jeu dangereux, d'autant plus stupide que je ne suis pas sûre de vouloir aller jusqu'au bout.

- Ouah. C'est délicieux.
- Quoi ?
- Tes mains dans mes cheveux. J'ai des frissons partout. Regarde, j'ai la chair de poule.
- Tu ferais mieux de te rhabiller, grand nigaud. Il ne fait pas chaud ici, tu vas attraper un gros rhume.
- Tant mieux, comme ça tu me soigneras, tu m'apporteras des grogs au lit, tu me borderas.
- Et puis quoi encore ?

- Plein d'autres choses, j'espère.
-     Tiens toi tranquille maintenant, sinon tu vas bientôt ressembler à un Iroquois.

L'ambiance est électrique, et je m'astreins à détourner les yeux de l'image dans la glace de ce torse insolent, de ses jambes écartées révélant à travers le jeans une virilité provocante. Après plusieurs coups de ciseaux, je regarde droit dans le miroir, l'œil critique, lissant quelques mèches vers l'arrière. Il attrape mes mains, renverse sa tête contre moi.

- C'est terriblement érotique, ce que tu me fais là. Je n'en peux plus.
- Idiot. Je comprends pourquoi tu ne vas plus chez le coiffeur. La dernière fois, ils ont dû te chasser pour attentat à la pudeur.
- Tu as les mains si fraîches, si douces, c'est bon.

Il les garde dans les siennes et commence à les embrasser. Il serait tellement bon de me pencher sur lui, d'enlacer ses épaules, de les parcourir de mes lèvres. Mais je me dégage.

- Voilà, tu es presque beau maintenant. Je vais les sécher un peu.

En quelques minutes, je parachève mon œuvre, avec l'impression d'avoir réussi un difficile parcours d'obstacles. A présent, il a une coiffure civilisée, pourtant je ne suis pas sûre que le résultat de cette transformation me plaise autant que la version initiale.

- Tes élèves ne vont pas te reconnaître. Et toi, qu'en penses-tu ?
- Tu es une vraie pro. C'est peut-être juste un peu trop…raplapla. - Il ébouriffe à nouveau ses cheveux du plat de la main, m'arrachant un gémissement de protestation. - En tout cas, j'adore quand tu t'occupes de moi comme ça. Dis donc, tu ne veux pas recommencer ? Je crois que tu as oublié quelques petits cheveux, là… et là…

Il est soudain comme un petit enfant qui cherche des câlins. Je l'imagine quand il l'était vraiment, se blottissant contre sa mère. Il devait déjà avoir ce même regard que me renvoie le miroir à présent, ce besoin criant de tendresse et d'attentions. J'ai malgré tout envie de lui faire du bien.

- Je vais te masser un peu, tu as les muscles du dos complètement noués. Si tu veux mon avis, tu es trop vieux pour jouer les gardiens de but face à de petits sauvages de huit ans.

Je lui pétris la nuque et les épaules, le sentant se détendre peu à peu sous la pression de mes doigts. Les yeux fermés, il pousse un gémissement de bien-être.

- Ça fait un bien fou. ça fait longtemps qu'on ne m'avait pas fait ça.

Je ne peux m'empêcher de demander :

- Et ta petite amie ?
- Oh, tu vois, avec elle, on va droit au but, justement, si je puis dire. C'est une belle femme, très sensuelle, très exigeante, mais ça manque un peu de tendresse.
- C'est drôle. D'habitude, ce sont plutôt les femmes qui se plaignent du manque de tendresse des hommes à leur égard.
- Ce ne sont que des clichés, tout ça. Nous ne sommes pas tous des monstres qui ne pensent qu'à leur queue. Tu es complètement bourrée de préjugés.
- D'accord, ne te fâche pas. Parle-moi plutôt un peu d'elle.
- D'abord, ça n'est pas une *petite* amie, comme tu dis. Elle est même un petit peu plus âgée que moi. Et elle s'appelle Alicia. Je la connais depuis très longtemps. Et je dois te dire aussi qu'elle est mariée. Mais je n'ai vraiment pas envie d'en parler.
- Bon.
- Iona, je peux te poser une question très personnelle ?
- Essaie toujours.
- Depuis combien de temps n'as tu pas été avec un homme ?
- Tu veux dire…au lit ?
- Non, au zoo.
- Plusieurs mois. Enfin… Pas si longtemps que ça en fait. C'est drôle, j'avais oublié… Tu te souviens de ce soir où je t'ai téléphoné depuis la Côte d'Azur ?

- Bien sûr. Tu étais toute bizarre, mais tu n'as rien voulu me dire.
- Eh bien je venais de coucher avec un homme qui m'avait abordée sur la plage à peine quelques heures plus tôt.
Il fronce les sourcils et émet un petit sifflement.
- Ça te choque ?
- Je suis terriblement déçu. Je pensais t'avoir vierge. - Il éclate de rire- Non, je ne suis pas choqué. Mais ça ne te ressemble pas, enfin pas à celle qui est avec moi, ici, maintenant. Mais je crois que je comprends, enfin j'essaie. - Il a à cet instant un air véritablement concentré, et ce seul petit pli entre ses yeux, cet infime rictus au coin de sa bouche m'émeuvent de façon irraisonnée. -Et alors, qu'est-ce qui s'est passé, ensuite ?
- Rien. Rien du tout. Nous ne nous sommes jamais revus. Et ce jour là, il s'est produit quelque chose de bizarre. Je n'ai ressenti absolument aucun plaisir, je me suis dit que j'étais devenue frigide. J'étais déprimée.
- Et alors tu m'as appelé. Rien que de très logique en somme.
Il se frappe le front, et son visage passe du scepticisme le plus profond à un sourire éclatant, comme s'il avait eu une révélation. J'éclate de rire.
- Oui, c'était stupide.
- Oh non, bien sûr que non...
Il secoue la tête, part à la recherche d'un pull-over qu'il enfile rapidement, détruisant encore un peu plus mon travail, me prend par la main et s'installe dans un fauteuil.
- Viens ici, mon cœur. Assieds-toi, là. - Il tapote ses genoux de sa main - Allons, n'aie pas peur. Je veux juste te parler.
Je me laisse faire, tandis qu'il passe un bras autour de ma taille et place d'autorité le mien sur ses épaules.
- Bon. On n'est pas bien comme ça ?
- Si, mais...
- Alors raconte-moi. Parle-moi, maintenant.
- De quoi ?
- De toi, des hommes, de ce qui te pèse, là, et là.
Il pointe un doigt à l'emplacement de mon cœur, de mon front.

- Ça n'est pas très intéressant.
- Pour moi, si. Tu as eu beaucoup d'hommes dans ta vie ?
- J'ai connu le père de Céline très tôt. Nous avons fait deux tentatives de vie commune, à plusieurs années d'intervalle, mais sans succès. J'ai eu deux autres liaisons qui n'ont pas duré plus d'un an chacune. Et ces toutes dernières années, j'ai eu quelques aventures, un peu avec n'importe qui, souvent pas plus d'une ou deux nuits, des hommes qui ne m'aimaient pas et que je n'aimais pas. Et puis est venu ce fameux jour à Ste Maxime, où je me suis dit que j'étais morte, sexuellement parlant, que les hommes ne me faisaient plus envie.
- Tu étais très amoureuse de ton Thomas ?
- Le pire est que je n'en suis pas si sûre. Mais nous avions Céline, j'avais envie d'avoir une famille normale.
- Ça n'a rien de répréhensible. C'était la même chose pour moi et Karen. Et il y a des couples pour qui ça marche, même si ça n'est pas l'amour fou..
- Maintenant, Thomas et moi avons des relations civilisées. En tout cas, maintenant, il ne m'inspire plus rien, à part de l'agacement, et même un peu de pitié.
- Tu sais quoi ?
- Non ?
- J'aurais aimé être à sa place. J'aurais voulu te faire cet enfant.
- Ne dis pas de bêtises.
- Je suis très sérieux. Tu regrettes de l'avoir connu, lui ?
- Oui. J'ai gâché à cause de lui mes meilleures années.
- Ne dis pas ça. Tes plus belles années sont encore à venir. Et puis il t'a donné Céline. Tu vois, moi aussi j'ai été très blessé, par Katinka, puis par Karen. Elles m'ont rejeté toutes les deux. Mais maintenant je ne leur en veux plus. Il s'avère que je n'étais tout simplement pas l'homme qu'il leur fallait, et vice-versa. Je n'ai pas toujours été à la hauteur non plus, et en tout cas il n'y a pas de quoi se vouer une haine éternelle.
- Nous ne sommes peut-être pas pareils, je ne sais pas. Je veux que tu comprennes que je ne veux plus jamais dépendre de

quelqu'un ni être malheureuse s'il me quitte. C'est fini.

Il m'embrasse doucement sur la joue, presse ma tête contre son cou.

- Je sais, mon petit, je sais.

Il reste un instant songeur, puis me lance un sourire espiègle.

- Et maintenant ?
- Quoi, maintenant ?
- Tu as toujours l'impression d'être frigide ?
- Tu sais bien que non...
- Je crois que ce serait merveilleux, si toi et moi on faisait l'amour ensemble. Je n'arrête pas d'y penser. Et ça n'est pas qu'une question de sexe, tu sais... Je voudrais te faire l'amour dans tous les sens du terme...
- Tais-toi, je t'en prie. D'ailleurs, je ne sais même pas ce que je fais là, comme ça.

Je tente de me lever, mais il me retient contre lui.

- Ne rougis pas. Tu sais très bien que j'ai raison.
- Tu peux avoir plein d'autres femmes, tu n'as pas besoin de moi.
- Il se trouve que si.
- Les hommes veulent toujours justement celles qui leur résistent, ça les amuse de relever des défis.
- Non, tu n'y es pas du tout. Tu sais, l'autre soir, lorsque j'étais au téléphone avec Alicia, j'avais carrément envie que tu sois jalouse.
- Mais c'est dégueulasse !
- C'est vrai, mais c'est humain aussi.
- Une fois que tu m'auras eue dans ton lit, tout sera différent, peut-être est-ce que je ne t'intéresserai plus.
- Pourquoi donc, tu es si nulle que ça au lit ?
- Salaud.
- Excuse-moi, c'était une plaisanterie stupide... Ecoute, je ne comprends pas pourquoi tu penses ça de moi. Bon, je ne suis pas le genre de type à te promettre monts et merveilles. Mais

ce que je peux te dire, ce que je sais, c'est que je ne te veux que du bien. Et qui ne risque rien n'a rien, non ?

- Je ne sais plus trop où j'en suis. Laisse-moi un peu de temps.
- Je te demande de me croire, je me sens vraiment très proche de toi. C'est très spécial, une sorte d'impression de dépendance. Tu crois que c'est notre sang commun qui nous rapproche ?
- Je ne sais pas. Je n'y connais rien en génétique.

Il gémit :

- Oh, Iona, ce qui me plaît en toi, c'est ton romantisme délirant.

Nous rions. Une fois de plus, le danger est passé, le charme est rompu. Je l'imagine malgré moi avec cette autre femme, puis avec la mère de Kevin. Des visions de corps enlacés dans un lit, puis de tablées et de promenades familiales m'envahissent.

- Et toi, tu as eu d'autres aventures, à part Alicia ?
- Pas tant que ça en fait. Depuis mon divorce, j'ai connu plusieurs femmes, mais pour des tas de raisons ça ne m'a pas mené bien loin. Soit elles n'étaient pas libres, soit elles m'ennuyaient, soit *je* les ennuyais. - Avec Alicia, c'est pratique parce qu'on se connaît bien, qu'on s'apprécie et qu'on n'a pas besoin d'aller chercher ailleurs son plaisir, surtout par les temps qui courent. Son mari a des aventures de son côté quand il part en voyage. Ils se considèrent comme un vieux couple, mais au final ça ne marche pas si mal.
- Eh bien alors ? Tout est pour le mieux, non ?
- Ça *l'était*. Mais je n'en suis plus si sûr maintenant.

46

J'arpente la cour de l'école où je suis venu chercher Ewan, osant de temps en temps un regard à travers la fenêtre. Il semble que lui et les enfants se livrent à des travaux pratiques de sciences naturelles, penchés avec sérieux sur des plantations étranges contenues dans de petit pots. Se sentant observé, il lève la tête et me fait un grand signe de la main. Les enfants gloussent en m'apercevant.

Soudain, une horde de minuscules Highlanders se déverse en dehors du bâtiment, en un tumulte ahurissant. La collègue d'Ewan les suit, les regardant se précipiter vers le bus qui vient de se garer. Elle me salue et me tend la main.

- Bonjour, Iona, je suis Brenda Weston. Je suis heureuse de vous connaître. Ewan n'arrête pas de me parler de vous.

- Vraiment ? Il n'y a pas grand chose à dire, pourtant.

Elle poursuit en français.

- Ça n'a pas l'air d'être son avis. Savez-vous, il m'a invitée avec mon mari à venir de vous faire une visite un soir, si vous êtes d'accord. J'aimerais bien de parler le français avec vous. Voulez-vous ?

- Bien sûr. Je serais ravie. Euh… Où avez-vous appris le français ?

- Mais ici, avec Ewan. Ne saviez-vous pas qu'il donnait en bénévole des cours du soir aux gens de cette village ?

Je hoche la tête négativement.

- Evidemment, ça ne doit pas toujours être très excitant pour lui. Avec un doctorat de la littérature française, il pourrait enseigner à l'université d'Edimbourg. Mais nous avons beaucoup de plaisir avec lui quand même. Nous sommes quinze à poursuivre le cours. Une fois la semaine. Nous avons même appris des poésies de Veurlaïne et d'Eliouarde.

J'écarquille les yeux.

- Un doctorat ?

- Vous ne saviez pas cela non plus ?

La jeune femme remue ses boucles blondes en riant.

- Je vois. Il ne voulait pas être orgueilleux. C'est très typique de lui. Vous savez il donne aussi des cours de gaélique aux enfants, après la classe. C'est très important. Sinon, plus tard, ils ignoreraient toute un parti de leur cultioure.
- Mon Dieu, Brenda… Je suis effarée. Mais pourquoi a t-il fait de si longues études, pour finalement...
- Rester simplement instituteur de la campagne, vous voulez dire ?
- Ce n'est pas ce que je voulais dire. Je ne comprends simplement pas la logique dans tout cela. Le but. Pourquoi ?
- Par *plaisir*, tout simplement. Il n'y a aucune logique à chercher. C'est un homme très spécial, vous savez. Mais nous l'apprécions beaucoup, ici.
- J'imagine.
- En fait, lui et moi nous connaissons nous depuis que nous sommes petits enfants.

Nous entendons soudain des tables et des chaises remuer.

- Bon, je vous laisse. Mon mari attend moi. Nous nous voyerons bientôt, alors.

Elle appelle un petit bout d'homme qui joue avec un vieux ballon, son cartable sur le dos.

- Viens, Willy, on rentre à la maison.

Brenda et Willy s'éloignent à bord d'un vieux break jaune. Le chauffeur du bus klaxonne, commençant à s'impatienter. Ewan sort en trombe avec ses élèves qui achèvent d'enfiler leurs manteaux tout en courant et s'engouffrent dans le car qui démarre aussitôt, après que son conducteur ait dûment invectivé leur maître. Celui-ci se contente de répondre par un grand rire accompagné d'un signe de la main, puis se penche vers moi, me prenant par l'épaule et m'embrassant.

- Bonjour, *sweetheart*. Je suis content de te voir.

- Dis donc, le chauffeur avait vraiment l'air furieux que tu l'aies fait attendre. Mais pourquoi t'appelle-t-il Jimmy ? C'est ton surnom ?

- C'est le surnom de tous les types ici, quand on est furieux contre eux. - Il a un air ravi - Mais il ne faut pas trop faire attention à Steve. En fait, il a surtout peur de se faire engueuler par les mères qui attendent leurs rejetons, alors que c'est de ma faute s'ils sont en retard.

- Mais elles te connaissent, non ? Elles doivent te pardonner si tu retiens un peu plus longtemps leurs enfants, puisque c'est pour la bonne cause.

- Bien sûr, mais elles râlent pour le principe. Tu sais, ici, rouspéter, s'engueuler, c'est une des principales occupations quotidiennes. Un mode d'échange social à part entière. Alors, tu as fait la connaissance de Brenda ?

- Oui, c'était très instructif. Elle a l'air sympathique, en plus d'être jolie fille.

- C'est vrai. Elle et son mari sont mes amis. Je les vois souvent. On se rend pas mal de services mutuels. Je leur sers de baby-sitter, de prof de français, et aussi de conseiller conjugal quand ils s'engueulent.

- Tu crois que tu es bien placé ?

- Mais justement. Au moins, avec moi, ils ont un bon exemple des erreurs à ne pas commettre. Et puis, John pêche d'énormes saumons et chasse la grouse et la perdrix aussi. Grâce à lui, mon congélateur est toujours bien rempli. Et c'est Brenda qui tricote la plupart de mes pulls.

- J'espère que toi tu ne chasses pas.

- Pourquoi ? Tu fais partie de ces gens qui font la chasse aux chasseurs ?

- Disons que je n'aime pas trop ça.

- Oui, mais tu n'as rien contre un bon civet de temps en temps, n'est-ce pas ? Bon, en tout cas, si ça peut te rassurer, moi, je ne massacre pas les petits oiseaux. Je préfère chasser une autre sorte de gibier, conclut-il avec un grand sourire.

- Je vois. Tu me préviendras quand tu décideras de partir en chasse. Je me ferai discrète.
- Pas de chance, il se trouve que j'adore chasser la marmotte française. Allez, viens, allons vite la faire, cette promenade, avant que le ciel ne nous tombe sur la tête.

Nous nous engageons dans un chemin qui monte au-dessus de l'école.

- Dis donc, j'en ai appris de belles sur toi aujourd'hui.

Il paraît sincèrement étonné.

- Je ne vois pas du tout de quoi tu parles.
- Brenda m'a tout dit. J'habite en ce moment sous le toit d'un érudit et je ne le savais pas.
- Oh, cette Brenda, elle ne sait pas tenir sa langue. Qu'est-ce qu'elle a dit exactement ?
- Mais tout, cher professeur. Tes glorieux diplômes. Tes activités bénévoles.

Il me tourne le dos en haussant les épaules et poursuit son chemin.

Et alors, il n'y a pas de quoi faire la une du Times.

47

Nous avons pris la route d'Inverness en début d'après-midi.

- Bon, je ne te propose pas de visiter l'exposition consacrée à notre fameux monstre national. Mais si tu y tiens, je ferai un effort.
- Ça ira comme ça, merci. Au fait, tu ne m'as jamais dit si tu y croyais.
- Non, je n'y crois pas. Mais je connais des gens très sérieux qui y croient, ou qui du moins font semblant. Tu sais, Nessie fait en somme partie de notre conscience collective, de notre sentiment national écossais, et aussi de notre propension au

201

surnaturel. Vois-tu, le siècle des lumières est passé chez nous presque inaperçu.

- C'est un peu normal, quand on vit dans les brumes la moitié de l'année.
- Exactement. C'est aussi la même chose, avec les fantômes qui sont censés hanter les châteaux. Quoique là, je serais plus nuancé.
- C'est à dire ?
- Je crois que ce ne sont pas de simples vues de l'esprit. Ils sont plutôt la manifestation folklorique de notre attachement au passé, à nos ancêtres. Les gens d'ici vouent un culte scrupuleux à leurs anciens, qu'ils aient été bons ou mauvais. Ils restent très proches d'eux, même après leur mort. A notre époque, les clans n'existent plus en tant que tels, pourtant les descendants des anciens membres aiment encore se réunir, à l'occasion de toutes sortes de manifestations, et même au-delà des frontières, dans les communautés émigrées des Etats-Unis d'Amérique par exemple. C'est un lien encore plus fort que celui de la simple famille. Mais bien sûr tout cela est terriblement commercial aussi, ça se vend très bien, au même titre que le whisky et le tartan.
- En somme, vous jouez le jeu, et si ça peut rapporter de l'argent, c'est encore mieux.
- C'est un peu ça. Tu es bien placée pour savoir qu'on n'attire pas les touristes avec des photos de cheminées d'usine ou de banlieues citadines. Ils veulent de la brume sur des lochs avec des monstres, des châteaux hantés, des héros romantiques, de la cornemuse et du tartan, alors on leur en donne. Il y a de tout et n'importe quoi, bien sûr. D'ailleurs, à Inverness, il y a deux expositions concurrentes au sujet du monstre du Loch Ness, l'officielle et une autre, et elles marchent toutes deux très bien, ainsi bien sûr que les boutiques de souvenirs attenantes. Le Loch Ness, c'est un peu notre Lourdes à nous.

- Les bons catholiques seraient ravis de t'entendre. Mais je vois ce que tu veux dire. En fait tu es en train d'avouer que toutes ces traditions, ces légendes, c'est surtout du cinéma destiné à faire rentrer de l'argent dans vos caisses.

Tout en sillonnant le paysage à bord de la voiture, je revois d'ailleurs des scènes de films, qui, à l'époque, m'avaient plongée dans une sorte de nostalgie douceâtre : Braveheart et Mel Gibson, Rob Roy et Liam Neeson.... Comment ne pas se laisser aller au romantisme, au milieu de ces étendues de lande brune et d'eaux mélancoliques ? N'importe qui se sentirait ici une âme de poète, de metteur en scène ou de romancier.

- Non, c'est beaucoup plus compliqué que ça, rétorque Ewan. Le problème, c'est que les Highlands sont devenus le symbole de l'Ecosse. Aujourd'hui, n'importe quel Lowlander se permet de porter un kilt pour aller assister à un match de football en France par exemple, alors que chez lui il n'oserait se montrer autrement qu'en jeans ou en costume et cravate. C'est une hérésie, même si cela a un côté sympathique en tant que symbole de ralliement des supporters. C'est un peu comme si tous les Français, même bretons ou parisiens, se promenaient partout avec un béret basque.

- Et toi, tu as un kilt ?

- Bien sûr.

- Et tu le portes ?

- Mais oui, pour les fêtes.

J'éclate de rire.

- Tu dois être mignon tout plein en jupette.

- Laisse-moi finir de t'expliquer, femme française ignare. C'est aussi pour nous un symbole important, quelque chose pour quoi nous avons combattu, ça peut te paraître ridicule, mais c'est comme ça. A l'origine, le kilt était un vêtement highlander. En fait, jusqu'au dix-huitième siècle, ce n'était qu'un immense rectangle d'étoffe dans lequel on se drapait et que l'on ceinturait à la taille. On s'en servait aussi de couverture, notamment lorsqu'on faisait la guerre et qu'on

203

dormait à la belle étoile. Après la défaite de Culloden contre les Anglais, il fut interdit de porter le kilt, comme d'ailleurs de jouer de la cornemuse.

- Interdit ?
- Mais oui, puisqu'il symbolisait l'identité des Highlanders, en opposition au pouvoir royal. Puis, au 19e siècle, ce cher Walter Scott le remit au goût du jour avec le renouveau celtique. Et enfin, la reine Victoria s'en est entichée, décorant de tartan les pièces de son château de Balmoral, et allant jusqu'à tartaniser l'Ecosse tout entière, en commençant par ses domestiques. Ainsi, comme le mythe du bon sauvage, est né celui du bon Ecossais. Tout à coup, les Highlands sont devenus à la mode, et le pays tout entier s'est engouffré dans cette mode qui fait aujourd'hui encore le bonheur des touristes, et aussi, il faut bien le dire, de ceux qui vivent du tourisme.
- Il y a beaucoup de personnes dans ce cas ?
- Une personne sur douze, sans compter ceux qui sont employés dans des domaines connexes, comme les distilleries de whisky par exemple. Et puis presque chaque personne possédant une maison assez grande ici loue des chambres d'hôtes. Mais dans des villages comme le nôtre ou dans les îles, tout ça n'est pas seulement du folklore, il existe un vrai sentiment national highlander. Et je crois que c'est important, particulièrement à l'ère de la mondialisation.
- Mais comment concilier les deux ?
- Tu sais, beaucoup d'Ecossais se sentent plus européens que britanniques. Les liens culturels et amicaux qui perdurent avec la France en sont un exemple, alors même qu'Anglais et Français continuent de se considérer avec méfiance, voire désapprobation, et que de longue date, l'Angleterre s'appuie davantage sur son grand frère américain que sur ses partenaires européens.
- Mais tu ne les trouves pas un peu archaïques, tous ces régionalismes ?

204

- Pas du tout. A mon humble avis, notre monde, même sans frontières et à l'heure des échanges en temps réel, ne pourra demeurer vivable et savoureux que s'il sait préserver toutes ses variétés, les particularités de ses régions. On peut être Corse, Basque ou Ecossais et profondément Européen. Tu sais bien qu'il y a plutôt moins de différences culturelles entre un Breton et un Ecossais qu'entre ce même Breton et un Marseillais, par exemple. Regarde le festival inter celtique de Lorient, par exemple... Même s'il a des côtés très commerciaux, c'est tout de même une grande rencontre de musiciens issus de la même culture, une communion de peuples qui tentent de retrouver par ce biais une partie de leurs racines...
- Ouais... Peut-être.
- Mais je vais te dire autre chose : J'ai aussi de très bons amis anglais. En ce qui me concerne, et même si je me sens avant tout écossais, je ne pratique pas l'anglophobie à temps complet.

Je lui pince l'avant-bras avec un grand soupir de soulagement :
- Me voilà rassurée.

Il glousse :
- Oh, très chère ! Etait-ce un geste affectueux ou me méprends-je en le supposant ?
- A ton avis ?
- Je dirais que ça l'était. Ça mérite une récompense.

Il me donne en retour un gros baiser sonore sur la joue.
- Attention à la route, idiot. Je ne tiens pas à finir dans le décor.

Nous traversons à présent une large combe qui débouche sur des prairies détrempées. Un peu plus loin, une énorme vache des Highlands nous barre le chemin, impressionnante avec ses allures d'aurochs, ses longs poils, sa frange en bataille tombant sur les yeux et ses cornes massives. Nous patientons un instant, Ewan klaxonne, mais comme l'animal ne semble pas pressé de décamper, il l'invective par la fenêtre ouverte :

- Espèce de vache folle, veux-tu bien bouger ta graisse, ou je viens te botter les fesses... Bon, il va falloir que je fasse quelque chose, sinon on est bons pour dormir ici.

Il finit par bondir hors du véhicule, et ce n'est pas sans appréhension que je le vois se diriger vers l'animal qui le toise vaguement, puis détourne la tête avec mépris, et pour finir lâche une énorme bouse fumante sur le macadam. Muni d'une vague baguette ramassée non loin de là, Ewan réussit néanmoins à le faire avancer d'un petit mètre, tout juste suffisant pour permettre à la voiture de passer, à cheval sur le bas-côté. J'éclate de rire lorsqu'il se précipite au volant et démarre en trombe avant que la vache ne se ravise.

A Inverness, nous nous garons dans le centre ville pour faire nos courses à pied, faisons ensuite une pause dans un salon de thé. Une fois assis, Ewan déclare soudain, comme saisi par une urgence :

- J'ai quelque chose à acheter à deux pas d'ici. Je reviens tout de suite.

Avant que j'aie le temps de demander des explications, il a disparu. Perplexe, je commence à savourer mon thé et des scones tout en feuilletant la revue touristique locale, pour les trois quarts composée de publicités.

Ewan réapparaît un quart d'heure plus tard.

- Tu as trouvé ce que tu voulais ?
- Oui, oui....

Son air évasif ne me dit rien qui vaille, mais j'ai peur d'être indiscrète en le questionnant davantage. Il remplit sa tasse et beurre un scone, l'engloutit en deux minutes dans un grand sourire gourmand, puis me considère attentivement.

- Qu'y a-t-il ? J'ai de la confiture sur la joue ?
- Non. Je me disais seulement que tu me plais décidément beaucoup. Pour tout dire j'ai bien peur d'avoir un hanneton dans le plafond.

Comme pour prouver ce qu'il affirme, il roule des yeux vers le haut en serrant les dents, semblant scruter quelque chose à l'intérieur de son propre cerveau. J'éclate de rire.

- D'où tiens-tu cette expression ?
- J'étais un étudiant très assidu, quand j'étais à Paris.
- Je préfère ne pas te demander à quelle sorte de cours.
- J'aurais bien aimé que ce soit avec toi, à l'époque.
- Ça aurait été difficile. J'avais dans les cinq ans. Serais-tu par hasard encore en train de me faire la cour ?
- A ton avis ?
- Je crois bien que oui.
- Et qu'est-ce que ça te fait ?
- Je suis flattée, bien sûr, mais...

Il se penche par dessus la table pour me caresser la joue.

- Mais ?
- Je ne sais pas comment dire.
- Tu ne sais pas comment faire.
- C'est un peu ça.
- C'est *tout à fait* ça. *To be or not to be, to love or not to love,* que de questions dans cette jolie tête. Viens, on va finir nos courses, petit esprit torturé, achève-t-il en me pinçant le bout du nez.

Nous nous rendons dans une immense papeterie en gros où Ewan achète toutes sortes de matériel pour l'école, puis au garage pour faire poser de nouveaux pneus sur sa voiture, et enfin dans son épicerie préférée, où il fait l'acquisition de trois kilos de marmelade d'orange, deux énormes pots d'oignons confits et une quantité pantagruélique de tablettes de chocolat.

Après une petite promenade dans le quartier du château, nous débouchons enfin sur la rue menant au restaurant. C'est un établissement un peu intimidant, décoré de lambris sombre du sol au plafond, avec de confortables banquettes et fauteuils de vieux cuir, d'étranges lampes de verre dépoli. De longues nappes blanches habillent les tables, portant des coupes remplies de fleurs jaunes et blanches et des bougies assorties.

- Aïe, c'est carrément très chic ici, tu aurais pu m'avertir. J'ai peur de n'être pas assez élégante pour ce décor-là.

J'ouvre mon imperméable devant lui, à la manière d'un exhibitionniste. Je porte un simple pantalon de lainage, ainsi qu'un pull-over crème. Il se cache d'abord les yeux et poussa un petit cri d'effroi puis sourit en m'aidant à me défaire de l'imperméable :

- Tu es très bien comme ça, mais...

Il me détaille avec une insistance qui me fait monter le rouge au visage.

- Mais ?
- C'est dommage de toujours te noyer dans d'immenses pulls qui pourraient presque m'aller.
- Mais c'est plus confortable.

Il me murmure alors à l'oreille :

- Menteuse. Tu veux simplement t'en faire une armure. Mais ça ne sert à rien, tu sais. Mes yeux ont des rayons X.

Après avoir commandé les apéritifs, Ewan sort de sa poche de veste un petit paquet enrubanné :

- Pour moi ? Mais en quel honneur ?
- Ouvre-le, tu comprendras.

J'enlève avec précaution le ruban, écarte le papier pour ouvrir la boîte. Sur un fond de velours noir, je découvre une broche d'argent ovale, à motifs d'entrelacs. En son centre repose une très belle pierre d'ambre. Ce bijou semble très ancien.

- Tu es dingue. C'est beaucoup trop beau. Pourquoi as-tu fait ça ?
- Je voulais t'offrir quelque chose de toute façon, te faire plaisir. Et cette vitrine d'antiquaire tombait à pic. Lorsque nous sommes passés devant, tout à l'heure, j'ai bien vu que tu en avais très envie, n'est-ce pas ?
- Oui, mais j'ai résisté tout de même. Elle était hors de prix...
- Ça n'a aucune importance. Ma bourse s'en est déjà remise, ne t'inquiète pas. Je fais rarement des cadeaux, d'ailleurs, je n'en

n'ai pas l'occasion. Je suis content d'avoir trouvé quelque chose qui te plaise. Et puis, cette pierre a l'exacte couleur de tes yeux, donc elle était faite pour toi.

- Je me penche au dessus de la table, l'embrasse avec chaleur.
- Merci. C'est le plus beau cadeau qu'on m'ait fait depuis longtemps.

Il me retient alors par la nuque et je ne peux me soustraire au baiser qu'il me donne sur les lèvres.

- Ecoute, en fait, cette broche est une sorte de message. Il faut la regarder attentivement.
- Je ne comprends pas.
- Regarde le motif.
- ….
- Décidément, tu n'as aucune imagination, mon chou. Tant pis, tu comprendras plus tard.
- Non, explique-moi…Sinon je vais y penser toute la nuit et ça va m'empêcher de dormir.
- Tant pis pour toi. Bon, ça suffit maintenant, fais-moi plaisir, mets-là sur ton pull et commandons maintenant, je meurs de faim. Tu sais, ce restaurant est réputé pour ses spécialités locales. Je te recommande particulièrement le poisson.

Le repas est parfait, mais je ne peux m'empêcher de ressentir une certaine appréhension quant à la fin de la soirée. Pourtant, une fois le dessert et le café avalés, je n'ai plus d'alibi pour prolonger éternellement notre présence dans ce restaurant. Ewan a senti ma gêne et me regarde avec amusement.

- Ne t'inquiète pas, je ne vais pas te faire le coup de la panne en rentrant.

Nous reprenons la route dans une nuit agréablement étoilée, qui vient se refléter dans l'eau des lochs, entre les collines aux crêtes argentées. La magie de ce pays est sans limites. Ewan prend ma main.

- Tu es bien ?

Je m'étire sur mon siège en soupirant d'aise.

- Oh oui…
- Alors détends-toi. Ecoute…

Exceptionnellement, il allume le radiocassette. La musique me prend instantanément, me touchant au plus profond. C'est une voix de femme à la fois chaude et claire, sur fond de mélodie ancienne, une complainte sobre et pourtant déchirante, qui fait perler des larmes dans mes yeux. Je sais qu'elle n'est pas là par hasard, que là aussi, il s'agit d'un message.

- Oh Iona…

Ewan a garé la voiture au bord d'un champ, se tourne vers moi et plonge son regard dans le mien. Ses lèvres se posent subtilement sur mon visage, mes cheveux, mon cou. Ses mains plongent dans mes cheveux et son propre soupir retentit en moi.

- Ewan…
- Nous partageons tout, nous ressentons les mêmes choses, toi et moi, tu comprends, Iona ?
- Oui… oui, mais…
- Non, écoute-moi… C'était une journée merveilleuse, aujourd'hui, non ?
- Mais si.
- Alors il n'y a aucune raison pour que nous montions nous coucher chacun de notre côté ce soir, tu ne crois pas ? Ça ne sert à rien de lutter contre notre destin.
- Mais de quoi parles-tu ? C'est ridicule.
- Oh non, Iona, non, c'est tout le contraire…
- Mais…

Je me retrouve soudain enfermée dans ses bras, sa main enserrant ma nuque, ses lèvres venant s'écraser sur les miennes sans que je puisse leur échapper. Durant quelques secondes, je me dis que je ne vais plus résister, que plus rien n'a de sens, que je veux cet homme et tant pis pour le reste. Il profite de cette infime seconde de faiblesse pour s'emparer avec voracité de ma bouche tout entière, en un baiser sans fin, avide, doux et sauvage, comme je n'en n'ai jamais connu de ma vie, brûlant comme une eau de vie.

Mais l'étau de ses bras m'étouffe, faisant soudain monter en moi la fureur, et même une vague panique devant cette démonstration de force.

- Ewan, arrête, tu me fais mal. Arrête, tu entends ? - Je hurle tandis qu'il me maintient contre lui. L'image de William MacLehan en train de maltraiter sa femme me vient à l'esprit.- Mais tu as trop bu ou quoi, qu'est-ce qui te prend ?

Il me lâche brusquement, remet la voiture en marche, sans faire d'autre commentaire. Mal à l'aise, cherchant désespérément des mots qui ne viennent pas, je m'enfonce dans mon siège. Ewan conduit en regardant droit devant lui d'un air buté, répondant par onomatopées aux quelques remarques anodines que je tente de faire. Aussi, je finis par m'abstenir, et le reste du trajet se déroule dans une ambiance silencieusement pesante.

Lorsque nous arrivons, il me retient par le bras alors que je m'apprête à monter directement me coucher.

- Excuse-moi. Je me suis conduit comme une brute et un crétin.

Devant son air triste, toute ma colère se dilue, m'engluant dans un magma d'émotions contradictoires.

- On n'en parle plus. C'est aussi de ma faute. Ewan...

Je dégrafe maladroitement la broche, faisant un petit accroc dans mon pull-over, lui tends le bijou :

- Je crois que je ne mérite pas ce cadeau. Tu devrais l'offrir à...à…

Il referme ma main sur la broche en secouant la tête. Un vague sanglot s'étouffe dans sa gorge.

- Ne sois pas stupide.

Il se dépêche alors de gravir l'escalier, sans se retourner.

Je *suis* stupide.

48

Le lendemain matin, j'évite le petit déjeuner commun et attends le départ d'Ewan pour descendre. Je commence même à entasser sans grande conviction quelques affaires dans ma valise. Je n'ai pas plus envie de partir que de rester. Je me sens lourde, inutile, et j'ai l'impression, une fois de plus, d'avoir fait un énorme gâchis. En rangeant mes affaires, je tombe sur la broche, posée sur la table de nuit, m'assieds sur le lit en l'observant, toujours aussi perplexe. Le précis d'art celtique dans le bureau d'Ewan me renseigne un peu plus tard : *"Motifs d'entrelacs, symbole de l'éternel recommencement"*. Je ne trouve rien d'autre, aucune autre gravure qui puisse me renseigner. Il y a quelque chose d'assez effrayant dans ce symbole, dans cette notion d'infini et d'inéluctabilité... Je devine, sans vraiment comprendre pourquoi il a voulu me faire passer ce type de message. Je n'ose pourtant pas lui poser plus de questions à son retour. Après le dîner, redoutant l'un comme l'autre de nous retrouver face à face, nous nous rendons à pied au village pour aller passer un petit moment au pub. Là, nous rencontrons quelques amis d'Ewan à qui il me présente.

En milieu de soirée, alors que je suis moi-même accaparée par un vieil homme qui me raconte des histoires embrouillées auxquelles je feins de comprendre quelque chose, je remarque qu'Ewan mène une conversation particulièrement chaleureuse avec une femme qui vient d'arriver. C'est une belle créature brune avec des yeux gourmands, assez grande, aux formes voluptueuses, féminine à souhait. Alors qu'elle lève sa main pour remettre en place le col de chemise d'Ewan, je surprends une caresse furtive, puis son regard croise le mien, un brin d'ironie s'y mêlant de curiosité. Enfin, je la vois entraîner Ewan vers un coin de la pièce, collant instantanément son corps au sien. Mon cœur fait un bond lorsqu'il l'enlace et penche son visage vers son cou. La vision de sa main sur la hanche de cette femme, de leurs bassins qui se collent l'un à l'autre, me fait singulièrement mal.

Il semble que je n'existe plus pour Ewan, tout à sa conversation et à son flirt avec cette femme. Je me décide finalement à aller le trouver pour le prévenir, lui disant de ne pas s'inquiéter, que je rentrerai à pied. Il hésite un peu, m'embrasse finalement en me souhaitant une bonne nuit. La femme me salue avec une sorte de courtoisie victorieuse. Une fois rentrée, je me couche avec tristesse. C'est une sensation particulièrement déprimante de me retrouver seule dans cette maison en pleine nuit.

Vers minuit, un bruit de moteur me tire de mon demi-sommeil, des exclamations et des rires retentissent au rez-de-chaussée, puis des pas montant l'escalier dans une sorte de cavalcade. La femme rit d'un petit rire saccadé, Ewan semble s'amuser beaucoup aussi. La porte de la chambre claque. Je ne peux m'empêcher de me lever et de dresser l'oreille, pieds nus dans le couloir. A entendre les gémissements et les cris de sa partenaire, si maîtresse d'elle même tout à l'heure au pub, je me dis qu'Ewan doit être un amant très doué.

Je dors très peu, me réveillant en sueur avec l'impression d'être malade, me relève pour absorber un somnifère. A l'aube, alors qu'il fait encore nuit noire, les voix se manifestent à nouveau dans l'escalier. Enfin une voiture inconnue démarre. Je m'extirpe du lit pour apercevoir à travers la fenêtre la femme brune qui s'éloigne au volant de sa Rover.

49

Je m'attable dans la cuisine, me sert une tasse de café. Une autre tasse, vide, est encore posée à côté d'Ewan. J'évite croiser son regard et reste la tête obstinément baissée. Il s'avachit sur la table, pour me regarder par en dessous.

- Bonjour, *cousine*. Tu as bien dormi ?

Il semble qu'il appuie à dessein sur cette appellation, comme pour me renvoyer à ma fonction première et définitive.

- Très bien.
- Tu veux des œufs ? Du porridge ?
- Non, merci.
- Des toasts ?
- Non, non, ça ira, merci.
- Une bise ?

Je secoue négativement la tête.

- Bon, alors je vais te faire une tartine.

Il attrape une tranche de pain, commence à la beurrer en sifflotant.

- Non, merci, laisse, ce n'est pas la peine, je te dis.
- Bon, très bien. Mais tu devrais arrêter de tourner ta cuiller dans ta tasse. Ça ne sert à rien, puisque tu ne mets pas de sucre.
- Je repose la cuillère brutalement sur la soucoupe
- Tu fais la gueule ?
- Non.
- Bien sûr que si. Mais tu pourrais au moins me regarder quand je te parle ?
- J'ai pas envie.

Il tape soudain du poing sur la table en se redressant.

- Et d'être aimable, *t'as pas envie non plus*, apparemment. Je ne vois pas ce que je t'ai fait.

J'ai un petit sourire en coin, involontaire, il se frappe alors le front de sa paume.

- C'est à cause d'Alicia ?
- Non... Enfin oui et non. Je crois que je ne me sens plus à ma place, ici. Tu as ta vie... Il vaut mieux que je reparte, je suis désolée.
- Mais ça alors, c'est trop fort. - Son accent se fait plus lourd lorsqu'il se met en colère, et je ne peux m'empêcher de sourire
- Ecoute, je ne comprends pas pourquoi tu dis ça. Je crois que j'ai tout fait pour que tu te sentes bien ici, j'ai passé avec

214

toi tout mon temps libre, nous avons parlé durant des heures, j'ai essayé par tous les moyens de te faire plaisir, et tu veux me punir parce que je me suis autorisé un peu de détente, cette nuit ?

- Tu appelles ça de la détente ?
- Ne me dis quand même pas que tu es jalouse, ça serait bien le comble, non ?

J'ai une grimace de dégoût en apercevant un suçon violacé dans le creux de son cou. J'ai soudain envie de hurler.

- Et pourquoi ça ? Tu vois bien d'ailleurs que passer du temps avec moi c'est apparemment un sacré pensum, puisque tu as tellement besoin de te "détendre", comme tu dis.
- Iona, tu es carrément emmerdante, parfois, tu as un caractère de vieille bique anglaise. Tu te retires dans ta coquille dès que je touche un de tes cheveux, tu sembles avoir une telle méfiance, pour ne pas dire une telle haine vis à vis des hommes que j'ai l'impression de payer pour tous les autres. Et c'est vraiment injuste, parce que moi, je me suis totalement ouvert à toi sans arrière-pensée. Et à plusieurs reprises, quand je t'ai dit que j'étais amoureux de toi, je n'ai pas su te le dire comme il fallait, mais pourtant c'était vrai. Je ne suis pas très doué pour les déclarations, mais je pensais que tu comprendrais.
- Tu voulais dire plutôt que tu avais envie de *coucher* avec moi, c'est différent. Et comme j'ai eu l'audace de ne pas me précipiter dans tes bras, tu t'es jeté sur la première venue. Ça n'a rien à voir avec de l'amour.

Il se lève et arpente rageusement la pièce, puis revient se planter de l'autre côté de la table, se penchant vers moi. Il semble en proie à une telle fureur que j'ai presque peur de lui.

- Ecoute, cette fois j'en ai vraiment très, très marre, et je n'irai pas par cinq chemins, je...
- Quatre. On dit "par *quatre* chemins".
- Si tu veux, peu importe. De toute façon, pour arriver à t'atteindre, c'est un vrai labyrinthe.. Merde alors, tu as un

sacré culot. D'abord, Alicia n'est pas la première venue. C'est une très bonne amie à moi, que j'aime beaucoup, une femme de grande valeur. Et...oui, nous prenons du bon temps ensemble pendant que son mari n'est pas là. Tu le savais, j'ai joué franc jeu avec toi. Comme vous dites en France, "y'a pas d'mal à s'faire du bien". Et elle au moins, c'est une vraie femme, pas une espèce de princesse de glace à manipuler avec des gants, nom d'un chien.

Je me lève, outrée, hésitant entre la gifle et claquer la porte. Je choisis l'insulte :

- Tu es un vrai salaud, une brute, et un obsédé, en plus.

- Non, un être humain seulement. Et je commence à me demander si tu sais ce que ça veut dire. On raconte que les Français sont les meilleurs amants du monde, mais alors si c'est vrai, je plains très fort les pauvres mecs qui tombent sur toi. Ils ont vraiment du boulot pour te décoincer. Moi, je ne suis pas assez bien, apparemment, puisque je ne suis qu'un paysan écossais mal dégrossi. Et puisque c'est comme ça, je jette mon tablier aux orties et mon kilt avec. J'en connais qui se contenteront très bien du reste. J'en ai vraiment trop marre de toi et de tes manières.

Il conclut sa phrase en flanquant un grand coup de pied dans la chaise, me faisant sursauter. Je m'entends répondre d'une voix blanche :

- Tu aurais dû m'avertir en m'invitant que coucher avec toi faisait partie du contrat. J'aurais réfléchi avant de signer.

Il blêmit et son regard se fait franchement hostile. Je recule alors qu'il s'approche, me saisit le poignet, son autre main levée. Durant une seconde, j'ai l'impression qu'il va me frapper. Ce n'est plus Ewan, mais William MacLehan que j'ai en face de moi. Mais il me lâche tout aussi soudainement, exaspéré. Sa voix tremble.

- Oh, Iona, tu sais quoi ? Tu fais parfois preuve d'une stupidité remarquable, et d'une méchanceté rare. Il n'y avait pas de contrat, comme tu dis, il n'y en a jamais eu. Mais bien sûr, le hasard des sentiments humains, l'espoir irraisonné à la vue

216

d'une photo qui vous bouleverse… au son d'une voix qui vous touche profondément, la magie d'une première rencontre tellement attendue, parce qu'on a pressenti qu'elle serait capitale, ce sont des choses qui te sont étrangères, n'est-ce pas ? Tu es... Tu n'as rien compris, Iona, rien compris.

Je le regarde, effarée, tandis qu'il se laisse retomber sur une chaise, enfouit sa tête dans ses mains, dans une attitude de total découragement. Sentant les larmes perler dans mes yeux, je m'assieds à mon tour.

- D'accord, tu as peut-être raison. Pardonne-moi. Je ne sais pas ce qui m'a prise, tu as bien le droit d'avoir toutes les liaisons que tu veux. Et je crois vraiment que je n'ai plus rien à faire ici. Je ne sais rien faire d'autre que tout gâcher.

Je me lève et me dirige vers la porte, mais il bondit de sa chaise, et, en deux enjambées, me barre le chemin, m'attire de force contre lui.

- Nom de nom, au contraire, tu as encore *tout* à faire ici. Tu le sais très bien. Pardonne-moi, j'ai dit d'énormes bêtises. Je veux que tu restes. Je viens de passer des jours formidables avec toi. Et j'en veux plein d'autres comme ça.
- Et pourquoi ça ? Je ne te fais que du mal. Et tu viens de me traiter d'emmerdeuse.

Il gémit en levant les yeux aux ciel.

- Mon Dieu, non seulement cette femme est obtuse, mais en plus elle est sourde. Mais moi, pour mon malheur, je suis accro. Je t'aime, grande nouille française. Tu n'as pas encore compris ?

Il a débité ces paroles comme si elles le brûlaient et qu'il devait s'en défaire au plus vite. Je ne peux m'empêcher d'être monstrueusement heureuse.

- Si, mais j'ai peur.
- Peur de quoi ? De tomber enceinte ?
- Ne plaisante pas. Peur de tomber *amoureuse*, tout simplement.

- Ah bon. Alors là je suis déçu, j'espérais malgré tout que tu l'étais déjà un peu. Sinon tu ne m'aurais pas fait cette scène de jalousie, car c'en était bien une non ?

- Tu sais très bien ce que je veux dire.

- Oui, mais c'est absurde. Et au moment même où tu te poses ce problème, tu sais que c'est déjà trop tard. C'est comme si tu noyais ton propre enfant à la naissance, par peur de ce qui pourrait lui arriver de mal dans l'avenir, où si une fois installée dans un restaurant, tu décidais de t'en aller, redoutant que le cuisinier ait pu cracher dans le ragoût que tu viens de commander. Mon Dieu, je crois que tu aurais dû vivre dans une pièce de Corneille. Là au moins, tu aurais été dans ton élément.

- Imbécile. Triple andouille.

- Casse-tête. Casse-couilles.

Il me lâche en riant pour s'asseoir sur la table, les pieds sur une chaise, croisant et décroisant ses mains en faisant craquer ses articulations.

- Bon, écoute. On va se calmer un peu maintenant, laisser les choses s'ordonner dans nos têtes. Et dans les prochains jours, ce sera toi qui décideras de la suite, ce sera toi qui devras prendre l'initiative. Moi j'en ai marre de me prendre des claques, tu dois le comprendre, je ne suis pas maso. Cependant, je te signale que tu ferais une grosse erreur en ne nous donnant pas une chance. Tu ne sais pas ce que tu perdrais. Je suis un article unique, tu sais !

- Oh, Ewan, tu es un indécrottable optimiste. Et je crois que finalement je t'adore.

Il s'effondre sur la table en éclatant de rire, les bras en croix, comme foudroyé.

- Quoi ? Je n'en crois pas mes oreilles. Redis-le. C'est la première chose gentille que tu m'aies dite aujourd'hui.

- Je t'adore.

- Encore.

- Je t'adore, tu es merveilleux. Voilà, ça te va, comme ça ?

Il fait une petite moue.

- Hum hum, d'accord, ça ira pour aujourd'hui. Mais tu ne t'en tireras pas indéfiniment à si bon compte, ma belle. - Il regarde la pendule - Oh merde! Déjà sept heures ! Il faut que je file. Le car et les gamins vont m'attendre, je vais encore me faire engueuler. Oh, Iona, viens à Glasgow avec moi.
- Non.
- J'ai veux que tu viennes. Je vais passer deux très mauvais jours sinon, je vais ressasser notre dispute sans arrêt.
- Mais non. Tu n'en auras pas le temps. Et je dois vraiment rester un peu seule pour réfléchir.

Il me menace du doigt.

- N'en profite pas pour faire ta valise et te sauver. Il faut vraiment qu'on reparle de tout ça quand on se sera calmés. Iona, dis moi que tu n'as pas ça en tête ?
- Bien sûr que non. Je serai là demain soir. Je nous préparerai même un bon dîner, si tu veux. D'accord ?
- D'accord.
- Alors file, maintenant.
- Embrasse-moi avant. Faisons la paix. Sinon je ne partirai pas tranquille. Je t'en prie...

Oh, Ewan, je n'ai pas vraiment envie de t'embrasser. Tu as encore sur le visage les traces de cet amour étranger, l'ombre de cette femme trop belle. Mais comme si tu sentais ce que je pense, tu souris et ton sourire me bouleverse. J'y appose un furtif petit baiser, ébouriffe encore un peu plus tes cheveux du plat de la main, te tend ton blouson en te poussant vers la porte.

Restée seule dans la cuisine, je m'aperçois que tu as oublié ton pull-over sur le dossier de la chaise. Je m'en empare, y enfouis mon visage, m'emplis de ton odeur, et je réalise que je t'aime, immensément, irrémédiablement.

50

Cette journée-là est étrange.

Tout d'abord, il est clair que je souffre cruellement de l'absence d'Ewan. Mais je cherche encore à me raccrocher à mes résolutions antérieures, voire à trouver auprès de quelqu'un l'absolution pour les abandonner définitivement. Alors je téléphone à Pierrette, puis à Marianne, sans succès. Il faut justement que ce jour-là, l'une soit partie en déplacement à Marseille, et l'autre tout bonnement introuvable. J'en arrive à les détester. Je me sens abandonnée de tous, devant ma tasse de café refroidie.

Je pense d'abord à sortir, enfiler mon survêtement et courir le long du lac pour évacuer les toxines de mes émotions. Mais je sais que c'est ici même que je dois livrer ma guerre. Alors je me mets à ranger et nettoyer la cuisine, avec fureur, traquant la moindre miette, la moindre tache. Ensuite, c'est le tour du salon, où je m'attaque à la poussière, aux coussins en désordre et aux cendres entassées dans la cheminée. Enfin, un aimant pernicieux m'attire à l'étage. Après avoir rapidement rangé ma propre chambre, je pousse résolument la porte de celle d'Ewan.

Oreiller jeté au sol, draps et couette dans le plus parfait désordre, verres et bouteille de whisky posés à même le parquet, entre vêtements et sous-vêtements d'Ewan, tout atteste de la nuit agitée dont j'ai perçu les échos. Il y a aussi un cendrier et un mégot maculé de rouge à lèvre sur la table de nuit. Et puis il y a cette odeur écœurante de corps échauffés, d'alcool, de sexe et de fumée. Une sorte de hoquet de nausée monte en moi, se terminant en sanglot de rage. Dans la salle de bains, une brosse négligemment posée sur le rebord du lavabo porte de longs cheveux noirs. Je la jette à la poubelle et ramasse le peignoir d'Ewan, tout mouillé et froissé, abandonné sur le sol.

Ma colère s'enfle et me propulse vers la fenêtre que j'ouvre en grand. Cette femme brune a fait l'amour avec Ewan, elle lui a donné le plaisir que j'aurais dû lui donner. C'est par moi qu'il aurait dû avoir ces rires, ces gémissements, et ces cernes ce matin sous les yeux. Et cette femme, bien plus belle, plus désirable et plus adroite aussi, a bien dû s'amuser, me trouver sotte et ridicule. Comme elle a dû triompher de me savoir seule dans la chambre d'invités, alors qu'elle-même retrouvait sa place dans les bras d'Ewan et dans son lit, comme il se devait d'une vraie maîtresse, et non d'une vulgaire touriste de passage.

Je m'empare de la literie, enlève taies d'oreiller, draps et housse de couette, les froissant de fureur. J'aimerais les brûler. Je me contente de les descendre à la buanderie, avec le peignoir, les serviettes et le linge d'Ewan. Puis je mets la machine en marche et remonte avec des draps propres. Après avoir vidé le cendrier, passé l'aspirateur, nettoyé la salle de bains à grande eau, j'entreprends de refaire le lit, le lit de *mon* homme désormais.

Et s'il ne voulait plus de moi ? Si, en réfléchissant durant ces deux jours, il s'apercevait que cela n'a aucun sens, et que finalement, la vie avec sa maîtresse habituelle est bien plus facile et plus confortable ? Il lui téléphonera peut-être, ce soir, et je serai à nouveau exclue de cette complicité, de cette intimité. Et s'il voulait juste m'avoir dans son lit, au moins une fois, simplement par sens du défi, mais qu'il me laisse partir ensuite avec indifférence, après m'avoir consommée ? Un doute pernicieux vient danser dans ma tête, me soufflant que je suis une pauvre idiote, que je ne suis pas de taille à lutter contre Ewan, contre cette Alicia, et contre la vie en général.

Je tremble d'angoisse, avale aussitôt un tranquillisant, avant de trouver naturellement refuge dans le grand lit, serrant contre moi le pull-over remonté de la cuisine. En fermant les yeux, je revois le regard si doux qu'Ewan a eu en me quittant ce matin, ce regard chargé d'espoir, ce sourire qu'il n'a que pour moi, j'en donnerais soudain ma main à couper. Sa voix ne mentait pas non plus. Il peut être obstiné, coléreux, maladroit, mais jamais hypocrite. Je gémis en éprouvant soudain une sensation de manque épouvantable. J'aurais dû partir avec lui. Et s'il ne revenait pas ?

Un accident est trop vite arrivé. Si pour une raison ou une autre on ne se revoyait jamais ? Je ne peux pas supporter l'idée de l'avoir peut-être perdu avant même de l'avoir aimé.

Il m'a dit "je t'aime", si vite, si furtivement, mais avec ce regard tellement pur et brillant, il s'est donné à moi, et je n'ai pas su le prendre, je l'ai bêtement laissé partir, déconcerté, déçu. Mon Dieu, si Pierrette me voyait... Mais même invoquer ma meilleure amie ne m'est d'aucune utilité aujourd'hui. D'ailleurs, elle reste obstinément muette dans ma tête. Elle désapprouverait de toute façon cet énorme gâchis. Je ferme encore les yeux, j'enfouis mon visage dans l'oreiller, serrant le pull contre ma joue. Les yeux bleus d'Ewan me sourient à nouveau. Confiance... disent-ils, fais moi confiance... D'autres yeux s'y superposent. Ces yeux un peu fatigués, mais encore pétillants d'un certain soir de Noël. Lucie aurait dit... Elle m'a souri, comme si elle avait su d'avance qu'en mourant elle me traçait la voie vers cet homme.

Le soir venu, j'attends en vain un hypothétique coup de fil d'Ewan et je suis atrocement déçue. Je ne sais pas moi-même où le joindre, aussi je passe une nuit d'angoisse dans la maison silencieuse, repassant dans ma tête inlassablement le film de mon existence, de mes erreurs et de mes échecs.

Le lendemain, je m'éveille pourtant allégée. Il me semble que la maison, encore hostile le soir précédent, me sourit avec bienveillance. Le loch se plisse sous le souffle d'un vent incisif venu du Nord et les choucas protestent avec indignation. Le ciel a d'étranges allures de crème fouettée. Le facteur passe pour dire qu'il n'y a pas de courrier et me salut avec jovialité, puis poursuit sa route à bord d'une rutilante camionnette rouge. Me souvenant qu'une bonne randonnée est souvent le meilleur moyen de remettre mes idées en place, j'entreprends une longue marche thérapeutique le long de la côte, arpentant avec défi la lande assiégée par un océan déchaîné, résistant contre le vent qui semble vouloir me repousser à chaque pas. Je ressens une jubilation masochiste à combattre les éléments qui me malmènent et m'acculent à ma propre vérité.

222

Je reviens à *la maison*, vidée de ma rage et de mes rancœurs, mes peurs ne me font plus peur. Pour la première fois depuis de longs mois, j'offre à mon propre corps une longue séance narcissique, usant de l'arsenal complet de mes accessoires et produits de beauté. La peau douce et parfumée, le cheveu lustré, la silhouette mise en valeur par des vêtements judicieusement choisis, je suis alors prête à passer à l'étape la plus décisive de toute ma vie.

51

Mais à son retour, je retrouve un Ewan fatigué et tendu.

- Oh, Iona, j'ai cru que j'allais devenir dingue. Les gosses ont dû sentir que je n'étais pas dans mon assiette, ils en ont profité pour me vider de mon énergie, comme des sangsues. Et l'un des parents qui devaient accompagner le groupe avec moi manquait à l'appel pour cause de grippe. Heureusement, Steve m'a donné un coup de main pour maîtriser cette bande de vauriens. Il a dû faire un gros effort, car les musées, ça n'est pas trop sa tasse de thé, à lui qui s'était réjoui d'aller voir pendant ce temps l'entraînement des Rangers au stade. Et puis on a eu plusieurs averses, on n'a pas pu pique-niquer dans le parc comme prévu, et on s'est réfugiés dans une cafétéria ignoble. Cette nuit, je n'ai presque pas fermé l'œil, un des gosses toussait à fendre l'âme, j'ai dû me lever plusieurs fois pour le soigner. Et je me suis gelé parce que j'avais oublié mon pull. Et pour finir l'un de ces petits porcs a vomi dans le car en rentrant, jusque sur ma chemise. - Il montre une tache mal nettoyée sur le vêtement qu'il entreprend de déboutonner, soupire et ajoute dans un sourire un peu timide : Mais c'est bon que tu sois là. Et ce sont les vacances maintenant.

En le contemplant, torse nu, sa chemise à la main, les traits tirés, je me sens fondre. Je m'approche et pose la main sur sa poitrine. Il empeste la sueur froide et le vomi mais cela m'est bien égal. Je prends sa main pour l'entraîner vers le petit salon.

- Viens t'asseoir. J'ai préparé à manger, et je vais nous servir l'apéritif.

Il a un infime mouvement de surprise et de recul lorsque je l'embrasse sur les lèvres.

- Ça va bien, Iona ?
- Très bien.
- Qu'est-ce que tu as fait pendant tout ce temps ?
- Tu le sauras plus tard, viens.
- J'arrive, mais d'abord je vais prendre une douche. Je ne peux plus me sentir. Mais toi, tu es magnifique et tu sens tellement bon…

Il enfouit un court instant son visage dans mes cheveux, presse ses doigts sur ma nuque avec un soupir et regarde soudain autour de lui.

- Qu'est-ce qui s'est passé ici ?
- Je me suis un peu occupée.

Il approuve simplement :

- Bonne idée. Il y a un bon bout de temps que je n'avais pas fait le ménage.

Il monte à l'étage mais redescend presque aussitôt en dévalant l'escalier. Il a rougi et a un regard gêné de petit garçon qui aurait fait des bêtises.

- Iona, pourquoi aussi ma chambre ? Là, tu n'aurais pas dû. C'est indécent, je l'avais laissée dans un tel état...

Maintenant ou jamais. Je rassemble tout mon courage, noue mes mains autour de son cou :

- Tu crois que je voudrais dormir dans des draps sales ?

Il écarquille alors les yeux, sourit en posant ses mains sur mes épaules et dit très posément, comme s'il expliquait quelque chose à l'un de ses élèves :

- Iona, écoute, ça... ça ne fonctionne pas comme ça. Je... j'ai beaucoup réfléchi aujourd'hui...

Je retiens mon souffle, dépitée. *Bien sûr, ça ne pouvait pas être autrement. Il a changé d'avis.*

- Oui, j'ai réfléchi, enfin... quand j'en ai eu le loisir. Je ne suis pas très fier de ma conduite, surtout envers Alicia. Je n'avais pas le droit de me servir d'elle comme je l'ai fait. Et on ne passe pas d'une femme à l'autre, comme on change de draps, sans se préoccuper des dégâts.
- Ce qui veut dire ?
- Ça veut dire tout simplement que je dois assumer mes responsabilités.
- Mais...

Il m'attire dans ses bras, et je sais alors que tout va bien.

- Je veux faire les choses proprement, tu comprends ? Je voudrais que ce soir nous fassions une petite trêve. Et puis j'ai envie de me faire un peu désirer à mon tour. J'en ai bien le droit, non ?

Alors il reste encore un espoir. Il veut peut-être encore de moi.

- Bien sûr.
- Après dîner, il va falloir que je m'absente un moment un moment.

L'appréhension revient m'envahir :

- Alicia ?
- Oui.
- Mais pourquoi ?

Il resserre encore un peu plus ses bras autour de moi, embrasse doucement mes lèvres.

- Tu sais bien pourquoi.
- Tu seras absent longtemps ?
- Le temps qu'il faudra. Cette soirée lui appartient. Mais demain, toi et moi, on... on part en ...voyage.

Il a une façon déchirante de prononcer le mot "voyage". Je pourrais insister, lancer une grande offensive amoureuse, l'entraîner vers la chambre, mais je le connais trop bien à présent pour ignorer sa détermination.

- Bon, pendant que tu te décrasses, je vais nous servir à boire. Que veux-tu ?
- Exceptionnellement, je prendrais bien un petit whisky . Le pur malt qui est dans le petit meuble d'angle, s'il te plait.
- Sec ?
- Bien sûr. - Il prend ma taille dans ses mains, m'embrasse dans le cou, redevenant malicieux un court instant - Tu sais, il y a deux choses que les Ecossais préfèrent toutes nues. Le whisky en est une.

Nous dînons rapidement, mais il ne touche presque à rien et n'émet que de rares paroles, le regard traqué. Puis il part comme annoncé. J'ai très peur qu'il change d'avis. Cette femme fera sûrement tout pour l'en convaincre, et elle a un sacré arsenal en son pouvoir. Mais il revient trois heures plus tard, alors qu'entre temps j'ai avalé deux tranquillisants, lu la moitié d'un livre sans rien y comprendre, dressé l'oreille à chaque bruit venant du dehors, bondi plusieurs fois en vain vers la fenêtre, croyant entendre un moteur. J'ai un sanglot de bonheur en apercevant enfin sa voiture, et mon cœur cogne jusque dans ma tête lorsque j'entends ses pas dans l'escalier. Je me recouche en hâte. Qu'on ne me dise jamais que les maladies psychosomatiques n'existent pas. Les émotions que me fait vivre cet homme font de mon corps un volcan, et je suis sûre qu'il pourrait y provoquer par ses seuls actes un ulcère ou un cancer. Mais il court en montant, il a hâte aussi de me retrouver. Il ouvre la porte. C'est à peine si j'ose encore respirer tandis qu'il me sourit gravement.

- Tu ne dors pas encore ?
- Non, je t'attendais. Je m'inquiétais un peu.

Il s'avance au milieu de la pièce, les bras ballants, paumes tournées vers moi.

- Tu n'avais aucune raison de t'inquiéter. Tu n'en auras plus jamais.

Son expression bouleversée, sa voix cassée m'arrachent un sanglot de tendresse. Il s'assoit sur le lit, caresse mon visage. Je l'embrasse, éperdue de gratitude. Il n'a rien d'un Don Juan ce soir, avec ses yeux rougis et cernés, ses cheveux hirsutes. Mais je suis éblouie de le sentir là, tout près.

- Tu es triste ?
- Oui, un peu. Et je crève de trouille autant que toi, parce que je ne sais pas ce que ce foutu avenir nous réserve, mais je suis heureux quand même.

Il m'illumine de son sourire en me prenant dans ses bras.

- Je t'aime, Ewan.
- Je sais.

Sa tête vient glisser jusque sur mon ventre, je la caresse longtemps, longtemps. Il a de grands soupirs de bien être. Au bout d'un long moment, il se redresse, m'embrasse et disparaît.

52

Il me réveille à l'aurore. Avant même d'ouvrir les yeux, j'ai senti sa main dans mes cheveux, ses lèvres sur mon front. Assis sur le bord du lit, il me frictionne l'épaule pour me faire sortir de ma torpeur.

- Déjà ?
- Oui. Il faut qu'on parte avant que le soleil ne se lève. Je veux te montrer quelque chose. Une surprise. Tu as bien dormi ?
- Oui. Et toi ?
- Superbement. Je crois que j'en avais bien besoin.

De fait, il parait à nouveau en pleine forme, fraîchement douché et rasé de près, l'œil pétillant. Je m'assois et noue mes bras autour de son cou, si fière d'être bientôt à lui. A cet instant précis, il pourrait faire exactement de moi ce qu'il veut. Il semble hésiter un instant, mais se lève résolument.

- Allez, lève toi vite, grosse flemmarde. On prendra le petit déjeuner un peu plus tard, j'emporte ce qu'il faut. Je t'attends en bas.

227

Lorsque nous nous mettons en route, la montagne et le lac sont encore fondus en un savant dégradé de la même teinte brunâtre. Nous longeons la rive, bifurquons ensuite dans une surprenante vallée aux allures fantasmagoriques dans la lumière de l'aube. La route s'avère d'une étroitesse redoutable, mais il n'y a personne à croiser.

- Voici le Glen Torridon, une ancienne vallée glaciaire. On dit que c'est la plus vieille vallée du monde. C'est en tout cas un des rares paysages restés intacts depuis des millénaires. Certaines des montagnes que tu vois ont six cent millions d'années. On y trouve des aigles, des faucons, des chats sauvages et des cerfs. Un jour que j'étais seul en promenade ici, un cerf m'a pratiquement coupé le chemin. C'était un instant magique.

Il chuchote en disant cela, arrête le moteur, éteint les phares. Lunaire, le paysage incite au silence. Nous contemplons les longues parois de calcite du Ben Eighe qui scintillent sereinement, sous le petit matin. Aucune habitation, aucun être vivant en vue. Le monde entier s'est retiré, nous laissant seuls au beau milieu de cette immensité originelle. Je sens sa main se poser sur ma cuisse avec délicatesse, puis exercer une légère pression des doigts, comme pour me communiquer quelque chose. Il a vers moi un sourire énigmatique lorsque je pose la mienne par dessus, serrant ses phalanges de la même façon. J'ai plus que jamais cette impression un peu mystique d'intemporalité.

Nous reprenons la route pour gravir un col qui semble prendre un malin plaisir à nous présenter sans cesse de nouveaux détours, de nouvelles épingles à cheveux avec lesquelles se Ewan se débat. Il semble soudain très pressé, guettant le ciel avec une sorte d'anxiété.

   - On arrive. Voici Bealach-na-Bò, le "Col de Bœufs".

Au sommet, il m'entraîne presque en courant pour escalader une petite colline menant vers le point de vue.

   - Vite, vite, le soleil va se lever…

Il a prévu une sorte de bivouac : Couvertures, sacs de couchage, provisions. Amusée, je le regarde faire tandis qu'il installe le tout avec soin, comme pour une sorte de rituel. Il me fait asseoir devant lui, nous recouvre d'un plaid avant de m'encercler de ses bras et de ses jambes. Son visage contre le mien, il montre du doigt l'horizon.

- Voilà, maintenant, place au spectacle. Là-bas, regarde, il arrive.

Il frictionne mes épaules et mes bras du plat de ses mains.

- Ça valait la peine, non ?... Tu vois, en face, c'est l'île de Skye. Comme la mer est calme... On sera là-bas, ce soir. Maintenant, ils ont construit un pont. Mais autrefois on ne pouvait s'y rendre qu'avec le bac. Et au bout de l'île, ces montagnes bizarres, ce sont les Cuillins, les "Montagnes Inutiles". On ira s'y promener, si tu veux.

Je suis pétrifiée. C'est trop de beauté à la fois. Je pense en regardant l'île : *"C'est là-bas que nous aurons notre première nuit"*.

Ma tête repose dans le creux de son cou, et ses bras me serrent un peu plus, je n'ai jamais connu un tel sentiment de sécurité, de bien-être dans les bras d'un homme. A présent, un chapeau d'or incandescent vient coiffer les sommets. Petit à petit, la mer se réveille.

- Regarde, le Loch Torridon s'éclaire maintenant. Regarde bien et dis-toi que ce jour est à marquer d'une pierre blanche. Moi je veux me souvenir toute ma vie de chacune de ces minutes.

A présent, l'eau a pris une teinte violine, entre les chapelets d'îles encore toutes fumantes de brume et les silhouettes argentées des montagnes côtières.

Ewan chuchote très lentement, semblant peser chaque mot :

- *Anail a' Ghaidheil, air a' mhullach !*
- Pardon?
- C'est un proverbe celte : "Là où le Gaël respire, sur les sommets !" Sens comme l'air est bon, ici ! On a de la chance, le ciel est dégagé. - Il murmure dans mon oreille, me berçant entre ses jambes : On va avoir une belle journée, mon amour.

Je frissonne de volupté, alors qu'il embrasse ma nuque, enfouissant son visage dans mes cheveux. Tout est effectivement très simple, maintenant.

Je m'étire tandis qu'il se lève pour prendre le sac à dos dont il sort un thermos. Il me tend un gobelet de café et un morceau de gâteau.

- Tu as vraiment pensé à tout. Tu ferais un guide exemplaire.

Il me jette un regard de défi.

- Non, j'ai simplement décidé que *tout* serait parfait, aujourd'hui.

Nous mangeons et buvons en contemplant pensivement le paysage. Il n'y a toujours pas âme qui vive autour de nous. Je m'aperçois que j'ai oublié de prendre mes médicaments et fouille alors dans le petit sac à dos que j'avais préparé la veille.

- Ne cherche pas, ma chérie. Sa voix prend une inflexion très douce, mais ferme à la fois. Tu sais, ce matin, j'ai résolu l'énigme de la Belle au Bois Dormant.

- Qu'est-ce que tu racontes ?

- J'ai fouillé dans ton sac pendant que tu dormais encore. Je me doutais de quelque chose. Alors j'ai tout fichu à la poubelle : tes antidépresseurs, tes somnifères, toutes ces cochonneries qui te font dormir tout le temps.

D'abord interdite, je me mets à hurler. La magie est rompue.

- Oh non, je n'arrive pas à le croire ! Tu as un sacré culot. Tu te rends compte de ce que tu m'as fait ? Je ne *peux* pas arrêter comme ça.

- Il le faudra bien, pourtant.

- C'est tout ce que tu trouves à dire ? Tu ne t'excuses même pas ?

- Sûrement pas. C'est la meilleure chose que j'ai faite depuis longtemps.

- Mais de quel droit ?

- Je me fous du droit que j'ai ou que je n'ai pas. Je veux que tu arrêtes de t'anesthésier, je veux que tu éprouves de vrais désirs, de vraies sensations, de vraies douleurs. Je veux que tu me fasses enfin l'amour. Mais je ne suis pas nécrophile, je te veux bien vivante.

- Je ne vais plus dormir.
- Tu as assez dormi.
- Je vais pleurer tout le temps.
- Eh bien tu pisseras moins. Et je serai là pour te consoler.
- Je vais devenir insupportable.

Il éclate de rire.

- Encore plus ?
- Je vais te mordre, te gifler, te...
- Ce n'est pas grave, j'ai la peau dure.
- Te détester.
- Et moi je vais tellement t'aimer que tu oublieras ces saloperies.

Je l'implore :

- Oh, Ewan, je ne peux pas, tu comprends. Je vais devenir dingue. Il faut faire quelque chose, il faut trouver une pharmacie...Je t'en prie...
- Non.

Il m'étreint à nouveau, et je me détends aussitôt sous ses caresses.

- Là, là... Tout ira bien. Tu peux te passer de tout ça, je te jure que tu peux. Pour commencer, on va finir notre nuit, ma petite marmotte française.

Il installe un vrai lit avec tout ce qu'il a à disposition, enroulant duvets et couvertures autour de nous, m'attirant contre lui. Son regard pétille.

- Tu vois, j'ai quand même réussi à te mettre dans mon lit.
- Félicitations.
- Alors embrasse-moi. Un *vrai* baiser.

Couché sur le dos, son bras replié sous la tête, il ferme les yeux, dans l'attente de mes lèvres sur sa bouche. Il a le sourire extasié d'un enfant à qui l'on annoncerait l'arrivée imminente du Père Noël. Je commence par lui donner plusieurs baisers légers, tandis qu'il s'approche à ma rencontre pour les cueillir. Il pousse de petits gémissements étranges :

- Aye... aye, aye !

Je m'écarte en riant, déconcertée.

- Quoi, aie aie ? Tu as les lèvres gercées ? Un herpès ?
- J'ai pas dit "aie", petite dinde, j'ai dit "aye", ça veut dire "oui", en écossais. Oh, ne t'arrête pas, embrasse-moi, dévore-moi...

Il s'accroche à mon cou, battant des cils à toute vitesse avec un sourire suggestif. Je me sens fondre.

- Oh mon Dieu, Ewan. C'est impossible de ne pas t'aimer. Je suis en train de tomber raide dingue de toi.
- Tu en as mis du temps, mais chut maintenant, embrasse-moi. J'en veux encore. Je suis très, très gourmand, tu sais.

J'obéis tandis qu'il m'enlace avec détermination, ouvrant sa bouche sur la mienne. Avec avidité, je retrouve la chaleur de ce premier baiser que je n'ai pas su accepter. Rivée à lui, je me surprends à lui répondre avec une ardeur que je ne me connaissais pas. Un désir ravageur me terrasse. Entre deux baisers il me lance des regards éblouis qui me bouleversent. Je m'émerveille d'aimer à ce point son odeur, le goût de sa bouche, la caresse de ses mains qui s'immiscent sous mon pull, d'éprouver déjà une telle sensation de vertige. J'ai envie de pleurer et de rire en même temps.

- J'ai tellement envie de toi...
- Moi aussi. Ce soir, mon chéri...
- Non, maintenant. Maintenant.

Déjà, il se renverse sur moi, enfouissant sa tête dans mon cou. Je ris de sa fougue, l'enserrant à mon tour de mes bras et de mes jambes, heureuse à hurler. Sous mes vêtements, ses mains parcourent inlassablement mes épaules, ma poitrine, mon ventre, tentant de se glisser sous mon pantalon. Je gémis de bien-être en sentant son grand corps lourd se presser sur le mien.

- Bon sang, au diable ces foutus jeans. Tu ne pourrais pas porter des jupes et des porte-jarretelles, comme toute femme respectable ?
- Mais je n'en suis pas une.
- Oh, je le sais bien, pour mon grand malheur.

Il se débat un court instant avec les boutons métalliques, et soudain je sens ses doigts se glisser entre mes cuisses et me caresser, m'explorer, sans hésitation. Le plaisir me surprend par sa rapidité et sa violence. Je ferme les yeux et me cramponne à ses épaules.

- Non, regarde-moi, regarde-moi, je veux que tu me regardes.
- Oh Ewan...
- Oui, oui, je t'aime.

Mais un bruit de moteur nous fait sursauter en même temps. Ewan se dégage, se dresse sur ses avant-bras, levant la tête pour guetter l'ennemi derrière la colline.

- Oh non... S'il s'arrête, je te jure que je l'attrape et que je le balance dans le ravin.
- D'accord.

Une portière claque. Nous nous asseyons et tendons le cou pour regarder. Un homme s'éloigne dans la direction opposée, suivant son chien qui file vers la lande.

- Le danger est passé, mais peut-être pas pour longtemps.

Nous nous rallongeons, hilares, échangeons un nouveau baiser. Je me demande s'il est possible d'être encore plus heureuse que je ne le suis en cet instant, tandis qu'il me fixe longuement, son regard rivé au mien, m'adressant un millier de messages muets. Il enfouit soudain sa tête sous mon pull-over, et brusquement je sens sa bouche sur mes seins, et ses mains qui reviennent fouiller mon corps, avides. Je crie mon désir, glisse à mon tour mes mains sous ses vêtements. Sa peau est étonnamment satinée, brûlante sous mes doigts. Je ne peux plus attendre de le sentir enfin en moi. Mais tandis que je tente de défaire sa ceinture, un aboiement retentit tout près de nous.

J'éclate de rire en voyant son air furieux, ses cheveux en bataille.

- Sacré nom de Dieu, je sens que je vais faire de la pâtée de ce maudit cabot.
- Je crois qu'il va vraiment falloir qu'on attende ce soir.
- Avec un peu de chance, on pourra avoir la chambre plus tôt.

Nous rectifions fébrilement notre mise et nous asseyons. L'homme s'approche, tandis que le chien bondit autour de ses jambes. Il a un air un peu surpris en nous apercevant, mais ne renonce pas pour autant à venir contempler la vue. Il semble même avoir envie de lier connaissance et fait un brin de causette avec nous. Comme il finit par s'asseoir sur un rocher tout proche, sortant un sandwich et une gourde de son sac, Ewan me chuchote dans l'oreille :
- Viens, je crois qu'on est obligés de lever le camp. C'est une conspiration.

Nous plions bagage et prenons congé poliment de notre voisin indésirable. En regagnant la voiture, Ewan me pince les fesses :
- Ne change pas d'avis en route, et ne t'endors pas, ou je te jette de la première falaise que je trouve.

53

Nous arrivons à Skye beaucoup plus tôt que prévu, ignorant les étapes touristiques qu'Ewan avait prévues. Mais nous devons faire encore une bonne trentaine de kilomètres avant de trouver l'hôtel où il a réservé. Il s'agit en fait non pas d'un hôtel classique, mais d'une sorte d'une belle demeure ancienne transformée en maison d'hôtes, et qui ne doit pas comporter plus d'une dizaine de chambres, dans un immense jardin entourant une crique.
- Sunny Lodge, voilà, nous y sommes.
Il prend les bagages et m'entraîne vers la réception. Personne en vue à l'intérieur. Il appuie plusieurs fois sur la sonnerie qui se trouve sur le bureau d'accueil. Sans réponse.

- Bon sang, mais c'est le château de la Belle au Bois Dormant ici, ou quoi ? crie-t-il.

Une petite fille en salopette dévale les escaliers, le considérant avec un mélange de crainte et de désapprobation.

Penaud, Ewan s'incline devant elle avec respect :

- Bonjour Demoiselle. C'est donc vous la Princesse ! Je suis enchanté. Moi, je suis seulement le Chat Botté. Le Prince Charmant arrive, je l'ai vu tout à l'heure, il a juste crevé un pneu.

La fillette hésite un peu, émet un gloussement et marmonne quelque chose que je renonce à comprendre.

- Elle a dit que sa mère revenait bientôt, qu'elle était partie faire une course et qu'il fallait attendre dans le salon, traduit Ewan. C'est bien notre chance. Et si l'on chipait simplement une de ces clés, sur ce tableau ?

Un petit raclement de gorge nous interrompt quelques minutes plus tard, alors que nous sommes en train de nous embrasser fougueusement devant la fenêtre.

- Une seule chambre ? Demande la femme qui se tient dans l'embrasure en souriant d'un air entendu.

Ewan acquiesce avec un grand sourire qui bafoue toute décence et chuchote à mon oreille :

- J'en avais réservé deux, au cas où. Mais communicantes. Une suite familiale. Je crois que finalement je vais faire des économies. On prendra la familiale quand on aura fait cinq ou six marmots.

L'hôtesse prend une clé sur le tableau du hall d'entrée.

- Voudrez-vous dîner, ce soir ? Le menu est posé dans votre chambre. Le repas est servi à sept heures. Pour le déjeuner, je peux vous conseiller un restaurant ou un pub, pas très loin d'ici. Je ne fais que la demi-pension. Mais je peux éventuellement vous servir des sandwiches et du thé.
- Nous verrons. Merci.

- Je vous ai donné la plus belle chambre. Elle est plus petite, mais plus jolie que la familiale. Pour l'instant, vous êtes nos seuls clients.

Un homme nous croise dans le couloir, qu'elle nous présente comme son mari, et qui jette un coup d'œil amusé à Ewan. Je suis son regard et chuchote à l'oreille de mon compagnon :

- Tu as deux brins d'herbe dans les cheveux. Près de la tempe gauche.

Malgré les protestations à peine polies d'Ewan, la jeune femme tient à nous accompagner à l'étage et à nous ouvrir la porte de la chambre. La pièce est agréablement décorée, avec de vieux meubles, quelques belles marines, des vases de porcelaine. C'est un peu comme si nous étions chez des amis qui nous auraient donné la chambre d'invités. Un grand lit nous sourit, regorgeant de coussins et de dentelles à l'ancienne.

- Cela vous convient-il ?
- Oui, oui, très bien. Merci. Au revoir.

Il referme la porte avec précipitation, poussant presque la femme hors de la pièce, et s'assoit sur le lit.

- Ouf ! Enfin seuls ! Oh mon amour, viens. Tu veux toujours de moi ?
- Euh, eh bien finalement je ne sais pas trop... Le maître de maison n'a pas l'air mal non plus, je vais peut-être réfléchir...
- Tu veux que je t'étrangle ? Viens ici tout de suite.

Il m'attrape à bras le corps pour me renverser sur le lit, se penche sur moi. Il a l'air ému tout à coup.

- J'ai presque le trac maintenant, j'ai le cœur qui bat à toute allure, tiens, sens.

Il prend ma main pour la poser sur sa poitrine, plonge son regard dans le mien éperdument. Son accent s'est fait plus fort, sa voix tremble un peu. A présent, c'est lui qui a besoin d'être rassuré, cajolé. Je lui caresse les cheveux, étranglée de tendresse.

- Oh, Ewan, tout va bien.
- Bon, assez rigolé maintenant, passons aux choses sérieuses.

54

- Mon amour ?

Assoupie, je frissonne sous la caresse des lèvres d'Ewan parcourant ma nuque et mes épaules. La position de son corps épouse la mienne, en une ombre chaude qui m'enveloppe. C'est bon de sentir son bras reposer sur le mien.

- Oui ?
- Rien, je voulais juste entendre ta voix. Et puis si, retourne-toi, je veux voir ton visage aussi.

Le lit n'est plus qu'un champ de bataille, les coussins éparpillés un peu partout dans la pièce. Je me retourne en lui souriant, et nous nous contemplons un long moment, face à face dans la chaleur des draps, émerveillés de notre intimité nouvelle. Il prend ma main et l'embrasse. Sa lèvre tremble et ses yeux s'embuent.

- Oh Iona, murmure t-il d'une voix rauque, je n'arrive pas encore à croire à ce qui nous est arrivé. J'en suis encore tout retourné. Viens, viens dans mes bras.

Je laisse tomber ma tête sur sa poitrine, fouillant des doigts la fine toison qui la couvre. Son cœur bat dans mon oreille. L'amour avec cet homme est un bouleversement complet, une aventure primitive et magique dont on ne peut sortir indemne. Il ne s'est pas seulement emparé de mon corps, mais m'a envahie tout entière. Je m'assois sur le lit et rejette draps et couvertures, avec l'envie de le contempler dans toute sa nudité. Quelques quatre-vingt dix kilos de virilité brute, mais singulièrement émouvante, tout un paysage de muscles et de chair, savamment ombré de végétation brune aux reflets roussâtres. Je parcours sa poitrine de mes lèvres avec dévotion, le sentant frissonner sous mes baisers. Nous avons le don de nous embraser mutuellement, de nous enivrer jusqu'au delà des limites de la conscience, et je ne sais pas jusqu'où ce voyage nous mènera.

- Je t'aime, Ewan.
- Dis-le-moi encore.

- Je t'aime, je t'aime, je t'aime.
- Oh, viens là, toi. Je t'interdis de quitter mes bras. C'est trop bon de se sentir enfin comme ça, l'un contre l'autre, sans tous ces vêtements entre nous. J'ai attendu ça si longtemps, depuis la première minute où je t'ai vue, en fait. Je comptais le nombre de couches de tissus qui nous séparaient : tee-shirts, pulls, parkas...
- J'étais idiote. On a perdu tellement de temps.
- On a tout le temps pour se rattraper maintenant. Hé, tu entends ce qu'il tombe dehors ? On dirait bien que l'autre dingue d'en haut a encore oublié de fermer les robinets. En fait je crois que cette vieille canaille l'a fait exprès pour qu'on n'ait rien d'autre à faire que de passer la journée au lit.
- C'est comme ça que tu parles du Bon Dieu ?
- C'est tout ce qu'il mérite. D'ailleurs ici on raconte que c'est un Ecossais qui a inventé le Bon Dieu, afin d'avoir quelqu'un de vraiment coriace avec qui discuter.
- Dis donc, quand même, il fallait le faire ! Tous ces kilomètres, pour au final rester enfermés dans une chambre qu'il faudra payer, en plus.
- Ça valait la peine. Au moins on pourra dire qu'on l'a amortie. Et puis si on était restés à la maison, qui sait où en en serait ? On serait peut-être encore partis comme des imbéciles se promener, et j'aurais dû attendre huit jours de plus pour venir à bout de toi.
- Il fait déjà presque nuit. Dis donc, ce n'est pas toi qui nous as prédit une belle journée aujourd'hui ?
- Mais *c'est* une belle journée. Magnifique, même.
- Tu crois qu'il va bientôt neiger ? Comment est l'hiver chez toi ?
- Admirable de sauvagerie. Certains jours, quand le vent vient du Nord, les maisons doivent se cramponner vraiment dur à leurs fondations pour ne pas être emportées et les voitures se prennent pour des patineuses artistiques. Mais nos gosses

sont rudement contents de pouvoir jeter des paquets de neige dans les boîtes à lettres de Sa Majesté et de faire brailler leurs mères quand ils rentrent tout crottés. Et puis, si on a du bon whisky, du bon amour et du bon feu, on peut tenir le coup.

- Oh, comme j'aime ce pays si délicat, si raffiné.

Il me serre à m'étouffer en éclatant de rire.

- Bon sang que je suis heureux. Quand j'y pense... j'aurais pu aussi bien me retrouver avec un moche cousin à qui je n'aurais rien eu à dire, par exemple un huissier de justice ou un représentant en sanisettes. Et à la place, c'est la femme de ma vie qui m'arrive de France, livrée à domicile sur un plateau à roulettes.

En guise de réponse, je soupire de bien-être et m'étire.

- Fatiguée ?

Ce n'est pas une réelle question, mais plutôt une constatation, non dénuée d'une certaine fatuité.

- Un peu, oui. Et surtout éblouie, comblée, irréversiblement amoureuse. Tu sais, ce que tu as dit l'autre jour n'était pas vrai.

- Quoi ?

- Que les Français étaient les meilleurs amants du monde.

- Oh ! J'avais seulement oublié de préciser que nous les Ecossais, étions hors concours, cela va de soi.

Je le gratifie d'une petite claque.

- Prétentieux.

- Pas du tout. Et puis, Français, Ecossais, c'est à peu près la même chose. Surtout quand il s'agit de se battre contre les Anglais. Ou de s'aimer. D'ailleurs, tu sais qu'au seizième siècle, lorsque Mary Stuart s'est mariée avec votre François II, il y avait même un décret qui instaurait la double nationalité entre nos deux pays ?

- Tu en sais des choses.

- Tous les Ecossais savent cela. Vous les Français, vous avez tout oublié. Vous êtes trop volages. Nous, on n'a pas arrêté de se faire tuer pour vous depuis Jeanne d'Arc, et vous, une fois la dernière guerre mondiale passée, vous nous avez tout simplement oubliés, alors que certains gars de chez nous étaient encore en train de pourrir dans les cimetières militaires. Ecoute, on va bientôt faire un vrai voyage, toi et moi, pour te rafraîchir la mémoire.

- Où ça ?

- Partout. Je veux tout te faire visiter : Les Orcades, les Iles Shetland, la Côte Est... enfin tout. Et bien sûr l'Irlande, le Pays de Galles, la Cornouaille, et même la Galice. Et pourquoi pas l'Amérique. J'ai des cousins irlandais là-bas. Bref, la diaspora celte au grand complet.

- Et quand ça ? Tu sais le mois de novembre n'est peut-être pas le meilleur moment...

- Non, on attendra les vacances de Pâques, ou d'été.

Je m'écrie :

- Les vacances d'été ! D'ici là...

- Quoi, d'ici là ? ... Ne me dis pas que tu penses ne pas être là. Je te l'interdis, c'est clair ?

- Mais je ne sais pas...

- Ecoute, ne gâche pas tout. Pas maintenant. D'ailleurs je connais le moyen de te faire taire.

Il me renverse sur l'oreiller, m'administre un baiser qui me laisse subjuguée, le souffle coupé.

- Mon Dieu ! D'accord, je crie grâce. Je ne dis plus rien.

- Trop tard. Il faut que la sentence s'exécute maintenant.

Il se met à me chatouiller, poussant d'impressionnants cris de guerre, roulant des yeux, les cheveux plus ébouriffés que jamais, me faisant hurler de rire. N'arrivant plus à reprendre ma respiration, je finis par sauter du lit pour me réfugier dans la salle de bains.

Mais il tape à la porte comme un forcené.

- Haha ! Tu as vu qui est le plus fort, hein ?

- Chut ! Ils vont finir par appeler la police avec tout ce raffut. D'accord, d'accord ! C'est toi, le plus fort. - Je hasarde ma tête entre la porte entrebâillée. - C'est bon, je peux sortir, maintenant ?
- Mououi…

Je sors prudemment, les mains en avant, prête à repousser une nouvelle attaque.

Mais il bondit vers moi.

- Viens ici que je t'attrape. Je crois que je vais essayer autre chose, finalement.

Il me bloque entre ses bras, me soulève pour me poser sur le lit. Ses lèvres et sa langue tracent une ligne qui descend de mon front jusqu'à mes hanches, s'attardant dans le creux de mon cou, sur mes seins, mes jambes, mon ventre.

- Miam miam, comme tu es bonne, comme j'ai faim de toi, gémit-il en plongeant sa tête entre mes cuisses.

Je l'appelle, le supplie. Sa bouche brûle ma peau, léchant, mordant, m'explorant à n'en plus finir. Je me dis que je vais mourir. Je croyais connaître le plaisir, mais jamais de ma vie je n'aurais pu imaginer cet embrasement total qui m'ôte toute notion de temps et de lieu. De très loin, j'entends un cri qui doit être le mien. Ewan rit en se penchant sur moi, tandis que je reviens lentement :

- Ma pauvre chérie, tu avais raison, il faut vraiment faire quelque chose pour soigner ta frigidité.
- Je n'aurais jamais cru que ça pouvait être comme ça.
- Moi non plus. Enfin si, je savais qu'entre nous ça le serait. Je te l'avais dit. Oh viens... dis-moi que tu me veux, que tu me veux encore.

Deux autres couples sont arrivés à l'heure du dîner. Ce lieu semble être le rendez-vous amoureux des fins de semaine, à ceci près que tout le monde mange à la même table, y compris nos hôtes. Comme beaucoup d'autres, Linda et Andrew Donaldson se sont reconvertis en aubergistes pour payer les frais d'une maison de famille trop coûteuse à entretenir mais dont ils ne voulaient pas se défaire. Alors que nous nous installons, nous sentons converger sur nous des regards amusés. *Ils ont dû nous entendre.*

- Détends-toi, me murmure Ewan à l'oreille tandis que Linda sert le potage. Nous n'avons rien fait de mal.

La Vieille Alliance est amplement évoquée. Andrew Donaldson, également journaliste dans un quotidien local, la fait remonter à Charlemagne. Il me conseille de lire ou relire Quentin Duward, me rappelant que longtemps, les rois français ont eu leur garde écossaise. Il se lève pour aller chercher et me montrer des traductions écossaises de pièces de Molière.

- Molière est l'un des auteurs les plus appréciés et les plus traduits dans notre pays. Si vous avez l'occasion de vous rendre au Festival d'Edimbourg, vous verrez. Il ne se passe pratiquement pas une année sans qu'une pièce de lui ne soit donnée. Mais Molière n'est pas le seul dans ce cas. Il existe aussi une extraordinaire traduction de votre fameux Pantagruel en écossais. D'ailleurs, on ne sent même pas qu'il s'agit d'une traduction, tant l'esprit rabelaisien est présent. Les Français et les Ecossais pensent dans la même langue. Nous les Ecossais apportons simplement dans ce mélange notre fantaisie et notre fougue, et recevons en échange un peu de votre esprit cartésien et de votre goût du raffinement.

Ewan et moi-même ne pouvons nous empêcher de nous regarder en éclatant de rire, comme si cette remarque nous était spécialement dédiée.

- Linda et moi aimons beaucoup voyager en France, poursuit Andrew. Nous apprécions particulièrement la Provence et le Périgord.

L'un des autres couples vient d'Italie. Ils ont tenu à visiter l'Ecosse en automne pour admirer le spectacle des landes roussies et des forêts multicolores se reflétant dans les lochs. Et, à en juger par leurs yeux énamourés au souvenir de ce qu'ils ont vu, ils n'ont pas été déçus. L'homme nous montre quelques clichés qu'il a réalisés. Il en semble très fier, mais pour ma part je trouve que ces photos ne rendent que de façon très pâle et très lointaine la beauté de ce pays. J'ai décidé que bientôt, moi aussi, je me mettrai à le photographier, mais seulement après l'avoir apprivoisé, m'en être imprégnée totalement. J'ai compris qu'il fallait d'abord se fondre dans sa brume, se couler dans ses lumières subtiles et fugaces avant de pouvoir les traduire sur une pellicule.

La femme, pharmacienne, fait remarquer que l'Ecosse a donné au monde, grâce au génie de ses chercheurs et ingénieurs, un nombre considérable d'inventions qui ont révolutionné le monde, telles la pénicilline, l'insuline, le téléphone, le réfrigérateur, le pneumatique, le macadam, la bicyclette, le radar...

- Et aussi la Caisse d'Epargne, cela va de soi, ajoute Ewan.

Je suis effarée par toute cette énumération, mais ne peux m'empêcher de faire remarquer :

- Et la brebis clonée.

Il s'ensuit une assez longue conversation sur les bienfaits et les dangers du progrès, le tout dans un mélange de langues et d'accents assez pittoresque. Un excellent Bordeaux coule à flots. Je me sens tout engourdie par tant de bonheur. Et ce soir, je dormirai dans les bras de l'homme que j'aime. Je voudrais crier d'allégresse, là, devant tous ces gens, tandis que la main d'Ewan caresse ma jambe sous la table.

Le lendemain soir, je n'ai toujours rien vu de Skye.

Nous décidons de rester une journée supplémentaire dans l'île.
Le temps s'est enfin levé, bien qu'une légère brume persiste à voiler le lointain.

- On l'appelle l'île des brumes, car le ciel n'y est jamais complètement clair, dit Ewan, ou encore l'île ailée. En été, il y a une foule de touristes ici. Et comme il y a beaucoup de moutons aussi et que ceux-ci n'ont pas encore compris qu'en principe le bitume était réservé aux voitures, c'est parfois une belle pagaïe.

Il conduit sur l'une de ces minuscules chaussées à une seule voie, où le jeu consiste à se précipiter sur l'aire de garage la plus proche, lorsqu'on aperçoit un véhicule arrivant dans la direction opposée, ou à remercier d'un petit signe de la main lorsqu'on vous a cédé le passage. Et ce jeu se renouvelle environ tous les cinq cents mètres. Nous l'agrémentons d'un baiser à chaque arrêt.

- A ce rythme-là, nous aurons besoin de toute notre semaine pour faire le tour de l'île, Ewan.
- A ce rythme-là, je ferais bien le tour du monde avec toi, mon amour.

Parfois il me laisse le volant, laisse reposer sa tête sur mon épaule, et souvent, se met à chanter. Il a une belle voix de baryton, ainsi qu'un répertoire très étendu, depuis les comptines apprises à *ses* enfants jusqu'aux chansons composées par Winnifred, en passant par les poèmes de Robert Burns, et même quelques œuvres de chanteurs français, dont Brassens. J'éclate de rire lorsqu'il entonne "Margot", avec son accent incomparable.

- Mais qui t'a appris des chansons pareilles ?
- Je les ai apprises tout seul. J'ai acheté des disques. Ils sont toujours dans la chambre de Winnie, d'ailleurs, avec la chaîne stéréo et tout le bazar. Tu sais, j'ai fait plusieurs voyages en France, ces dernières années, surtout à Paris, et à Rennes,

quand je cherchais des traces de ma mystérieuse famille française.

- On aurait pu se rencontrer, on s'est peut-être même croisés, sans savoir.
- Non. Je t'aurais tout de suite reconnue.
- Je ne vois pas comment.
- Mon petit cœur aurait fait "tilt", c'est aussi simple que ça. Il m'aurait dit : "C'est elle la femme de ta vie."
- Et qu'aurais-tu fait ?
- J'aurais dit : Mademoiselle habitez-vous chez vos parents c'est à vous c'est beaux yeux là voulez vous coucher avec moi ce soir avez-vous l'heure avez-vous du feu ?
- Et qu'est-ce que j'aurais répondu ?
- Tu m'aurais regardé avec tes grands yeux dorés et ton air de ne pas y toucher, et tu aurais dit : *"Non Monsieur, je ne suis pas une allumeuse."*
- Et alors ?
- Je n'aurais plus rien dit. Je t'aurais roulé un patin et c'est marre.
- Ah oui ? Et tu crois que je me serais laissée faire ?
- Bien sûr.
- Et pourquoi ça ?
- Tu veux que je te montre pourquoi ?
- Mouii...
- Gare cette voiture immédiatement.

Lorsque nous reprenons la route, Ewan s'étire en posant ses pieds nus sur le tableau de bord. Il a de beaux pieds, longs et nerveux, que j'aime caresser. J'ai constaté qu'il avait l'habitude, dès qu'il arrive dans un endroit qui le permet, d'ôter chaussures et chaussettes et de remuer les orteils en soupirant d'aise. A la maison, il porte rarement quelque chose aux pieds. Je le lui fais remarquer.

- Ça doit être mon côté indigène picte. J'aime être pieds nus, et surtout j'adore marcher pieds nus sur la terre, dans l'herbe, être au contact avec le sol brut.

245

- Mais je croyais que les Celtes étaient un peuple de marins.

Il a un hochement de tête réprobateur.

- Décidément, tu as tout à apprendre, petite Française ignorante. A l'origine, les Celtes sont des Bohémiens. Et tu sais bien qu'Astérix était un Celte lui aussi.

- Et moi je descends d'Attila.

- Ça ne m'étonnerait pas. En tout cas, c'est quelque part en Bohème qu'on a retrouvé les premières traces de leur civilisation, quoiqu'on les soupçonne d'être venus d'encore plus loin à l'Est.

- Je me disais aussi que tu avais un petit côté chinois.

- *Shut up*[*], ma chérie. Donc, ces fameuses peuplades ont migré vers l'Ouest, jusqu'à la côte atlantique européenne, du Portugal au Nord de l'Ecosse, en passant par la Bretagne. Si nous allons un jour en Galice, tu verras qu'on y joue quelque chose qui ressemble fort au biniou.

- Et donc, lorsque tes ancêtres celtes se sont retrouvés nez à nez avec la mer, ils se sont mis à construire des bateaux. Ils y étaient bien obligés s'ils voulaient aller encore plus loin.

- Pas exactement. C'est là que les Scots interviennent. C'étaient des pirates venus d'Irlande. Ils se sont heurtés aux Pictes, puis ils ont fini par cohabiter, et c'est comme ça qu'est née l'Ecosse. Et puis, bien sûr, les Vikings ont voulu aussi être de la fête, et ils ont laissé pas mal de traces dans le pays. Tu le verras, si on va dans les îles du Nord.

- C'est peut-être d'eux que te viennent ces yeux si bleus.

- Qui sait ? Conclut-il en haussant les épaules, fataliste.

Je soupire, expulsant le trop plein de bonheur qui envahit ma poitrine.

- A quoi penses-tu, *sweetheart* ?

- Je pensais que tu me plais infiniment, que j'aime tout de toi. Y compris ton nez un peu tordu. Et je suis folle de ton

---

[*] *"Ferme-la"*

246

sourire, de ta voix, de ton accent. Tu sais, dès le début, je suis tombée sous le charme. J'étais battue d'avance.

- Oh, Iona, tu me rends tellement heureux. Ne me quitte jamais, tu entends ? - Sans me laisser le temps de répondre, il me désigne un parking, proche d'un vaste parc.- On approche du château, tu peux te garer pas là si tu veux. Et cet après-midi, ou pourra aller se promener dans les Cuillins, qu'en dirais-tu ?

- Tu es mon guide, je te fais confiance.

- Ça risque de te coûter très très cher, méfie-toi.

- Je paie en nature, je ne t'avais pas dit ?

- Justement. Bon, voici Dunvegan, le fief des MacLeod. Tu veux que je te raconte une petite histoire au sujet de Skye et des MacLeod ?

J'acquiesce, impatiente de ce qui va suivre. Tout en laçant ses chaussures, Ewan commence :

- Eh bien, dans un de ses livres, Kenneth White raconte qu'autrefois, les MacDonald et les MacLeod se disputaient l'île. Ils se livraient la course en bateau, à qui parviendrait à prendre possession du territoire en premier. Etant donné que les deux navires étaient à même hauteur en arrivant, l'un des membres du clan MacDonald mit la main sur l'île au sens propre du terme, c'est à dire en se la tranchant net d'un coup d'épée et en la balançant sur le rivage.

- Et tu trouves ça drôle ?

Il a un grand sourire réjoui.

- Très.

- En somme, on peut craindre le pire avec vous les Ecossais. Vous n'êtes qu'un ramassis de barbares. Je dois faire attention, si je ne veux pas qu'un jour tu me coupes la tête pour être définitivement sûr de me l'avoir fait perdre.

- C'est vrai que dans leur histoire, nous les Ecossais ne passons pas pour des tendres, en général. Ton cher William Wallace, alias Braveheart, était loin d'être aussi mignon que Mel Gibson dans son rôle au cinéma, dont tu m'as tant rebattu les oreilles. C'était en vérité un fou furieux qui se fabriquait des fourreaux pour son épée avec la peau des Anglais. L'écrivain anglais Charles Lamb a d'ailleurs dit un jour : *"Toute ma vie, je me suis efforcé d'aimer les Ecossais. Ce fut en pure perte."*

- On le comprend, dans ces conditions. Mais c'est parce qu'il ne te connaissait pas. Et puis tu es à moitié irlandais.

- C'est encore pire. N'aurais-tu jamais entendu parler de l'I.R.A, par hasard ?

Après la visite, nous faisons une paisible balade dans les jardins du château, puis reprenons la route vers les Cuillins. Je découvre avec surprise ces montagnes chauves, lunaires, veillant sur de sceptiques bovins réfugiés sur de minces bandes herbeuses, entre éboulis et rives de lochs profonds, scintillants de clarté.

Nous marchons longtemps main dans la main, cheminant au pied des parois de granit rose, aux creux de prairies aux longs cheveux d'argent. Notre promenade s'achève sur une dune déserte, face au soleil qui se fait transparent. La mer étale ses flots alanguis dans ses labyrinthes lacustres, tandis que le jour s'assoupit tranquillement.

- Ici, nous ne serons pas dérangés, murmure Ewan.

Entre montagne et mer, il m'apprend que nulle part ailleurs qu'en cette immensité gaélique, l'amour ne se laisse mieux célébrer.

57

Le lendemain, l'automne reprend ses droits. De violentes averses, furtivement traversées d'éclaircies, plongent l'île dès le matin dans une torpeur nébuleuse. Les prairies gorgées d'eau semblent dériver vers la mer furieuse. C'est notre quatrième jour sur l'île, mais j'ai perdu toute notion de temps.

Ewan se lève, écarte le rideau, puis revient se blottir dans la chaleur du lit.

Je lui ouvre mes bras, les yeux encore fermés. Je voudrais crier ma gratitude à ce petit matin.

- Bonjour, toi.

Sans répondre, il se coule contre moi, m'enveloppant de sa chaleur, de son désir. Ses mains et ses lèvres m'éveillent lentement, mais sûrement, et je soupire de bien-être en l'enlaçant, sentant sur ma peau nue la joue un peu râpeuse qui caresse mon cou, mes seins. Sa bouche se fait avide, indiscrète. Enfin, je l'accueille en moi, vibrant sous chacun de ses coups de reins.

Comme à chacune de nos étreintes, nous restons ensuite un long moment rivés l'un à l'autre, souffle, frissons et regards emmêlés dans les derniers ressacs du plaisir.

- Oh, Iona. Tu peux me dire ce qui nous arrive ?
- Je crois que nous sommes en état de dépendance.
- C'est grave, docteur ?

J'embrasse le bout de son nez.

- Très. Il va peut-être falloir nous faire désintoxiquer.

Une idée me traverse soudain l'esprit. Je suis sidérée de n'y avoir pas pensé auparavant, et un peu honteuse aussi.

- Ewan ?
- Oui ?
- Je... nous n'avons pris aucune précaution tous ces jours.

Il se redresse tranquillement, s'accoudant sur l'oreiller, promène son index sur mon ventre.

- Tu veux dire que tu ne prends pas la pilule ? Oh… Eh bien tant pis, nous verrons bien. Je n'ai rien contre un bébé de toi. Tu es dans une période propice ?

Sa sérénité me stupéfie.

- Non, heureusement, mais d'habitude... Enfin, avec ...
- … les autres ?...
- Euh, oui, et bien j'utilisais des préservatifs, ne serait-ce qu'à cause de...
- Si c'est ça qui t'inquiète, je ne l'ai pas. J'ai effectué un test il y a un peu moins d'un an de cela, et il n'a rien pu se passer depuis.

- Et... Alicia ?
- Nous utilisions aussi ces machins.
- Et... pourquoi pas avec moi ?
- Je ne sais pas. Je n'y ai pas pensé non plus, ou pas *voulu* y penser, inconsciemment j'ai sans doute voulu me donner à toi sans réserves, me déverser en toi, me *perdre* en toi. Tu es inquiète ?
- Pas vraiment, non. Et toi ?

Il sourit en haussant les épaules.

- Pourquoi le serais-je ?

Il m'adresse un de ces sourires éblouissants dont il a le secret en guise de conclusion. Il a les traits un peu brouillés par le manque de sommeil, ses cheveux ébouriffés auraient besoin d'un shampoing et ses joues d'un bon rasage, mais je le trouve magnifique.

- Rentrons à la maison. Nous reviendrons en été. De toute façon j'ai envie d'être seul avec toi, là-bas, chez nous.
- Je n'osais pas te le proposer.

Nous repartons sous un rideau de pluie, riant de ce temps qui a décidé d'écourter notre escapade amoureuse. C'est avec un certain soulagement que nous retrouvons le confort et l'intimité de la maison. Mais désormais, tout est différent. Il me serre dans ses bras.

- Bienvenue chez nous.

Le reste de la journée est une fête. Nous déménageons mes affaires dans sa chambre, prenons un bain ensemble dans l'antique baignoire, trinquons pour célébrer notre nouvelle existence.

Dans l'après-midi, nous descendons à pied au village pour y faire quelques courses, au moment où l'arc-en-ciel opiniâtre a raison de la pluie fine qui sévit depuis l'aube. La lande s'illumine, tout irisée de promesses de soleil et les pavés des ruelles luisent comme des chaussures bien cirées. Mais le vent, plus frais, prend des accents d'hiver.

Nos gestes tendres et nos petits baisers n'échappent sûrement pas à Judy l'épicière, ni aux quelques passants croisés dans la rue, qui se mettent à chuchoter immédiatement derrière notre dos. Le soir même, tandis que nous dînerons en amoureux puis nous endormirons dans les bras l'un de l'autre, la nouvelle se répandra sans doute à la vitesse de l'éclair dans toute la petite communauté : Ewan MacLehan l'instituteur a une nouvelle maîtresse. On précisera qu'il s'agit de sa cousine française, l'arrière petite fille de William MacLehan, celle-là même qui est arrivée il y a à peine plus d'une semaine à bord d'une voiture de pacotille au volant mal placé, et qui mange sûrement du fromage pourri et des limaces. Est-ce vraiment moi ? Peu importe. Je suis devenue l'amante d'Ewan, et c'est la seule chose qui compte. " *Ces deux là n'ont pas perdu de temps* ", ajoutera-t-on peut-être. Avec un soupçon d'inquiétude, certains se demanderont sans doute si Ewan risque de quitter le pays. Et Alicia Brighton avalera son whisky d'un seul trait en feignant d'apprendre la nouvelle de la bouche d'une amie bien intentionnée.

Je sais tout cela, je commence déjà à les connaître. Mais ça m'est bien égal. J'aime comme je n'ai jamais aimé.

58

Par une après-midi d'éclaircie, Ewan décide de me faire visiter les jardins d'Inverewe, à quelques kilomètres du village. Je suis saisie de surprise en découvrant ce superbe domaine végétal, d'une luxuriance digne de la Côte d'Azur, mais à la latitude de la Sibérie, ce paradis créé à partir d'une lande stérile. Si en raison de la saison, les fleurs sont plutôt rares, je peux néanmoins y découvrir une étonnante variété de plantes grasses et d'arbres dont les couleurs automnales affichent une palette délirante, sur fond de mer et de collines sereines. Érables, mélèzes et bouleaux reflètent en harmonie le soleil si précieux d'automne.

- Ici, c'est noir de monde l'été. Les touristes viennent en masse, fait remarquer Ewan. Au fait, bonne année, ma chérie !
- Pardon ?
- Oui, aujourd'hui c'est le premier novembre, au cas où tu l'aurais oublié. Dans le calendrier celtique, c'était le début de l'année. C'était une fête importante, *Samain*. En Irlande, celle-ci durait trois jours et trois nuits. C'était aussi un moment privilégié, de haute importance, celui où les morts revenaient rencontrer les vivants
- C'est bizarre de faire commencer l'année au moment où on a l'impression au contraire que tout s'endort.
- Et pourquoi pas ? Notre histoire à nous a nous a bien commencé au plus fort de l'automne, et il n'aurait pu trouver de meilleure période. Grâce à toi, l'automne restera toujours ma saison préférée. Tu sais, les Celtes n'avaient pas du tout la même conception du temps et de la nature. D'ailleurs, leur calendrier était lunaire. Pour eux, la nouvelle journée commençait en fait au coucher du soleil. Le fait que le soleil se couche ou que l'été s'éteigne ne signifiait pas la fin de quelque chose, simplement le renouvellement d'un cycle, l'éternel va et vient, tout comme la mort, d'ailleurs.

- C'est à dire ?
- La mort n'est pas considérée par les Celtes comme une fin, mais comme un simple recommencement.
- C'est bizarre, ma mère m'a dit quelque chose de semblable, quelques jours avant sa mort. Elle disait n'avoir plus peur de mourir, car elle été certaine de survivre d'une certaine façon. Je me demande comment lui est venue cette révélation soudaine.
- Peu importe. Tu dois seulement être heureuse qu'il en ait été ainsi.

A quelques kilomètres de cette oasis exotique, le Loch Maree et ses montagnes affichent des allures terriblement nordiques, avec leurs lichens arctiques et leurs pentes austères. Ces Hautes Terres, si lunatiques, n'achèveront jamais de me déconcerter.

Les gens du village sont bien à leur image. Tour à tour méfiants et exubérants, grognons et charmeurs, prudes et fêtards, ils m'amusent et me déconcertent. Comme leur caractère, leur humour aussi est décapant, d'une noirceur à faire grincer des dents. J'ai encore du mal à croire que mes propres ancêtres faisaient partie de ces communautés claniques éprises d'indépendance, farouchement attachées à leur histoire, à leurs querelles, à leur lande et à leur whisky. Mais j'ai envie de les aimer. A leur contact, je finirais par éprouver de la tendresse pour n'importe quel rébarbatif paysan auvergnat.

Au pub, je m'aperçois qu'Ewan lui-même a une curieuse tendance à la schizophrénie. Epris de raffinement et de douceur au sein de sa propre maison, il se transforme en ces lieux en mâle chahuteur et bruyant. Un soir, je m'y surprends moi-même à rire grassement en toute impunité, en avalant deux pintes d'affilée.

59

Ce matin, j'ai reçu une lettre de Pierrette et un coup de fil de Marianne. La première file toujours le parfait amour avec son Camerounais, mais ajoute que je lui manque et demande si je vais revenir. Oh, Pierrette, ma Pierrette, je me refuse à y penser.

Au téléphone, Marianne comprend immédiatement qu'il est arrivé quelque chose d'exceptionnel dans ma vie. Elle possède de redoutables antennes et jamais je ne parviendrai à lui cacher longtemps quoi que ce soit.

- Je parie… Tu…tu es tombée amoureuse !
- Très.
- De lui ? De ton fameux cousin ?

Je réponds en riant "Exactement", alors que le fameux cousin s'approche de moi par derrière et m'embrasse la nuque en m'enlaçant.

- Et... c'est bien ? Tu es heureuse ?

Le corps d'Ewan se colle au mien.

- Tu ne peux même pas imaginer.

Je ferme les yeux, frémissant sous la main qui parcourt mon ventre et mes seins.

- Ho là là ! C'est Bertrand qui va être content ! Et ça me fait drôlement plaisir aussi. Mais dis donc, tu vas rester quelque temps là-bas, alors ?
- Sûrement.

Les caresses se font plus précises, plus intimes. Ma jupe tombe sur le sol.

- Eh bien, quelle nouvelle, dis donc !
- Et... et comment ça va, chez vous ?

Je ne porte à présent plus rien d'autre sur le corps qu'une chemise de coton, qu'Ewan achève de déboutonner. Ses lèvres descendent le long de ma colonne vertébrale, m'arrachant un long frisson.

- Tout le monde va plutôt bien. Les enfants...
- Oh...
- Pardon ?
- Rien... ah...
- Dis donc, j'ai l'impression qu'il vaut mieux que je te laisse, non ?
- Ecoute, Marianne, je peux te rappeler un peu plus tard, d'accord ?

Je repose en hâte le récepteur sur la commode, tandis qu'Ewan me presse contre lui de plus belle.

- Tu as un sacré toupet, MacLehan.
- Oh ! Vraiment ?
- Oui.
- Alors tu n'as encore rien vu.
- Tu n'es qu'un Ecossais lubrique.
- Pas de pléonasme, ma chérie.
- Tu ne penses qu'à aller au lit.
- Mais non. Je trouve que cette table est parfaite.

Un peu plus tard, nous prenons un long moment de repos, pelotonnés dans les bras l'un de l'autre sur le divan du salon.

- On te réclame en France ?
- Pas vraiment. Ils veulent juste prendre de mes nouvelles, savoir si je compte bientôt rentrer.
- Alors tu ferais bien de leur dire qu'il n'en est pas question. D'ailleurs je suis sûr qu'ils seront ravis de te savoir "casée"
- Mais quand même... Il faudra bien que...
- Rien du tout.
- Mais on n'en n'a même pas parlé...
- On peut en parler quand tu voudras. Mais pour moi c'est très simple, ce que j'ai à dire tient dans une seule phrase : Je te veux pour toujours, à perpétuité. Je t'avais prévenue. Tu as quelque chose à dire pour ta défense ?

- Non, rien. En tout cas pas maintenant, on a tout le temps de discuter de ça. Bon, il faut que je rappelle Marianne maintenant.
- On va la rappeler ensemble, si tu veux bien. Il est temps que je fasse connaissance avec la famille, non ?
- D'accord.

Ewan se saisit du téléphone et revient s'asseoir sur le canapé.

- Donne-moi le numéro.

Je le lui énonce, hilare, tandis que, nu comme un ver, il compose les chiffres sur le cadran.

- Allo, Marianne ? C'est Ewan. Bonjour, et excusez-nous pour tout à l'heure, on avait un truc urgent à régler. Je suis ravi de vous parler. J'espère qu'on fera bientôt connaissance.... Ici ?. Oh... il fait un temps pourri en ce moment. C'est super. Et chez vous ? ... Oui, oui. Tout va bien... Iona ? Elle est en pleine forme. Je vais vous la passer. Vous savez, vous n'avez pas à vous inquiéter. J'en prends bien soin...

Il me tend l'appareil

- Iona ?
- Oui, Marianne, ça va ?
- Très bien. Dis donc, toi, ça a l'air d'aller plus que bien. Et Ewan a l'air vraiment sympa.
- Il est bien plus que ça.
- Que comptes-tu faire ?
- Je ne sais pas encore. Dis-moi, est-ce que tu voudrais bien me rendre un service ?
- Bien sûr.
- Pourrais-tu acheter de ma part des fleurs pour la tombe de maman ? Quelque chose de frais, de gai. Je t'enverrai l'argent.
- Pas de problèmes. Tu sais, je n'aurais jamais cru que Lucie avait autant d'amis. Sa tombe est constamment fleurie, après tous ces mois, c'est fou !

60

Ce matin, Ewan a dû retourner à l'école. Je suis un peu désemparée, après avoir vécu ces huit jours avec lui, respiré ensemble presque chaque minute, fait l'amour jusqu'à en confondre le jour et la nuit, échangé nos passés dans une soif intarissable, et rit ensemble à tout propos. Lorsqu'il est parti, ce matin, il a dit : *" C'est la première fois que je n'ai pas envie d'aller travailler."* Je crois que l'on ne m'avait jamais fait plus beau compliment.

Le plus magique est que j'aime cet homme dans chacun de ces gestes. Même dans les moins gracieux, les plus anodins, je trouve des raisons de l'aimer, de sentir des larmes d'attendrissement me monter aux yeux, d'avoir envie de tout lui donner. Et il me devient à peu près égal à présent de me perdre tout entière dans cet amour, il m'est égal de devenir aux yeux des autres stupide et asservie, de ne plus savoir qui je suis, *puisque je suis à lui, puisque je vis en lui.*

J'ai bien tenté de ranger un peu la maison, de faire le ménage, mais sans grand succès. Les meubles et les objets semblaient me défier, comme s'ils voulaient me montrer que je n'étais pas encore vraiment chez moi ici, seule sans Ewan. J'ai alors pris ma voiture pour aller faire quelques courses au village. Lorsque je suis entrée dans la boutique de Judy, j'ai remarqué le silence soudain, les regards subrepticement tournés vers moi, dénués de toute amabilité hypocrite, mais aussi de toute hostilité.

En rentrant, je me suis toutefois posé bien des questions sans réponse. J'ai préféré les enfouir dans un recoin de mon esprit, et pour l'instant je préfère conjuguer mon avenir au futur proche seulement : Préparer un repas, faire une lessive, une promenade, attendre avec impatience cet instant qui me jettera dans les bras d'Ewan. Je me contrains à écrire à Pierrette une lettre un peu détaillée, mais, malgré mon envie de décrire ma nouvelle vie, de parler de l'homme que j'aime, les mots ont du mal à venir. Je me suis assise dans le bureau, trace quelques mots incohérents sur le papier, me relève, flâne dans la pièce, ouvrant un livre, contemplant une photographie. Soudain, j'aperçois par la fenêtre une voiture qui s'approche et que je reconnais très vite. On sonne. Je voudrais faire semblant d'être absente, mais j'ouvre la porte.

- Bonjour, Alicia. Ewan est à l'école, si c'est lui que vous cherchez.
- Ce n'est pas lui que je voulais voir, c'est vous.
- Ah bon, pourquoi ? Vous voulez rentrer ?
- Non. - Sa pâleur et ses traits tirés pourraient me faire pitié, mais le défi et l'hostilité de ses yeux m'incitent à la défensive.- Je voulais juste… J'avais besoin de savoir, vous comprenez ?
- Je croyais que vous vous étiez expliqués, vous et Ewan ?
- *Il* s'est expliqué. Mais je me suis dit… Enfin, je veux savoir : Avez-vous décidé de rester ici ?
- Je n'ai rien décidé, mais pour l'instant je suis très bien ici, en effet. Il est encore trop tôt pour prendre des décisions à long terme.

Elle a un rire amer :

- Mais vous êtes amoureuse ? Et vous pensez à faire votre vie avec lui, n'est-ce pas ?
- Oui.
- Oh mon Dieu… Alors voilà, c'est vraiment arrivé, une fois de plus !
- Mais de quoi parlez-vous ?
- Maudits ! Ils sont maudits !
- Pardon ?

Elle grimace, comme sous l'effet d'une douleur intolérable, puis tourne soudain les talons et remonte dans sa voiture. Je reste un long moment appuyée au chambranle de la porte, impuissante et hébétée.

Je ne parlerai pas à Ewan de cette entrevue.

61

Le rêve est revenu.

Cette fois, c'est en sortant de l'appartement de Lucie que je me retrouve dans une forêt inconnue. Je m'égare, la forêt s'épaissit, je me griffe à ses écorces, ses lianes me barrent le chemin. Mais j'entends au loin la rumeur de la mer. J'arrive dans une clairière. Un groupe de curieux petits hommes africains, un peu jaunes de peau, palabre autour d'un feu. Ewan se tient près d'eux, avec à ses côtés un autre homme, très brun, immense, l'air menaçant. Je lui tends la main pour le saluer. L'homme part d'un grand rire sadique et me repousse brusquement de la main, me faisant tomber sur le sol. Ewan rit en haussant les épaules : "Voyons, ce n'est qu'un jeu." Il ne fait rien pour m'aider. Bientôt une tempête de sable s'abat sur nous. Je ne parviens pas à me relever, le sable va me recouvrir, m'étouffer. Je hurle.

- Hé, qu'est-ce qui se passe ? - Ewan s'est réveillé en sursaut, se penche sur moi. - Qu'est-ce qui se passe ? Chérie, tu as fait un cauchemar. Tu as crié.

- Je sais, mon propre cri m'a réveillée, et toi aussi. Je suis désolée.

- Ça n'est pas grave. On va se rendormir. Heureusement, je ne suis pas cardiaque.- Il se rallonge, m'attire sur sa poitrine. - Viens, *sweetheart*. Raconte-moi.

Je lui décris mon rêve et les précédents.

- C'est bizarre. En somme je rêve d'Afrique, je rêve qu'une part de moi vient de là-bas. Et j'ai déjà fait ce rêve il y a longtemps, avant même de savoir...

- Tu sais, notre inconscient nous joue parfois de sacrés tours. Beaucoup de psychiatres disent qu'il est bien plus puissant qu'on ne le croit. Bien sûr, on pourrait prendre ça pour un message de l'au-delà, quelque chose de surnaturel, encore que les limites du surnaturel soient bien floues...

- Que veux-tu dire ?

- Vous autres les Français êtes très rationalistes, bien que pas très logiques parfois. C'est pourquoi un rêve comme celui-là est capable de vous troubler. Je crois que nous, les Ecossais, faisons beaucoup plus confiance en notre instinct, aux signaux qu'envoie notre mémoire inconsciente.
- Notre mémoire inconsciente ?
- Oui. Que tu le veuilles ou non, tu portes en toi, non seulement les gènes de tes ancêtres, mais aussi tous les souvenirs, les impressions et les réactions qu'ils t'ont transmis au fil des générations sans en avoir conscience.
- Tu peux être plus clair ?
- Plus *clair* ? Hum, je vais essayer. Tu sais, il se peut que sans même s'en rendre compte, Lucie t'ait transmis la mémoire de Malcolm, et, à travers lui, celle de William, son histoire.
- Mais elle ne savait presque rien d'eux...
- Rien dont elle ait eu réellement conscience, mais si tu réfléchis bien, il se peut que Malcolm, qui connaissait sa propre histoire et était d'ailleurs très préoccupé par ses origines inconnues, en ait parlé souvent à sa femme. Sa fille, Lucie, aura entendu, même si elle ne s'en est pas souvenue à l'âge adulte. Un petit enfant peut emmagasiner énormément de choses, tu sais, c'est fou quand on y pense. J'en ai fait l'expérience avec mes élèves. Et Lucie, sans s'en rendre compte, t'aura transmis un peu de cette histoire, à travers peut-être quelques mots anodins, des attitudes, ou quoi que ce soit d'autre. Un psychiatre pourrait peut-être mieux t'éclairer que moi sur ce genre de chose. Ou même... un druide.
- Pardon ? Tu dérailles ou quoi ?
- Pas du tout. Les druides, même s'ils n'ont pas fait d'études de psychologie, savent expliquer à leur manière ce genre de phénomènes.
- Qu'est-ce que tu racontes ? Nous ne sommes plus au temps d'Astérix.

- Décidément, tu aimes te faire passer pour plus ignorante que tu n'es, mon amour. Il y a toujours des sortes de druides à notre époque. Tu le sais, d'ailleurs, vous en avez toute une clique en Bretagne.
- Oh, je vois de quoi tu veux parler. Mais ce sont des illuminés, des cinglés. Et l'on soupçonne certains de frayer avec des mouvements d'extrême droite, ou de faire partie de la franc-maçonnerie.
- Certains oui, sans doute. Mais garde-toi de les mettre tous dans le même sac. Il y en a de très sages, de très éclairés, simplement ils ont des croyances très éloignées de nos croyances chrétiennes, et beaucoup plus anciennes aussi. Enfin, ce ne sont pas de vrais druides tels que du temps des anciennes peuplades celtes, ce sont plutôt des philosophes qui s'inspirent de la tradition druidique. Et je ne vois pas au nom de quoi ces gens-là, souvent particulièrement érudits, devraient être moins pris au sérieux que certains archevêques, ou même le pape.
- Mais enfin…
- D'ailleurs, moi-même, je connais quelqu'un qui s'y connaît très bien en la matière. C'est un excellent ami, pour tout dire. Il s'appelle Brian, et c'est aussi le cousin de Brenda. Je te le présenterai. - Il s'étire en bâillant - Pour le moment, j'ai droit à un gros câlin, pour avoir été si méchamment réveillé.
- Ignoble individu. Et d'abord, comment se fait-il que tu ne m'aies jamais parlé de ce type, si tu dis que c'est un bon ami ? Tu avais peur de m'effrayer, ou que je te prenne pour un dingue ?
- Mais non. Simplement, nous avons été très occupés, tous les deux, n'est-ce pas ? Et puis, Brian n'habite pas ici, mais à une cinquantaine de kilomètres. Je te le présenterai bientôt, c'est promis.

Il m'attire sur lui, me signifie clairement de ses mains qu'il veut que je lui fasse l'amour. Notre étreinte est sauvage, presque brutale. Je m'entends hurler, me sens perdre pied, alors qu'il se renverse sur moi, sublime et déchaîné. Mais au petit jour, lorsque je me redresse pour l'observer, étalé au beau milieu du lit, avec son sourire léger de dormeur satisfait, je contemple un Ewan bien désarmé et bien inoffensif.

62

Ce vendredi nous offre un ciel clair et lumineux, lavé de ses rancœurs automnales. Nous décidons de partir pour la côte est, que je n'ai pas encore eu l'occasion de découvrir. Mais au petit déjeuner, Ewan sort de sa bibliothèque à mon intention deux ouvrages concernant la tradition druidique et les fondements de la société celtique.

- Je vois que tu as décidé de parfaire mon éducation.
- Je ne dirais pas ça comme ça. Mais tu es ma femme, maintenant, je veux que nous partagions tout. Je suis sûr que nous avons beaucoup à apprendre l'un de l'autre.
- Je ne suis pas ta femme.
- Mais si, tu l'es. Cette nuit encore, tu me l'as prouvé.
- Tout dépend comment tu l'entends, évidemment.
- Le reste n'est qu'une question de papiers et de cérémonie.
- Euh... Bon, si tu veux.

Il éclate de rire.

- Tu sais, je ne t'en voudrai pas, si tu préfères lire un bon polard. Mais cette nuit, tu paraissais intéressée.
- Mais je le suis.
- Très bien. Bon, pour l'instant, cap sur Aberdeen. Tu es prête ?

Avant de partir, il me prend dans ses bras et m'embrasse longuement, avec une douceur et une gravité particulières.

- Je t'aime, Iona, et je veux que tu comprennes que je suis vraiment heureux avec toi.

Nous faisons une première halte afin d'admirer Cawdor Castle, austère et émouvant château fort au milieu d'un superbe jardin.

- Ce château a inspiré la tragédie shakespearienne de Macbeth. Une légende dit que le comte de Cawdor l'a fait édifier à la suite d'un rêve, qui lui dictait de construire l'édifice à la place où viendrait s'étendre un âne chargé d'or. C'est ce qu'il a fait. Malheureusement, le château est fermé à la visite en ce moment. Il y a à l'intérieur un tableau représentant Pryse Campbell, dix-huitième comte de Cawdor. Celui ci a bravé l'Angleterre en faisant exécuter ce portrait en costume traditionnel highlander, alors que le port en était interdit. Ce château est toujours la résidence de la famille.

A la sortie du domaine, deux garçons d'une vingtaine d'année discutent vivement. Ils arborent la tenue des écossais anciens, longs kilts descendants au dessous du genou, taillés dans un tartan grossier aux couleurs de feuilles fanées, larges écharpes retenues sur l'épaule. L'un a une tignasse rousse et hirsute qui retombe sur ses yeux, l'autre de beaux cheveux noirs bouclés. J'imagine que j'aurais pu assister exactement à la même scène, deux ou trois siècles plus tôt.

- Franchement, vous êtes de drôles d'oiseaux, vous les Ecossais.
- C'est l'esprit celte, mon cœur. C'est un peu comme les mauvaises herbes, il repousse toujours, même après toutes les tentatives pour le soumettre ou le faire disparaître. Tu n'as qu'à voir en ce moment, il est en pleine renaissance.

Je réfléchis un long moment sur ces paroles, mais en cours de route, la discussion reprend. J'ai besoin de reprendre pied dans *ma* réalité :

- Franchement, Ewan, ces derniers temps il y a une vraie déferlante celtique en Europe, on entend parler partout de civilisation celtique, de coutumes celtiques, de musique celtique, mais j'ai un peu de mal à m'y retrouver. Toi-même, tu es tout de même un citoyen britannique. En quoi estimes-tu te différencier d'un Anglais vivant dans un village du Kent,

263

par exemple ? La notion de celtisme très vague, tu dois bien l'avouer. En Europe, nous sommes tous des peuples plus ou moins mélangés, non?

Je le sens tout à coup se crisper et ne peux m'empêcher de rire lorsqu'il fronce les sourcils.

- Ça dépend ce que tu entends par là. Evidemment, et notamment en France, il y a une mode celtique, on achète par exemple des disques de soi-disant musique celtique. Ce ne sont en vérité pour la plupart qu'une vague mixture de pudding anglicisant enrobé de brume New-Age, le tout incanté par des voix anémiques de chanteuses qui se prennent pour de grandes prêtresses du renouveau celtique. On vend de fausses épées celtiques, des broches de pacotille sur les marchés, je t'en passe et des meilleures. J'ai vu tout ça en Bretagne, l'année dernière, lorsque j'y ai fait un petit voyage, et même avant ça à Paris.

- Et que dirais-tu du groupe de Winnifred ?

- Ce qu'ils font est complètement différent. Ils se sont donné le mal de réétudier la musique ancienne écossaise et irlandaise, de transcrire les textes de ces chansons, d'apprendre à jouer de ces instruments anciens. A tout cela, bien sûr, ils ont ajouté leur culture moderne, des instruments modernes, des textes entièrement composés par eux qui expriment l'identité celtique actuelle, avec toutes ses contradictions et ses imbrications dans la culture anglo-saxonne, et pour finir les influences que cette même culture a subies suite à l'immigration asiatique dans notre pays, par exemple. Il y a d'ailleurs aussi d'excellents groupes ou chanteurs bretons qui font de même.

- Tu n'as toujours pas répondu à ma question initiale.

- J'y viens : Si je me sens celte, c'est parce que, comme je te l'ai expliqué l'autre jour, je sais que ma famille, des deux côtés, est issue depuis très longtemps de populations gaéliques. Mais c'est surtout un état d'esprit, un mode de pensée.

- Comment peux-tu affirmer que ta famille a de vraies origines celtiques ?
- Je ne peux rien affirmer, mais notre nom prouve en tout cas que *notre* famille est écossaise de longue date. La particule Mac, comme tu le sais, est une spécificité écossaise, qui veut dire "fils de". Et il ne faut pas oublier que l'Ecosse est restée un royaume indépendant pendant plus de trois cents ans. Et surtout, je me sens *culturellement* Ecossais, je suis attaché aux coutumes et au mode de vie de mon pays. Bien sûr tu peux trouver cela complètement ringard, mais c'est comme ça.
- A dire vrai, je te trouve *délicieusement* ringard.
- Tu n'as encore rien vu. Mais tu sais, si la culture celtique suscite à notre époque un tel engouement en Europe, c'est tout simplement parce que les gens y retrouvent sans forcément le savoir une partie de leurs origines, quelque chose qui fait appel à leur moi profond et éveille ainsi une sorte de nostalgie. La civilisation celtique a déferlé de l'Asie Mineure à la côte atlantique de l'Espagne, alors il reste forcément des traces dans l'inconscient de beaucoup d'Européens.
- On a une idée de l'importance des peuplades celtes ?
- Pas précisément. Sur l'actuel territoire de la France, par exemple, on se contentait de recenser les "feux". On comptait en gros combien de bouches à nourrir se réunissaient autour d'un feu et cela donnait une idée de la population d'une province. Mais ce que l'on sait, c'est qu'il y avait environ cent vingt peuples nations, ce qui donnerait une fourchette de trente à cinquante millions d'hommes.
- Mais comment expliques-tu qu'on en sache finalement aussi peu sur les Celtes ? Ils restent malgré tout un peuple mystérieux.
- C'est vrai, au regard de l'influence qu'ils ont eue sur les civilisations occidentales. En réalité, ce que l'on sait sur eux, on le doit essentiellement à des écrits d'autres peuples, comme les Romains justement. Et puis, leur artisanat, leurs

objets de vie courante parlent pour eux. Mais les Celtes, il est vrai, ne figeaient rien par écrit, car c'était contraire pour eux aux lois divines du mouvement. Pourtant, c'était une civilisation très riche et remarquablement structurée. La femme y était d'ailleurs l'égale de l'homme. - Il me pince la cuisse - Voilà qui devrait te plaire, non ?

- En effet.

- Il y a d'ailleurs, un récit amusant à ce sujet fait par les Romains, selon lequel des femmes romaines s'étonnaient auprès de femmes de chefs celtes, du pouvoir dont ces dernières jouissaient, et aussi de leur liberté sexuelle. Chez les Pictes, la royauté se transmettait d'ailleurs par les femmes.

- Je ne sais pas si ça a tellement changé. Les rapports sont différents entre hommes et femmes, ici. Vous êtes quand même un drôle de peuple. Les hommes se promènent en jupe le dimanche, mais ce sont des femmes qui portent la culotte, non ?

- Plus ou moins. Il n'y a pas tout à fait les mêmes pratiques qu'en France, c'est vrai, ni tous ces rapports, parfois ambigus, de séduction. Nous sommes peut-être plus directs, et les femmes n'attendent pas de se laisser courtiser, elles n'hésitent pas à "attaquer" si elles en ont jeté leur dévolu sur quelqu'un. D'ailleurs, chez les Celtes, la femme avait aussi tout loisir de prendre autant d'amants qu'elle le désirait, et personne n'y trouvait à redire.

- Tiens tiens, ça me donne des idées.

- Sauf que là, je ne suis plus d'accord.

- Sale macho. Il faut savoir ce que tu veux.

- Mais je sais *très bien* ce que je veux.

- Enfin, dans tes considérations généalogiques, tu oublies notre ancêtre africaine.

- Non, bien sûr. Je veux simplement dire que les peuples dont notre famille est issue n'ont été à priori que peu ou pas influencés par la civilisation latine. Bien sûr, on peut considérer qu'il y a tout autant de Celtes en Angleterre que chez nous, à l'ère moderne, mais l'Angleterre a également subi très largement l'influence romaine, outre celle des tribus germaniques qui la peuplaient, les Angles et les Saxons.

- Et pas l'Ecosse ?
- Non. Les Romains ne sont jamais parvenus à coloniser complètement l'Ecosse, en tout cas ni les Highlands, ni les îles. Ils ont même construit le mur d'Hadrien pour se protéger des attaques pictes. Il y a des récits de Tacite à ce sujet, d'ailleurs. Le nom des Pictes leur vient justement des Romains.
- Comment cela ?
- Ils les appelaient les "Picti". En latin, ça veut dire en quelque sorte "peint", "peinturluré", si tu préfères. Et les Pictes avaient justement pour habitude se parer le corps et le visage de peintures bleues, avant le combat, ce qui les rendait encore plus terrifiants, bien sûr.
- J'imagine.
- D'autant plus qu'ils avaient une tactique de guerre assez sommaire, mais efficace. Ils précipitaient du haut des montagnes cailloux et rochers sur les Romains pour les repousser.
- Charmant. J'ai eu de la chance que tu n'en fasses pas autant avec moi quand je suis arrivée... encore que tu m'aies bien surprise alors.
- Oui, mais pour toi j'avais d'autres projets...
- J'ai bien compris, maintenant.

Il se penche et m'embrasse dans le cou. Ses yeux écarquillés et plus brillants que jamais évoquent une rage de vivre dévastatrice.

- Je t'aime.
- Moi aussi, mais regarde un peu la route.
- J'ai envie de toi.
- Maintenant ?
- Il n'y a pas d'heure pour ça. Dis-moi que toi tu n'en as pas envie.

Manque de chance, avant que nous n'ayons trouvé l'endroit propice, un camion nous double et se met à klaxonner de façon intempestive. En nous dépassant, le chauffeur nous fixe, hilare. Un peu plus loin, nous nous engageons dans un petit chemin de terre entouré d'arbres, à l'écart de la route.

Nous reprenons lentement notre souffle. Même après l'amour, Ewan sait être tendre. Nos baisers se font alors doux et veloutés, nos caresses réconfortantes. Je presse doucement sa tête contre mon cou, émue de ce visage qui porte encore les traces du plaisir, de ces cheveux ébouriffés.

- Il se peut bien que tu sois l'homme de ma vie.
- Mais je l'espère bien. Lucie a vu juste…
- Comment ?
- Je veux dire… elle a vu juste en t'envoyant jusqu'ici.
- Bien sûr, mais elle ne pouvait pas savoir…
- Non, non bien sûr…

Nous reprenons notre route. Cette fois, c'est moi qui prends le volant. Ewan somnole vaguement. Je savoure mon bonheur en conduisant tranquillement, négociant avec souplesse chaque virage pour ne pas l'éveiller. J'aimerais tant que Lucie me voie ainsi, aux côtés de cet homme que j'adore et qui me le rend si bien. Il parle toujours d'elle comme s'il l'avait connue. Je lui suis infiniment reconnaissante de savoir aussi bien partager mes souvenirs, mes sentiments.

Il s'éveille doucement, s'étire.

- Salut.
- Salut, bombe sexuelle.
- Tu pourrais m'indiquer la route à suivre ? Je ne suis pas trop sûre d'avoir pris le bon chemin, mais je ne voulais pas te réveiller.
- Tu ne t'es pas trompée. Nous serons à Aberdeen d'ici une demi-heure.

Vers midi, nous déambulons en effet dans le vieux quartier d'Aberdeen. Je me laisse charmer par ses rues médiévales, ses demeures géorgiennes.

- J'aime bien cette ville, me fait remarquer Ewan. Il y a ici une atmosphère particulière. On l'appelle "la cité de granit".

Effectivement, tout est gris à Aberdeen, mais non pas d'un gris triste et sale, la ville est au contraire une vraie souveraine de granit, brillant de toute sa dignité dans la lumière froide du Nord, à l'arrière de son port affairé.

- Cette région est devenue prospère grâce à la découverte de gisements de pétrole en mer du Nord. Les grandes compagnies pétrolières mondiales sont implantées ici. Maintenant, je vais te faire découvrir la vie de château, déclare Ewan après un déjeuner hâtif de "Fish and chips" pris sur le port, tout en admirant les constructions gigantesques du chantier naval.

Un ouvrier est venu s'asseoir sur le même banc que nous durant sa pause, entamant en même temps son sandwich et la conversation avec nous. Lorsqu'il comprend que je suis française, il me serre vigoureusement la main en signe de fraternité et, se hâte de me raconter une blague anglophobe, sûr par là même de me faire plaisir :

" Le sixième jour, Dieu se tourne vers l'archange Gabriel et lui annonce : Aujourd'hui, je vais créer un pays qui s'appellera l'Ecosse. Ce sera un pays d'une beauté exceptionnelle. Il y aura des montagnes, de hautes terres couvertes de bruyère et parsemées de lacs splendides, une faune et une flore d'une variété inouïe. Il y aura des forêts magnifiques, des plages de sable fin, beaucoup d'îles ravissantes et de charmantes rivières. Et il y aura même des gisements de pétrole, et enfin les Ecossais seront le peuple le plus aimable de la terre.

- Mais, Seigneur, répond Gabriel, ne pensez-vous pas que vous être un peu trop généreux avec ces Ecossais ?

- Pas vraiment, répond Dieu. Attends un peu de voir qui je vais leur donner comme voisins."

L'après-midi est un défilé de châteaux plus impressionnants les uns que les autres. Dunnottar, sur son promontoire rocheux assailli par les flots de la mer du nord, me laisse un long moment rêveuse, me faisant imaginer toutes sortes de scènes historiques, de cavalcades romantiques sur la lande environnante, de batailles fratricides. Mais le lent exode des nuages au-dessus de nos têtes, l'éruption de la roche brune au milieu d'une mer de saphir, la plainte âpre du vent dépassent la notion même de l'humain. Je soupire en me serrant contre Ewan.

-   Ton pays est dangereux, tout est plus fort ici, les sentiments y sont exacerbés.
-   Ça n'est pas pour me déplaire. Et pour tout dire, ça me fait le même effet. Tu sais, il s'en est passé des choses ici. De nombreux *covenantaires** ont été emprisonnés dans les geôles de Dunnottar. En fermant les yeux, on pourrait presque entendre leurs plaintes monter du fond des cachots. Et le trésor royal d'Ecosse y a été caché jusqu'au dix-septième siècle. Lors du siège du château par les troupes de Cromwell, la femme du pasteur a réussi à s'enfuir avec la couronne dans ses jupes et le sceptre dans une quenouille, pour les mettre à l'abri dans l'église.
-   En voilà une qui ne manquait pas de ressources…Ewan, je repense tout le temps à notre conversation de cette nuit. J'aimerais bien que tu me parles un peu plus de Brian.
-   *Sweetheart*, Brian ne se raconte pas. Tout ce que je pourrais te dire ne t'éclairerait pas beaucoup. Je préfère te le présenter bientôt. Tu jugeras par toi-même.

Non loin de la voiture, planté dans une prairie, un vieil Ecossais en costume local, à l'œil limpide et à la façade rougeaude, s'époumone dans sa cornemuse.

-   Qu'est-ce qu'il fabrique dans cet endroit perdu ?
-   Oh ! Ça, c'est le côté "marketing", la carte postale de l'Ecosse. Le sonneur de cornemuse tout seul au milieu de sa lande. Tu vois, il prend bien soin de poser une couverture à ses pieds pour ramasser quelques pièces. Comme ça après, il pourra s'offrir un coup à boire au pub. Les touristes adorent se faire

----

* *Presbytériens rebelles à l'épiscopat et à l'établissement de la liturgie anglicane en Ecosse.*

photographier à côté de ces types là. En été, ça rapporte assez bien, je crois.

Plus tard, une aimable vallée s'ouvre à nous, jalonnée de parcs et châteaux innombrables, de collines recouvertes de pins et de bouleaux. De petits ponts enjambent une rivière tranquille.

- C'est notre vallée de la Loire à nous, les Ecossais, déclare Ewan, la *Deeside*. Le Dee regorge de saumons et de truites. John et Brenda passent souvent leurs vacances d'été par ici, et John en profite pour pêcher, bien sûr. Maintenant, tu dois fermer les yeux durant dix bonnes minutes.

- Pourquoi ça ? Je n'en ai pas envie. Il y a tellement de belles choses à voir.

- Tu pourras les revoir demain. Pour l'instant je veux te faire une surprise.

Il arrête la voiture, embrasse doucement mes paupières, dénoue le foulard que je porte à mon cou, m'en bande les yeux.

- Comme ça, tu ne tricheras pas.

Quelque temps plus tard, nous faisons un nouvel arrêt.

- On est arrivés ?

- Oui, mais tu dois encore attendre.

Je l'entends sortir, contourner le véhicule, ouvrir la portière de mon côté. Il me prend par le bras.

- Viens. Suis-moi, et ne pose pas de questions.

Docilement, je me prête au jeu, manquant plusieurs fois de trébucher, me rattrapant à son bras. Je sens sous mes pieds du gravier, puis, un escalier, enfin je perçois des portes qui s'ouvrent, de vagues chuchotements, puis nous montons d'autres escaliers qui me semblent interminables, longeons ce que je pense être un couloir. Enfin j'entends Ewan ouvrir une porte à l'aide d'une clé. Et tout à coup, je me sens soulevée de terre, transportée, pour retomber sur ce que je pense selon toutes vraisemblances être un lit. Puis je sens les lèvres d'Ewan sur les miennes. Je proteste mollement, impatiente d'être débarrassée de mon bandeau.

- Oui, voilà, voilà.

Il fait glisser le morceau d'étoffe par-dessus ma tête, et je regarde autour de moi, interloquée. Au-dessus de nous, un lourd baldaquin retombe en pans épais autour d'un lit très haut. Le plafond à caissons me semble particulièrement imposant.

- Mais où sommes-nous ?
- Je t'ai dit que je voulais te faire découvrir la vie de château.
- Et tu as séquestré les gardiens qui le font visiter pour nous offrir une visite privée, ou quoi ?
- Pas exactement. En vérité ce château n'est qu'un tout petit château, un manoir, plutôt. Tu verras tout à l'heure. Mais très beau. Et il a été transformé en hôtel, comme beaucoup de vieilles demeures ici.

Je m'assois brusquement.

- Mais tu es dingue ou quoi ? Ça doit coûter une fortune, une nuit dans un endroit pareil.
- Pas tant que ça, surtout en cette saison. Et puis pour tout dire, j'ai eu un prix d'ami. Le propriétaire est un parent de Douglas, le nouveau mari de Karen.

Je ne peux m'empêcher de rire.

- Tu t'adresses à l'homme qui t'a pris ta femme pour emmener ta nouvelle maîtresse passer une nuit de rêve dans un château ? Toi au moins, tu n'es pas rancunier.
- Bien sûr que non, au contraire. Sans lui, et double titre, nous ne serions pas ensemble aujourd'hui. Je lui suis donc doublement reconnaissant.

63

Les deux jours suivants sont une vraie leçon d'histoire locale, mais nous ne faisons que passer devant Balmoral, qui ne remporte pas la sympathie d'Ewan.

- Qu'as-tu contre la résidence de sa très gracieuse Majesté ?
- Tu viens de donner toi-même la réponse.

J'éclate de rire devant son air grognon.

- En somme, si je comprends bien, tu ne portes pas la famille royale dans ton cœur.
- En vérité, je me fiche d'eux. Mais ce dont je ne me fiche pas, c'est du faste de la Couronne et de ce qu'elle nous coûte en impôts.
- Haha... Serais-tu républicain, par hasard ?
- Euh... pas forcément. Mais je trouve que notre monarchie devrait un peu sortir de sa tour d'ivoire, se rapprocher du peuple, arrêter de jeter l'argent par les fenêtres, et pourquoi pas travailler, comme tout le monde. C'est le cas dans d'autres monarchies constitutionnelles, alors pourquoi pas chez nous ?
- Alors pourquoi pas dans ce cas une république, tout simplement ?
- Certains la prônent, au sein du S.N.P., notre parti indépendantiste. Mais la plupart des électeurs écossais, bien que travaillistes en majorité, n'y sont pas favorables. Il nous semblerait impensable de supprimer une institution telle que la Chambre des Lords, par exemple, d'autant plus qu'elle compte un grand nombre de parlementaires écossais. Malgré tout, la monarchie, même pour les Ecossais, continue de représenter l'ordre, le respect des traditions. Ceci dit, il faut bien reconnaître que certains de leurs membres ne donnent pas vraiment le "bon" exemple.
- Mais toi, comment te positionnes-tu dans tout ça ?

- Comme beaucoup d'Ecossais. J'ai voté travailliste, et je continuerai. Mais je suis aussi pro-européen. Entre les ressources du pétrole et du tourisme, certains Ecossais commencent à penser qu'ils pourraient se suffire à eux-mêmes et être complètement indépendants de l'Angleterre. Pour ma part je ne prône pas l'indépendance de l'Ecosse, malgré notre histoire. En revanche, de plus en plus d'Ecossais comme moi veulent la création d'un parlement autonome, où nous aurions pouvoir de décision dans des grands domaines où le centralisme londonien n'est pas adapté, comme l'éducation, le développement économique, l'agriculture... Si les travaillistes remportent les prochaines élections, alors ce sera le cas
- Donc, si je comprends bien, tu es un nationaliste éclairé.
- Tu peux voir ça comme ça, si tu veux, mais j'ai horreur des étiquettes.
- Tu as raison. Tu es définitivement inclassable.

Isolé sur les collines des Grampians, Craigievar Castle se révèle à nous, majestueux édifice baronnial flanqué de flèches et parapets en encorbellement. Il pourrait être le cadre d'un conte de fée. Je pense à toutes ces générations qui se sont battues pour préserver leurs demeures, et les font visiter avec fierté à des touristes ébahis, tout en racontant l'histoire de leurs dynasties, en les agrémentant d'anecdotes réelles ou inventées.

Nous marchons à présent dans le parc de Castle Fraser. Le château est un surprenant assemblage de tourelles, lucarnes, pignons crénelés. Le vitrail multicolore des feuillages tamise la lumière d'automne, une brise légère venue du large s'incline avec respect sur les pelouses irréprochables. C'est une somptueuse fin d'après-midi. Etendus sur l'herbe, nous savourons bavardages et baisers avec la conscience de vivre des instants privilégiés.

64

J'astique mollement le lavabo en rêvassant. Depuis trois semaines, ma vie n'est plus qu'un pont où je vais et je viens, entre Ewan et Ewan, entre l'amour et l'attente de l'amour. En son absence, j'accomplis toutes sortes de tâches quotidiennes sans vraiment y prêter attention, cherchant seulement à tuer le temps qui me sépare de lui. Ce matin, en me regardant dans la glace, j'ai eu bien du mal à reconnaître en cette créature complètement ébahie d'amour, celle qui, deux mois plus tôt, se serait pendue plutôt que de vouloir y croire.

La veille, Céline et Thomas ont justement téléphoné, me rappelant soudain à mon existence antérieure. Notre fille semble se plaire dans son lycée, où elle s'est déjà fait plusieurs amis. Thomas, lui paraissait légèrement stressé, et a avoué que faire face quotidiennement aux problèmes d'une adolescente n'était pas toujours de tout repos, même s'ils s'entendaient assez bien au final. C'est à lui que j'ai parlé de mon nouvel amour, alors qu'il s'étonnait de me voir rester aussi longtemps.

- Je risque de rester encore pas mal de temps, Thomas. - Je me suis tournée vers Ewan, qui me regardait en souriant depuis son fauteuil. - Je suis avec Ewan, maintenant, tu comprends ?

Je me suis délibérément exprimée en français, et Thomas n'a pas saisi - ou voulu saisir- la subtilité contenue dans cette phrase.

- Oh, je dérange, vous étiez en train de dîner, peut-être ?

- Non. Je veux dire... Je vais écrire à Céline, pour lui en parler, mais je te l'annonce déjà. Ewan et moi allons vivre ensemble. Je suis très heureuse ici.

Dans son fauteuil Ewan exultait, tandis qu'à l'autre bout du fil, il a eu un soupir, puis un vague sifflement. La voix de Thomas avait soudain pris une tonalité différente, plus froide, mais cordiale.

- Mais... Tu veux dire que...

- Oui.

- Et tu ne comptes pas rentrer en France, alors ?

- Pas tout de suite, en tout cas.

- Mais... Comment vas-tu faire ? Ton travail, Céline, l'année prochaine ? Comment allons-*nous* faire ?

- Je ne sais pas. Nous avons encore le temps d'y réfléchir. Je vais vous écrire, et on se recontacte.

- Ah bon.

Visiblement, Thomas était déconcerté par cette nouvelle.

Et c'est tout ce que tu me dis ? Tu n'es pas content pour moi ?

Si, bien sûr. C'est juste que je ne m'y attendais pas du tout. Mais… excuse-moi de me mêler de ce qui ne me regarde pas, tu ne trouves pas que ça fait un peu trop "contes de fées" tout ça ? Tu es bien sûre de ce que tu fais ? Tu ne sais pas grand-chose de cet Ewan, quand même…Sois prudente, Iona.

- Je sais très bien ce que je fais, merci.

Après que nous ayons raccroché, Ewan a simplement fait remarquer :

- Ce type doit être encore amoureux de toi.

- Mais non. Je me demande même s'il l'a jamais été. Tu es jaloux de lui ?

- Non. Parce que je sais que tu m'aimes.

Je suis soudain tirée de ma rêverie par la porte d'entrée qui s'ouvre au rez-de-chaussée. De grandes traînées blanches de produit détergent ont séché dans le lavabo.

- Iona ?

- Je suis en haut !

Mon amour gravit l'escalier en courant, se rue dans la salle de bains, me prend des mains l'éponge et le détergent, jette le tout dans la baignoire et m'enlace.

- C'est le week-end, ma chérie. Viens, ça se fête.

Il entreprend de me déshabiller.

- Tu es obsédé.

- Complètement. J'ai même foutu les gosses dehors avec cinq minutes d'avance. Ce cher vieux Steve a failli en perdre son dentier de me voir démarrer avant lui.
- Pour une fois les mères ne râleront pas.

Il éclate d'un grand rire.

- Bien sûr que si. Elles trouveront bien quelque chose à redire, et avec la langue de vipère de Steve, je te passe les quolibets auxquels je vais avoir droit dans les rues. Mais je m'en fous complètement.

Je soupire de volupté en me retrouvant nue dans ses bras. Sa bouche a le goût du chocolat qu'il grignote parfois dans sa voiture et dont il garde toujours une tablette dans la boîte à gants. Je suis fascinée par le bleu chatoyant de ses yeux, auréolés de petites rides moqueuses. Son sourire se fait si tendre que je me sens émue aux larmes.

- Tout de même, ça n'est plus de notre âge, mon cousin.
- Au contraire, c'est bien meilleur. Viens vite.

Il s'affale nu au milieu du lit, bras et jambes écartés, partant à la rencontre du plaisir un grand sourire aux lèvres et le cœur désarmé. Il a une incroyable capacité à jouir de l'amour et de la vie en général sans souci de la démesure ou de la décence. Jamais de ma vie pris je n'ai pris autant de plaisir à donner du plaisir. Et, de nouveau, c'est l'éblouissement, ce même bonheur sauvage qui nous nous soulève, nous anéantit.

Je me suis assoupie. Je sursaute alors qu'Ewan se penche au-dessus de moi et prend brusquement ma tête dans ses mains.

- Bon, on se marie quand ?

Stupéfaite, je le considère durant plusieurs secondes, ne trouvant rien d'intelligent à répondre.

- Quelle drôle d'idée ! Tu as *déjà* été marié. Ça ne t'a pas suffi ?
- Non. Et comme ça au moins, tu n'auras plus en tête de repartir. On pourrait même faire un bébé. Un joli bébé avec plein de cheveux comme moi, un beau nombril et des yeux dorés comme toi, on l'appellerait France, ou Oléron, par exemple, pour rester dans le registre des îles.

J'éclate de rire.

- Tu es cinglé. Tu me vois enceinte, à mon âge ?
- Bien sûr. Et si tu continues à te moquer de moi, je te le fais sur-le-champ, ce bébé, et même des triplés, bleu, blanc, rouge. Après je te traîne à la mairie par les cheveux.
- Quelle perspective intéressante ! Je promets d'y réfléchir.
- C'est bien. Je vois que tu commences à devenir raisonnable, ma petite bonne femme française. Tu sais ce qu'on va faire, maintenant ?
- Non.
- Boire un verre et trinquer. Faire plein de projets. Et être heureux.

65

Un dimanche, Ewan annonce qu'il m'a réservé une surprise. Malgré mes questions insistantes, je ne réussis pas à en savoir davantage. Je finis par me résigner, mais demeure muette durant tout le trajet en voiture. Nous roulons vers le Nord durant une bonne heure. Autour de nous, le paysage est d'un calme étonnant, après les averses incessantes de la nuit, mais la route est encore luisante de pluie et de gros nuages cotonneux s'accrochent aux montagnes. La lande a désormais viré au brun foncé.
Nous traversons finalement un hameau, puis nous engageons dans une route en terre qui mène droit vers la mer, pour enfin nous garer devant un ancien *croft* *, une petite maison blanche de plein pied, sans aucune prétention, posée sur une pelouse nue. Mais aux quatre coins de la pelouse, des pierres sculptées, plus hautes que moi, semblent monter la garde. Sur ces pierres sont gravés différents motifs celtiques, d'allure étonnamment

---

* *Croft : exploitation rurale louée autrefois aux fermiers*

moderne. Et devant la maison, une jolie fontaine ronde de pierre blanche reprend les mêmes motifs. Alors que nous descendons de voiture, un homme nous attend sur le pas de la porte, souriant avec chaleur. Ewan fait les présentations.

- Iona, voici Brian. Brian...
- Bonjour, Iona.

Selon les images convenues, je me serais presque attendue à un vieil homme à barbe blanche, engoncé dans des habits d'un autre âge ou drapé dans une longue tunique blanche. Mais je me trouve devant un quadragénaire aux cheveux blonds, sans barbe ni moustache, au sourire presque juvénile. Pourtant le regard qu'il pose sur moi est surprenant de profondeur. Les prunelles hésitent entre la douceur du lilas et l'éclat d'un ciel d'orage. Moins grand qu'Ewan, de silhouette plus gracile, il possède une élégance de gestes, une prestance presque aristocratiques.

- Bienvenue, déclare-t-il d'une belle voix claire.

Nous pénétrons avec lui dans la maison, meublée avec simplicité, mais non sans quelques touches de coquetterie. Tout y est bleu et blanc, du sol au plafond, y compris le jeans et la chemise de lin de notre hôte, et mises à part les nombreuses plantes disposées un peu partout. Il n'y a ni rideaux, ni tapis, mais en guise d'ornements muraux des bouquets de bruyère et de gui séchés, quelques photophores de bronze ouvragé et une superbe photographie encadrée d'un paysage marin à ciel d'orage. Nous prenons place sur des banquettes de pierre blanchies à la chaux et recouvertes de coussins lavande, près d'une cheminée tout aussi blanche, de facture moderne, qui occupe le centre de la pièce. Par les fenêtres soulignées de plantes et d'herbes en pots, on peut apercevoir la prairie plonger vers la mer. Tout cela est bien loin de l'antre sombre du traditionnel druide gaulois.

- J'apporte le thé, annonce Brian.

Un peu plus tard, il réapparaît, tenant un lourd plateau, verse dans nos tasses un thé parfumé, nous propose de petits biscuits d'avoine et de miel. Après avoir bu, il repose sa tasse avant de nous regarder avec amusement, son regard allant successivement de l'un à l'autre d'entre nous à plusieurs reprises, comme s'il cherchait à établir le lien entre les deux personnes qui lui font face.

- Vous allez bien ensemble, tous les deux.

Cette remarque, trop intime et trop condescendante à mon goût m'irrite et me fait demander :

- Et qu'est-ce qui vous fait dire ça ?

Il rit, rejetant la tête en arrière. Il a un long cou avec une pomme d'Adam particulièrement saillante, de belles mains fines et longues, qu'il ouvre vers moi, paumes vers le haut, comme s'il signifiait ainsi qu'il n'a rien à cacher.

- C'est l'ami, avant tout. Et en ce qui est du druide, je dois rectifier ce qu'a dit Ewan. En fait, je ne suis pas druide, au sens historique et traditionnel du terme, c'est à dire que je n'officie pas en tant que tel. Ce serait une usurpation. J'ai seulement tenté de comprendre et de renouer avec certains aspects de la philosophie druidique.

- Chez nous, plusieurs personnes, notamment en Bretagne affirment être druides.

- Je sais, mais c'est une tromperie, surtout s'ils prétendent organiser des cérémonies druidiques. En effet, le druidisme en tant que tel était un système qui régissait les anciennes sociétés celtiques. Ces sociétés ayant disparu, les druides ont disparu avec elles. Je ne suis pas en accord avec ces confréries de soi-disant druides, leurs tendances ésotériques, leurs fantaisies divagatrices et leurs cérémonies pour le moins douteuses. J'ai simplement fait cette démarche, qui a duré vingt ans, pour m'initier à la pensée druidique, et tenter ainsi de mieux comprendre le sens que les Celtes donnaient à leur vie, de réapprendre une autre manière de penser et de vivre. C'est tout.

Il s'est exprimé avec un curieux mélange d'humilité et d'assurance, à mi-chemin du philosophe et du religieux, et je ne peux m'empêcher d'éprouver une certaine admiration, même si je suis encore sur mes gardes.

-   Qu'appelez-vous la pensée druidique ? Tout le monde prétend vouloir vivre autrement, retrouver les *vraies* valeurs. Pourtant, personne n'est vraiment capable de dire en quoi cela consiste, et surtout ce qui paraît être le chemin de la vérité pour les uns ne l'est pas pour les autres...J'ai bien peur qu'il n'y ait surtout un phénomène de mode là-dedans, si vous voulez connaître le fond de ma pensée. Et je redoute tout ce qui peut s'apparenter de près ou de loin à un phénomène sectaire.

Ewan intervient en riant :

-   Attention, Brian, tu as ici à faire à une héritière de Descartes et Voltaire. Iona ne se laisse pas convaincre facilement.

Ignorant l'intervention d'Ewan, Brian plonge vers moi un regard nouveau, dont l'acuité me fait baisser les yeux, me donnant cette impression de vertige que j'ai déjà éprouvée, mais quand, au juste ? Il ne semble plus y avoir que nous deux dans la pièce. Il reprend d'une voix étonnamment douce :

-   Initialement, le druidisme n'avait rien d'une secte. Il était le fondement de la société celtique, et a disparu avec l'avènement du christianisme, la romanisation de la Gaule et l'invasion des Saxons dans les îles de Grande-Bretagne. Toutefois, dans certaines contrées, et notamment en Irlande, qui n'a jamais été romanisée, ainsi qu'en Ecosse, les traditions celtiques ont perduré beaucoup plus longtemps. En tout cas, je pense qu'on peut encore se réclamer du druidisme en tant que philosophie de vie. Mais bien sûr, je ne vous demande pas d'en faire autant.

Il a un geste gracieux de la main en terminant sa phrase, comme s'il prenait à témoin un être invisible. J'ai du mal à ne pas être fascinée.

-   D'accord, mais vous ne m'avez toujours pas expliqué *en quoi consiste* le druidisme.

Je serre la main d'Ewan pour regagner de l'assurance, me cale bien droite sur la banquette, me forçant à regarder Brian dans les yeux.

- La société celtique et la pensée druidique se différenciaient fondamentalement de la société gréco-latine et du christianisme. En voici quelques principes simples : En premier lieu, l'harmonie universelle des êtres et des choses, la symbiose de l'homme avec le monde animal et végétal. L'homme n'est pas là pour dominer la nature, mais pour y puiser ses forces et vivre à son rythme. En cela, on peut considérer que la pensée druidique était moderne, puisque ces idées sont reprises par les écologistes. Un autre aspect, plus difficile à appréhender pour les chrétiens, est le refus du dualisme sous toutes ses formes. Par exemple, la société celtique n'établissait pas de distinction stricte entre le Bien et le Mal, la notion même de péché étant inexistante, et celle d'enfer impensable.
- C'est fort pratique. Avec de pareils principes, on peut légitimer tous les crimes, même les plus odieux.
- En aucun cas. Car le but n'était pas de détruire, mais au contraire de construire et de parfaire, de se libérer de ses entraves et peurs pour atteindre l'état de sagesse suprême. Ce qui comptait, c'était la réalisation de l'être et avec lui celle de sa communauté. Par ce principe, n'importe quel membre d'une tribu pouvait prétendre à atteindre l'état d'accomplissement le plus élevé, et accéder ainsi à la fonction de druide. En vérité, la philosophie celtique était un mode de pensée éminemment positif, où la notion d'interdit en tant que telle n'avait pas de raison d'être. Cela explique pourquoi les Romains, et notamment César, se montraient choqués du mépris des populations celtes pour la mort, tout comme de leur farouche appétit à vivre, à faire la fête et à aimer.

Je me tourne vers Ewan en riant.

- Cela me rappelle étrangement quelqu'un que je connais bien.
- De même, il n'y a pas de frontière entre le réel et l'irréel dans la pensée druidique et le rêve était pour les Celtes une forme de vie comme une autre. D'ailleurs, nier l'importance du rêve revient à nier le pouvoir de l'inconscient, qui influence nos

actions pourtant beaucoup plus que notre pensée consciente. Cela, les psychanalystes l'ont bien compris. De ce fait, il n'y avait rien de répréhensible à user du vin ou de plantes pour atteindre cet état de rêve qui permettait de mieux trouver la voie de son avenir, par exemple. De la même façon, l'orgasme était considéré comme l'un de ces instants où le passage d'un monde à l'autre était possible, et donc louable.

Brian a parfaitement décrit la sensation que je ressens dans les bras d'Ewan lorsque nous faisons l'amour, cette impression de basculer dans un monde inconnu. Mais je n'aime pas cette façon qu'il a de s'immiscer- même involontairement - dans mon intimité. Mon rire sonne faux lorsque je remarque :

- On est bien loin de l'austérité prônée par les presbytériens de chez vous, dites donc.

- Effectivement. Il est à cet égard important de remarquer que les Celtes n'établissaient pas de hiérarchie entre leur corps et leur âme. A partir de là, vous pouvez comprendre en quoi le druidisme se différencie fondamentalement du christianisme, où tabous, peur du châtiment divin, mépris du corps au profit de l'âme et ascétisme sont des notions fondamentales.

- Eh bien, j'avoue que je suis intriguée. Mais en quoi consistait le rôle des druides dans tout cela ?

- Le druide était dans la société celtique le personnage le plus important. Il y avait d'ailleurs toute une hiérarchie entre eux. Le druide était l'égal du roi, voire plus, en tout cas il était son conseiller. Il était à la fois le régisseur et le garant de la bonne organisation de la communauté, le devin, l'instructeur. De ce fait, il devait avoir accumulé, avant d'accéder à cette fonction, une somme de connaissances très importante. Il devait également être musicien, car, la transmission écrite de la pensée n'existant pas, celle-ci se faisait par le chant et les incantations accompagnées le plus souvent de musique de harpe. Les bardes étaient une catégorie de druides. En outre, les druides devaient être herboristes, astronomes, et, pour certains d'entre eux, médecins. Le mot "druide" a d'ailleurs une racine gaélique qui signifie en quelque sorte "savant", et "sage".

-   Vous-même avez donc dû acquérir toutes ces connaissances ?
-   Disons que je m'y suis efforcé, et à un niveau beaucoup plus modeste, sans commune mesure avec celui des anciens druides.
-   Mais pourquoi tout cela, dans la mesure où vous ne pratiquez pas de culte ?
-   Je vous l'ai dit. C'est un peu comme renouer avec une certaine philosophie.

Je me tourne vers Ewan.

-   Et toi, comment te positionnes-tu dans tout ça ?
-   Sans être aussi méthodique, j'essaie aussi de mettre certaines de ces idées en pratique. Je crois comme Brian que l'homme moderne a été amoindri, amputé par le rationalisme et le matérialisme. Alors, sans vouloir retomber dans l'obscurantisme, ni me mettre à implorer Teutatès ou à adorer le dieu Lug, je cherche simplement à vivre davantage en harmonie avec moi-même, la nature et les signaux qu'elle m'envoie.
-   Et tu as l'impression que ça t'a apporté quelque chose ?
-   Bien sûr. Je me sens beaucoup mieux dans ma peau ainsi. Tu ne peux pas savoir à quel point, étant enfants, Winnifred avons été marqués, voire traumatisés, par le puritanisme de l'église presbytérienne. Et la religion de notre mère, catholique irlandaise, ne nous semblait pas pour autant satisfaisante. Winnifred, elle, a tout rejeté en bloc. Moi, j'ai tenté de trouver une troisième voie. Mais c'est pour moi une philosophie, pas une religion.

Il me sourit tranquillement, comme pour me rassurer. Un élan soudain me fait nouer les bras autour de son cou et l'embrasser. Brian s'éclipse.

Quelques minutes plus tard, il réapparaît, nous sourit. Je ne sais pas encore si je le trouve sympathique, même si j'ai envie de l'aimer parce qu'il est l'ami d'Ewan. J'ai soudain besoin de le replacer dans un contexte plus moderne :

- Et vous, Brian, avez-vous déjà été marié ?
- Oui, mais je ne le suis plus.

Je sens qu'il n'a pas très envie d'aborder le sujet.

- Excusez mon indiscrétion. Quel métier faites-vous ?

Il rit gentiment de mon sarcasme.

- Je suis professeur de philosophie à l'Université d'Inverness, où j'enseigne deux fois par semaine. Durant mes loisirs, je suis sculpteur. Et j'aime aussi cultiver toutes sortes de plantes, notamment aromatiques et médicinales. Je me suis construit une petite serre pour cela.
- Et où trouvez-vous le temps de faire tout ça ?
- Eh bien... moi, je n'ai pas de femme, du moins pas à temps complet. Ça me laisse donc beaucoup de temps libre, n'est-ce pas Ewan ?
- Tu es jaloux, et voilà tout, mon vieux.
- Bon, Iona, cela vous dirait-il de venir visiter mon atelier et ma serre, un de ces jours ?
- Bien sûr. Pourquoi pas maintenant ?
- Pourquoi pas, en effet ? Mais Ewan le connaît déjà par cœur, et nous en avons pour une bonne heure, si je veux tout vous expliquer. Peut-être pourriez-vous revenir un autre jour ?

66

Novembre est bouleversant. Nous vivons en état de fusion permanente, l'esprit enfiévré, le cœur et le corps portés par le désir et la chaleur de l'Autre.

La nuit, il m'arrive de m'éveiller avec la conscience d'un bonheur aigu, et d'allumer ma petite lampe de chevet, pour mieux contempler la silhouette endormie dans le lit, près de l'empreinte que mon propre corps a laissée sur le drap. Emue par une main ouverte et retournée, un grain de beauté insolent au creux des reins, une fesse trop blanche, je viens alors me recoucher, ces mots s'imposant en moi, avec une chaleureuse certitude : *Mon* homme. Alors, souvent, Ewan se retourne, m'enlace, me griffant de sa joue mal rasée, me caressant les yeux fermés, comme pour mieux reconnaître mes contours, me pénétrant en murmurant des mots inconnus. Son amour est tour à tour rugueux et velouté, mais toujours inventif et tendre, comme cette langue qu'il parle parfois, lorsqu'il sait ne pouvoir exprimer autrement un sentiment important.

Il a voulu me l'apprendre, et, par solidarité, j'en ai commencé à grand peine l'apprentissage. Je me suis bientôt surprise à jouir de ces sons encore malhabiles qui montaient du plus profond de ma gorge, comme si je puisais désormais mes pensées non plus dans la masse indécise de mon cerveau, mais dans la bouillante assurance de mon cœur et de mon ventre. Parfois je marche dans le jardin, répétant dix fois de suite la strophe d'un poème que j'ai aimé. Car c'est par la poésie que nous avons commencé, et il m'est bientôt paru impossible d'apprivoiser cette langue autrement.

A la fin du mois, pour mon anniversaire, Ewan a organisé une fête, faisant revenir à la vie des pièces de la maison, que nous avons épousseteées et décorées ensemble. J'ai hurlé de rire quand il prétendait vouloir arborer le kilt en cette occasion, mais l'ai contemplée muette d'admiration, lorsqu'il est apparu dans toute sa splendeur de Highlander parfaitement assumée. Du reste, parmi les invités masculins, beaucoup d'hommes en avaient fait de même, et je me suis retrouvée dansant au milieu d'un tourbillon de tartans. Le temps n'existait plus.

Et l'hiver est arrivé, identique à ce qu'Ewan avait prédit, les eaux du lac devenant d'un noir d'encre, la lande virant du brun à l'anthracite. La pluie cingle le paysage, se transformant parfois en flocons qui dansent sur le lac, poudrent le toit des maisons, les collines. Le village s'est fait encore plus frileux, les cheminées plus actives, les gens plus enrobés, les lits plus emplumés, et le whisky a remplacé de plus en plus souvent la bière sur le comptoir du pub. Un jour, passant en voiture dans le village, je me suis arrêtée pour entendre les grommellements du facteur recueillant dans la boîte à lettres rouge d'indignation un paquet informe et délavé de courrier détrempé, tandis que trois jeunes garçons se tordaient de rire contre un arbre.

Lorsque les dimanches refusent de se départir de leur maussaderie, nous restons pelotonnés l'un contre l'autre sous l'épaisseur de la couette. Dans les bras d'Ewan, peu à peu, j'ai senti tomber autour de moi, comme des peaux mortes, mes dernières défenses. Je lui ai ouvert mon cœur, mon corps et ma pensée, sans réserves. Il s'est emparé du tout avec gaieté et voracité. Buvant notre histoire réciproque, nous nourrissant de rires et de baisers, nous faisons l'apprentissage d'un avenir que nous contemplons avec émerveillement et incrédulité.

Et puis Winnifred est arrivée.

67

Nous voyons de loin le vieux bus s'approcher en patinant. Ewan se précipite sur le seuil de la maison. Je le suis, un peu anxieuse.

Le véhicule est orné de fresques hétéroclites, ses fenêtres latérales munies de petits rideaux. Il s'arrête devant la maison dans un dernier grondement. Il en jaillit un groupe d'êtres étranges, dépenaillés et colorés, vociférant dans la joie de leur arrivée, entourant Ewan comme l'îlot salvateur d'une bande de naufragés.

Je ne sais pas tout de suite s'ils sont cinq ou six, ni la répartition des sexes, tant je suis captivée par la contemplation de Winnifred qui fond directement sur moi. S'arrêtant à quelques pas, elle me toise ouvertement, le regard incisif, le sourire moqueur. Ses cheveux agrémentés de mèches rouges, sa bouche d'un brun tirant sur le noir lui donnent des airs sans doute voulus de sorcière des temps modernes. Enfin, elle se plante devant moi, me saisit par les deux bras en se déclarant "prodigieusement contente" de me connaître, avant de sauter soudainement les quatre fers en l'air sur son frère, manquant de le renverser.

Dès lors, la maison est emplie de musique, de cris, de cavalcades dans l'escalier, envahie de hordes de vêtements posés çà et là, de boots de toutes les couleurs artistiquement abandonnés tout au long des couloirs. Les journées s'égrènent en promenades et en répétitions. Ewan et moi assumons bravement l'intendance, tandis que le groupe nous vrille le cerveau de vocalises intempestives et d'accords de piano rageurs. Mais les soirées sont sublimes, le violon réconcilié avec l'accordéon, la cornemuse flirtant avec la flûte et la guitare, et toujours la voix de Winnifred monte avec nos rêves, toute enrubannée de violence et de tendresse, le gaélique et l'anglais faisant l'amour dans des refrains lancinants. Au matin, Ewan part travailler avec d'énormes cernes sous les yeux et la migraine, mais le soir, il est le premier à chanter, à boire et à danser, et tout recommence.

Après avoir été séduite par Ewan, je tombe sous le charme de Winnifred.

68

- Winnifred ? Tu sais à quoi tu me fais penser ?
- Aucune idée.
- A une étoile filante.

Elle éclate de rire et s'affale sur sa chaise, les pieds croisés sur la table de cuisine, me considère avec un sourire sans joie.

- Rien que ça ?
- C'est l'image que j'ai eue de toi, dès le premier regard. Tu es insaisissable, lumineuse, fulgurante, mais fragile.

Elle émet un petit sifflement.

- Eh bien…. Je suis flattée. Et je t'admire de parler si bien anglais. Il faudra que tu m'apprennes le français. Ewan n'a jamais voulu. Il l'a toujours gardé jalousement pour lui.

- J'aimerais bien, mais quand ? Tu repartiras bientôt.

- Tu sais quoi, Iona ? Tu me manqueras beaucoup, quand je serai partie, presque autant qu'Ewan. Tu sais, Karen était un peu jalouse de nous. Elle nous trouvait trop proches, Ewan et moi, et c'était vrai. Il m'est parfois arrivé de penser que j'étais amoureuse de mon propre frère. Il m'agace parfois profondément, avec ses manies nationalistes, ses airs de prof, ses leçons de morale, mais bon Dieu, je l'adore. Je n'arrête pas de le comparer aux mecs que je rencontre, et je me dis chaque fois qu'ils ne lui arrivent pas à la cheville. Et puis il a toujours été gentil avec moi, depuis que je suis toute petite. Je crois qu'il s'est plus occupé de moi que ne l'ont fait mes foutus parents.

- Ne t'inquiète pas, je ne suis pas jalouse.

Elle penche la tête sur le côté avec un petit sourire évasif, semble réfléchir.

- Moi, je le suis un peu quelquefois. Je savais qu'Ewan tomberait amoureux de toi, avant même qu'il ne le sache lui-même. Lorsque je l'ai vu au mois de juillet, à sa façon de me parler de toi, de vos conversations au téléphone, de tes lettres, à me montrer dix fois ta photo, je savais qu'il était mûr pour ça comme une pomme qui va tomber de l'arbre, tout brillant, tout rouge d'exaltation. C'est dingue, comme l'histoire se répète, la façon dont nos deux familles sont mêlées. Dis donc, tu n'aurais pas un petit frère pour moi ?

Une soudaine expression de tristesse ombre son visage. J'ai envie de la prendre dans mes bras.

- Tu n'es pas heureuse, n'est-ce pas ?

Elle explose de rire, mais s'assombrit aussitôt, haussant les épaules.

- Heureuse ? … Haha… Quelle connerie…

Elle fronce les sourcils, comme si ce mot lui était réellement étranger. A présent ramassée sur elle-même, les bras autour de ses genoux pliés, elle tremble de tout son corps. Elle est si pâle que je peux voir exactement chacune des veines qui montent de ses joues vers ses tempes.

- Vous êtes si différents, toi et Ewan...
- Ouais, justement. - Elle renverse rageusement d'un coup de pied la chaise voisine, me faisant sursauter - Malgré toutes les claques qu'il a reçues, ce grand balourd est toujours persuadé que la vie, c'est quelque chose de chouette. Moi je sais bien que c'est rien d'autre qu'un énorme sandwich de merde dont on bouffe un peu tous les jours. Oh, et puis après tout, vous avez peut-être raison, envoyez-vous en l'air tous les deux et profitez en bien, ça sera toujours ça de pris sur cette putain de vie.

69

Sans le vouloir, j'ai de nouveau tiré brusquement Ewan du sommeil. J'ai crié, me suis agrippée à ses épaules.
- Réveille-toi, *Darling*, tu fais encore un cauchemar.
- C'était atroce.
- Tu vas me raconter. Attends, je reviens tout de suite.
Il se lève et se dirige vers la salle de bains, revient avec un verre d'eau.
- Tiens, bois ça, tout va bien maintenant.
Il se recouche et me prend dans ses bras.
- Raconte-moi
- C'était Winnifred. Il y avait de la neige, plein de neige partout. C'était la nuit. Je la regardais par la fenêtre. Elle était presque nue et elle marchait vers le lac. Elle criait qu'elle allait se

baigner, je crois qu'elle était saoule, ou droguée. Il y avait du sang qui coulait dans son dos, et des gouttes qui tombaient sur la neige. Toi, tu étais plus loin, sur le lac, dans la barque. Je criais pour te prévenir, mais tu n'entendais rien. Je la voyais rentrer dans l'eau, s'enfoncer jusqu'à la tête, je tapais contre la vitre, et tu ne réagissais toujours pas, tu ramais tranquillement sans nous regarder. J'ai descendu l'escalier à toute vitesse, pour aller la chercher, mais la porte de la maison était verrouillée, je ne pouvais pas sortir.

- C'est vraiment bizarre. Je me demande ce que ça voulait bien dire. Enfin, ça n'était qu'un rêve, oublie ça.
- Il ne faut pas oublier ses rêves. Ils veulent dire quelque chose. Tu me l'as déjà dit toi-même, et Brian aussi.
- Ne te torture plus avec cela, maintenant. Tout va bien. Au fait, joyeux Noël !
- Déjà ?
- Oui, c'est trois heures du matin. Ce soir, on va faire la fête, et aujourd'hui, on va avoir du boulot pour tout préparer. Si tu es bien sage, le Père Noël passera la nuit prochaine.
- Bon, alors, on va essayer de se rendormir en attendant.
- Hum, j'ai une meilleure idée.

Déjà, il se renverse sur moi, me caresse doucement, embrasse mes épaules, mon cou.

- Iona, rien ne peut nous arriver, tant que nous serons ensemble, tu entends ? Viens, mon amour, viens avec moi...
- Il ne s'agit pas de *nous*, Ewan, mais de Winnie. Je crois qu'elle ne va pas bien.
- Mais si, ne t'inquiète pas.

Il me fait taire d'un baiser. Je voudrais résister, répliquer quelque chose, mais le plaisir monte à une vitesse vertigineuse, les mots se brisant dans ma tête comme des éclats de verre.

Un peu plus tard, je me dégage pourtant tandis qu'Ewan s'est rendormi, la tête sur mon épaule. Il grogne légèrement.

- Iona ?

- Chut, rendors-toi.

Je me lève, enfile un peignoir et me dirige vers la chambre de Winnifred. Celle-ci la partage avec une autre fille. Doucement, j'entrouvre la porte. Le chaos règne dans la pièce. Nue par terre, Winnifred dort. Elle ronfle un peu. Plusieurs bouteilles de bière et de whisky jonchent le sol. Dans l'un des deux lits, Elsie est recroquevillée, le visage presque gris. Elle a vomi sur l'oreiller. Une petite boîte ouverte, contenant deux seringues usagées, est posée sur la table de nuit.

Je me précipite hors de la chambre pour réveiller Ewan.

- Vite, viens m'aider.

Il enfile le peignoir que je lui lance, me suit sans poser de questions, titubant de sommeil.

Contemplant le spectacle de la chambre, il se tape le front de son poing.

- Oh non, elles ont recommencé !
- Tu vois, je savais qu'elle n'allait pas bien, avec son teint à faire peur, ces tremblements…

Furieuse, j'ai haussé le ton. Winnifred remue et grommelle quelque chose.

- Bon sang, je croyais qu'elle avait arrêté, glapit Ewan.
- On n'arrête pas comme ça. Bon, aide-moi.

Je ramasse sur le plancher un préservatif utilisé et le brandis devant les yeux d'Ewan.

- Tu paries pour qui ?

Il observe l'objet, complètement hébété.

- …Tom ?

Il porte Winnifred sur l'autre lit, va chercher de l'eau pour lui rafraîchir le visage. Pour ma part, j'entreprends de l'habiller avec l'un des mes pyjamas. La peau de ses jambes est glacée et je ne peux m'empêcher de frémir à leur contact. Elle se laisse faire, hébétée, me souriant vaguement. Puis elle se retourne et se rendort. Ewan a fait asseoir Elsie et lui donne une claque magistrale pour la sortir de son inertie. J'interviens.

- Arrête.

Je tamponne le visage de la fille avec de l'eau fraîche, lui parle gentiment. Elle paraît étonnée en revenant à elle.

- Iona ?
- Oui, tiens, bois ça.

Elle fait la grimace en avalant l'eau mentholée, tandis qu'Ewan change la taie d'oreiller. Elle s'affale dessus en lui faisant un clin d'œil.

- Salut, chéri. Tu ne veux pas qu'on baise un peu ? C'était pas mal la dernière fois. Tu sais, Iona, ce gars est un sacré bon coup.

J'accuse le coup en tentant de la border.

- Je suis déjà au courant, merci.

Ewan me suit, penaud, tandis que je repars vers la salle de bains pour y faire tremper le linge souillé. Il m'attrape par le bras.

- C'est vrai. J'ai couché avec elle, une fois seulement, l'année dernière, lors de leur dernier passage. C'est à cette époque que j'avais fait le test.
- Tu ne me dois pas d'explications.

Je me dirige à grands pas rageurs vers notre chambre. Ewan me suit toujours.

- Tu m'en veux ?
- Mais non, voyons, je suis seulement en colère contre tout ça, ce gâchis. Il va falloir faire quelque chose de sérieux pour ta sœur.
- Je sais, mais quoi ?
- Je ne sais pas encore, on en reparlera demain, et il faudra que toi tu lui parles sérieusement.

Dans le lit, il me serre contre lui, s'accrochant presque à moi comme à une bouée de secours.

- Je t'aime, Iona. J'ai vraiment besoin de toi. Epouse-moi très vite.
- Ça peut attendre jusqu'à demain ? J'aimerais bien dormir un peu avant. Dors, maintenant. Je suis là.

Je lui caresse les cheveux, le visage. J'éprouve soudain une immense sensation de fatigue, ainsi qu'une peur sournoise et irraisonnée.

70

Etrangement, le lendemain matin, tout paraît normal.
Vers midi, les deux filles descendent dans la cuisine. Malgré une sensation de dégoût, je les embrasse avec chaleur, comme pour leur insuffler un peu de vie. Elles empestent l'alcool et la transpiration macérée.

- Joyeux Noël, les filles. Il y a du café tout frais, si vous voulez.
- Où est le grand chef ? demande Winnifred.
- Parti avec Norman faire des courses pour le repas de ce soir.
- Bordel, je sens que je vais avoir droit à un sermon en règle quand il va rappliquer, et ce soir, il va encore nous infliger son kilt ringard et tout le folklore de Noël. Je déteste Noël.
- Ne parle pas comme ça. Il était très malheureux, cette nuit, il s'inquiète pour toi.

Elle éclate d'un grand rire caverneux.

- Je sais. Que veux-tu, lui et moi sommes les deux faces opposées de la lune. Lui, la lumière, moi les ténèbres. Toi, je te trouve plutôt sympa, mon chou. Mais fais attention, ne te laisse pas avoir par Ewan et ses manies traditionalistes, sinon tu vas finir par t'encroûter ici. Je suis sûre aussi que lui et son copain Brian ont commencé à te brancher avec toutes leurs conneries druidiques. Je vois bien que tu es déjà complètement envoûtée.

Je reçois désagréablement cette remarque, et je sais, que, d'une certaine façon, elle a frappé juste, que je me trouve en effet dans un certain état d'envoûtement. Mais je n'ai pas non plus envie d'en sortir.

- Je sais ce que j'ai à faire. Et Winnie, il me semble que c'est plutôt toi qui es en danger, en ce moment, non ?

Elsie me sourit d'un air contrit. Beaucoup plus jeune que Winnifred, elle a un vrai air de petite fille perdue, maigrichonne et fragile. J'ai du mal à l'imaginer dans les bras vigoureux d'Ewan.

- Bon, d'accord, on a déconné cette nuit, reconnaît Winnifred. Mais disons que ça fait partie de la vie d'artiste…
- Tu crois vraiment ça ? Une dernière question : Les autres se droguent aussi ?

Elle s'empare de ma tasse de thé, en boit une gorgée et hausse les épaules.

- Jeff est parfaitement clean. C'est notre manager, comme tu sais, la tête du groupe, le seul qui compte les sous. Quant à Tom, eh bien c'est encore pire que nous. C'est avec lui en fait qu'on a commencé l'héroïne. Il va sûrement y laisser bientôt sa peau. Le problème, c'est que c'est le meilleur violoniste du monde, et c'est mon mec, enfin, ça l'était. Cindy, Mel et Norman, eux, ne fument que du hasch et ne boivent même pas. Bref, plutôt le style "peace and love".
- Je vois. Il y en a pour tous les goûts, dans votre bande. Bon, vous puez décidément trop, allez, ouste, à la douche !

Pensive, je termine la préparation des deux tartes destinées au repas de réveillon, puis entreprends de hacher de la viande pour les feuilletés. Un sifflement admiratif me fait sursauter.

- Eh bien, c'est Byzance, ou quoi, Iona ?
- Salut Tom. Comment vas-tu ce matin ?
- En super forme.

Je jette un œil sur son teint blafard et ses paupières gonflées. Il vient s'asseoir sur le rebord de l'évier, me détaillant d'un air goguenard.

- Tu as besoin d'aide, ma belle ?
- Pour l'instant non. Ou plutôt si. Tu pourrais aller chercher des bouteilles à la cave, du Bordeaux rouge, remontes-en une caisse, s'il te plaît, et puis un sac de patates.

- Tout de suite, princesse.

Il me donne une petite tape sur l'arrière-train en passant, puis s'empare d'un morceau de viande froide qu'il fourre dans sa bouche.

- Tom, je te serais reconnaissant de ne pas me taper sur les fesses à tout bout de champ.
- Pourquoi, ça te déplaît tant que ça ? dit-il en mâchonnant.
- Franchement, oui.

Il m'observe un instant, l'œil franchement égrillard, se roule tranquillement un joint avant de renchérir :

- Tu dois pas être aussi avare de ton petit cul avec Ewan, apparemment, vu l'air béat qu'il se trimballe en ce moment.

Il ponctue sa remarque d'un gros rot. Je sors de mes gonds et plante sur lui un regard hostile.

- C'est de te défoncer qui te rend si lubrique, ou quoi ? Le gâchis que tu as fait avec les filles cette nuit ne te suffit pas ?
- Haha, je vois que Winnie l'oursonne est encore allée couiner auprès de son grand frère pour se plaindre du grand méchant loup. En tout cas, j'adore quand tu es en colère. Avec ton accent français, c'est trop mignon.

Cette fois, il me pince le bout d'un sein et me souffle sa fumée en plein visage. La claque part immédiatement.

- Tu n'es qu'un imbécile, et d'être un musicien potable ne te donne pas le droit de traiter les gens moins bien que ton violon.

Bizarrement, alors que je m'attends à des représailles, il se calme aussitôt, hausse les épaules et sort à reculons, les mains en l'air.

- Bon, O.K., si tu le prends comme ça...

Un peu plus tard, il réapparaît avec le vin et les pommes de terre.

- Bye bye, *chérie*, je vais me balader, puisqu'on ne veut pas de moi ici.
- Je trouve l'idée excellente, ça te rafraîchira les idées.

Je sais pertinemment qu'en guise de promenade de santé, il ira comme d'habitude faire le plein de bière et de whisky au pub. Je décide de ne plus m'en préoccuper momentanément et me remets au travail avec une rage qui se veut constructive.

Alors que je me lance dans la confection d'un nouveau gâteau, un bras me saisit par derrière, un bouquet de fleurs blanches et rouges apparaît devant moi.

- Joyeux Noël !

Je fais volte-face et me pend au cou d'Ewan, comme à une planche de salut.

- Héhé... Quel accueil, ma parole !
- Bonjour, mon chéri. Merci.

Il se penche pour me donner un baiser.

- Ça sent terriblement bon ici. J'ai bien peur de tout dévorer avant ce soir. Ça va, toi ?
- Très bien.
- Tu es sûre ?
- Absolument.

Je me mets à disposer les fleurs dans une cruche en grès.

Il se rapproche, me renifle et fronce le nez.

- Tu pues le joint, mon amour. Fumerais-tu en cachette, par hasard ?
- Non. C'est notre ami Tom qui est passé par-là. Il adore faire profiter tout le monde de son souffle artistique.
- Celui-là, il n'a pas intérêt à poser ses pattes sur toi, en plus de toutes ses conneries.

Etant donné qu'il n'a pas l'air de plaisanter, je m'abstiens de lui parler de l'incident survenu plus tôt.

Alors que je me dirige vers la cuisinière, il m'attrape, me soulève pour m'asseoir sur le bord de la table et me considère gravement.

- Tu sais ce que tu m'as promis cette nuit ?
- Quoi donc ? - Je réalise tout à coup.- Oh oui, bien sûr !
- Alors, on le fait quand ?
- Mais je ne sais pas. Il y a sûrement plein de formalités à effectuer. Je ne me suis jamais mariée de ma vie. Je n'y connais rien.

-   Le printemps, Pâques par exemple, ça t'irait ? Au moins, on aurait une bonne occasion de sonner les cloches.

J'éprouve un sentiment étrange : La sensation de me sentir à la fois acculée et heureuse.

-   Tu ne trouves pas tout ça un peu rapide ?

Il se rembrunit immédiatement :

-   Pourquoi, tu n'es pas sûre de toi ?
-   Euh... Si, mais rien ne presse, quand même...Tu n'es pas obligé...
-   Iona, là, je ne te comprends pas. Au début, tu ne voulais pas m'aimer par peur d'être déçue ou rejetée ensuite, et maintenant que je t'ai donné des preuves assez concrètes que c'est toi que je voulais, que je te dis vouloir m'engager définitivement, c'est toi qui recule ?
-   Excuse-moi. Bien sûr que je veux me marier avec toi. Et c'est quand tu voudras, Pâques, ce sera très bien.
-   Alors j'aimerais l'annoncer à tout le monde ce soir.
-   Vraiment ?
-   Mais oui. C'est le moment rêvé. Maman sera là, et Kevin aussi. Ils se sont donné rendez-vous à Glasgow ce matin je crois. Ils vont continuer la route ensemble par le train. Je dois aller les chercher ce soir à la gare. Tu viendras avec moi ?
-   Si tu veux.
-   Il faudra aussi inviter ta famille.
-   Pour ce soir, c'est un peu tard.
-   Non, pour notre mariage. Je veux une grande fête, avec du champagne, des dragées et tout le tintouin.
-   Et tu voudrais peut-être aussi que je me déguise meringue, avec voile de tulle et diadème ? N'y compte pas. Pour ma famille, c'est d'accord, mais je ne sais pas s'ils pourront tous faire le déplacement.
-   Mais ou pourrait aussi faire ça en France, si tu préfères.
-   On verra.

Je constate sur son visage les traces de la nuit éprouvante que nous avons passée. Malgré tout, nous nous sommes levés à sept heures. Mon regard s'attarde sur les petites rides au coin de ses yeux et de sa bouche qui se sont accentuées.

- Tu as l'air fatigué. Tu devrais monter faire une petite sieste.
- Avec toi ?
- Non. J'ai dit une sieste, pas autre chose.
- Eh bien j'aimerais faire une *sieste*, avec toi. Après, je t'aiderai à finir de tout préparer.
- Il n'y a plus grand-chose à faire. Je vais demander à Winnie de préparer les lits de nos invités.

Il me soulève de la table, je noue mes bras et mes jambes autour de lui.

- Viens, je t'embarque, mon petit koala.

Nous rencontrons Winnifred et les deux autres filles dans l'escalier. Toutes deux proposent leur aide spontanément.

- Ouf, on va pouvoir prendre un peu de vacances, fait Ewan en refermant la porte de la chambre.

Nous nous déshabillons et nous glissons dans la chaleur du lit. Tandis que nous nous endormons, pelotonnés l'un contre l'autre, je sens revenir en moi ce sentiment de sécurité, un instant menacé.

71

Je fais un tour de table du regard, surprise et amusée par la diversité des convives présents. Maggie, la mère d'Ewan, m'étonne par sa vivacité et son sens de la répartie. Ses petits yeux gris pâle, sous une mousse légère de cheveux courts et blancs, courent d'un visage à l'autre avec vélocité, semblant vouloir tout observer à la fois. Du reste, je remarque qu'elle suit plusieurs conversations simultanément, plaçant çà et là une réplique, au moment où on l'attend ailleurs. J'ai du mal à imaginer que cette petite femme si svelte a un jour porté Ewan dans son ventre. Son accent est très différent de celui de ses enfants, et ses intonations particulièrement chantantes. Elle rit lorsque j'écarquille les yeux avec perplexité, n'étant pas parvenue à la comprendre. Elle répète alors ses mots très lentement, en les accompagnant de comiques mouvements des mains et en matérialisant les sons avec ses lèvres, comme à l'intention d'un sourd.

Avec ses enfants, elle n'a pas cette attitude protectrice, ni même ouvertement aimante, qu'on pourrait attendre d'une mère. Elle s'adresse plutôt à eux comme à des compagnons de jeu ou de bons collègues. Elle pose de nombreuses questions sur les dernières compositions du groupe de Winnifred, semblant remarquablement au fait des nouveautés en matière de musique moderne. A l'annonce de notre prochain mariage, elle nous a félicités avec un grand sourire de sympathie, mais sans paraître vraiment concernée. En revanche, j'ai dû répondre à toutes sortes de questions sur la France, notamment artistique et politique. Enfin, Maggie mange très peu, mais semble boire volontiers et fumer énormément, tirant sur sa cigarette d'un petit geste nerveux, balançant la tête çà et là pour souffler la fumée à l'écart de ses interlocuteurs. Décidément, Ewan n'a rien de commun avec elle.

En revanche, je ne peux m'empêcher d'observer Kevin avec attendrissement, tant il ressemble à son père. Cependant, et pour autant que j'aie pu en juger d'après les photos qu'il m'a montrées de sa seconde famille et de sa demi-sœur, il a hérité du nez et de la bouche de sa mère, ce qui le dote d'une plus grande finesse de traits. Il semble particulièrement bien dans sa peau et communicatif pour un adolescent de son âge. Eberluée, j'ai constaté qu'à l'instar d'Ewan, il avait décidé de porter pour la soirée la tenue traditionnelle des Highlanders. Son kilt est coupé dans le même vieux tartan que celui d'Ewan. Kevin a opté pour le raffinement, avec chemise immaculée à jabot de dentelle et gilet de soie noie. Il a l'allure princière de quelque aristocrate écossais du dix-huitième siècle, et j'ai été frappée par sa beauté juvénile, lorsqu'il est apparu dans la pièce, ses cheveux sombres aux reflets bleutés soigneusement plaqués sur le crâne, retenus en une minuscule queue de cheval sur la nuque, ses yeux pervenche pétillant de vitalité.

Ewan, lui, a choisi une version plus agreste, revêtant, par-dessus la chemise de lin judicieusement ouverte sur sa poitrine, le gilet de cuir fauve hérité de quelque ancêtre, sorte de cuirasse piquetée de motifs celtiques. Mais tout dans la tenue des deux hommes, y compris les accessoires, *sporran et skean dubh *,* écharpe nouée en travers du torse et retenue par une broche sur l'épaule, témoigne de leur souci de respecter la tradition ancestrale, sans le moindre souci de ridicule ou d'anachronisme. Cette fois-ci je ne me suis pas moquée. Jamais autrefois je n'aurais imaginé qu'on puisse avoir l'air aussi viril en portant ces vêtements insolites. J'ai toutefois émis quelques railleries en le voyant enfiler un caleçon avant de mettre son kilt :

- Je croyais qu'un vrai Highlander ne portait rien dessous.
- C'est vrai. Mais ceux d'autrefois avaient les fesses tannées à force de monter à cheval, et le contact de la laine rêche sur leur derrière ne les gênait pas. Ça n'est plus notre cas, à nous,

---

* *Sporran : sorte de bourse en cuir attachée à la ceinture. Skean dubh : petit poignard, glissé dans la chaussette.*

les Ecossais d'aujourd'hui. Et je ne tiens pas à me gratter le cul toute la soirée.

Ewan et moi avons décoré la maison afin de la rendre plus accueillante pour les fêtes. Pour la première fois depuis longtemps, je me suis plu à confectionner couronnes de gui et de houx, à parer le sapin que nous avons installé dans le hall d'entrée. Winnifred, bien sûr, a apporté sa touche personnelle en suspendant aux branches de petits diables, satyres et sorcières de toutes les couleurs, des sachets de préservatifs et de faux billets d'un dollar. Enfin, elle a accroché au mur un jeu de fléchettes dont les cibles sont des portraits découpés dans la presse de la famille royale, jeu qui amuse énormément Tom et Jeff.

Le soir nous enveloppe peu à peu de son atmosphère feutrée et mystérieuse, dans laquelle j'ai appris à me lover sans réticences. Percevant un subtil changement d'ambiance, je me tourne vers Ewan. Ses cheveux, bien que lissés soigneusement avant le dîner, forment à présent des ombres hirsutes sur son front. La lueur des bougies rend son regard magnétique et donne une profondeur particulière à ses traits, un soupçon de barbe affleure déjà sur ses joues, en ombrant les contours. Durant un bref instant, je surprends Elsie qui l'observe, fascinée, bouche bée, tandis qu'il raconte une anecdote avec son ardeur habituelle, inconscient de l'effet qu'il produit sur l'assistance. Tous les regards sont tournés vers lui, et même Tom semble soudain médusé. Quelque chose d'inexplicable est tombé sur nous, nous renvoyant à des siècles de là. C'est Winnifred qui rompt le charme en premier.

- Hey, petit frère, tu comptes t'habiller comme ça pour ton mariage ?
- Mais bien sûr, répond Ewan avec un large sourire.

Elle secoue la tête, les yeux au ciel.

- Tu es décidément irrécupérable, mon pauvre vieux.

Pour ma part, je n'ai pu m'empêcher de sourire en imaginant l'expression des passants et des invités qui me regarderaient peut-être sortir de la mairie de Grenoble au bras d'un homme en jupe avec un poignard dans sa chaussette.

72

Maggie vient de repartir. Cette fois, nous l'avons conduite jusqu'à Inverness, ayant décidé de nous offrir quelques jours de vacances loin de la tribu de Winnifred. Kevin a refusé de se joindre à nous :
- C'est gentil, papa, mais je sais ce que c'est, va. Au fond de vous-mêmes, vous devez préférer partir en amoureux. On a tous connu ça. D'ailleurs, si tu veux bien, j'en profiterai pour inviter Sue.
- Sue ?
- Ma nouvelle copine. Ainsi on sera deux pour surveiller cette bande de déglingués, a-t-il ajouté en désignant Winnifred et ses amis d'un hochement de tête. T'inquiète pas, avec moi ici, la maison restera debout.
- Bon, on revient pour *Hogmanay* * en tout cas.
- Super. Amusez-vous bien, les fiancés, mais ne me faites pas un petit frère tout de suite.

J'ai regardé l'adolescent s'éloigner après m'avoir adressé un clin d'œil.
- Ton fils est vraiment adorable.
- Il te plaît vraiment ?
- Vraiment. C'est ta réplique. En mieux, bien sûr.
- Espèce de garce.

Après avoir déposé Maggie à l'aéroport, nous prenons la route en direction des Cairngorms, avec l'intention d'aller y faire du ski. Je découvre un nouvel aspect des Highlands : Montagnes trapues couvertes de neige épaisse, forêts de conifères et chalets. Je prends de nombreuses photos avec mon nouvel appareil, cadeau de Noël d'Ewan, un vrai bijou avec tous les derniers

---

Hogmanay : la St Sylvestre

perfectionnements. J'ai mis trois jours pour apprendre à m'en servir, mais à présent je me sens prête à prendre mes premiers clichés. Peu avant la station, nous nous arrêtons plus longuement et faisons à pied le tour d'un lac presque entièrement gelé. En fin d'après-midi, le ciel pourpre se farde de zébrures roses et mordorées, transformant les silhouettes blafardes des montagnes en décor de cinéma hitchcockien. Lorsque le soleil abdique définitivement, Ewan me soulève dans ses bras et m'emporte de force à la voiture.

- Allez, viens, mon petit paparazzi. Je sais que tu t'amuses beaucoup avec ton nouveau jouet, mais on se gèle maintenant, et j'ai une faim de loup.

En arrivant à Aviemore, et après que nous ayons dépassé un bloc d'immeubles assez laids, le village évoque irrésistiblement à mon esprit l'ambiance de petites stations américaines, avec leurs rues toutes droites, leurs boutiques chalets et leurs restaurants aux allures de saloon. Je m'amuse de voir dans l'un d'entre eux des gravures anciennes représentant des skieurs en kilt.

En dégustant un verre de Chardonnay, et tandis qu'Ewan se dirige vers les toilettes, je me demande soudain si mon bonheur va pouvoir durer aussi impunément encore longtemps. Lorsqu'il revient, je lui souris, assaillie par une énorme bouffée de gratitude, me sentant à des années-lumière de ma vie grenobloise. Dans son jeans et sa chemise de lainage à gros carreaux, le visage bruni par la promenade de l'après-midi sous un soleil glacé, il est de nouveau bien différent de l'Ewan héraldique du soir de Noël. Pourtant, même dans ces vêtements de cow-boy, il irradie de la même séduction, du même magnétisme, avec une touche d'humanité supplémentaire. Il ne reste plus grand chose de la coiffure soignée que je lui ai faite, deux mois plus tôt.

- Tu as l'air d'avoir eu une révélation, dit-il en me prenant les mains.
- C'est exactement ça.
- Mais encore ?

- Je ne t'en dirai pas plus. En tout cas, je nage dans le bonheur. Tellement que j'ai bien peur de finir noyée.

Il me caresse la joue du doigt, et je sens mon regard s'embuer.

- Alors on se noiera tous les deux, mon Ophélie. C'est très romantique. En attendant, demain, on va skier. Tu ne devras pas te moquer de moi. Je suis loin d'être un champion. Là, c'est toi qui devras peut-être me donner des cours.

Il embrasse mes mains, mes poignets, avec une telle ardeur que je surprends des regards d'envie dans les yeux des femmes assises à d'autres tables. Le serveur approche et se tient patiemment devant la table, son petit carnet à la main, mais Ewan ne semble pas le remarquer. Je ris lorsque le jeune homme ose un toussotement.

Ewan lève la tête avec un sourire coquin, faisant mine de rajuster sa cravate absente :

- Oui ? Vous désirez ?
- C'est *moi*, Monsieur, qui peut éventuellement vous être utile, si toutefois vous désirez manger quelque chose….Enfin, quelque chose *d'autre*, dit-il avec le même type de sourire et en jetant vers moi un regard en biais. Avez-vous choisi ?

Nous commandons à la hâte, n'ayant pas encore pris la peine d'ouvrir la carte.

Le garçon parti, Ewan quitte sa place pour s'asseoir sur la banquette à mes côtés.

- Bon, passons aux choses sérieuses maintenant. Que dirais-tu d'une petite "mise en bouche" ?

Joignant le geste à la parole, il m'enlace et ouvre ses lèvres sur les miennes pour me donner un baiser d'un érotisme vertigineux. Je crispe mes doigts dans ses cheveux tandis qu'il me serre un peu plus encore.

Quelqu'un émet un sifflement à une table voisine. Cramoisie, je reprends mon souffle.

- Si tu n'arrêtes pas, on va finir par nous jeter dehors pour trouble à l'ordre public.

- Bon, d'accord. Mais je te promets une nuit torride, dit-il en roulant des yeux.

Je m'appuie contre lui, caressant sa jambe sous la table.

- Dis-moi, où ta mère avait elle l'intention de passer la St Sylvestre pour vouloir repartir aussi vite ? Chez ses sœurs ?
- Pas du tout. Avec son amant de Dublin, Freddy. Ils ont prévu une petite escapade en Laponie, je crois, en scooter des neiges.

J'éclate de rire.

- Tu me fais marcher.
- Pas du tout. Tu sais, après tout, elle a soixante-sept ans, c'est une grande fille maintenant.
- Mon Dieu, avec une mère pareille, je comprends mieux pourquoi vous êtes de tels énergumènes, ta sœur et toi.

Alors que le serveur apporte nos commandes, Ewan regagne sa place.

- Que fait ce fameux Freddy dans la vie ?
- Oh, il arrache dans une clinique les dents de pauvres gens qui n'ont rien demandé.
- Tu le connais ?
- Oui, je l'ai vu deux fois, en Irlande. C'est un brave type. Il parle de prendre sa retraite d'ici un an ou deux et d'aller habiter avec ma mère en Provence, si celle-ci ne change pas d'avis -ou d'amant - entre-temps.
- En France ? Quelle idée ?
- Je crois que sur leurs vieux jours, ils ont envie d'un peu de soleil.

Je reste un instant songeuse. Moi, j'ai abandonné mon soleil et mon ciel si bleu des Alpes pour cet homme assis en face de moi et que j'aime éperdument. Ainsi va la vie.

- Ewan, tu ne m'as pas rapporté ce qu'avait donné ta conversation avec Winnifred hier après-midi.

Je l'ai seulement vu partir bravement se promener la veille, seul avec sa sœur, avec l'intention de lui parler de sa santé. Il est revenu soucieux et de mauvaise humeur.

Il pousse un soupir.

- C'est que je ne suis pas très fier du résultat. C'est loin d'être gagné. C'est une vraie bourrique. Je crois aussi que Tom lui est vraiment néfaste, mais qu'elle en est toujours amoureuse. L'année dernière, elle était avec Jeff, mais ça n'a pas marché.
- Et pour la drogue ?
- Je lui ai dit que je voulais qu'elle fasse une vraie cure de désintoxication, je lui ai même proposé de payer les frais supplémentaires. Elle a prétendu qu'elle ne pouvait pas le faire, du moins pour l'instant, car le groupe avait de nombreux engagements à partir de février. Et comme elle est la première chanteuse, impossible de se passer d'elle. Cindy a aussi une super voix, mais pas du tout le même registre, ça flanquerait tout par terre.

Je soupire avec agacement.

- Je comprends bien, mais bon sang, s'ils ont tant de travail, comment expliques-tu qu'ils n'aient jamais un sou ? Ils se ruinent en héroïne ? Et d'abord, qui la leur fournit ?
- Autant de questions que je me pose aussi, Iona. Je ne sais vraiment pas quoi faire.
- Il faudrait surveiller ce Jeff, se renseigner à son sujet. Il ne me dit rien qui vaille.

Jeff m'a fait l'effet de quelqu'un d'assez froid et vénal, et, bien qu'il ne soit ni drogué ni alcoolique, j'avoue qu'il ne m'est pas très sympathique. En vérité, il est le seul avec lequel, en trois semaines, je n'ai toujours pas réussi à établir de contact personnel. Il semble faire son travail de façon très professionnelle, passant de nombreuses heures au téléphone avec des producteurs de spectacles et autres organisateurs de festivals, calculette et agenda en main. Et il est un excellent flûtiste. Mais je me suis étonnée auprès d'Ewan que les autres membres du groupe ne soient pas au courant des comptes. Il a répondu que c'était un peu normal pour des artistes, et qu'ils se reposaient entièrement sur Jeff.

- Tu as des soupçons à son sujet ?
- Disons en tout cas une intuition. Je ne suis pas si sûre que Tom soit tellement à l'origine de ce problème de drogue. C'est un type insupportable, parfois, mais je ne le crois pas si dangereux que ça. Je crois surtout qu'il est très mal dans sa peau, lui aussi. Winnie t'a-t-elle dit combien elle consommait de cette saloperie ? A quelle fréquence ?
- Elle m'a juré que ça n'était pas plus de deux ou trois fois par mois, et surtout durant leurs périodes de relâche.
- En admettant qu'elle dise vrai, ce qui m'étonnerait, le problème est qu'elle n'en restera sans doute pas là, pour peu qu'elle soit un peu plus déprimée, par exemple. Une overdose est si vite arrivée.
- Je sais, ça me flanque une foutue frousse quand j'y pense. J'ai très peur pour elle. Mais j'aimerais qu'on me dise ce que je peux faire.

Ewan le solide, Ewan l'insubmersible, lui qui a fait preuve de tant de fermeté avec moi, est à présent désarmé face au problème qui touche sa sœur. Je prends sa main, la caresse avec tendresse.

- On pourrait tous les deux aller en parler à un médecin, prendre conseil, lui expliquer la situation. Il nous faut un spécialiste, il existe forcément des services spécialisés en toxicomanie, à Glasgow, par exemple ?
- Sûrement, avec tous les camés qu'il y a en ville.
- Alors il faut que nous y allions nous renseigner, dans un premier temps. Ensuite, peut-être que nous pourrons au moins convaincre Winnie de consulter. Je ne veux pas te faire peur inutilement, mais je la trouve maigre et pâle à faire peur.
- Tu as raison. Oh, je crois que j'ai pratiqué la politique de l'autruche, ces derniers temps. Je m'en veux.
- Tu ne dois pas. As-tu parlé à ta mère ? Se doute-t-elle de quelque chose au moins ?

- Non, je n'ai jamais osé. Tu sais, je ne suis pas si proche d'elle que ça. Mais je pense qu'elle sait très bien de quoi il retourne. Le problème est aussi qu'avec Winnie, elles ont souvent des relations assez tendues. Ma sœur était beaucoup plus proche de notre père, et puis tu sais bien qu'elle n'est pas commode. En fait, toutes les deux ont un foutu caractère.

Il jette un œil vers mon assiette. A force de parler, j'ai laissé refroidir les restes de mon escalope de saumon et mes frites.

- Tu as fini de manger, sœur Teresa ?
- Je n'ai plus faim. C'est prévu pour des appétits de trappeurs canadiens, ici.
- Alors viens, on s'en va. J'ai envie d'être seul avec toi. Avec tout ce monde à la maison, nous n'avons pas eu beaucoup d'intimité ces derniers temps.

Nous regagnons notre hôtel en aspirant à pleins poumons l'air glacé. Le ciel est définitivement noir à présent, mais quelques étoiles laissent espérer une aimable journée du lendemain. L'établissement est une sorte d'énorme cabane en rondins, qui a pris le parti délibéré d'un certain folklore nordique, avec ses rideaux à petits carreaux blancs et rouges, ses pieds de table et son bar grossièrement taillés dans des troncs d'arbre, ses chandelles disposées un peu partout. Cette rusticité, bien que parfaitement artificielle, nous a plu pour son ambiance intime et douillette.

Nous montons à notre chambre, si basse de plafond qu'Ewan peut facilement le toucher en levant le bras. Le lit tient presque toute la place, encastré dans un énorme caisson de bois, et la fenêtre est minuscule, ornée de branches de gui et de sapin. Une sensation de claustrophobie pourrait facilement nous gagner si nous n'étions pas uniquement concentrés sur nous-mêmes.

Nous nous déshabillons mutuellement, avec lenteur, écrivant des lèvres et des doigts des poèmes muets sur le corps de l'autre.

73

Ewan est en effet un skieur plutôt malhabile. Sur ces montagnes érodées, les pistes me paraissent étonnamment faciles, comparativement à celles de grandes stations iséroises. J'aime le devancer, puis le regarder descendre vers moi. La plupart du temps, ils se plait à tomber justement à mes pieds, feignant l'épuisement, me tendant les mains pour me faire tomber à mon tour. Pour lui, le ski est avant tout un amusement, une nouvelle occasion de se livrer à des pitreries, et je vois bien qu'il n'a rien à faire des conseils que je tente de lui prodiguer.

Au sommet du Cairn Gorm, le panorama est stupéfiant, un moutonnement de montagnes et collines laissant deviner en leurs creux lochs profonds et vallées filant vers l'océan. Ça et là, des armées de sapins se dressent entre elles. Malgré l'altitude peu élevée, le froid est beaucoup plus vif que dans les Alpes, et la neige plus qu'abondante ferait pâlir d'envie les dirigeants de stations françaises. Le premier jour, un vrai blizzard nous a surpris alors que nous redescendions vers le café le plus proche. En nous regardant dans une glace de l'établissement, nous avons découvert que nos cils et sourcils avaient gelé.

Le lendemain, nous entreprenons une longue randonnée à ski de fond sur de hauts plateaux balayés par les vents, et je pourrais me croire au Groenland. Ces trois jours s'écoulent dans une sensation d'intemporalité douillette. Saoulés de grand air, engourdis par l'exercice physique, nous dînons tôt dans l'un des restaurants de la station et nous couchons très vite, nous endormons rapidement après l'amour. Au matin, nous reprenons nos conciliabules tout en nous préparant à une nouvelle journée de plein air. Nous nous émerveillons d'avoir toujours tant de choses à nous dire, de nouvelles raisons de discuter, de nous chamailler, de nous aimer.

Le dernier soir, Ewan m'invite à danser dans un night club plutôt bondé, où je peux constater qu'il est décidément meilleur danseur que skieur. Danser dans ses bras est un peu comme faire l'amour, nos corps s'unissant intuitivement dans un même rythme.

- Ewan, quelquefois, j'ai peur, tu sais, dis-je en me glissant dans le lit, un peu grise.
- De quoi ?
- Que ce soit trop beau pour durer ! Je sais que je suis ridicule mais j'ai peur de mon propre bonheur.
- Oh, Iona, tu ne vas pas recommencer.
- O.K. Oublie ce que je viens de dire. Raconte-moi plutôt comment tu étais, comment tu vivais quand tu étais ado. Tu devais être moins sage que ton fils.
- Je l'avoue. En fait j'aimais bien la bagarre, et faire des blagues.
- Et les filles aussi, je suppose.
- Bien sûr. J'ai très vite compris que l'amour était la meilleure chose au monde.
- Quand as-tu eu ta première expérience sexuelle ?
- A six ans. Avec Brenda.

Je suis prise d'un fou rire à m'étouffer.

- Ta collègue ? Tu plaisantes ou quoi ?
- Oui et non. C'était à l'école, enfin l'ancienne école du village. On était dans la même classe. Brenda était un peu perturbée, parce que sa mère était enceinte à cette époque, et ce gros ventre, ça l'impressionnait énormément. Elle avait peur que sa mère éclate à force de gonfler et elle ne comprenait pas comment une chose aussi monstrueuse pouvait arriver. Moi, j'étais au parfum, déjà. Ma propre mère nous a expliqué très tôt, à Winnie et moi. Bon, alors comme Brenda était ma meilleure copine, on s'est enfermés dans les toilettes et je lui ai montré comment un garçon était fait. Elle était très intéressée, mais elle a trouvé ça plutôt moche aussi. Je lui ai expliqué ce que les papas et les mamans fabriquaient ensemble et comment les bébés sortaient au bout d'un

moment. Et puis, on s'est un peu touchés, c'est tout. Moi je la trouvais jolie, toute ronde et rose. J'avais envie de caresser son ventre et sa poitrine, mais je n'ai pas osé. Et on n'a jamais recommencé, car on se doutait qu'on risquait une sacrée correction.

- Je t'imaginais précoce, mais quand même... Et plus tard ? Je veux dire à l'âge adulte, tu n'as pas eu d'aventure avec elle ?

- Non. On s'est perdus de vue. On n'était pas dans le même lycée, moi j'étais à Inverness, en pension, c'est là que j'ai eu ma première vraie petite amie, j'avais seize ans. Elle s'appelait Elisabeth et c'était une jolie rousse, qui riait tout le temps, même quand on faisait l'amour. On s'est quittés quand je suis parti étudier à l'étranger.

- Et quand tu es revenu au village, tu n'as pas eu envie de retrouver Brenda ?

- Un peu, mais elle était déjà fiancée, et puis elle n'était pas vraiment mon genre.

- Et peut-on savoir quel est ton type de femme ?

- Laisse-moi réfléchir. Eh bien disons : Grande, très brune, les yeux noirs, les lèvres rouges, le style "femme fatale".

Je revois furtivement Alicia : *"Je dois vraiment savoir, vous comprenez..."*

- C'est tout moi, en somme.

- Pas vraiment, mais à mon âge, que veux-tu, je ne peux pas me permettre de faire le difficile.

Il se penche vers moi en éclatant de rire devant mon expression désappointée. Il s'ensuit une bataille acharnée, qu'il perd à dessein. Je l'entends finalement avouer, dans le creux de mon cou :

- Toi, tu es *seulement* la femme de ma vie. Tu crois que ça peut te suffire ?

74

Le réveillon de la St Sylvestre est magique et endiablé, réunissant, outre Winnifred et ses musiciens, quelques gens du village, Kevin et Sue, une magnifique eurasienne peu rassurée par le charivari ambiant, et deux amis de Glasgow. Winnifred et son groupe se sont déchaînés. Tom, particulièrement en forme, faisant corps avec son violon, nous offre notamment une extraordinaire démonstration de virtuosité.

A minuit, Ewan sert le champagne en entonnant le *Auld Lang Syne* *. Plusieurs voisins passent dès les premières heures de la nouvelle année, apportant leurs vœux et de petits présents. En ouvrant une nouvelle fois la porte, je trouve Alicia, accompagnée d'un homme légèrement bedonnant qui doit être son mari. Elle est très belle, ses cheveux brillants retenus en un chignon sophistiqué, sa robe moulante bleu nuit accrochant le regard sur ses formes voluptueuses. Atterrée, je me rends compte que j'ai devant moi la fameuse femme fatale décrite par Ewan. Après m'avoir serré la main brièvement, comme si de rien n'était, elle s'avance dans la pièce, droit en direction d'Ewan.

- Mon cher Ewan, je te souhaite la meilleure année possible. Alors, à quand le mariage ?
- Au mois d'avril.

Elle accuse le coup avec une petite grimace masquée d'un sourire.

- Félicitations.
- Merci, c'est très gentil à toi.

La scène n'a pas non plus échappé à Winnifred qui m'adresse un clin d'œil encourageant. Le couple repart très vite, prétextant être invité dans une maison voisine pour finir la soirée.

---

* *Auld Lang Syne : chanson traditionnelle chantée à l'occasion de la St Sylvestre*

Ewan prend plaisir à jouer les hôtes généreux, évoluant stoïquement au milieu des plats vides, des cadavres de bouteille, des verres brisés et des nappes souillées. A deux heures du matin, il remonte de la cave, sous les vivats, avec de nouvelles bouteilles et une grande marmite en vue d'organiser une fondue géante dans la cheminée. C'est ainsi que nous nous retrouvons tous dans la cuisine, coupant des lamelles d'un énorme fromage qui semble n'être qu'un très lointain cousin du gruyère suisse, les Ecossais de pure souche ne manquant pas de s'interroger entre eux pour se demander s'il était bien chrétien de sacrifier autant de bouteilles de vin pour produire au final un magma aussi étrange et malodorant.

Qui aurait cru, un an auparavant, que j'entamerai la nouvelle année ici ? Mon "réveillon" précédent me revient brutalement en mémoire, avec la brutalité d'un coup de poing.

- Tu es triste, ma chérie ?

Je sursaute, la main d'Ewan sur mon épaule.

- Je pensais… au passé.
- Et à Lucie, n'est-ce pas ?
- Tu as des talents de médium…
- Mais non. Rien de plus normal, aujourd'hui, n'est-ce pas ? Tu sais, elle serait très heureuse de nous voir ici, aujourd'hui.
- Tu parles vraiment comme si tu l'avais connue…

Il a un petit rire, ses yeux brillent encore davantage que d'habitude, il a un peu trop bu. Il se penche et m'embrasse :

- C'est que tu m'as tellement parlé d'elle… Je ne veux plus que tu sois triste, bonne année, mon amour.

Peu à peu, la fête s'endort, et Ewan m'entraîne à l'étage. Dans notre chambre, je ne peux m'empêcher de demander :

- Comment Alicia savait-elle que nous allons nous marier ?
- Simplement parce que je le lui avais dit.
- Quand ça ?
- Mais ce même fameux soir où je suis rentré de Glasgow. Je ne l'ai plus revue, depuis, tu sais, si c'est cela qui te tracasse…

Je suis sidérée.

- Eh bien, elle aura été au courant avant moi, en somme, mais c'est gentil quand même de m'avoir demandé mon accord.
- C'est tout naturel, mon amour.

Plus tard, alors que nous avons réussi à prendre quatre bonnes heures de sommeil, Winnifred fait irruption dans notre chambre, en culotte et pieds nus, bondissant sur le lit pour nous souhaiter une bonne année. Frissonnante, elle se glisse entre nous sous la couette en maugréant :

- Bon sang, Ewan, on gèle ici, quand vas-tu te décider à faire installer le chauffage central dans cette damnée baraque ?
- Quand j'aurai du fric. Cette année, j'ai déjà dû refaire la moitié du toit. Bon, je vais aller faire du café et réactiver le poêle en bas.

Il s'étire tandis que Winnifred lui pince les fesses pour le faire fuir plus vite et lui ravir sa place sur l'oreiller bien chaud.

Je voudrais embrasser Ewan pour n'avoir pas fait remarquer qu'il est seul à assumer les frais d'entretien de leur maison commune et que nous avons nourri sa troupe au grand complet durant tout un mois. Et lorsque deux semaines plus tard le groupe repart, je souris de reconnaissance, l'ayant vu glisser discrètement plusieurs billets dans la poche de sa sœur au moment des adieux.

Lorsque le vieux bus disparaît, même le lac semble soudain regretter Winnifred.

75

En février, je me décide à entreprendre un grand pas. Il faut bien que je retourne en France, pour clore tous les volets de ma vie laissés entrouverts là-bas dans la perspective d'un hypothétique retour. Ewan fronce les sourcils lorsque je parle de mon départ.

- Je déteste cette idée. Tu ne peux pas attendre que j'aie des vacances ? Cet été, par exemple ? Ou alors après le mariage.

On pourra y aller ensemble. Je ne veux pas que tu me quittes.

- Ce ne sera que pour quinze petits jours, tout au plus. C'est tout de même ridicule de continuer à payer bêtement un loyer pour un appartement vide. Et puis je dois donner ma démission définitive à Jacques... Si je veux m'installer ici, essayer de trouver du travail, il faut que j'en finisse d'abord avec ma vie passée, tu comprends ?
- Bien sûr que je comprends, mais j'ai peur de te laisser partir. Si tu changeais d'avis, une fois là-bas ?
- Idiot. Bon, alors disons dix jours.
- Une semaine.
- Neuf jours.
- Huit. Pas un de plus.

Ma semaine en France passe très vite. Je me demande si je n'ai pas rêvé ces derniers mois, en retrouvant les gens et les choses que j'y ai laissés. Marianne et Bertrand, semble-t-il, me voient d'un nouvel œil, à la fois intrigué et déjà étranger. A mon bureau j'apprends une nouvelle stupéfiante :

- Tu vois, m'annonce Jacques, je ne sais pas si c'est ton départ qui m'a donné des idées, mais il y a trois mois j'ai commencé à en avoir marre aussi de ce travail. Tu avais, raison, on s'encroûte quand on reste trop longtemps au même endroit. Alors, avec Monique, on s'est décidés. Je mets la boîte en gérance. C'est Sophie et Benoît qui la prennent. On s'en va dans deux mois.

Je me suis demandé s'il était devenu fou.

- Toi ? Un Dauphinois pur-sang ? Mais où ça ?
- On m'offre la direction d'un village de vacances à Bora Bora, alors voilà, j'ai accepté. Monique pourra aussi y travailler. Elle est ravie. Ça a même donné une nouvelle jeunesse à notre couple, cette perspective. Et puis on a envie de soleil, de plages et de lagons. Allons, ne fais pas cette tête ! Tu es bien attrapée, hein ?
- Ça, tu peux le dire. Mais je trouve que c'est formidable. Ça se fête. Je vous invite ce soir au restaurant.

- Pas question, c'est nous. On avait tout prévu, de toute façon.

Pierrette s'apprête à passer avec moi cette dernière nuit dans mon appartement, à présent essentiellement peuplé de cartons et de meubles démontés alignés le long des murs, de fauteuils et canapés soigneusement emballés dans des housses de plastique. Les déménageurs doivent passer le lundi matin pour emporter ce que je désire conserver. Ils arriveront en Ecosse deux jours après moi. Il s'agit du beau-frère et du cousin de Pierrette, tous deux chômeurs, qui ont trouvé là une bonne occasion de se faire un peu d'argent, tout en voyant du pays à bord d'un camion de location. J'ai distribué d'autres meubles et objets à Pierrette, Marianne, et une association caritative.

Tandis que Pierrette sort de la salle de bains en peignoir, les cheveux enroulés dans une serviette, on sonne à la porte.

- Je vais ouvrir, crie-t-elle alors que je viens de prendre sa place sous la douche. On a peut-être oublié quelque chose dans la voiture de Jacques.

Je perçois des exclamations, une voix d'homme, le rire de Pierrette. Soudain, la porte de la salle de bains s'ouvre, tandis que je mouille mes cheveux sous le jet brûlant, et deux mains se posent sur mes seins.

Je hurle.

- Ewan ? Mais qu'est-ce que tu fais là ?
- J'avais envie de m'offrir un petit week-end en France.

Déjà, il enjambe le rebord de la baignoire, jette ses vêtements par terre, me serre contre lui.

- Tu m'as trop manqué.

Un peu plus tard, nous réapparaissons dans le salon en nous tenant par la main.

- Inutile que je fasse les présentations, je suppose ?
- En effet. Ecoutez, je vais vous laisser, je crois qu'il vaut mieux que je rentre chez moi, répond Pierrette, rouge de confusion à la vue d'Ewan, pieds et torse nu, les cheveux trempés.
- Pas question, répond-t-il en renfilant son pull. On va trinquer ensemble, j'ai acheté un excellent Montrachet avant d'arriver.

317

Je vais aller le chercher dans la voiture.
- Quelle voiture ? Je n'y comprends rien.
- Je reviens, et je t'expliquerai.
- Ouah… Ce type est scandaleusement viril, mais en plus c'est une vraie tornade, s'exclame Pierrette, une fois Ewan disparu.
- Tu n'as encore rien vu.

Ewan revient, une bouteille à la main, un carton sur son autre bras.
- J'ai aussi acheté les verres qui vont avec. Je suis sûr que tu as déjà tout emballé, non ? On ne peut pas boire un nectar pareil dans des gobelets en plastique.

Il jette un regard amusé sur la mer de cartons qui nous entoure.
- J'aime beaucoup la décoration de cet appartement.
- Explique-nous comment tu as réalisé ce miracle, au lieu de faire des remarques déplaisantes sur mon intérieur.
- De nos jours, il existe des avions et des agences de location de voiture, tu sais. Alors j'ai pris juste deux jours de congé. Nous rentrerons ensemble. Je me suis arrangé avec Brenda. Enfin, je suis bien content d'être arrivé. J'avais oublié que ça relevait presque du rodéo de conduire en France.
- Il est vrai que comparé au flegme des automobilistes britanniques…

Après que nous ayons trinqué ensemble et bavardé, Pierrette insiste pour rentrer chez elle, mais nous prenons rendez-vous pour passer la journée du lendemain ensemble.
- Ça me fait vraiment un drôle d'effet de me retrouver ici, dans mon ancien lit, avec toi.
- Alors voilà ton domaine. Tu te souviens de cette fois où je t'ai téléphoné, et que tu te trouvais là, dans ce lit ?
- Bien sûr. Je me souviens de chacun de tes mots.
- Tu dois avoir plein d'objets personnels, de photos, dans tes cartons. Tu me les montreras ?
- Oui, y compris les clichés sur lesquels je n'étais encore qu'un énorme bébé joufflu.

- Pierrette va beaucoup te manquer, n'est-ce pas ?
- Bien sûr.
- C'est une très jolie femme. Comment se fait-il qu'elle n'ait pas de petit ami en ce moment ?
- Elle ne trouve pas le bon. Le dernier en date est reparti au Cameroun, il y a un mois. Il lui a bien demandé de venir avec lui, mais elle ne voulait pas risquer le coup, surtout avec deux enfants encore jeunes.
- On devrait lui trouver un fiancé en Ecosse. Je vais réfléchir, si parmi mes connaissances, je ne trouve pas un type à lui présenter. Que dirais-tu de Steve ?

En revoyant en pensées la face rougeaude et renfrognée du chauffeur de bus, j'éclate de rire.

Avec Pierrette, nous faisons visiter à Ewan Grenoble et le Vercors. Enfin, il faut bien se séparer. Ewan s'écarte, tandis que nous pleurnichons bêtement dans les bras l'une de l'autre. Elle me donne finalement une grande claque au derrière en guise de dernier adieu.

- Bon sang, espèce de veinarde, avec un spécimen pareil, je comprends que ça te soit égal d'aller vivre dans un bled perdu du bout du monde. Les longues soirées d'hiver ne seront jamais assez longues, hein ?

J'ai vu disparaître mon amie au volant de sa petite voiture blanche, avec la sensation d'être soudain orpheline pour la deuxième fois.

Avant de reprendre l'avion, Ewan et moi nous rendons à Lyon au cimetière. Nous y déposons ensemble des fleurs pour Lucie, puis restons longtemps muets, le bras d'Ewan autour de mon épaule. La tombe est du reste toujours aussi fleurie. Je m'en étonne, faisant part de mes réflexions à Ewan.

- C'est sans doute son ange gardien, répond-t-il avec un clin d'œil.

Mais au moment même où il dit cela, et malgré son sourire, je remarque qu'il a les larmes aux yeux et je le vois avec stupéfaction sortir de sa poche un petit sachet en papier, en répandre le contenu, une sorte de poudre noire, sur la tombe de Lucie. Il s'accroupit ensuite lentement devant la tombe, y appose ses deux mains en murmurant quelque chose. Je reste clouée sur place de surprise.

- Qu'est-ce que tu fabriques ?
- Pas du tout. C'est une sorte de prière, si tu veux, et je voulais aussi lui dire que je prendrais bien soin de toi, qu'elle pouvait dormir tranquille.
- Qu'est-ce c'est que tu as versé sur sa tombe ?
- De la terre de chez nous.

76

Nous voici de retour chez nous. Ce matin, prise d'une frénésie domestique, je pénètre, tirant l'aspirateur derrière moi, dans une petite pièce, qui semble être une bibliothèque à l'abandon, servant plus ou moins de remise et où je n'avais pas mis les pieds jusqu'alors. La poussière me fait presque suffoquer, je tire les vieux rideaux et ouvre la fenêtre. Le vent détache de mon front des mèches folles retombent sur mon front. Mais alors que je me place devant un miroir pour les remettre en place et tire mes cheveux en arrière pour les rattacher, je me fige au reflet dans le miroir d'un portrait très ancien, derrière mon dos.

Je me retourne, médusée. Je décroche le tableau, provoquant u nuage de poussière. La peinture est un peu craquelée, le portait, entouré d'un cadre qui a dû être doré, représente une femme, vêtue d'habits médiévaux. Pourtant, cette femme, c'est moi.

Je sursaute alors qu'Ewan arrive, les bras chargés de paniers pleins.

- J'ai trouvé des huîtres au marché ! Qu'est-ce que tu fais ici ?

Il s'arrête, fixant le portrait que je tiens dans mes mains.

- Je voulais essayer de ranger un peu cette pièce pour en faire un bureau, peut-être... Regarde ce que j'ai trouvé.

- Oh...

- Alors ? Tu ne trouves pas que cette femme me ressemble ? D'où vient ce tableau ?

- Comment veux-tu que je te dise ? Il est ici depuis des générations... Je crois que c'est Erwin qui l'avait accroché là, quand il a aménagé la maison...

- Sais-tu qui est cette femme ? On dirait que ce portrait est vraiment très ancien, mais il n'a pas l'air d'être daté. Tu vois, il est tout craquelé... Enfin, Ewan, tu ne trouves pas que la ressemblance est frappante ?

- Euh... Frappante est très exagéré... Il y a un air, oui... Mais tu es plus jolie qu'elle. Elle a l'air sévère.

- Mais enfin, regarde ! Regarde mieux ! Elle a même un grain de beauté, ici... Comme moi !

- Mais tu en as partout, des grains de beauté... C'est un hasard, voilà tout. Bon, raccroche ce portrait où il était, s'il te plaît. On verra ce qu'on en fera plus tard. On pourrait jeter tous ces vieux rideaux, refaire quelques tapisseries, qu'en penses-tu ? Tu sais, je veux que tu te sentes vraiment chez toi ici. Le salon aussi est un vrai fouillis. Je vais nous débarrasser de quelques vieilleries, explique Ewan. Ainsi tu pourras mettre des affaires à toi à la place. Je crois que le tapis bleu que tu m'as montré sera parfait vers la cheminée, et tes couvertures en patchwork iraient bien sur les canapés, non ? Et puis tu pourrais accrocher quelques tableaux et placer tes fauteuils dans notre chambre, qu'est-ce que tu en penses ? Et tu sais quoi ? -Son regard s'est mis à pétiller-   La chambre où tu dormais quand tu es arrivée…

- Celle de ta grand-mère ?

- Oui.

- Eh bien j'ai pensé que... - Il rougit, vaguement intimidé.- On pourrait... on pourrait y mettre un bébé ?

Je me laisse tomber dans l'un des deux fauteuils, abasourdie.

- Notre *quoi* ? Mais... Ewan, tu te rends compte ? Un bébé, à notre âge ? Je ne suis pas du tout sûre d'en vouloir. Tu me prends vraiment de court. D'ailleurs nous n'en avons jamais parlé, du moins pas sérieusement.

- Je sais, mais je ne désespère pas de te convaincre. Bien sûr, pas tout de suite. Et puis, j'ai pensé aussi à autre chose...
- Mon Dieu, mais je jure que je ne te laisserai plus jamais seul, si tu en profites pour cogiter autant... Je crains le pire. Tu voudrais aussi qu'on adopte deux chiens, trois chats, pendant qu'on y est, peut-être ?
- Ça aussi, pourquoi pas. Mais ce n'est pas ce que j'avais pensé.
- Tu voudrais que ta mère revienne ?

Il s'est esclaffé.

- Mon Dieu, non, surtout pas !
- Mais alors quoi ?
- Céline… On pourrait la prendre avec nous, si tu le veux. Bien sûr, elle devrait aller en pension, puisqu'elle est au lycée. Mais elle serait avec nous tous les week-ends. Et elle serait peut-être contente, d'avoir un frère, avec Kevin.
- C'est plutôt une bonne idée, mais je ne sais pas trop si elle le voudra, tu sais, maintenant elle a sa vie en Allemagne et elle semble très bien s'en accommoder. Je ne sais pas trop quoi te dire, il faudra reparler de tout ça.
- Quand tu voudras.

77

- Ohé ! Il y a quelqu'un ?

Je me dépêche de descendre accueillir Kevin qui vient de passer la porte d'entrée.

- Hey, Iona ! Ça va ? Je suis content de te voir.

Nous nous embrassons. Je me suis prise d'affection pour ce garçon à la fois si semblable et si différent de son père. Lui-même semble m'avoir intégrée dans sa vie comme si j'avais toujours été là.

- Tu as fait bon voyage ?

Il pouffe, rejetant en arrière une fine mèche de cheveux retombant sur ses yeux. Il est vraiment superbe, avec ses joues rosies par le froid et son regard brillant.

- J'ai raté le train.
- Pourquoi ne m'as-tu pas appelée ? Je serais venue te chercher.
- Pas de problème. J'ai fait du stop. Papa est encore à l'école ?
- Oui. Il arrivera un peu plus tard. Il a une réunion. Tu restes tout le week-end ?
- Oui. Mais je dois travailler. J'ai une dissertation à faire pour lundi. Papa va encore dire...

Nous terminons ensemble sa phrase :

- ...que tu t'y prends toujours au dernier moment. Viens. Je t'attendais pour boire...
- ...une bonne tasse de thé. Tu es devenue une vraie écossaise, ma future belle-mère. - Il reprend son sac à dos qu'il a posé par terre en arrivant - Je vais ranger ça et j'arrive.

Il revient un peu plus tard et prend place avec moi à la table de cuisine.

- Alors, raconte-moi ta semaine. Bien travaillé ?
- Mais... Qu'est-ce que c'est que *ça* ?

Il a tendu la main vers les photographies que j'étais en train de classer, les ayant étalées sur la moitié de la vaste table.

- C'est *toi* qui les as faites ?

Il semble stupéfait.

- Oui, et alors ? Quel mal y a t-il à ça ?

Il jette vers moi un regard neuf, comme s'il me découvrait.

- Mais... Elles sont vraiment... Vraiment *belles* ! Je n'ai jamais vu d'aussi belles photos du loch ! Oh ! Et celle-là ! Ces gamins... Ce sont des gosses de l'école, n'est-ce pas ? Tu as bien fait de choisir du noir et blanc pour eux. Elle est géniale, tu sais ça ?
- N'exagérons rien.
- Je pourrais avoir un double de celles que je préfère ? Elles feraient un effet super, en agrandissements sur les murs de ma chambre. Je te paierai les tirages, bien sûr.
- Ne sois pas idiot. S'il n'y a que ça pour te faire plaisir, je te les donne, bien sûr.
- Merci beaucoup. Papa les a vues aussi ?
- Oui, enfin... la plupart.
- Et qu'a-t-il dit ?
- Qu'il avait fait un bon investissement en m'offrant cet appareil. Il les a aimées aussi.

Kevin reste un instant pensif, sirotant son thé, puis soudain :

- Tu sais quoi ? Tu devrais en faire ton métier. Ces photos se vendraient très bien, pour des brochures, des cartes postales, des livres d'art...
- Tu es fou ? Je ne suis pas une professionnelle.
- Franchement, je ne vois pas la différence. Vraiment, Iona, tu peux me croire. Tu as un bon sens de la lumière, tu sais aussi capter les expressions, trouver les détails drôles ou bizarres... Je t'assure que tu devrais essayer de les vendre. Tu disais l'autre jour que tu voulais chercher un travail. Pourquoi pas photographe ? La maison est assez grande pour t'aménager un laboratoire et développer toi-même tes prises de vue. Je t'aiderai à le bricoler, si tu veux, dans une des pièces qui ne servent à rien.
- Vraiment ?

Il secoue la tête positivement et m'adresse un grand sourire complètement "craquant". Je me dis que demain, je ferai quelques photos de lui, dans le jardin, ou au bord du lac.

- Comment va Sue, au fait ? Tu ne l'as pas amenée ?
- Nous ne sommes plus ensemble. Elle a quitté le lycée et déménagé à Glasgow avec ses parents.
- Oh, je suis désolée. Tu as de la peine ?
- Non, je ne suis pas vraiment triste. C'est la vie. De toute façon je suis trop jeune pour m'attacher définitivement à une fille.

Il sirote son thé, l'air subitement pensif.

- J'aimerais bien que tu me parles de Céline. Papa dit qu'elle viendra peut-être habiter ici.
- Rien n'est encore décidé. Céline n'a pas trop envie de changer encore d'environnement, je crois. Mais elle viendra en tout cas passer ici toutes ses vacances, ou presque toutes.
- Dis-lui que si elle se décide finalement, je l'aiderai, je lui présenterai tous mes copains. Elle a l'air d'être une jolie fille, d'après les photos… Tu sais, j'aurais bien aimé avoir une sœur.
- Mais tu en as une !
- Lucinda ? Oh…

Son regard s'attriste brusquement.

- Tu n'as pas envie d'en parler ?
- Pas trop, non… Enfin, euh… On ne s'entend pas trop bien, elle et moi. J'ai pourtant essayé… Mais j'ai dû sûrement faire des erreurs, être maladroit, je ne sais pas. En tout cas je crois qu'elle ne m'aime pas.
- Vraiment ?
- Oui, je pense qu'elle est un peu jalouse, bien qu'elle ne veuille pas que ce soit dit, bien sûr. Mais je comprends. Moi, je suis très proche de notre père, elle l'est beaucoup moins, pour des tas de raisons, et c'est sûrement dur pour elle.
- Comment est-elle ?

- Sérieuse, et même arrogante... Enfin non, ce n'est pas ce que je veux dire. Mais elle est si dure ! Elle trouve tous mes copains nuls, elle est souvent agressive avec Papa, bien qu'elle exige toutes sortes de choses de lui. Lorsqu'elle est là, il fait pourtant tout pour lui faire plaisir, il parle beaucoup avec elle, lui achète tout ce dont elle a envie, des livres, des disques, des fringues, mais elle ne lui dit même pas merci. Et puis elle méprise carrément Winnifred, elle m'a souvent dit qu'elle la trouvait carrément "décadente".

Je ne peux m'empêcher de rire.

- Où vit Lucinda à présent ?
- Dans la banlieue de Johannesburg, avec sa mère et son beau-père. Il l'a d'ailleurs adoptée, et elle ne se prive pas pour faire remarquer à Papa, lorsqu'il se permet de lui faire une remarque, qu'il n'a plus rien à dire, qu'elle a un autre père maintenant. Elle a d'ailleurs deux demi-frères africains aussi. Elle étudie à la faculté, et elle veut être professeur. Elle va peut-être venir passer un an à Londres l'année prochaine. Tu feras sa connaissance, j'espère que vous vous entendrez bien. Mais ne te fais quand même pas trop d'illusions.
- Bon, on verra. Ah, je voulais te montrer autre chose.

Je vais dans la petite pièce chercher le tableau qui m'intrigue tant et le ramène dans la cuisine

- Tiens. Que penses-tu de ça ?
- Mais... Ah oui, c'est ce vieux tableau qui était dans cette pièce que Papa appelle la bibliothèque, cette pièce où je range mes raquettes de tennis... Mais...

Il relève la tête et m'observe Iona, puis fixe à nouveau le tableau.

- C'est dingue... Maintenant, je sais pourquoi j'avais cette impression de déjà-vu lorsque j'ai fait ta connaissance. Cette femme te ressemble, c'est incroyable...
- Tu sais qui c'est ?
- Non. Enfin, je crois avoir entendu grand-père dire que c'était une très lointaine ancêtre... Il n'aimait pas beaucoup ce tableau, je crois que c'est pour ça qu'il l'a relégué dans cette

pièce dont personne ne se servait. Tiens, d'ailleurs, on pourrait y faire ton labo photo...

- Donc, tu trouves vraiment que cette femme me ressemble ?
- Oui, beaucoup... Et en même temps, c'est bizarre, elle paraît si sérieuse, un peu triste, sombre... C'est drôle, tu vois tout à l'heure on parlait de photos, et bien on pourrait dire que ce portrait est ton négatif, en quelque sorte... Mais de toute façon, il date apparemment de plusieurs siècles... C'était sans doute une de vos ancêtres communes, à toi et Papa...

La porte claque et Ewan apparaît sur le seuil, tout souriant, son cartable à la main.. Il le jette sur le sol et m'embrasse. Je ris :

- Tiens, quand on parle du loup...
- Je vois que vous vous occupez bien tous les deux. Il reste un peu de thé pour moi ?

Kevin pose le tableau sur la table pour embrasser son père à son tour.

Ewan aperçoit soudain le tableau et blêmit.

- Qu'est-ce que vous faites avec ça ?
- Je voulais l'avis de Kevin. Il a trouvé la ressemblance étonnante.
- C'est vrai, hasarde Kevin, conscient d'une soudaine tension, mais j'étais en train de dire à Iona que la ressemblance était d'autant plus étonnante que ce portrait doit avoir des siècles... - Il rit -Bref, c'est à croire que cette femme s'est réincarnée en Iona, en beaucoup mieux d'ailleurs.
- Je ne trouve pas ça drôle. D'ailleurs ce portrait ne me plait pas, et j'en ai marre d'entendre parler de lui. Je ne comprends pas la fascination qu'il exerce sur toi, Iona.
- Mais enfin, ne te fâche pas... Je suis juste intriguée, c'est tout.
- Ça suffit avec ça, je ne veux plus entendre parler de cette vieillerie. Bon, je sais ce que j'ai à faire.

Il a dit cela en criant. Il se saisit du tableau et sort de la pièce. Nous restons plantés là, stupéfaits par cette sortie. Ewan réapparaît un peu plus tard, sans le tableau. Je hasarde :

- Qu'en as-tu fait ?
- Je l'ai mis au feu. Il est temps de se débarrasser de toutes ces vieilleries.
- Mais... tu es fou ! Si ça se trouve, il avait de la valeur...
- Aucune importance. De toute façon je n'ai pas besoin de cette femme en peinture. J'ai beaucoup mieux, ici même et en chair et en os.

78

La route se perd dans la blancheur du paysage. En ce mois de mars, rien n'annonce encore le printemps. Ce matin, en se levant et en ouvrant la fenêtre, Ewan a dit qu'il n'avait pas vu ici un hiver pareil depuis longtemps. Les hautes herbes et les roseaux des bords du lac s'étaient figés durant la nuit en longs glaçons scintillants, sur fond d'eau fumeuse. Le brouillard avait plongé la nature dans une moelleuse inertie, glissant un voile entre nous et le reste du monde.

- Que vas-tu faire aujourd'hui ? a demandé Ewan en me quittant pour aller travailler.
- Je vais rendre visite à Brian.

Il m'a regardée d'un air inquiet.

- Tu crois que c'est le bon jour pour cela ? La route est certainement très verglacée, et l'on n'y voit pas à dix mètres.
- Je serai prudente. Et puis, d'ici que je parte, le brouillard sera levé, les routes seront dégelées. Ne t'inquiète pas.
- Appelle-moi à l'école dès tu es arrivée là-bas.

Mais à présent, j'ai presque peur de m'être égarée au milieu de tout ce silence blanc. Ciel, mer et lande se confondent dans un silence blafard, où s'enfonce peu à peu devant moi la route étroite. Je pourrais aussi bien avoir manqué la bifurcation, d'autant plus qu'à travers le brouillard les panneaux routiers sont illisibles, à moins d'avoir le nez dessus. Avec Ewan, le chemin m'avait semblé beaucoup moins long et moins désert. Je n'ai pas encore traversé le moindre village. Tout à coup j'aperçois au bord de la route la silhouette rouge d'une cabine téléphonique. Je me gare et m'y engouffre.

- Allo, Brian ?
- Iona ? Où êtes-vous ?
- Si seulement je le savais... Je crois bien que je suis perdue.
- Je vais venir vous chercher. Essayez un peu de me décrire le parcours que vous avez fait et ce que vous voyez autour de vous.

Je lui fournis quelques explications, aussi floues que le décor qui m'entoure.

- C'est bon. Je vois où vous êtes. Ne vous inquiétez surtout pas. Je devrais être là dans dix minutes environ.

Il a déjà raccroché, alors que je suis certaine qu'il ne me trouvera jamais, que je vais peut-être mourir de froid ici si personne ne vient à mon secours. Je ne suis même plus en mesure de retrouver le chemin de la maison. Si Brian n'arrive pas d'ici une demi-heure, je reprendrai la route, et je finirai bien par arriver dans un hameau quelconque, où je pourrai attendre que le brouillard se lève enfin. Mais je pourrais aussi bien quitter la route sans m'en rendre compte et plonger dans la mer. Un curieux sentiment de panique commence à me gagner. Je me sens abandonnée, livrée à moi-même dans un monde surnaturel.

Moins d'un quart d'heure plus tard, Brian arrive, se gare derrière moi et descend de voiture. Je n'en reviens pas.

- Comment avez-vous fait pour me trouver, dans tout ce blanc ? C'est de la magie !
- Je connais bien mon pays, c'est tout. Excusez-moi d'être un peu en retard, mais il y avait beaucoup de verglas.
- En *retard* ? Vous plaisantez ?

Il porte un beau pull-over irlandais et des jeans bleu ciel. Ses joues sont rosies par le froid et ses yeux sont particulièrement brillants. Il a vraiment un très beau visage, des traits fins et expressifs.

- Vous pourrez me suivre ? Je vais conduire lentement, vous vous repèrerez aux lumières de ma voiture.
- Je suis vraiment désolée, Brian. J'ai très mal choisi mon jour.
- Mais pas du tout. Je suis très content que vous soyez enfin venue. J'espère seulement que le temps s'améliorera d'ici que vous repartiez.
- Ewan va être furieux.

Il sourit.

- Oui. Mais vous l'appellerez dès que nous serons à la maison. Allons-y maintenant.

Docilement, je le suis, et après plusieurs bifurcations que j'aurais été incapable de trouver seule, nous arrivons enfin chez lui.

- Installez-vous, je vais faire du thé. Oh ! N'oubliez pas de téléphoner, surtout. Attendez... J'ai une idée. Pourquoi ne pas demander à Ewan de vous rejoindre ici ce soir ? Il connaît le chemin beaucoup mieux que vous. Vous pourriez même dormir ici, puisque demain c'est le week-end.

Cette idée me séduit, d'autant plus que je n'étais pas tellement rassurée à l'idée de devoir reprendre la route seule le soir même.

Il me tend une tasse de thé brûlant.

- Alors, demande-t-il en s'asseyant face à moi, un gentil sourire aux lèvres, qu'est-ce qui vous préoccupe, Iona ?
- Mais... rien. Pourquoi dites-vous cela ? Je suis venue parce que vous m'aviez proposé de visiter votre atelier.

Il sourit d'un air moqueur.

- En somme, vous avez eue une envie tellement pressante de voir mon atelier que vous avez bravé le brouillard, au risque de vous perdre ou d'avoir un accident ? Ecoutez, hier au soir, j'ai entendu dans votre voix au téléphone que vous aviez besoin de me parler de quelque chose. Et puis, votre visage vous trahit. Lorsque vous êtes pensive ou préoccupée, vos prunelles changent de couleur, elles s'assombrissent. Je me trompe ?

Je soupire.

- Non, mais c'est ridicule, et je n'ai pas le droit...
- Vous avez peur de trahir Ewan en me confiant quelque chose ?
- Euh... Un peu. Et puis je ne veux pas vous ennuyer. C'est ridicule, on se connaît à peine.

Il pose sa main sur mon bras.

- Vous ne m'ennuyez pas. Et c'est normal que vous ayez envie de vous confier à quelqu'un de temps en temps. Vous ne connaissez pas encore grand monde ici. Vous devez parfois vous sentir un peu isolée, et j'aimerais que nous devenions des amis. Je ne pense pas que vous trahissiez Ewan simplement en me parlant.
- Voilà. Vous savez que nous allons bientôt nous marier ?
- En tant que futur témoin, je suis vaguement au courant, en effet, répond-t-il en riant.
- C'est vrai, je suis stupide. Voilà. Ewan veut... Enfin il voudrait que nous ayons un enfant. Et il voudrait aussi que ma fille vienne vivre avec nous. Enfin, j'ai l'impression qu'il a absolument besoin se fonder une nouvelle famille, on dirait que c'est... une sorte d'urgence pour lui.
- Ah... Et vous, vous ne voulez pas de tout cela ?
- Je ne sais pas. Je ne me sens pas vraiment prête. Et puis je suis déjà trop vieille.
- Trop vieille ? Ça ne me semble pas être un argument très objectif. Vous savez, ma propre mère avait quarante ans quand je suis né. Et elle est encore en pleine forme. En revanche vous avez parfaitement le droit de ne pas vous sentir prête, ou de ne pas vouloir recommencer à élever un enfant, alors que vous avez une fille déjà grande. En avez-vous parlé avec Ewan ?
- Oui, bien sûr.
- Ecoutez, si vous voulez vraiment un conseil de ma part, je vais vous en donner un. Mais ne vous attendez pas à quelque

chose d'extraordinaire, ce que je vais vous suggérer est en fait tout bête.

- Je vous écoute.
- Quel âge avez-vous exactement, Iona ?
- Trente-cinq ans.

Il me détaille avec douceur, puis approche sa chaise, prend mes mains entre les siennes en me fixant intensément dans les yeux. J'ai un mouvement de surprise. Mais le contact de ses mains fraîches est agréable, particulièrement apaisant.

- Détendez-vous. Maintenant, essayez de penser très fort à Ewan. Dites-moi ce que vous ressentez.
- Beaucoup de joie, de tendresse. Je suis heureuse.
- Tout cela me semble parfait.
- Mais je ne sais toujours pas ce que je dois faire.
- Mais vous ne *devez* rien. Vous avez la réponse en vous. Laissez là simplement mûrir.

Etrangement, je me sens soulagée. Je m'aperçois que je sais peu de choses de Brian.

- Et vous, vous n'avez jamais eu d'enfant, ou envie d'en avoir ?

Il semble réfléchir, puis un sourire un peu triste se dessine sur son visage :

- Non, j'aurais aimé, mais Laura et moi avons divorcé avant. Et c'est sans doute mieux ainsi. Elle a fait une fausse-couche deux ans après notre mariage. Et puis, les choses se sont dégradées entre nous. Elle est à présent remariée et a deux enfants.

- Je suis désolée.
- Vous ne devez pas. Ça n'était pas mon destin d'avoir des enfants, et ma vie est riche malgré tout. - Il se lève, me tend la main.- Venez, maintenant, allons visiter l'atelier, si vous en avez toujours envie.

Je suis surprise par la qualité de ses œuvres. Beaucoup de ces sculptures sont totalement abstraites, et pourtant étonnement parlantes, voire *vivantes*. Les arbres semblent être un sujet de prédilection. Je caresse doucement du plat de la main ces silhouettes tourmentées ou au contraire prodigieusement sereines, formées dans l'albâtre, le marbre ou la pierre locale.

- Je n'ai jamais vu d'arbres aussi "parlants".
- Mais les arbres nous parlent vraiment, vous savez, il suffit de les écouter. Saviez-vous que pour certains Celtes anciens, les êtres humains ne naissaient pas sous un signe astral, mais sous le signe d'un arbre ?
- Une sorte de totem, en quelque sorte ?
- Si l'on veut.

Mon attention se porte à présent sur une autre sculpture en albâtre presque translucide, un corps d'homme et de femme enlacés, dont les jambes s'enroulent jusqu'à fusionner et devenir racines. De facture très moderne, elle a sur moi un pouvoir émouvant.

Finalement, c'est le week-end tout entier que nous passons ensemble, tous les trois. La nuit venue, Brian nous installe dans la chambre d'amis, une petite pièce aux murs et au couvre-lit blanc. Les seules notes de couleur sont, là aussi, apportées par quelques plantes et de rares objets décoratifs, choisis avec soin. Etendus dans le lit, nous pouvons observer le ciel qui nous fait face. Il s'est éclairci et la lune n'est qu'un mince sourire dans la nuit. On perçoit également nettement le murmure du ressac sur la côte.

Le lendemain, nous effectuons ensemble une longue promenade à travers lande et forêt. Le vent, tour à tour, nous apporte le parfum des embruns et nous fouette le visage de poudre de neige glacée. La forêt, habillée de givre, tinte doucement comme les cordes d'une immense harpe jouant la mélodie de l'hiver, sous un ciel blanc rosé éclairé d'un soleil de nacre. Brian parle longuement des fêtes qui seront organisées cette année pour le 1er mai, correspondant à l'ancienne fête de Beltaine qui célébrait chez les Celtes anciens l'entrée dans la période claire de l'année. De grands feux seront allumés sur les collines. Demeurée un court instant à l'arrière, j'observe ces deux hommes cheminant côte à côte, emmitouflés dans leurs parkas, et je me sens en paix.

79

Nous nous sommes mariés la veille de Pâques, au village. Kevin et Maggie étaient arrivés la semaine précédente, ainsi que Sean et Cynthia. Marianne, Bertrand et leurs conjoints avaient fait le déplacement, et Pierrette aussi, bien sûr. Lucinda a décliné l'invitation, bien qu'Ewan lui ait dit vouloir lui offrir son billet d'avion.

La veille, Helen et Angus sont arrivés d'Edimbourg. Angus a rit lorsqu'il m'a revue :

- Alors ? Vous êtes restée un peu plus que prévu, n'est-ce pas ?

La maison était pleine à craquer, pour une fois, certains ayant même dû être logés chez Brenda.

Céline nous a rejoints le matin même de la cérémonie, de même que Winnifred et sa troupe, mais le plus surprenant est qu'elle était venue avec Thomas, que j'avais invité pour la forme tout en étant certaine qu'il ne viendrait pas. Il m'a serrée brièvement contre lui :

- Je suis content pour toi. Je voulais venir te le dire en personne.

Ewan l'a observé avec circonspection, c'était la première fois que je le voyais aussi méfiant vis à vis de quelqu'un et cela m'a donné envie de rire. Thomas a posé sur Winnifred un regard amusé et fasciné à la fois. Je me suis dit que quelque part, avec leur fragilité, ces deux là se ressemblaient.

Je sais maintenant que Céline a décidé de rester en Allemagne. J'ai eu un petit pincement au cœur lorsqu'elle me l'a annoncé il y a quelques jours au téléphone, mais en même temps, je suis trop heureuse pour me laisser déprimer par cette nouvelle.

Il y a eu une petite fête, à la maison, Brenda, John et Brian se joignant à nous. Ewan avait bien sûr tenu à revêtir sa traditionnelle tenue de Highlander, tout comme Kevin. Pierrette et Bertrand n'ont pu s'abstenir d'essayer de soulever leurs kilts pour voir ce qu'il pouvait y avoir d'intéressant dessous. C'était une fête de mariage bien peu classique, avec des gens aussi hétéroclites, et je n'ai pu m'empêcher de rire en voyant Jeff, puis Tom inviter ma convenable belle-sœur à danser. Quelque chose semblait les exciter dans cette impeccable créature embourgeoisée. Nous avions dressé un buffet dans la salle à manger. J'étais grisée par tout ce monde, ces bavardages, par le vin et le champagne qui coulaient à flots, par la musique de Winnifred et de son groupe. Tom avait bu plus que de raison, et je suis sûre qu'il était bourré d'héroïne, mais grâce à cela, il nous a gratifiés d'une envolée musicale époustouflante. J'étais en train de rêvasser à l'avenir, lorsque Bertrand m'a rejointe, me pinçant doucement le bras :

- Regarde ta fille.

Je cherchai du regard Céline, vêtue d'un simple pantalon noir et d'une longue chemise blanche, et je compris instantanément ce que voulait dire Bertrand : Céline dévorait littéralement des yeux Kevin, tandis que celui-ci était occupé à danser avec Winnie. Plus tard, je les vis échanger quelques mots et je sentis à quel point ma fille était troublée.

Durant un court instant, j'observai Sean et Ewan, occupés à discuter dans un coin. Leur complicité me frappa, pour deux personnes qui se connaissaient depuis quelques jours à peine. Mais il était vrai que notre aventure commune, et le rôle que Sean y avait joué, n'y étaient certainement pas étrangers. Et puis, mon regard à brièvement croisé celui de Brian, qui m'observait avec intensité, comme s'il avait voulu me communiquer quelque chose d'important. Mais très vite, son expression s'est muée en un sourire et un clin d'œil à mon intention. Tout de même, tout me semblait un peu irréel et étrange en ce jour, comme si je n'avais pas complètement compris les règles d'un jeu qui se jouait devant moi.

La fête s'est prolongée jusque tard dans la nuit, puis nous avons abandonné la maison à nos hôtes. Ewan avait tenu à ce que nous ayons une vraie nuit de noces. Il avait réservé, non loin de là, une chambre dans un de ces châteaux transformés en hôtels de luxe et tellement prisés par les touristes fortunés.

Une fois au lit, je n'ai pu m'empêcher de lui faire part de ce que j'avais remarqué :

- Tu sais, je crois que Céline est tombée amoureuse de ton fils. Elle ne l'a pas quitté des yeux, et elle était rouge comme une pivoine lorsqu'il lui parlait.

Ewan a rit.

- Je sais. Eh bien tant mieux, non ? Ainsi, l'histoire ne nos familles se perpétuera, si tel est le destin, et voilà tout.

- Arrête, c'est ridicule, il n'y a *pas* de destin. Ne me dis pas que tu crois en ces foutaises.

- Ecoute, nous n'allons pas avoir de grand débat philosophique ce soir. Nous ne sommes pas là pour ça, n'est-ce pas ? Ne t'inquiète pas, Kevin est raisonnable, il ne prendra pas de risques inconsidérés.

- Mais je ne veux pas que ma fille soit malheureuse. Ils habitent si loin l'un de l'autre.

- Iona, cesse de t'inquiéter tout le temps pour des choses qui ne sont pas encore arrivées et n'arriveront peut-être jamais. Et puis, c'est *notre* nuit à nous, ce soir, d'accord ? Voyons un peu si je t'excite toujours autant maintenant que je ne suis plus ton amant mais ton mari.

- Mais tu seras *toujours* mon amant.

80

Lorsque nous sommes réapparus le lendemain midi, tout le monde allait et venait tranquillement dans la maison, Brigitte devisant dans un anglais très approximatif avec Jeff, Marianne et Maggie quant à elles ayant pris les choses en main dans la cuisine pour tenter de préparer un déjeuner. Mon frère, Kevin et Céline étaient allés faire une promenade.

Winnifred s'est avancée vers nous, les mains sur les hanches, et nous a gratifiés de gros baisers sonores sur la bouche.

- Alors c'était chouette, de baiser dans un quatre étoiles, les jeunes mariés ?
- Génial, a répondu Ewan en lui pinçant la joue.

Tout à coup, elle s'est tournée vers moi :

- Au fait, Iona, je voulais te dire... Cette nuit, j'ai violé le père de ta fille.

J'ai écarquillé les yeux.

- Thomas ?
- Ouais, en personne.

Elle semblait très fière de son exploit. Ewan a émis un raclement de gorge, suivi d'un petit rire étouffé. Je ne savais pas vraiment si cette nouvelle me faisait plaisir, mais j'ai eu envie de rire aussi.

- Tu es une nymphomane, ma vieille. Et alors, c'était bien, au moins ?
- Pas mal. Au moins, avec lui, j'avais l'impression d'être autre chose qu'une poupée gonflable, a-t-elle ajouté en fusillant Tom du regard. Il est très gentil, très caressant, ton ex.

Ewan m'a lancé un regard interrogateur, j'ai serré doucement sa main en souriant.

- Humm, je sais. Bon, et où est Thomas maintenant ?
- Il dort dans ma chambre. Je l'ai épuisé.

Heureusement, Marianne comprend mal l'anglais. Pierrette, elle, a éclaté de rire. Maggie a haussé les épaules en marmonnant quelque chose d'incompréhensible. Mais le plus surprenant est que Brigitte aussi s'est mise à s'esclaffer, et que Sean a *applaudi*. Décidément, ce pays produit un drôle d'effet sur les gens.

81

Nous avons attendu le début de l'été et les vacances d'Ewan pour effectuer notre "voyage de noces". J'ai préféré rester en Ecosse. Il me semble que nous aurons ultérieurement l'occasion de faire tant d'autres voyages. Pour l'instant, j'ai envie de mieux connaître mon nouveau pays, et Ewan lui-même a hâte de me le faire découvrir. Je me suis émerveillée du printemps et de l'explosion de la nature après les rigueurs de l'hiver. Les rives du lac se sont couvertes d'herbe tendre et soyeuse, incrustée de linaigrettes, d'anémones et de pensées sauvages. Puis, derrière la maison, la colline s'est couverte de genêts luxuriants dont l'or se fond au soir tombant dans le mauve laiteux de l'horizon.

Nous partons souvent pour de longues excursions à la journée et marchons des heures entières, sac à dos, à travers collines et vallées. Parfois, la balade s'achève par un bain de mer rapide sur l'une de ces plages désertes au sable immaculé. L'eau est glaciale mais si cristalline qu'elle nous attire irrésistiblement. Lors d'une de nos randonnées dans le Glenn Torridon, nous avons eu le privilège d'apercevoir un aigle. Nous nous étendons et contemplons les nuages qui glissent au-dessus de nos têtes, emportant vers le large l'instant présent. Pourtant, tout ici est immuable; les années s'y sont succédées par milliers, et je me plais à imaginer que d'autres hommes alors ont contemplé ce paysage, exactement tel qu'il se présente encore en ce jour. Je ferme les yeux, les bras en croix, l'herbe fine caresse mes poignets, la brise effleure mon visage, les lèvres d'Ewan viennent y recueillir mes pensées. Je ne suis plus qu'un frémissement.

Les nuits sont tour à tour fiévreuses et douces, même le sommeil nous rapproche encore un peu plus. Un matin, Ewan me réveille tôt :

- Viens, partons pour les îles.
- Lesquelles ?
- Mais *Iona*, bien sûr, et toutes celles que tu ne connais pas : Mull, Lewis, Harris…Et puis, nous pourrions même faire une petite croisière jusqu'aux Orcades ? Il y a des paquebots très confortables. D'accord ?
- D'accord. Combien de temps ?
- Autant que nous en aurons envie. Fais tes bagages.

En fait, notre périple durera tout un mois, durant lequel nous rallions les différentes îles à bord de ferries et de bacs, dormant dans de petits hôtels ou chez l'habitant.

Nous abordons Iona en fin d'après-midi et l'arrivée sur l'île, auréolée de lumière ambrée, a un quelque chose de réellement magique. Ewan me prend la main :

- Bienvenue chez toi.

En abordant la côte il ferme les yeux, et il récite comme pour lui-même ces vers de St Colomba :

"Chan fhaca mi aingeal
no naomh,
ach chuala mi fuaim na mara
agus eilean mo chridhe
na theis meadhan."

*"Jamais je n'ai vu
d'ange ou de saint,
mais j'ai entendu
le grondement de la mer de l'ouest,
et c'est dans les remous de celle-ci,
que se situe l'île de mon cœur."*

L'île est petite, quelques trois miles de long. Les voitures en étant bannies, nous nous imprégnons du calme des lieux. L'abbaye et le couvent dressent leurs façades émouvantes sur fond de prairies fustigées par les vents et de mer limpide. L'énorme croix celtique marquant l'entrée du site semble vouloir nous signifier toute la sainteté de ces lieux. A travers ses branches ajourées, les derniers rayons du soleil fusent jusqu'à nous. Je me sens d'humeur mystique et pourrais presque pleurer d'émotion.

- Ces croix sont magnifiques, elles semblent pleines de symboles…
- En effet. On les retrouve dans beaucoup d'endroits différents. La croix celtique fait la synthèse des croyances chrétiennes et de la mythologie celtique. Elle associe aussi le temps et l'espace.

Ewan me montre du doigt le sommet de la croix.

- Regarde. Il y a juxtaposition d'une croix et de cercles. Sur le cercle principal, aux intersections avec la croix, il y a la présence de petits cercles, au nombre de huit, dont ceux situés aux angles de la croix viennent l'évider. Les quatre autres sont sur la croix. On pense que ces cercles étaient censés figurer les huit planètes de notre système solaire : Jupiter, Neptune, Saturne, Uranus, Mars, La Lune, Mercure et enfin Vénus. Le soleil serait représenté par le grand cercle. Les espaces entre les branches de la croix correspondent à huit grandes périodes: Les parties situées sur le cercle correspondent aux temps forts de l'année, c'est à dire les quatre grandes étapes de l'année, qui donnaient lieu à des fêtes : Samain et Beltaine, que tu connais déjà, Imbolc, fête de déesse Birgit, le 1er février, qui donna lieu plus tard dans le monde chrétien à la chandeleur, et enfin Lugsanad, qui correspond au mariage de Lug, le dieu de la lumière, le 1er août. Celles qui correspondent aux évidements sont associées au soleil avec les solstices d'hiver et d'été, et les équinoxes de printemps et d'automne. Les branches, elles, symbolisent enfin les quatre points cardinaux et les quatre éléments : Air, terre, eau et feu. Ensuite, chaque croix est différente, et peut être ornée de divers bas-reliefs, souvent profanes. Celle-ci est l'une des plus belles d'Ecosse.

Nous marchons à présent vers l'abbaye.

- On peut la visiter ?
- Bien sûr, viens. La bâtiment actuel date du 13e siècle. Mais c'est en 563 que St Colomba est venu d'Irlande pour fonder ici la première communauté chrétienne d'Ecosse. Son tombeau se trouve ici. C'est donc un lieu de pèlerinage important. Demain matin, ce sera beaucoup moins calme, tu verras. Au fait, j'ai fait quelques recherches sur ton prénom. Etymologiquement parlant, Iona aurait la même racine que Jeanne. Mais le plus probable est qu'il serait dérivé de Yônah, qui en hébraïque, et donc en langage biblique, veut dire « Colombe » et ceci nous ramène donc à St Colomb, ou St Colombe dont le nom gaélique était Chaluim Chille. Donc en quelque sorte ton prénom signifie « colombe » et ça n'est pas pour me déplaire.

En nous rendant à l'hôtel, nous longeons le cimetière paléochrétien.

- On suppose que de nombreux rois écossais furent enterrés ici, ainsi que différents chefs de clan. Certains disent que Kenneth MacAlpine, considéré comme le premier vrai roi des Ecossais, aurait ici sa sépulture. Mais ces tombes sont trop anciennes pour qu'on puisse être sûr de leur appartenance.

Le lendemain, nous fuyons l'île, envahie de touristes et de pèlerins, pour rallier Mull. Nous logeons et prenons nos repas chez un vieux couple dont le mari nous emmène le lendemain pêcher en mer. L'après-midi, nous nous prélassons sur la superbe plage de la baie de Calgary, enserrée de collines couvertes de fougères. Le lit grince affreusement dans notre chambre du petit cottage, nos nuits sont chastes, mais d'une tendresse infinie.

A Lewis et Harris, je découvre d'autres paysages. Ces îles dénuées d'arbres sont ponctuées de grosses briques de tourbe amassées le long des champs d'extraction. Lochs scintillants et mer limpide nous donnent la sensation de revenir à la pureté primitive du monde. Sur la plage de Seilebost, nous nous tenons silencieux, muets d'admiration. Les longues lames argentées des rochers s'immiscent vers la mer, déchirant l'herbe rase, entourant une baie déserte au sable farineux que viennent lécher des flots azuréens. Rien ne nous semble alors impossible, tant nous nous sentons grandis par la magie des lieux. A Lewis, les alignements de Callanish, innombrables pierres levées plantées à perte de vue nous font remonter cinq mille ans en arrière. Je redeviens humble et m'interroge sur les motivations de ces êtres venus ici effectuer ce travail titanesque dans ces îles ingrates cernées de flots menaçants. Pour ma part, elles ont pour effet de provoquer de rêves étranges. Dans l'un d'eux, je vole par dessus les flots jusqu'à une colline où se tient Lucie, agitant la main à mon intention. Mais lorsque je me pose à terre, elle a disparu.

Mais notre voyage nous entraîne plus loin encore, plus loin vers le Nord et plus loin dans l'histoire, aux confins de la Scandinavie. Dans les Orcades, la préhistoire et ses vestiges se mêlent à une nature grandiose, des falaises abruptes de grès rouge se jettent dans une mer d'émeraude. Mouettes et macareux y nichent par milliers. Nous avons l'impression d'être partis depuis des années. Le vent est sans pitié, nous giflant alors que nous abordons la côte et la senteur marine des prairies nous enivre inéluctablement. Ici, les témoignages humains sont tour à tour émouvants et insolites : L'ancien village de Skara Brae et ses ruines habillées de prairies nous révèle une civilisation vieille de quatre millénaires. En marchant dans ses allées, Ewan murmure à mon oreille, comme pour éviter d'en éveiller les fantômes :

-    Ce village a été enfoui sous une tempête de sable. C'est en
     quelque sorte le "Pompéi " de l'Ecosse. Regarde…

Il me désigne l'une de ces habitations, qui a conservé son mobilier de pierre, une sorte de banc, et ce qui semblerait être un four.

Plus tard, nous découvrons une petite tombe blanche, isolée au beau milieu de la lande et entourée d'une haie.

A l'église, une femme nous explique :

- C'est la tombe de Betty Corrigal. Autrefois, cette pauvre femme est tombée enceinte d'un marin, qui l'a abandonnée, et s'est alors suicidée. C'est pourquoi elle a été bannie du cimetière paroissial.

Nous dormons à Kirkwall. La petite ville aux façades austères se niche entre un damier de pâturages étagés et un port ou se pressent de petites embarcations de pêcheurs. Ici, un dicton affirme que l'Orcadien est un paysan avec un bateau, tandis que le Shetlandais est un pêcheur avec une vache. Les habitants un parler très spécial, un accent hérité de Scandinavie. Le lendemain, nous arrivons à Lerwick, et nous pourrions nous croire en Norvège. Les enfants ont les cheveux presque blancs de leurs ancêtres Vikings et l'air cette pureté incomparable des contrées nordiques

- Tu sais, les Romains pensaient que les Shetland étaient le bout du monde, affirme Ewan. Ils en avaient peur, et c'étaient pour eux des terres maudites. Demain, nous irons à Mousa. Là, tu pourras voir des phoques et des poneys sauvages.

Ici, en plein été le soleil ne se couche pratiquement pas. A minuit, nous déambulons dans le port, sous un ciel opalescent, et nous endormons au petit matin, saoulés de grand air et d'amour.

Main dans la main avec Ewan, je traverse des siècles, me fondant chaque jour un peu davantage dans ce pays. Je suis devenue une autre à présent. Nous pouvons rentrer chez nous.

82

Quelques jours après notre retour, je rencontre Alicia Brighton à la station-service. Je me dépêche d'aller à la caisse régler le montant de mon plein pour fuir au plus vite, mais elle me fait un signe alors que je m'apprête à démarrer, s'approche de ma voiture. Je ne peux faire autrement que de descendre pour la saluer :

- Bonjour Alicia, comment allez-vous ?

Elle me toise avec cette assurance des femmes qu'on a une fois pour toutes évaluées à leur juste valeur en leur offrant bijoux, vêtements et voiture de prix, me détaillant avec insistance.

- Vous, vous avez l'air d'être très heureuse.

Je réponds assez sèchement :

- Mais je le suis.

Elle a un subtil battement de paupières, et je ne peux ignorer l'expression de souffrance qui passe sur son visage lorsqu'elle demande :

- Et ...Ewan ?

Afin de prouver ma bonne volonté, je me risque à répondre :

- Il va bien. Vous savez, si vous envie de lui parler en personne, vous pouvez téléphoner, ou même passer un de ces jours. Je n'ai rien contre. Après tout il était votre ami.

Elle secoue la tête avec un pauvre sourire :

- Il était *beaucoup plus* que cela. Non, je ne viendrai pas. Je voulais juste savoir s'il allait bien. Prenez soin de lui, Iona.

- Je fais de mon mieux.

- Bien sûr. Vous... vous savez que nous étions amants de longue date, lui et moi, n'est-ce pas ?

- Evidemment.

Je me demande où elle veut en venir. Elle hésite un instant, comme si les mots lui brûlaient la bouche.

- Le... le soir où il est venu m'annoncer qu'il était tombé amoureux de vous...
- Oui ?
- Je crois que je le savais déjà, mais j'ai eu très mal. J'avais espéré que vous partiriez, qu'il vous oublierait. Je l'ai supplié, ce soir là, j'aurais tout fait pour le garder. C'est là que j'ai réalisé que je l'aimais vraiment. Je lui ai même proposé de tout quitter pour lui, mon mari, ma maison, tout. Je serais partie dans l'heure, s'il me l'avait demandé. Mais c'était trop tard, il avait déjà fait son choix, et le lendemain il voulait partir avec vous en voyage, alors il avait décidé d'en finir avec moi avant. Pourtant, il ne savait même pas si vous voudriez vraiment de lui. Mais il disait aussi que rien ne serait possible entre vous tant qu'il n'aurait pas rompu avec moi, qu'il devait vous donner cette preuve d'amour, que vous étiez trop fragile pour accepter une situation ambiguë. Vous n'étiez là que depuis *une semaine*, et pour vous il a mis fin notre relation de *plusieurs années*.

Oh, Ewan...
- Pourquoi me dites-vous tout ça ?
- Mon Dieu, je ne sais pas trop. J'avais juste besoin de le dire. C'est tout. Ce sont des choses que tout le monde sait, ici, mais que personne ne dit, vous comprenez ? Oh, de toute façon, tout cela devait arriver...

Elle pousse un gros soupir. Je remarque alors ses cernes qui transparaissent sous le fond de teint savamment étalé, les rides de tristesses qui marquent son front et les coins de sa bouche. J'ai un élan de pitié.
- Vous vous faites du mal en ressassant toutes ces choses. C'est le passé maintenant.

Elle ne semble pas m'avoir entendue, mais murmure d'un air absent :
- Dans notre pays, le passé et le présent se confondent souvent...
- Ce qui veut dire ?

- Oh… rien. Enfin… vous comprendrez, tôt ou tard. Pensez-vous... Pensez-vous avoir des enfants ?
- Peut-être. - Je suis au supplice.- Excusez-moi, mais je dois vous laisser maintenant.

Elle a un petit rire.

- Bien sûr. Mais tout de même, pensez-y. Je crois qu'Ewan aimerait avoir encore un enfant. Lorsque nous étions ensemble, il en parlait parfois. Moi, forcément, je n'aurais pas pu le lui donner. Mais vous, vous le pouvez. En se remariant avec vous, il a dû fonder certains espoirs. Vous me comprenez, n'est-ce pas ?

Son ton, lourd de sous-entendus, pourrait faire renaître le doute en moi. C'est sa manière de se venger. Je la fixe bravement dans les yeux :

- Je comprends très bien ce que vous suggérez, Alicia. Mais avec ou sans enfants, notre couple est solide, voyez-vous ? Nous espérons bien finir nos jours ensemble.

C'est sur un ton de confidence fielleuse qu'elle réplique :

- Vous y êtes condamnés, de toute façon.
- Pardon ? Vous pouvez vous expliquer ?
- Vous comprendrez bientôt.

Son regard pénétrant me glace le sang. Cette femme délire de douleur et de dépit.

83

Deonlewe, été 1999

Un nouvel automne, puis l'hiver sont arrivés, et avec eux une nouvelle vague d'invasions dans notre quotidien : Winnifred et sa bande, Maggie à Noël, Pierrette, Cynthia et Sean au Jour de l'An. Kevin et Céline viennent souvent nous rendre visite. Céline a à présent un petit ami allemand, qu'elle aimerait nous présenter l'été prochain. Ewan semble trouver en revanche un malin plaisir à tenter de les rassembler, elle et Kevin. Mais leurs dates de vacances sont rarement compatibles.

- On dirait que tu voudrais jeter ma fille dans les bras de ton fils. Tu sais, de nos jours, les mariages arrangés, ça ne se fait plus, mon chéri.
- C'est peut-être dommage, a hasardé Ewan avec un clin d'œil. Regarde-nous, ça n'est pas si mal, finalement.
- Mais ça n'en était pas un...
- Pas vraiment, mais quand même...Tu sais...
- Quoi ?
- ... Rien. Je t'aime.
- Alors embrasse-moi.

Le souhait d'Ewan s'est réalisé. L'Ecosse s'est dotée en 1998 d'un parlement autonome. De ce fait, des domaines importants sont désormais de son ressort exclusif, comme la santé, le développement économique local, l'agriculture et la justice. Au printemps, je décide de mettre mes projets professionnels à exécution et m'inscrits pour un stage de photographie à Glasgow. Ces quatre semaines sont ma plus longue séparation d'avec Ewan depuis que j'habite en Ecosse, mais nous nous retrouvons le week-end. J'ai loué une petite chambre en ville, dans la maison où loge également Winnifred pour quelques temps, elle et son groupe enregistrant un nouveau disque.

Ce séjour n'a rien à voir la vie douillette, reculée, que je mène avec Ewan à Deonlewe. Le professeur qui anime notre formation, Rachel, est une Glaswégienne d'une cinquantaine d'années à la chevelure bouclée et flamboyante, aux vêtements bigarrés. De nombreuses séances de travaux pratiques se déroulent en extérieur, et nous arpentons sans relâche les rues et les nombreux espaces verts de la ville, mais aussi ses faubourgs ouvriers et ses quartiers modernes, traquant le détail architectural, l'ambiance insolite, les *"gueules"*, les lumières. Parfois, nos pérégrinations nous emmènent "au vert", et nous nous entassons alors avec pique-nique et matériel dans nos voitures en direction du Loch Lomond, le roi des lochs d'Ecosse, ou des Trossachs. La plupart des "étudiants" sont plus jeunes que moi, à l'exception d'un retraité et d'une mère de famille en quête d'occupations. Nos séances de travail se terminent très souvent au pub, voire au cinéma ou au restaurant. Je sympathise particulièrement avec Rachel, qui symbolise assez bien les habitants de la ville, plutôt joviaux, à l'accent chantant et au parler crû. C'est avec elle que je découvre les créations de Mackintosh[*] et la musée d'art moderne. Moins harmonieuse et spectaculaire qu'Edimbourg, la ville se révèle néanmoins sympathique à vivre, agréablement jeune et animée.

A deux reprises j'ai même l'occasion d'assister aux enregistrements de Winnie et sa troupe. Je découvre une Winnifred particulièrement obstinée, mais toujours professionnelle. L'ambiance est la plupart du temps effervescente, parfois tendue, les disputes fréquentes, mais les fous rires aussi. Nous n'en parlons que rarement, mais elle se refuse toujours à tenter une cure de désintoxication, Ewan est au désespoir lorsque nous évoquons le sujet, il redoute toujours le pire. Winnie entretient à présent une liaison avec l'un des techniciens du studio d'enregistrement, plus jeune qu'elle et d'apparence étonnamment sage et posée. Tom crie à qui veut l'entendre qu'il s'en fout

---

[*] *Architecte écossais, pionnier du style "design"*

complètement, mais ses mouvements d'humeur sont de plus en plus fréquents.

Pour le week-end du premier mai, je reviens chez nous. Quelques uns de nos amis ont organisé ce qu'ils appellent la "fête du printemps", et qui correspond, dans leur esprit, à la fête de Beltaine chez les Celtes anciens. Certains villageois y participent aussi, en particulier Brenda et John. Nous partons en fin d'après-midi et faisons l'ascension d'une de ces collines qui surplombent le loch Ewe. Une très ancienne croix celtique et quelques ruines se dressent au sommet. Le panorama entre mer et montagne est exceptionnel. En contrebas, un parterre de jonquilles sauvages ondule dans la brise du soir.

Nous avons transporté du bois pour le feu. Les préparatifs, pique-nique, couvertures, instruments de musique, pourraient presque être ceux de n'importe quel barbecue improvisé entre amis dans la nature. Pourtant je sens chez les participants quelque chose de plus profond dans la part qu'ils prennent à cette fête, comme s'il s'agissait d'une cérémonie ou d'un rite ancestral. Je perçois à travers leurs gestes un infini respect pour la nature qui les entoure, une ferveur dans leur regard, autant de signes de leur appartenance à une communauté héritière d'une histoire millénaire.

Brian est venu. Implicitement, il est le maître de cérémonie, et il semble que tous s'en réfèrent à lui. Je perçois une déférence des autres à son égard qui m'ébahit et m'agace à la fois. Je constate alors que nombreux sont ceux qui viennent lui demander conseil à propos de différentes choses de leur vie privée, de leur santé, et je me souviens que je me suis moi-même tournée vers lui un certain jour d'hiver. Je fais part de mes remarques à Ewan :

- C'est dingue, je me demande bien ce qu'il y a chez ce type qui fait que les gens soient attirés par lui comme par un aimant. J'espère qu'il n'en abuse pas avec ses étudiants, sinon il pourrait être vite perçu comme un gourou.
- C'est pourtant simple : Brian est quelqu'un de très bienveillant, et en même temps sa sagesse, son savoir et sa

façon de s'exprimer en font quelqu'un d'exceptionnel. C'est peut-être ce que vous les Français appelleraient le charisme. Mais je ne crois pas qu'il tire une quelconque jouissance de ce pouvoir inné.

Un ami de Brenda et John se lève et entonne un air de cornemuse, nous tournant le dos, face à la mer. Dans ce cadre, cette musique, lancinante et répétitive, que j'aurais détesté entendre en disque, a un quelque chose d'envoûtant. Après le dîner, chacun y va de sa chanson, de son air d'harmonica ou de guitare, quelques-uns esquissent une Jig, sautant et riant autour du feu. Je suis l'une d'eux à présent.

84

Quelques temps plus tard, Ewan et moi nous rendons pour un week-end prolongé sur l'Ile d'Arran. L'île offre une diversité étonnante de paysages et de reliefs. Nous passons trois jours à randonner au cœur de massifs montagneux couverts de rhododendrons en pleine floraison, puis découvrons, plus au sud, de paisibles et verdoyantes vallées habitées de manoirs, et remontons enfin la côte où alternent criques aux courbes douces et falaises déchiquetées. Cette année-là, le printemps nous fait l'inestimable cadeau de nombreuses heures ensoleillées, nous en profitons alors pour nous prélasser, au hasard de nos promenades, sur les plages encore désertes de sable blanc, marchons, les pieds dans l'eau, main dans la main. Ewan me sert de sujet d'exercice, et je ne me lasse pas de capter son regard, son sourire sur mes pellicules, quitte à parfois le mettre en colère. Un matin, il me confisque purement et simplement mon appareil et le dissimule avec soin.

Après tous ces mois, nous nous comprenons souvent sans parler, et nous retrouvons toujours avec impatience dans l'intimité du lit, nos jeux amoureux ayant gagné en intensité grâce à la connaissance que nous avons désormais l'un de l'autre. Nous en venons parfois à nous demander si nous avons vraiment envie de laisser un enfant s'immiscer dans notre vie à deux. Le minuscule cottage que nous avons loué pour nos trois nuits à Arran s'élève au sommet d'une falaise abrupte au-dessus la mer.

A mon retour, Kevin m'aide à aménager mon "laboratoire" dans l'une des chambres inoccupées de la maison. En l'absence d'Ewan, je passe de longues heures à développer mes pellicules. J'ai constitué un "press-book" afin de présenter mes meilleurs clichés à de futurs acheteurs éventuels. Après plusieurs semaines de démarches, une librairie d'Inverness dont Ewan est client accepte d'en prendre quelques unes en exposition. Je suis également en contact avec un éditeur de cartes postales.

Nous avons décidé de rester à Deonlewe durant les vacances d'été, afin de pouvoir nous offrir un voyage en Afrique du Sud pour Noël. Mais au mois de juillet, ce projet semble compromis :

- Ewan ... Viens t'asseoir.

Son visage s'éclaire, il m'entraîne vers le banc du jardin et m'enlace doucement.

- Tu es enceinte, hein ?

- Mais ...

- Il y a des signes qui ne trompent pas, non ?

Je plonge mon regard dans le sien, caresse son visage. Je me demande comment j'ai pu vivre autrefois sans lui.

Tout l'été se passe à faire des projets. Je suis en pleine forme, et le médecin est de cet avis également. Nous avons décidé de ne pas demander le sexe de l'enfant. Kevin a été ravi d'apprendre la nouvelle, Céline a d'abord eu des réactions mitigées, pour finalement s'avérer plutôt contente. Winnifred nous a gratifiés d'une invective :

- Franchement, vous êtes deux vieux lubriques. Vous n'avez rien trouvé de mieux que de mettre au monde un pauvre innocent qui n'a rien demandé à personne ? Vous trouvez que c'est un cadeau que cette putain de vie ?

- Va te faire voir, lui a lancé son frère.

- Bon, j'espère que vous me le confierez de temps en temps, ce marmot, afin que je lui apprenne, moi, ce que c'est que la vraie vie. Et tant qu'à faire, si vous décidiez en plus de le baptiser, je veux bien me sacrifier pour être marraine. Ça vaudra mieux que cette ringarde de Brenda.
- Sûrement pas, avec toi il se mettrait à fumer des joints ou pire dès la maternelle.
- En tout cas, tu n'as pas intérêt à lui faire porter le kilt dès qu'il aura quitté ses couches-culottes. J'espère bien que ce sera une fille, d'ailleurs. Autant limiter les dégâts.

C'est ainsi qu'il est décidé de donner à notre enfant Winnifred pour marraine, Brian pour parrain. Mais il n'y aura pas de baptême, seulement une fête.

Brenda s'est mise au tricot, Marianne à la broderie. Pierrette m'a adressé un petit livre "Comment ne *pas* devenir une mère parfaite." Brigitte m'a recommandé avec insistance de faire une amniocentèse. Maggie n'est pas très concernée mais s'enquiert poliment et régulièrement de ma santé. Et Ewan sera un père merveilleux.

85

C'est un dimanche matin, au petit déjeuner, que les douleurs ont commencé. Ewan l'a immédiatement compris, en voyant mon visage se crisper :
- Ça y est ?
- Oui, le bébé... aïe... oui, je crois bien que ton fils arrive. Il a bien choisi son jour, celui-là ! et il attaque très fort...
- *Notre* fils. Et d'abord, pourquoi pas une fille ? Je vais téléphoner à l'hôpital.
- Je suis sûre que c'est un mec, pour être aussi pressé.

Il se lève, me prend dans ses bras.

- Chérie, nous allons avoir un bébé, *notre* bébé, tu te rends compte ?
- Oh oui, je m'en rends très bien compte en ce moment, dis-je en grimaçant et en riant en même temps.
- Tu as très mal ?
- Pas trop encore, mais je crois qu'il va falloir faire vite.
- Ça va bien se passer, je t'aime.
- Tu es gentil, mais ça n'est vraiment pas le moment pour de grandes déclarations. Appelle vite la clinique, nom d'un chien.
- Bon allonge-toi, je reviens.

Une heure plus tard, nous arrivons aux portes de l'établissement. Autour de moi, tout est d'un calme étonnant. Un jeune interne nous accueille en souriant. Il a boutonné sa blouse de travers :
- Le docteur Murrich est absent, et nous essayons de le joindre, mais en attendant, c'est moi qui vais m'occuper de vous.

Il m'examine rapidement, tandis qu'Ewan serre ma main.
- Oh, mais je crois que ce bébé est très pressé. J'ai bien peur qu'il ne veuille pas attendre le docteur Murrich.
- Mon Dieu, nous sommes arrivés trop tard ? demande Ewan.
- Non, tout ira bien. Comment vous sentez-vous, Madame ?
- A peu près comme si j'avais une essoreuse dans le ventre.
- Oh, je vois, fait-il en souriant. Bon, je vous fais transporter tout de suite en salle de travail

Je grommelle en français entre mes dents à l'intention d'Ewan tandis qu'une infirmière m'emmène :
- Sale type, regarde un peu ce que tu m'as fait.

La douleur est fulgurante, bien plus forte que pour Céline. Ne suis-je pas trop vieille pour accoucher ? Et si le bébé mourrait, ou moi ?
- J'ai mal aussi de te voir dans cet état. Si je pouvais accoucher à ta place, je te jure que je le ferais.
- On aurait dû suggérer cette idée au docteur M...

Un cri sorti de ma gorge m'interrompt.
- Vite, vite, il arrive, crie l'infirmière.

Aidé d'Ewan, le jeune docteur a à peine le temps de me placer sur la table de travail que la tête apparaît déjà.

J'entends Ewan crier et rire en même temps :

- Oh là là, il est là, il est déjà là !

Le médecin rit aussi. Tout le monde a l'air de trouver ça très drôle, sauf moi. Il fait signe à Ewan de prendre sa place.

- J'avais bien dit qu'il était très pressé. Tenez. Venez-vous même le chercher si vous voulez. Là, là, oui, comme ça, c'est bien. Maintenant retournez le doucement. Voilà. On dirait que vous avez fait ça toute votre vie.

Je crois que je vais m'évanouir. Entre mes jambes, j'aperçois le visage d'Ewan, très pâle et baigné de larmes, penché vers la petite chose qui vient de sortir de mon ventre.

Quelques secondes plus tard, il me tend un paquet enroulé dans une serviette, d'où émerge une touffe hirsute de cheveux noirs :

- Alan, je te présente ta maman.

86

Je redécouvre, après toutes ces années, les émerveillements, mais aussi les doutes et les craintes de la maternité. Je ne suis ni plus forte, ni plus expérimentée, et demeure souvent encore incrédule devant le berceau d'où émane cette odeur de peau neuve, de sommeil et de lait de toilette. Je contemple longtemps notre fils, ce petit d'homme aux cheveux noirs dressés sur la tête, qui le font ressembler à un hérisson enrobé de tissu éponge. Ewan en est fou.

Lorsque je les observe ensemble, je me dis qu'il y a forcément un instinct paternel, que cet attachement viscéral à l'enfant que l'on a fabriqué n'est pas seulement l'apanage des femmes. Mieux que moi, il sait sentir et prévenir le moindre besoin ou malaise de notre bébé, le manipuler avec douceur et habileté pour lui changer sa couche ou le mettre au lit. Avec lui, tranquillement, Alan s'éveille au monde qui l'entoure, en découvre l'amertume et la douceur. Cette petite tête aux yeux ébahis dans la main de cet homme si fort et si doux est un miracle qui ne cesse de me fasciner.

Etrangement, cette naissance m'a rapprochée de Céline. Si j'aime mon fils de toutes mes forces, celle-ci restera malgré tout mon enfant-privilège, celle que j'ai choisie d'avoir envers et contre tout, alors que rien dans les circonstances ne s'y prêtait, celle pour qui j'ai traversé mes jeunes années de femme avec détermination, celle enfin qui a forgé la créature qui est arrivée ici.

Mais un nouveau personnage a fait son entrée dans ma vie. J'ai en effet pu enfin faire la connaissance de Lucinda, arrivée à Londres à l'automne afin d'y terminer ses études. Dire que nous sommes devenues proches serait très exagéré. J'ai bien tenté d'établir un contact amical, mais sans réel succès. Ses visites, du reste, sont assez rares. Je surprends parfois dans son regard un mélange de curiosité et dédain à mon encontre. Lors de la naissance d'Alan elle ne s'est du reste nullement privée de me faire remarquer que dans son pays, souvent, les femmes sont déjà grand-mères à mon âge. Il semble en revanche qu'elle ait davantage sympathisé avec Céline, même si cette dernière a récemment fait illusion à son arrogance. Face à elle, Ewan semble souvent mal à l'aise et dénué de toute autorité.

Un jour, je les entends, à travers la porte du bureau, se disputer violemment. Ewan en sort enfin, empli de rage mal contrôlée.

- Chéri, qu'est-ce qui se passe ?
- Rien, ne t'inquiète pas, toujours les mêmes vieilles histoires…
- Mais *quelles* vieilles histoires ?
- Le passé, sa mère, notre famille… Tout.
- Elle t'en veut toujours ?
- Oui, et ça ne cessera jamais.
- Que te reproche-t-elle exactement ?

Il secoue la tête d'un air découragé :

- Le pire, c'est que je crois qu'elle ne le sait pas vraiment elle -
  même. Elle met tout en vrac : Ma race, sa colère d'être elle-
  même une métis, sa mère qui s'est, selon son expression
  "faite avoir" par un blanc, etc. Je crois qu'elle est assez mal
  dans sa peau le plus souvent. J'ai tenté bien souvent de lui
  faire comprendre que son métissage, sa double culture étaient
  une richesse, mais elle ne veut pas entendre ce type de
  discours, elle rejette en bloc sa moitié européenne. Et, au
  moindre désaccord avec moi, elle me balance tout à la figure.

J'ai pu moi-même constater depuis l'arrivée de Lucinda pour les
vacances d'été la fierté avec laquelle elle se déclare "africaine", les
heures qu'elle passe à se faire toutes sortes de coiffures et de
tresses compliquées, que pour ma part je trouve magnifiques. Un
jour, elle a aussi coiffé Céline, et je dois dire que le résultat était
plutôt réussi. Elles s'étaient également toutes deux drapées dans
des étoffes en batik de couleurs vives. Kevin est arrivé et a sifflé
d'admiration, en voyant ses deux "sœurs" ainsi apprêtées, et c'est
la seule fois où nous avons ri tous ensemble et où l'atmosphère
s'était un quelque peu adoucie. Je crois que l'admiration que lui
porte Céline fait du bien à Lucinda. Peut-être se retrouvent-elles
aussi dans leur identité de filles "naturelles".

- Mais dans ce cas, pourquoi a-t-elle choisi de venir étudier à
  Londres ?
- Parce qu'elle veut affronter les Blancs sur leur terrain, comme
  elle dit. Elle pense qu'elle a de grandes choses à réaliser ici. En
  tout cas je plains les garçons anglais qui tentent de s'en
  approcher.
- Bon, après tout, tout ça n'est pas bien grave. Elle est jeune,
  donc encore très impulsive. Je comprends que cela te blesse,
  mais essaie de faire bonne figure les rares fois où elle est là.
  Pour le reste, tu ne peux plus rien.

Il me serre contre lui, m'embrasse.

- Oh Iona, je t'aime tellement. Pour un peu je te ferais un
  deuxième bébé, là, tout de suite.

- Il vaut mieux t'abstenir. Nous avons déjà quatre enfants à nous deux.
- Et alors ? Viens, montons nous coucher maintenant.

Au passage, nous jetons un œil à Alan dans son berceau. Celui-ci a les yeux grands ouverts, se retourne lorsqu'il nous entend et nous sourit en gigotant, émettant de petites bulles de joie accompagnées d'onomatopées et gloussements. Ewan ne peut s'empêcher de le prendre dans ses bras et de le bercer tout contre lui.

- Regarde, comme il est tonique maintenant. Je crois qu'il ne va pas tarder à s'asseoir. Bon, il faut dormir, maintenant, petit enfant de l'amour.

Il le repose doucement et m'entraîne vers la porte.

Là nuit, blottis l'un contre l'autre, plus rien n'existe alors, ni les colères de Lucinda, ni l'inquiétude que continue de nous causer Winnifred, ni la voiture qui tombe souvent en panne et qu'il va falloir remplacer, ni les gouttières que nous avons récemment découvertes au fond du couloir et qui nous obligeront sans doute à faire refaire une partie du toit et donc à différer encore notre voyage en Afrique. Plus rien ne compte que la douceur d'être dans les bras l'un de l'autre et la perspective de s'éveiller ensemble au matin.

Avant de nous endormir, nous bavardons encore un peu, parlons de nos projets à court terme. Plus rien ne semble insurmontable à présent. Pourtant, Ewan me dit :

- Iona, s'il devait m'arriver un jour quelque chose de grave, je veux que tu saches que j'ai pris toutes mes précautions.
- Tu es fou ? Pourquoi parles-tu de ça maintenant ? Tu es malade, tu m'as caché quelque chose sur ta santé ?
- Pas du tout, sois tranquille. Je vais très bien. Non, je voulais seulement te dire que toi et Alan serez à l'abri du besoin s'il y avait un jour un problème.
- Mais pourquoi me dis-tu ça aujourd'hui ?
- Je ne sais pas, sûrement à cause de ma dispute avec Lucinda, ça me ramène sans doute à mes responsabilités de père de

famille. Toute personne est à la merci d'un accident ou d'une maladie incurable. On ne sait jamais, sa mère pourrait alors la pousser à vous créer des ennuis. J'ai donc fait le nécessaire pour que cela n'arrive pas, c'est tout. S'il m'arrivait quelque chose, les papiers sont dans le petit tiroir de mon bureau. Il y en a aussi une copie chez Brian.

-   Brian ?
-   Oui. Il n'y a personne en qui je fasse plus confiance, avec toi bien sûr. Et puis, en cas de malheur, il s'occuperait de toi et du petit.
-   Mais je n'ai pas besoin qu'on s'occupe de moi. De toute façon, si tu devais mourir un jour, je ne voudrais plus vivre non plus.

87

Ce matin, à l'heure du petit déjeuner, et alors que nous avions prévu d'aller tous ensemble pique-niquer sur la plage, Céline nous annonce que Lucinda ne viendra pas avec nous.

-   Et pourquoi ça, encore ? a demandé Ewan
-   Elle est... malade. Elle est restée couchée.

Je me lève.

-   Ah bon ? Je vais voir ce qu'elle a.
-   Non, laisse, intervient Ewan, elle risque de ne pas être à prendre avec des pincettes, j'y vais.

Restée seule avec ma propre fille, je lui demande :

-   Qu'est-ce qui se passe ? Tu as un air bizarre.
-   Ecoute... Je ne devrais pas... mais je ne sais trop comment faire. Elle ne voulait pas vous le dire, mais je m'inquiète beaucoup pour elle...
-   Mais qu'est-ce qu'elle a, parle, bon sang !
-   Elle est enceinte.

- Quoi ? Ça n'est pas possible !
- Si, elle en est sûre. D'ailleurs je l'ai aidée à faire le test. On en a fait deux, et à deux jours d'intervalle, pour être sûres.
- Ça fait longtemps que tu es au courant ?
- Une semaine.
- Oh merde… Je me demande comment Ewan va prendre la chose… Elle t'a dit qui était le père ? Sûrement un autre étudiant sud-africain, non ?
- Non, c'est un Blanc, un Anglais.
- Mais c'est impossible, elle détesterait coucher avec un Blanc..
- Malheureusement si, c'est vrai. C'est un garçon de sa fac à Londres. Mais elle ne lui a rien dit. Elle pense se débarrasser de… de ce bébé, de toute façon. Elle dit qu'elle veut qu'on lui arrache cette "saleté" du ventre. Et moi, tu comprends, je pense alors à Alan, il est si mignon…

Céline s'est mise à pleurer, je lui prends doucement la main, mais je suis moi-même effondrée. Des cris nous parviennent de l'étage.

- Mais comment a-t-elle pu ?
- Ça s'est passé le mois dernier, à une boum. Elle dit d'ailleurs que ce soir là, avec plusieurs garçons et filles, ils ont organisé une sorte de … d'orgie. Ils étaient… plusieurs, en fait. Elle a fait ça un peu comme une sorte de défi. Mais maintenant elle est complètement dégoûtée et désespérée.
- Tu as bien fait de m'avertir. Je comprends mieux pourquoi elle est si agressive en ce moment avec nous. Ecoute : Kevin arrive tout à l'heure, va te balader, te distraire un peu avec lui. Les heures qui vont suivre vont être difficiles. Nous nous débrouillerons avec Ewan, pour qu'elle ne sache pas que c'est toi qui nous a tout raconté.
- Ce ne sera pas la peine. Elle vient de tout me dire aussi.

Ewan est redescendu sans que nous y ayons prêté attention. Il s'affale sur la chaise à côté de la mienne. Il tient Alan dans ses bras.

- Comment ça ?

- Elle m'a tout raconté, et puis elle s'est effondrée dans mes bras en pleurant. Ça faisait si longtemps qu'elle ne m'avait pas appelé "Papa"... Mais tout de suite après, elle m'a crié de sortir, de la laisser seule. Ecoute, Céline, Iona a raison, je crois que tu en as assez supporté ces derniers jours, sors un peu avec Kevin aujourd'hui.

Mais Céline s'est précipitée hors de la pièce pour monter à l'étage rejoindre Lucinda. Je soupire en posant ma main sur l'épaule d'Ewan.

- Elles s'entendent bien, heureusement. Je pense que Céline est la seule à pouvoir l'aider en ce moment.
- Oui, mais il va pourtant falloir prendre des décisions et agir, le plus vite sera le mieux. J'ai bien tenté de lui dire qu'elle pouvait garder l'enfant si elle voulait, que nous l'aiderions...
- Et alors ?
- J'ai cru qu'elle allait m'arracher les yeux. Elle était folle de rage, c'était terrible. Elle a réveillé le petit avec ses cris.

Alan promène autour de nous un regard étonné, comme s'il ne comprenait pas qu'aujourd'hui, nous ne répondions pas immédiatement à ses mimiques par nos rires et cajoleries habituelles.

- Bon, alors il faut respecter son choix et faire le nécessaire rapidement.
- Je sais.

Il secoue lentement la tête en signe d'approbation. Mais je lis une grande tristesse sur son visage. Il caresse doucement le crâne de notre fils, y posant de petits baisers pensifs. Des larmes lui montent aux yeux et il esquisse un sourire.

- Dire que je pourrais être grand-père, tu te rends compte ?
- Tu le seras un jour. Tu comptes mettre Katinka au courant ?
- Lucinda me l'a interdit. Elle dit qu'elle aurait trop honte. Et puis elle est majeure, après tout.
- Alors on va s'en occuper de notre mieux. Bon, après... on la ramènera ici, on la consolera, on la dorlotera, et petit à petit

elle ira mieux. Je vais aussi demander à Céline si elle peut rester un peu plus longtemps que prévu. Et puis je crois qu'elle se rapprochera de toi, tu es un père formidable…

- Oh non, Iona, je suis tout sauf formidable… je me sens responsable et impuissant, je n'ai rien vu venir.

Le jour même, rendez-vous est pris. L'intervention pourra se faire dès la fin de la semaine, si tout se passe bien. Il est décidé qu'Ewan emmènera seul sa fille à la clinique. Ils resteront une nuit sur place, étant donné que le trajet est long et fatiguant. Kevin, Céline et moi resterons ici.

Le jour venu, nous nous séparons au petit matin. Il pleut à verse et l'herbe du jardin ploie sous un vent pugnace. Lucinda est déjà installée dans la voiture, hagarde et plus renfermée que jamais. Ewan m'enlace longuement, comme pour puiser son courage dans la chaleur de mon corps.

- A demain, prends bien soin de toi et des enfants.

Les enfants. Malgré la tristesse des circonstances, ce mot m'emplit d'un bonheur immense. Nous avons quatre enfants merveilleux, nous sommes enfin une *vraie* famille.

Un peu plus tard, deux policiers sonnent à la porte. Un accident est survenu. Aucun des deux passagers du véhicule n'a survécu.

88

Je ne sais plus quel jour nous sommes, quelle heure, ni même qui je suis. L'eau du loch a englouti ce qui restait de mon amour, ces quelques cendres grises qui lui ressemblaient si peu.

Brian vient s'asseoir auprès de moi dans le salon et me tend une enveloppe.

- Voilà, Iona, Ewan voulait vous en parler... Et puis il a jugé préférable de n'en rien faire, pour vous protéger, pour ne pas vous inquiéter...C'est pourquoi il m'a demandé de garder cette lettre, ainsi que divers autres papiers.

-   Me parler de quoi ?

-   De vos familles, du passé... Alors il a finalement décidé de garder le secret, mais il m'a laissé ces papiers, au cas où il lui arriverait quelque chose, car il estimait qu'alors vous devriez savoir la vérité....

-   Je ne veux plus rien savoir.

-   Lisez.

Je sors la lettre de l'enveloppe pour qu'il me fiche la paix.

-   Oh mon Dieu, mais c'est l'écriture de ma mère ?

-   Je lis avec l'impression que mes yeux, mon cerveau se moquent de moi :

"Mon cher Ewan,

Je ne saurai trop comment vous dire la joie et la sérénité que m'a apportées votre visite. Bien sûr, je sais que je vais mourir maintenant. Mais je n'ai plus peur, et cela essentiellement grâce à vous. Vous m'avez fait comprendre tant de choses, et maintenant je sais que d'une certaine manière, ma vie ne s'arrêtera pas là. Je me sens en paix aussi, parce que je sais à présent d'où je viens. Votre arrivée dans ma vie est un bienfait inespéré, comme si vous aviez pressenti que quelqu'un, quelque part, avait besoin de vous. Avoir renoué avec toute cette partie de mes origines a été pour moi une révélation. Et cela, je vous le dois.

Demain, je rentre à l'hôpital, et je sais que je n'en ressortirai pas. Bien sûr, je suis triste de quitter cet appartement où j'ai vécu heureuse, avec mon mari et mes enfants. Mais je sais que quelque chose de meilleur encore m'attend, dans une autre dimension et je sais que tout n'est qu'un éternel recommencement.

J'ai longtemps réfléchi, et décidé de ne pas mettre Iona au courant de nos plans. Elle me traiterait de folle, et, bien sûr, elle refuserait de vous rencontrer. Elle n'est pas encore mûre pour entendre tout ce que vous et moi savons et partageons. Mais j'ai fait en sorte qu'elle arrive jusqu'à vous, par ses propres moyens, et en l'aidant un peu...

Votre ami internaute Sean a pris contact avec moi, je lui ai expliqué nos projets, de même qu'à Pierrette, l'amie de Iona. Pierrette s'est d'abord rebellée, puis elle a compris que nous agissions pour le bien de son amie. Je m'en remets à eux, comme je m'en remets à vous, je sais qu'ils ne me trahiront pas.

J'interromps ma lecture, comme soudain douchée, effarée :

- Mais qu'est-ce que c'est que toute cette histoire ? Brian, dites moi que c'est un cauchemar.
- Non, tout cela est vrai. Lisez encore, vous comprendrez mieux

« Ce Sean et sa femme ont l'air de gens très sympathiques, malheureusement je ne les rencontrerai sans doute jamais. Sean ma expliqué au téléphone les nombreuses recherches qu'il avait effectuées sur Internet, au sujet de l'Ecosse et de la Vieille Alliance, et m'a parlé de cette association franco écossaise à Paris, grâce à laquelle vous avez retrouvé ma trace. Tout cela me redonne un regain d'énergie. J'ai pris mes dispositions et nous avons bâti ensemble un petit scénario… J'ai un peu de remords d'agir ainsi à l'insu de ma propre fille, mais je sais que c'est le seul moyen pour l'amener enfin dans une voie positive, alors qu'elle se complaît depuis tant d'années dans l'autodestruction.

Savoir que nos familles sont liées depuis tant de siècles m'émerveille et me réconforte, et je suis certaine à présent qu'il n'y a pas de hasard. Je souhaite ardemment qu'il en aille de même pour Iona et vous-même. Je crois que le mieux est qu'elle vous découvre par elle-même, d'autant plus que ces recherches lui occuperont l'esprit, son sens du devoir et de la parole à tenir seront plus forts que son chagrin de m'avoir perdue. Faites en sorte qu'elle aille en Ecosse. Sa passion des voyages, sa curiosité naturelle lui redonneront le goût de la découverte. Dans un environnement nouveau pour elle, elle sera plus encline à faire votre connaissance, et, peut-être, à voir la vie sous un autre angle. Si vous savez vous y prendre avec elle, alors un jour l'histoire se répètera. Je formule des vœux pour qu'elle trouve auprès de vous tout l'amour que je vous sais capable de donner. J'aurais tant voulu connaître votre pays, voir la terre et la maison où mon père a grandi, mais il est trop tard. Iona, elle, entreprendra ce voyage, j'en suis certaine.

Voilà, j'espère que tout ira bien à présent. Comme vous me l'avez demandé, je vous appellerai dès que je serai au bout de ma route, entendre alors votre voix m'aidera à passer la dernière porte…

Maintenant, c'est à vous deux, à présent, de reprendre le flambeau…

Je vous embrasse de toute mon affection.

Lucie. »

89

Les jours passent dans une sorte d'hébétude dont je n'ai pas envie de m'extraire. Mais Brian est revenu, réussissant à me faire enfin sortir. Nous marquons un arrêt, contemplant pensivement la mer en silence pendant quelques secondes. Je sais qu'il ne m'a pas conduite ici par hasard. Les souvenirs reviennent me fouetter le visage, portés par un vent glacé.

- C'était l'endroit préféré d'Ewan, celui où il venait quand il voulait réfléchir à un problème, prendre une décision, ou tout simplement se détendre.

Je le revois, se tenant debout face à la mer, se retournant et me tendant la main.

- Je sais. Et c'est justement ici qu'il a pris la décision de vous faire venir, quoiqu'il puisse un jour lui en coûter.
- Comment cela ?
- Venez, asseyons-nous. J'ai promis de vous expliquer la fin de toute cette histoire, mais il va me falloir commencer au tout début, à très loin dans le temps en fait, pour que vous compreniez.
- Voilà : Tout petit, Ewan avait baigné dans les récits de William relatifs à votre famille et vos ancêtres. Plus tard, c'est son père qui parlait souvent de son frère, Malcom. Dès qu'il avait bu un petit coup de trop, il devenait mélancolique, et alors, il ressortait des tas de vieilles histoires. Parmi elles revenait souvent l'histoire de Marguerite et de son suicide. C'était une obsession. Et puis, un jour, il a ressorti de très, très vieux papiers… Il s'agissait d'une sorte de pacte, conclu entre deux de vos ancêtres, au 13e siècle, à l'époque de la signature du traité de la Vieille Alliance entre la France et

l'Ecosse. L'un d'eux, Jean, faisait partie de l'armée du roi de France, Philippe le Bel. L'autre, Kenneth, était un gentilhomme écossais, proche de John Balliol, roi d'Ecosse.

- Mais Brian, nous sommes au 20e siècle, tout ça me dépasse, c'est de la science fiction à l'envers…

- Non, écoutez la suite ! Ces deux hommes sont devenus amis et tout a commencé avec le mariage de leurs enfants. Le jeune homme, écossais, s'appelait Aidan, la jeune fille française Colombe...

- Colombe ?

- Oui. - Il marque un temps d'arrêt, semblant réfléchir-. Ces alliances se sont répétées au cours des siècles, si bien que nos deux familles sont restées longtemps liées. En 1662, l'un de vos ancêtres communs, à vous et Ewan, aurait activement participé à la fondation du fameux "collège des Ecossais", à Paris. Il aurait à son tour épousé à cette époque une descendante de Jean. Plus tard, et jusqu'au 19ème siècle, vos familles se sont apparemment perdues de vue pendant environ deux siècles. Il y a eu le traité d'Union avec l'Angleterre, la défaite des Ecossais à Culloden face aux Anglais, le démantèlement des clans. Mais en 1860 eurent lieu des "retrouvailles" et un nouveau mariage entre vos deux familles. La sœur d'Erwin, donc la grand-tante de Malcom, a alors épousé en Touraine un négociant en vins qui n'était autre que le frère aîné du grand-père paternel de Marguerite.

- Mon Dieu, mais pourquoi n'ai-je rien su de tout ça ? Ça n'avait rien de grave... Je ne comprends pas qu'Ewan ne m'en ait pas parlé !

- Attendez, nous n'en sommes pas encore à la fin….Vous allez comprendre.

Je fais quelques pas, regardant la mer et tournant le dos à Brian, tandis que celui-ci continue son récit :

- Un jour, Malcom, peu après son divorce d'avec son épouse américaine, a décidé d'effectuer des recherches sur la branche française de sa famille, et c'est ainsi qu'il a fait la connaissance

365

de Marguerite. Le père d'Ewan savait tout cela. Ewan m'a montré les vieux papiers, l'arbre généalogique, les lettres… Elles sont actuellement en ma possession, mais je vais vous les rendre, elles vous appartiennent. Malcom a été fort mal accueilli par les parents de Marguerite. Apparemment, de sordides histoires d'héritage avaient entre temps brouillé les deux familles.… Alors, Ewan, fasciné par toute cette histoire, a à son tour décidé de renouer les liens. Je ne sais pas au juste ce qui l'y a poussé, superstition, fantasmes, peu importe. Pour lui, c'était un signe que le destin envoyait, quelque chose qui lui disait que la clé de sa vie se trouvait là. Il a fait des années de recherches, s'est déplacé à Rennes, à Paris, et même aux Etats-Unis. Un jour, en raccompagnant Kevin chez sa mère, je ne sais trop comment il en est venu à parler de ses recherches avec le nouveau mari de celle-ci, qui a proposé de l'aider via Internet. C'est par son intermédiaire qu'Ewan est entré en contact avec le petit-fils de Sean qui l'a aidé à son tour, grâce à leur amie qui faisait partie de l'association franco écossaise. En fait, Sean ne vous a pas vraiment menti, simplement, c'est pour Ewan qu'il a effectué toutes ces recherches, pas pour vous.

Je me retourne, en larmes :

- Je ne suis pas plus avancée pour autant, si ce n'est que je comprends que j'ai été manipulée, et en particulier par Ewan et ma mère. Mais tant pis, je n'en veux pas à Ewan, je l'aimais, quoiqu'il fasse, et si je pouvais le faire revenir, toutes ces vieilles histoires me seraient bien égales.

J'éclate en sanglots. Brian place un bras autour de mon épaule.

- Autre chose ?
- Oui, asseyez-vous.

Nous prenons place sur un gros rocher.

- Ewan est ensuite allé à Paris rencontrer Sean et Cynthia, ainsi que cette madame McBryde, qui s'est spontanément proposée pour l'aider. Et, un certain matin d'automne, il a retrouvé Lucie. Mais c'était trop tard. Elle était déjà très malade. Il y a eu instantanément un lien très fort entre eux, ils ont parlé des heures et des heures, et il avait l'impression que sa présence lui apportait beaucoup de réconfort. Il est resté plusieurs jours avec elle, et lorsqu'elle souffrait trop et ne pouvait dormir, alors il restait à ses côtés et lui tenait la main. Ensemble, ils ont retracé l'histoire de leurs deux familles, elle était passionnée…Un soir, elle lui a longuement parlé de vous, elle souhaitait vivement que vous fassiez connaissance. Il lui a promis alors, sans aucune hésitation, de prendre soin de vous lorsqu'elle ne serait plus là… Tout lui semblait très simple, évident…Quelques jours avant sa mort, elle l'a appelé. Elle était rentrée à l'hôpital. Vous aviez fêté Noël tous ensemble, cette année là. Ewan le lendemain, est revenu. Il a demandé aux infirmières de ne rien dire, et comme Lucie disait souhaiter sa présence, elles n'ont alerté personne… Il ne voulait pas la laisser mourir sans l'avoir revue. On lui a fait une dernière piqûre de morphine, mais elle était encore consciente. L'infirmière a voulu vous prévenir. Mais Lucie a refusé. Alors c'est Ewan qui a vécu avec elle ces dernières heures, lui tenant la main jusqu'au bout, elle n'avait plus la force de parler, et il lui a alors répété que tout irait bien, qu'il s'occuperait de vous et de Céline aussi. Elle est morte heureuse, sereine. Par la suite, d'ailleurs, Ewan a toujours continué de faire envoyer des fleurs sur la tombe de Lucie…

- Mais pourquoi l'avoir choisi, lui ? Je n'ai même pas pu dire adieu à ma mère, l'accompagner… C'était à moi de le faire.

- Je ne sais pas. Ewan pensait qu'elle ne voulait pas vous infliger le spectacle de son agonie. Lui, elle l'a jugé assez fort. Ensuite, il a voulu aller vous voir très vite, mais lorsqu'il a appelé Pierrette, celle-ci l'en a dissuadé. Elle pensait qu'il fallait s'en tenir au plan élaboré par Lucie. Et de toutes façons il avait compris que cela allait bouleverser sa vie, et bien plus encore...

- Que voulez-vous dire ?

- Voilà, j'en arrive à la fin de toute cette histoire.... Vous allez penser que je suis fou, mais c'est la vérité, alors accrochez-vous.

Il semble presque terrifié parce qu'il va devoir me dire, et prend une longue inspiration avant de continuer.

- Après son retour de Lyon, et après vous avoir vue en photographie, Ewan s'est souvenu d'une sorte de prophétie, émise par William, alors que lui-même était tout petit. Il y avait une histoire de tableau aussi... Un tableau suspendu dans l'ancienne bibliothèque...
- Un tableau ? Oh non...
- Ce tableau était le portrait de la fameuse jeune fille, Colombe, envoyée par son père se marier ici. Celle-ci était terrifiée à l'idée de venir habiter dans des contrées si lointaines, auprès d'un homme qu'elle ne connaissait pas. Peu avant de débarquer ici, elle se rendit sur l'île d'Iona, où elle effectua une sorte de retraite, dans la maison d'une veuve du village. Elle avait choisi cette île à cause du monastère fondé par St Colomba, à qui elle adressa des prières pour que son mariage soit heureux et fécond. Effectivement elle aurait vécut très heureuse avec lui. Mais malheureusement, elle est morte à la naissance de leur deuxième enfant.
- Et que vient faire William dans tout ça ?
- William, peut-être à cause de ses racines africaines, était persuadé que chaque être humain vivait plusieurs vies. Lui-même était sûr d'avoir déjà vécu en Ecosse en des temps anciens. Un soir donc, lors de l'une de ces veillées qu'affectionnaient les gens d'ici, et auxquelles assistaient parfois quelques personnes du village, il en est venu à parler de ces nombreuses alliances entre vos différents ancêtres. Il expliqua que les deux hommes qui avaient marié leurs enfants au 13 e siècle avaient scellé alors un vrai pacte, selon lequel les deux familles seraient éternellement unies. Il montra les documents effectivement rédigés et signés par les deux hommes. Et, plus incroyable encore, il déclara que Colombe

368

reviendrait un jour, sans doute lors de l'anniversaire de son arrivée en ce pays. Il ajouta aussi qu'un homme de sa famille tomberait amoureux d'elle, mais que si cet homme décidait de l'épouser, il devrait alors payer de sa vie les quelques années de bonheur qu'ils auraient ensemble. A défaut, s'il repoussait la jeune femme, alors il finirait tranquillement sa longue vie, ici, sereinement.

- Oh non, non !
- Voilà comment une grande partie du village était au courant de cette histoire, et pour eux, la parole de William ne pouvait être mise en doute... Ses nombreuses prédictions s'étaient souvent réalisées. A son retour de France, et lorsque il s'est souvenu de tout ça, Ewan est venu ici même, et a réfléchi, longtemps. Et puis il a décidé qu'il voulait vous connaître, envers et contre tout. Lors de la dernière soirée qu'il a passée avec Alicia, alors que vous étiez déjà ici, cette dernière a d'ailleurs fait son possible pour le dissuader de faire sa vie avec vous, non seulement parce qu'elle l'aimait, mais aussi parce qu'elle voulait le préserver même si elle était relativement sceptique par rapport à la prophétie de William. Mais il était trop tard, il était déjà tombé trop amoureux, et son bonheur de vous voir ici l'avait littéralement transformé. Il a préféré courir le risque... Et puis vous vous êtes mariés, et peu à peu Ewan a voulu tout oublier de cette prophétie, il a sans doute occulté cette vieille histoire, se convaincant que William s'était trompé... ou bien il a voulu tout simplement profiter pleinement de son bonheur. Et si cela peut adoucir un peu votre peine, sachez qu'il m'a déclaré un nombre incalculable de fois qu'il était très heureux avec vous, qu'il ne regrettait rien... Vous comprenez pourquoi il ne vous a rien dit ? D'ailleurs, dites-vous bien qu'il n'est pas vraiment parti. Je suis sûr que d'une certaine façon, il est encore là.
- Je le sais...Vous savez, parfois, et surtout la nuit, j'ai l'impression de sentir encore ses bras autour de moi...et alors, je finis enfin par m'endormir. Brian... Il faut que je vous pose

la question... Savez-vous à quelle date Colombe est arrivée ici ?

- Elle est arrivée le dix octobre de l'An 1296, très exactement sept cents ans ... avant vous.

90

Deonlewe, octobre 2002

C'est un petit jardin, qui jouxte l'arrière du bâtiment. Mon regard s'y perd, lorsque à certains moments, je lève les yeux de mon travail et me prends à rêver. Herbes sauvages et anciennes plantations à l'abandon s'y épanouissent librement, sans que personne ne s'en préoccupe. Mais j'aime y observer le perpétuel renouveau des saisons.

En ce mois d'octobre, l'automne, comme à son habitude, nous dédie sa symphonie de couleurs tour à tour subtiles et éclatantes, savamment orchestrées par un ciel tantôt tourmenté, tantôt suspendu dans une sorte de sérénité résignée. L'automne, *notre* saison.

Je travaille à présent à l'office de tourisme comme unique secrétaire et hôtesse d'accueil. Ce travail, paisible et peu compliqué, me convient parfaitement. A l'intersaison, il me laisse tout loisir de méditer, tout en classant des documentations et en répondant à des demandes de renseignements venues du monde entier. Je détache avec précaution les timbres japonais, italiens, espagnols, pour la collection de Steve, le chauffeur de bus, qui n'a jamais voyagé plus loin qu'à Londres et n'en a du reste aucune envie. En été, j'ai la fierté d'accueillir mes compatriotes tout en me sentant, désormais, véritablement écossaise. Il vient de plus en plus de touristes français par ici. Comme du temps de la Vieille Alliance, l'Ecosse sait parler à leur cœur. Certains même reviennent, d'année en année, ensorcelés, et je souris à la mélancolie de leur regard.

La petite maison où sont installés nos bureaux est bien placée, à proximité de l'épicerie et du pub. Je m'y sens comme dans un cocon, et je n'ai plus besoin de rien d'autre, puisque j'ai perdu mon amour. Ainsi sera ma vie désormais, tranquille, répétitive, mélancolique, et c'est ainsi que je la veux. Il me tarde parfois d'avoir trente ans de plus, pour me dissoudre dans ces lieux, pour sentir peu à peu s'échapper, en même temps que ma vie, tous les sentiments qui viennent encore parfois m'assaillir.

Cette solitude relative me plaît, d'autant plus qu'elle n'est jamais très longue. Il ne se passe pas un jour sans que Steve, Brenda, John, ou le nouveau maître d'école, et bien sûr le facteur, ne passent me dire bonjour et bavarder un moment. Le bouilloire est toujours prête pour le thé. C'est à un jeune homme, à peine sorti des études, qu'est échue la lourde tache de succéder à Ewan. C'est un garçon sympathique, au regard timide, qui se garde bien de me poser des questions sur son prédécesseur. Un jour, il aura lui-même le fils d'Ewan dans sa classe, et je redoute qu'il n'ait alors à faire à forte partie. En effet, l'un des premiers mots d'Alan a été "non", et avant même de savoir parler, il a su remuer de gauche à droite sa petite tête ébouriffée pour exprimer son désaccord, me jetant alors des regards furibonds.

J'habite toujours dans *notre* maison, mais je dors seule à présent dans le grand lit. Mes loisirs se partagent entre de longues promenades, les soirées de lecture près de la cheminée, bien calée dans le fauteuil que j'occupais lors des premières soirées passées avec Ewan. Parfois, je lève la tête. Je le vois alors, assis de l'autre côté de la table basse, m'observant avec son sourire amusé. Je me souviens parfaitement de ces premières fois où il a pris mes mains dans les siennes au-dessus de cette même table, alors que je me sentais comme un animal traqué, mais qu'en même temps je savais que cet homme allait me faire plus de bien que quiconque dans ma vie. Dans ces instants, je m'autorise à laisser le flot de ma peine jaillir hors de moi, et je monte l'escalier, ma poitrine explosant en sanglots qui résonnent dans le silence de la maison. Je me réfugie à l'étage, et alors, je sais, que, d'une certaine façon, Ewan est encore là. Au plus noir de mes nuits, je *sais* qu'il est là et veille sur nous. En fermant les yeux, je peux entendre sa voix qui m'appelle, son souffle sur ma joue. J'entrouvre la porte de la chambre contiguë : Alan dort dans le petit lit d'enfant qu'Ewan et moi avions repeint ensemble. Il faudra bientôt le changer, car notre fils grandit vite, même s'il ressemble encore, surtout dans son sommeil, à un gros poupon. Mais au réveil, c'est un petit bout d'homme très résolu qui me fixe de ses grands yeux bleus. Il semble que ce soit mon destin d'élever seule des enfants qui ne me ressemblent pas.

Maggie, d'un commun accord avec moi, et sans doute à son grand soulagement, a fini par repartir en Irlande. J'ai dû lutter pour la convaincre qu'elle ne trahissait pas Ewan en agissant ainsi. Mais elle vient plus souvent qu'autrefois nous rendre visite. De même, Winnifred fait de fréquentes apparitions. En guise d'hommage posthume à son frère, elle a entrepris une cure de désintoxication. Mais je la soupçonne d'avoir déjà replongé. Ses chansons, comme son attitude, ont gagné en gravité. Lorsqu'elle séjourne ici, nous trouvons le réconfort, dans la simple communion de nos pensées, de nos bavardages et de nos souvenirs, dans l'évocation de l'homme que nous aimions.

Le plus étrange est qu'Alicia et moi sommes presque devenues amies. Il lui arrive souvent de "passer" nous rendre visite, et finalement de s'attarder le temps d'un thé. Elle regarde parfois Alan avec une sorte de fascination, et je peux lire dans ses pensées. Nous partageons aussi le même chagrin, la même nostalgie. Par elle, j'ai appris que presque tout le monde ici, depuis des générations, était au courant du Pacte et que personne n'y trouvait rien à redire. Aussi n'avait-elle eu qu'à s'incliner devant la décision de son amant.

Un livre est sorti avec mes plus belles photographies. C'est un bel ouvrage, qui se vend bien en librairie, paraît-il. Je me souviens avec une acuité cruelle de celles que j'ai faites en compagnie d'Ewan, de notre humeur dans ces instants, de nos conversations, de nos rires. Sur l'une d'entre elles, prises à Harris, un homme de profil, au lointain, marche le long d'une plage, les mains dans les poches de son caban, le col relevé jusqu'aux oreilles, poursuivi par trois mouettes. Je me souviens que juste avant, il m'avait embrassée, et il me suffit de fermer les yeux pour sentir encore le goût des embruns sur sa bouche.

Je vois souvent Brian, nous partageons certains de nos dimanches solitaires, quelques repas et promenades, échangeons livres, disques et revues. Je me réfugie chez lui chaque fois qu'il me semble que la solitude va m'engloutir, que j'ai envie de parler d'Ewan. L'autre soir, nous nous sommes retrouvés dans les bras l'un de l'autre à raconter nos vies, nos souffrances. Il m'a demandé de rester, comme dans une sorte d'urgence. J'ai senti alors que de nous deux, c'était peut-être moi la plus forte en fin de compte. Nous avons fait l'amour avec douceur, avec lenteur. C'était tendre et grave, réconfortant et mélancolique à la fois. Mais c'est là que j'ai compris que d'une certaine façon, une part de moi était morte avec Ewan, et que ma vie amoureuse était sans doute terminée. J'ai ressenti une sorte de nostalgie heureuse à cette idée. Je sais que j'ai reçu plus d'amour en ces quelques années que la plupart des femmes dans toute une vie. Et je n'ai besoin d'aucun autre homme pour me prendre en charge à présent. En cela non plus, les choses ne s'accompliront pas ainsi qu'Ewan l'avait voulu, et ce sera sans doute mon ultime rébellion.

Je ne repartirai jamais. Ce pays m'a épousée, aussi sûrement que l'avait fait un homme aux yeux d'azur, et mon destin se dévide, peu à peu, au gré de ces landes où murmurent les voix des temps anciens. Mes souvenirs se fondent alors dans l'ondulation rosée des collines, dans la lumière cuivrée de la mer qui s'endort.

Un jour, on parlera ici de moi au passé, comme on parle d'Ewan. Désormais j'appartiens à ce bout de terre, à ce loch aux eaux sombres qui m'attend tranquillement.

Il y a une semaine, Céline est venue en vacances. Kevin nous a rejointes pour le week-end. Lorsqu'il est arrivé, elle se tenait dans un coin du jardin. Il y avait une sorte d'attente heureuse dans ses yeux. Il s'est approché avec cette démarche rapide et légère, semblable à celle d'Ewan, et ce même regard empli de douceur malicieuse. Il l'a embrassée, a souri en disant :

" Bonjour Céline, je suis heureux que tu sois là."